扶風

3

天下归元

著

百花洲文艺出版社
BAIHUAZHOU LITERATURE AND ART PUBLISHING HOUSE

目录

六国卷　卷二

第二十一章

绝 战

第六场，木怀瑜终于出战。

素玄的目光，有些担忧地落在笑嘻嘻迈出步子的少年——秦长歌身上。

隔着距离，他不能如萧玦一般试图阻拦，但是他眼神里满是疑问和不赞同："别逞强。"

秦长歌的目光远远地瞟过去，她用这眼神将素玄的意思原原本本还给了他："你也别逞强。"

素玄苦笑了一下，知道自己瞒不过她。自己出来得迟，出来后始终没有移动过，一直在不动声色地调匀气息，别人也许发现不了，但她一定看得出来。

当日和上官师叔一战，最后师叔打得兴起，硬拉他在觭山云海之间足足战了三日，力竭才罢战，两人都伤损了真元。

他本来回来就打算闭关的，结果一回来就遇上这事。

无奈之下硬是拖延时间，简单地进行了调息疗伤，勉强使了那手以气驭钟，没给木老狐狸看出破绽，使完便觉得心跳如鼓、汗出如浆，硬是支撑着不动声色地坐了。前面五场比试中，他一直在抓紧时间恢复。

对于她现在的武功，素玄自然知道已经不同往常，那日和师叔战后，担心她的安危，素玄特意赶回扶风亭看了看，结果发现了秦长歌那一鞭扫出的惊人效果。

按说论武功倒也未必不可一战，只是木怀瑜这个人阴险毒辣，不是易与之辈。

而且素玄也担心那个神秘人背后作梗。

先前北辰那一战那人出手，被他拦下，之后萧玦剑锋猛烈严密，打法太快，而玉自熙那一战又太慢，几乎没有动作，无从遮掩，那人都无法钻空子。如今木怀瑜这一战，会是个什么状况？

此时场中人亦盯着步出的少年——前面两场出现的都不是炽焰中人，但都是极其意外的绝世拼斗，这场，这个看起来更年轻，年轻得有些单薄的少年，又会给出什么奇迹？

或者，奇迹终于要在老奸巨猾的木怀瑜手中结束？

而素帮主手中，到底藏了多少张神秘的王牌？

如果他们知道这些王牌都是不请自来，而且等级高到令人咋舌的话，不知道又会怎生惊叹了。

夜风凛冽，火把飘摇。

王牌之三秦长歌，优哉游哉出台来。

她在上台前，将长发散开重新扎了一下，又束了束腰，然后空着双手，笑得很温柔地看着面色凝重的木怀瑜，以完全不同于萧玦凌厉、玉自熙魅惑的个人散漫风格，随随便便站到了木怀瑜对面。

木怀瑜目光一缩……这小子没有武器？

然而他也不言声，只是双手一振，现出一双精光四射的爪形武器。这爪形器共分三爪，可张开可闭拢，爪尖略长，向内弯曲，远看去锋锐无比。不用想，这种东西一旦碰着人身，那一定是连皮带肉挖出一大块，创口血流不止而死。

前面两场比试给他的震撼太大，以至于他现在完全不敢小觑对方，甚至不想大方地提醒对方应该用武器。

他不提醒，底下的人却已开始骚动。谁不知道木怀瑜的"捉魂爪"由中川锻造大师长谷浑亲手制造，是天下十大利器之一，爪下抓死高手无数，号称"饮血神抓"。这个清瘦得风一吹就倒的少年，托大到这种程度，不是找死？

有些性子磊落的汉子已经喊起来："喂！拿个武器啊，他那个很厉害的！"

秦长歌微笑拱手，做了个谢的姿势。

然后对木怀瑜伸手示意，请。

目中的狰狞光芒一闪，木怀瑜杀机顿现——小子，你托大最好，等你死了就知道，面子永远没有性命要紧——

双手一拱，木怀瑜做出回礼的姿势。

冷光一闪！

一个拱手礼刚做到一半，顺势一个抛手，木怀瑜的捉魂爪已飞光电射，惨白的爪尖直抓向秦长歌的胸口！

一阵哄然。

"娘的，卑鄙！"

假山上包子大怒，立时问候了木怀瑜祖宗三代。

爪尖将至，厉风嘶嘶，精擅武器制作的大师，亲手打造的绝顶武器，本就具有最快的速度和极大的破坏力，一时劈开空气的声响，亦宛如抓裂。

眼看将到秦长歌的要害！

秦长歌突然伸手，手腕在最先到达的爪尖中间一磕！

"啪！"

她手腕上一个黑色手镯般的东西突然张开，掉落，和爪尖碰出巨响，一串火花明红暗紫地闪现，秦长歌手指一推，手镯快准狠地套进爪尖，秦长歌顺势一捏，咔嚓一声。

手镯合拢，钢爪关闭，爪子刹那间变成了拳头。

一个铁板桥大后仰，秦长歌哧溜一下从拳头下滑了出去，后背平贴在地，单腿向上一蹴！

正对着身形已经完全扑过来木怀瑜裆下！

行云流水，狠毒绝伦！

全场仰倒，齐齐"嘶"出一股气流。萧玦脸色煞白，开始慎重思考这一招的破解方式，以备后用。

木怀瑜老脸通红，半空中大喝一声，全力翻身，罡风怒卷，钢爪再起，向着躺在地上还没来得及翻身的秦长歌抓了下去！

"嗖"的一声，秦长歌竖起的靴尖突然飞出一截黑色钢丝般的东西，她双腿一搅，那钢丝盘旋扭曲而上，活活有声，已经缠上冲着自己而来的左边的钢爪，随即迅速一个滚翻，"啪"的一声，被缠紧的左边钢爪被她的翻滚之力一带，再次闭合！

被对方以出奇手段连毁两爪，木怀瑜露出愤怒狰狞之色，低喝一声，右边的钢爪突然扭了个诡异的角度，击向秦长歌还连着左边钢爪的腿，力道之大，存心要把她双腿敲碎。

单手一挥，手上一个不起眼的戒指突然弹出薄薄的刀刃，就地一划，秦长歌划断靴尖黑丝，一瞬间已到了木怀瑜背后，头也不回地一撒手，又是一截神奇的黑丝出现，黑丝上还有个奇怪的白白的东西，秦长歌挥手一抡，啪的一声，黑丝再次搭上了木怀瑜右边的钢爪。

早已吸取了教训的木怀瑜哪会重蹈覆辙，立即催动真力，钢爪光芒迸射，瞬间将黑丝化成尘雾，木怀瑜狞笑着，来势如电，钢爪化成漫天爪影，向秦长歌当头罩下。

秦长歌清瘦的身形瞬间淹没在狂涛怒海般的真气里！

木怀瑜果然功力非凡，招式精妙内力雄浑，飞爪卷起的风声剧烈呼啸，站得近的人发髻呼啦一声竟被卷散，贴着头皮向后狂飘乱舞，面带惊讶之色的人们一边忙着束发，一边紧盯着场中那个单薄瘦弱、在巨大压力之下不住摇晃、一直退到石台边缘、看似就要输的少年。

有人在叹气……这孩子出手狠辣诡谲，举手投足间却奇异得如行云流水，应变能力更是惊人，刹那间连毁两爪，实在是难得的高手，只可惜好像功力不够啊……

有人则诧异地盯着那个完好的右边的钢爪——怎么每次开合，都拉开白色的黏黏的东西？而且随着开合次数的增多，整个右边的钢爪都似乎粘上了那东西？

看了半天没看出名堂，人们便将注意力转回看起来支撑艰难的少年身上。

只有萧玦，虽紧盯着场中，但并不担心，他看出秦长歌看似身形摇摆，如风卷浮萍般飘移不定，但身姿有度，每个动作精确协调，几乎每次移动，都精准地躲过了对方内力气流的挤压，而且那种躲避，精确绝伦，分毫不差，可见秦长歌对自己体力身法的控制能力，已经到了惊人的地步。

换句话说，既然能很好地控制自己，那么木怀瑜就杀不了她。

果然是秦长歌这种懒人的打法啊——多一点儿力气都不肯出。

秦长歌一直在退……已将至石台边缘，木怀瑜目中精光闪耀，一丝冷笑浮现在嘴角。

秦长歌似是根本就没发觉自己下一步会栽落石台，犹自被雄浑的爪风逼得继续后退。

她突然一脚踩空！

着月白紧身衣的身影一晃，骤然消失在台前。

惊呼声起。

被打下石台了？

木怀瑜毫不犹豫上前一步，最后一个钢爪狠狠张开到最大程度，如恶狼之口，飞扑下噬！

下一瞬，月白人影乍隐乍现，秦长歌忽地从石台边一个三百六十度大旋转，飞弹而起，弹起的刹那间，她手中突然多了一把乱七八糟的树枝树叶等玩意，秦长歌眼疾手快，将这些玩意猛地向扑面而来的钢爪中一塞！

众人惊呼。有人在摇头——据说很多人在应对木怀瑜的鬼爪时都采用过这一招，想用东西卡住利爪，但无一例外地失败了，而失败的人也无一例外地死了，虽然不知道死的原因，但这招，看起来是最好的办法，八成是木怀瑜的陷阱。

这孩子明明是很聪明的样子，想必落下石台也是故意的。然而这下不知深浅，聪明反被聪明误，要倒霉了。

…………

早在秦长歌落下石台，伸手去抓树枝时，木怀瑜便露出笑意。

他甚至微微放缓了进逼力度，好给秦长歌腾出空来抓树枝。

他的钢爪，有个无人知道的秘密。

钢爪在被猛力塞入异物时会被触动爪心内的机关，喷射出毒针毒液——要知道，但凡想把东西塞进爪心，必然要冒险选择在正面对着钢爪的极近距离内动手，但这个距离，一旦中招，便是大罗金仙也无法逃脱。

多少成名江湖几十年的名宿高手，都折在这一陷阱下。

这也是木怀瑜最大的秘密和制胜法宝。

秦长歌果然采用了这个办法。

风声里木怀瑜得意地大笑，道："我这捉魂爪还怕你这个——"

他的笑声戛然而止。

右边的钢爪，并没有如以往那许多次般喷射出该喷射的东西。

也没能启动机关，自动将杂物推出。

那团乱七八糟的东西还在里面。

大惊之下的木怀瑜急忙以指力推动钢爪机簧，不想机簧仿佛被什么东西堵死，竟然毫无动静！

至此，钢爪全毁！

而对面秦长歌一声轻笑，木怀瑜突然一扯发带，霍地一抖！

发带在月色下唰地抖开，色彩斑斓。这本是极柔软的东西，但此刻像被灌注了真力，看来犹如一条钢鞭。

秦长歌飞身而起，啪的一鞭！

抽向木怀瑜不使钢爪的左臂！

翻转身再一鞭！

抽向石台边上的树！

再一鞭！

抽向地面！

"霍霍霍霍"四声，刹那间秦长歌以令人难以想象的速度连出四鞭，除了第一鞭击向对手外，其余每鞭都打在了别人想象不到的地方。

她半空中翻滚的身子如一只美丽的雁那般灵巧，散开的长发流荡出优美的弧度，那翻腾摇落随意洒脱的姿态以及使人目眩神迷的无限风华，令无数人在那一刻都痴痴地睁大了眼，目光随着那身形翻转而起落，心中模模糊糊地想：如果这是一个女子，那该是怎样的绝世容华？

台下，台上，那些或沉默或锋锐，或潇洒或魅惑的男子，都以迷茫的眼神看着那身影，月色下有人仰起脸，迎着那一抹清寒；有人微微笑着，笑容宛如日光；有人带着怅然之色，遥望山峦深处，仿佛想从那里看见一些不可触及的往事；有人似笑非笑，轻轻抚摸手中的红灯。

这月夜里，内心深处泛起的无声潮汐，灭了谁的繁华，湿了谁的心岸？

…………

发带为舞，惊世一舞。

不带女子柔媚之姿，摒弃男子阳刚之烈，拥有中性却广大的美，如这轮毫不暧昧的清凉月色般，腾起、翻转、摇曳、劈落！

木怀瑜以爪为棍，横击飞带！

击飞的飞带横贯长空，秦长歌一个翻身跃起，身姿轻盈若羽，脚踩飞带，若天女降世，衣袂飘然飞过木怀瑜头顶。

木怀瑜如苍鹰般腾起，不能再张开的钢爪挥舞起巨大的光墙，隆隆推向秦长歌后心。

"嚓！"

极其轻微的一声。

跃动的火光里有什么一闪。

木怀瑜半空中的身子忽然僵了僵。

随即他有点儿踉跄地跌落，却脚一歪跌入地上的一条裂缝！

惨叫声起！

而秦长歌一笑回首，半空中一翻身，发带又在手中，反身一抡霍地缠绕上木怀瑜的脖子，背对他一拉，硬生生地将木怀瑜拉了过来！

横掌一拉，将呼吸瞬间窒息的木怀瑜掼倒在地，秦长歌扯紧发带，在血色月光下，微微一笑。

那一笑睥睨众生。

…………

台下的众人，早已和木怀瑜一样，似乎瞬间屏住了呼吸。

这叫什么打法？

为什么所有的情况都出乎意料？

该喷射机关的钢爪没有发挥作用。

木怀瑜好好的突然不动。

那挥空的几鞭子，更是不知奥妙。

只有寥寥几人，看清了秦长歌伪装栽落石台后的刹那战局。

只有更少的人，弄明白了那钢爪的奥秘。

早在秦长歌划断靴尖黑丝，第一次试图搭上右边的钢爪却被木怀瑜摧毁时，钢爪便被秦长歌盯上了——那黑丝完全是假象，关键是要将那白白的东西送入钢爪，那个东西很有黏性，进入钢爪后黏附其内，随着钢爪不断开合，渐渐被拉得到处都是，堵塞了钢爪内发射毒针毒水的机关孔眼。

而秦长歌栽落石台，抓取树枝杂物堵塞钢爪时，还做了另一件事。

她抓取树枝树叶时，袖筒里滑落一把三棱刺，被她顺手嵌入树身。

她永远未雨绸缪，在好久以前的某件事中便为下一件事做铺垫，以至于没有谁能摸清她的行事规律，那些潜藏在平淡无奇举动中的细微动作，如浮云般让人捉摸不透。

随即，她一鞭抽得木怀瑜飞起，脚踏发带诱使他改变方向，再一鞭抽上树身，将三棱刺击飞而出。

方向正对着木怀瑜后心。

木怀瑜哪想到她人在前方，背后无人处却有暗器飞出。

他中刺，栽落。

正栽在秦长歌第三鞭鞭打裂开的地面上。

那裂开的地上，秦长歌刹那间已经撒上了一把针。

…………

何谓精准杀人？何谓利用一切条件、手段层出不穷地杀人？秦长歌早在前世，还是十四岁少女时，就曾手无寸铁，只用山崖上的一些东西，就将自己的大师兄逼下绝崖。

区区木怀瑜，何足道哉？

能栽在开国皇后的"自然杀人法"下，他应该觉得荣幸。

特别是那白色的黏物，那是祈繁终于研究出来的唯一一款口味正常的糖，黏性极强，秦长歌和包子都爱吃，打算研究开发成口香糖在风满楼试推广，她口袋里随时都有这种糖。

使用口香糖第一人，木怀瑜好运气。

…………

将手中发带松了松，秦长歌现在还不想杀木怀瑜，她俯身，盯着木怀瑜终于露出惊惶之色的双眸，轻轻道："谁叫你来的？"

一边问，一边将木怀瑜拖到树前，他前方是素玄，右侧是萧玦，左侧是自己，后方是树。

那谁，在我问出答案来之前，我才不给你灭口的机会。

木怀瑜盯着她，嘴唇嚅动。

秦长歌附耳过去，半晌，微笑道："好，你懂事，我留你一命。"

她缓缓直起腰，环视全场，接触到她目光的人都不由自主地一缩。听得她淡淡道："你觉得还有比的必要吗？"

木怀瑜脸如死灰，诸人也默然，都觉得到了这地步，实在没有继续的理由了。江钦，难道还会是素玄的对手？

炽焰至此，已是大胜。

看着木然不语的木怀瑜和生出畏缩之态的江钦，秦长歌一笑，横脚一踢，道："带着你的人，滚吧！"

"砰"的一声，木怀瑜偌大的身子被她直直地踢飞出去！

却不是踢向七大门派当中。

而是踢向台下的人群，西北角，一个不起眼的角落。

那里，人们纷纷愕然抬头看着木怀瑜突然飞来，再重重跌落。

只有一个人，没有去看木怀瑜。

而是突然侧首，看向秦长歌。

那目光似乎很遥远，但转瞬便跨越长天到了秦长歌的眼底，那目光宛如天涯沧海之上升起的明月，光华满海，每一横波荡漾都意象阔大，绵延无际。

又或是塞上寒冬，冷月清笳里飞落的雪花，于无尽的暗黑的底色里，惊心地明亮而又自由不羁，于茫茫黄沙中作呼啸之舞。

只是那一眼。

这个极其普通，普通得全无特色的男子，突然从一群精干彪悍而面目平凡的人中脱颖而出，超然人群之外而凌驾风云之中，看来宛如金光灿烂的神祇。

他深深地看了一眼。

突然微笑。

同样睥睨骄傲，久居上位者把握风云万事底定的清贵微笑。

然后，他退！

完全无视砸向他的木怀瑜，什么作势也没有，突然 拉身边同伴，箭似的向后弹射！

宛如弹弓上被射出的飞石一般，急速倒退！

砰的一声，他速度极快地撞上院墙，再毫不停留地消失在那个巨大的洞中。

他退得令人难以想象地快。

然而对于早有准备的人，再快也没用。

萧玦和楚非欢，在秦长歌"滚吧！"出口之时，各做了一个手势。

萧玦横臂一挥！

楚非欢弹出烟花。

院墙外的凰盟属下和掩在院中的侍卫，依次将暗令传出，一里地外的善督营，齐齐出动。

遥远的天边忽有华光闪耀，隐约有凤唳之声。

白影一闪，清越长啸滚滚而过天际，每个人都觉得自己耳侧好像突然起了一阵风，还不及回首，便见石台上座，一直安然端坐观战的素帮主不见了。

下一眼，便见空中淡金身影一闪，一人跃上围墙，单手一抢，一圈金碧二色的光轮如另一轮太阳灿烂显现，光轮所过之处，隐约有人影不断扑上又栽倒。

而素玄如飞云一般，直扑那个淡金身影。

半路上他遇见一扬手的秦长歌，接住了她抛来的一件物什，毫不犹豫地往嘴里一扔。

那人单手击落无数敌人，犹自能施施然转身，二话不说对着素玄便是一掌。

掌力如海啸，奔腾连环不绝而来，四周起了蒙蒙的雾气，那些不断闪动的影子，撞上那层雾气，便再也无法接近一步。

素玄单手一划，手掌白如玉石亦坚如玉石，划开淡金雾气，掌力一拢，一团，一揉，竟将那虚无的雾气揉成金球模样，手指一弹，金弹子般砸向对方！

呼啸声里他大笑，清朗的笑声穿越天际，远远传到远山之外。

"都不用费心了！这最后一场，是素某的！"

"哗啦"一声人群如潮水般涌上。

素玄终于出手！

天下第一人和神秘人的绝世拼斗，又该是怎样传说千年的武林神话？

今夜已经产生了太多的神话，何妨再多一个？

很多人激动得浑身发抖，为自己有幸参与武林盛事。

很多人飞快而痴迷地在地上画剑招步法，被踩了手也浑然不知。

这一夜之后，江湖中涌现了许多走刚猛路线的高手，江湖上的杀手杀人的手法更加奇特诡异，还诞生了以改造武器为生的行业，养活了很多人。

这一夜对江湖的影响，无法估计。

当然这都是后话了。

人群涌上。

再"噔噔"后退。

前面撞翻了后面的，后面的正要骂人，忽然觉得巨大的真力逼来，如巨浪当头，也不禁跟跄后退，又撞翻自己后面的，而自己后面的那个，准备开骂时又迎来新一波的气浪……

一波一波，如大海波涛毫不休止，没有人能够在素玄和那金衣人之外五丈方圆内站稳，到最后所有人都和糖葫芦一般滚成一团。

最后只得蹲在地上，看墙头上那两个人影的绝世一战。

翻腾起跃，快如极光，淡金玉白光晕中两个身影的招式几乎无人看清，两人所经之处，诸物全毁，随着他们的快速移动，一截一截的围墙犹如冰雪在阳光之下融化般无声地坍塌，而落地后，两人每踏出一步，地上便是一道深长的裂缝，灰尘漫天，全部激射到五丈之外的众人脑袋上。光晕中两人尘埃不染，依旧宛如谪仙。

光华太过明亮，远看去如用双目直视阳光一般灼眼，有人眯缝着眼，泪水涟涟地坚持数数，喃喃道："三百招……三百零一……这天下居然有在素玄手下走过三百招的年轻人……"

地上很快全是裂缝，两人又战到树上，秦长歌负手石台之上，看着两人之战，笑道："今日炽焰总坛只怕要全毁了，阿抉你可得赔修缮费。"

包子慢条斯理地从口袋里掏出个墨镜，架在鼻梁上，从容地观看那两人的拼斗，漫不经心地一挥手，道："我负责！银子挣来是干什么用的？花的！"

"师傅拜了是干什么用的？帮你背黑锅的！"秦长歌没好气地一拍他的大头，"哪来的墨镜？"

"干爹听我提起这个，用离海黑水晶给我磨了一个。"包子摆一个蜡笔小新的POSE，得意地问，"如何？"

"很好。"秦长歌微笑着，等到包子露出笑容，才道，"很抽风。"

…………

忽有人惊呼："看地面！"

众人这才发现，地面上，刚才那些裂缝竟然不是杂乱无章的，素玄踏出了一个万字的图案，而那金衣人龙飞凤舞地画了个奇怪的符号。

有人偏头，用步子去描，喃喃道："这是什么怪物？"

秦长歌眯着眼看着那图形，眼神里暗潮汹涌。

仰头去看树上，更看不清了，只看见树叶飞射，片片都如飞刀般在半空中旋转，绿色的尘雾一阵阵激起，再一阵阵消亡。那绿叶飞刀忽成雁行，忽成盾形，忽成尖刀形，发出凌厉的尖嘶攻向素玄，而素玄驱动所有枝条，忽成网，忽成刺，忽成桥，变幻万千而又分毫不让地回击过去。

轰！

百年古树也禁不起这般摧残，在刹那间被剃成光头后，颓然倒地。

长笑声里那淡金人影轻轻一踢，巨木如柴火般轻轻飞起。他半空一个飞踢，双人合抱粗的巨树带起沉猛的风声，撞向素玄。

五丈外一个比较接近的武林人士，被那狂风般的来势带倒，几经挣扎试图稳住身形都徒劳无功，砰的一声在地上滚出好远，愣是将后背磨得血肉模糊。

同样一声大笑，素玄白影一飘，单足踏上巨树，只轻轻一踏，那炮弹一般的冲势立止，素玄的腿一抬一绞，巨树比刚才更快更猛地又飞了回去！

那人双手一抢，一道淡金华光闪过，巨树裂成千万碎片！

如月光四面迸射。

"哎哟"声不断响起，一些靠得近的武林人士纷纷被碎片击中。

碎片犹在激射，素玄双眉一挑，单手一挽，手掌划出一道圆环弧线，他身前突然生出一个巨大的旋涡，那旋涡发出玉白的炫目光华，生生不息地无声转动着，四周的碎片，全数被卷入旋涡中，再瞬间化为齑粉。

巨树一棵棵倒下，再消失。

淡金玉白的光晕如具有神异摧毁能力的月色，照到哪里哪里崩毁。

树倒了，墙没了，地裂了。

而血月渐渐隐于云层之后，似也在为这场惊天大战所惊，不敢有扰。

天边隐隐地又是一声凤唳之声。

素玄突然仰首。

只是这一仰首的瞬间，金衣人再次飞射后退，掠过长空，一把抓起一人，两人向远处鸣凤山飞驰。

素玄只是一怔神，立即恢复，衣袖一拂，追了过去。

三人很快消失于众人视野，快得无人能够追及。

众人拼命往那个方向看，隐约只见一点淡金光芒诡异地远去，而那玉白之色紧追之后，随即便因为跑得太快离得太远，所有光点都淹没在黑暗里，再也无法辨识。

秦长歌懒懒地坐下来，她不想去追，她的轻功和素玄还有距离，是追不上的。

少顷，听得远处，鸣凤山方向，一声大响。

华光崩裂，有白光起于天际。

众人纷纷站起。

又过了一会儿，白影如飞鹤一闪跨越天际，背对着众人，稳稳落于平台之上。

众人不知怎的都松了口气，也忘记自己先前的来意好像是觊觎重宝，纷纷欲待上前恭贺得胜归来的素玄，还有人想要趁机攀攀交情——看素帮主的武功，如此惊世骇俗，能得指点一招半式也好啊，还有今天出手的几位绝顶高手，大约都是素帮主的朋友吧。说不定也能攀个交情。

素玄却始终没有回身，只是摆摆手，自有炽焰帮众上前应对众人。

此时他架子再大，也没人敢叫嚣"血洗炽焰"了，强横至绝的武力，本就比任何轻飘飘的言语都管用。

众人讪讪退去，面目全非的炽焰总坛在经历一天一夜的喧嚣争斗之后，终于恢复寂静。

夜虫重新开始轻鸣，风里有碧草飘摇，全不受刚才摧毁一切的真气影响，这世间刚折柔不折，越是卑微的生命，往往越能生存长久。

天边的曙色微露，清爽的夏风里，一缕阳光照上众人面庞，炽焰帮众带着敬慕骄傲的目光，望着自己的帮主。

素玄却只是负手背身而立，身姿挺拔，只是不知怎的，看起来有些沉郁。

众人的目光都投在他颀长的背影上，包子奔上前去，秦长歌缓缓移步。

"师父你——"

素玄突然晃了晃身子。

轻轻一咳。

"噗！"

烂漫鲜艳的鲜血突然如烟花飞射，洒在洁白的石台之上，画了一幅笔致凄厉的梅花写意。

第二十二章
狼 爪

"帮主！"

惊呼声中炽焰帮众齐齐拥上，受伤的宋北辰浑然忘记了自己的伤势，第一个飞奔过来，"帮主你怎样——啊——"

拦路恶客秦长歌，一脚将他踢出丈外。

宋北辰被她的回旋之力踢得在半空中轻轻翻了个跟斗，毫发无损地稳稳落地，瞪大眼睛，他愕然地看着秦长歌，一脸糊涂。

"你，你们，"秦长歌指指梁汾等人，毫不客气地指挥，"刚才的武林人士，也许有看出你家帮主受伤的，还有七大门派的弟子们，或者会心怀不忿回头寻仇，你们赶紧去把大门围墙先补补，庄内防御要做好，别给人看出什么，素帮主的伤，我们负责了。"

梁汾立即躬身应命，拉着宋北辰匆匆去了，纵然不认识面前几人，然而今日一战耳闻目睹，炽焰上下哪还有不感激的？真真命令一下，无有不从。

素玄一手扶墙，缓缓回首，勉强笑道："我的属下看来很快就要成为你的了。"

他脸色青白，气息不稳，看来受伤不轻。

楚非欢皱眉，轻轻道："你少说几句。"

秦长歌则根本不理他，直接上前将他推倒。

她也不看被推坐在椅子上的素玄尴尬的表情，手指一搭已经搭上他腕脉。

萧玦仰首向天，微微有点郁闷地怀念当年沙场之上，那个给自己裹伤的少女，也曾这般毫不客气不容抗拒地将自己推倒。

什么时候，能再推上一回呢？

唔……刚才静玄子偷袭的时候，要是反应不那么快，受点轻伤就好了……

秦长歌当然不会知道皇帝陛下此时心中居然转着这么无聊的念头，她只是专注地将自己的真气源源不断地传给素玄。

真气乍一进入素玄七经八脉，突然隐隐有些抗拒之感，秦长歌的内力仿佛受到了什么阻碍，滞了一滞，秦长歌一怔，正要探索，那阻碍突然消失，仿佛破开堤坝的洪水，宽广地接纳了秦长歌的真力。

此时也不是多想的时候，秦长歌专心施展，素玄却皱了眉，意图抽回手，秦长歌睁开眼，对着素玄微笑，目光却有点杀气凛然。

怔了怔，素玄苦笑，随即便见萧玦默不作声地走过来，看看秦长歌，伸掌按上秦长歌后心。

"呼"的一声，刚才大战时不知去了哪里的玉自熙突然冒了出来，红衣一飘，笑吟吟地又伸掌按上萧玦的后心。

日光淡淡，照着站成一列个个风姿绝艳的男子和女子，那联结掌心流过的，彼此传递的，是人世间最为难得的珍重和关切。

这红尘你来我往，看来交集无数，然而其间又有多少人擦肩，多少人错过，多少人迷失，多少人背离？时光漫长而又短暂，这一刹那的微笑也许就是下一秒的永别；命运幸运而又苛刻，适才还携手共看烟霞的爱侣也许转瞬间就天各一方，所以，拥有这一刻看似普通的信任与默契，体味某些不涉于私的情感刹那间开放，是足可在余生的风烟里，支枕静听光阴的河流默默流过，而不生惆怅的莫大奢侈。

素玄抬眼，感激的眼神默默流过，最终一言不发闭目接纳。

楚非欢坐于一侧，沉静地看着他们，再仰望苍穹之上流动的浮云，神情难辨悲喜。

掌按秦长歌后心，以自己的阳刚真力分担并弥补秦长歌流失的真气，萧玦也在默默注视着眼前少年打扮的女子，月白紧身衣下双肩纤细，肩上一抹皓颈如雪，在乌黑的发的映衬下，洁白得宛如午夜里静静开放的栀子花，令人有种想要以双唇的细腻碰触，并埋首其中的冲动。

只是……不能，萧玦苦笑。

苦笑方起，身后有人悄悄凑近，语气暧昧如呢喃，说的话却将他的冲动浇灭了大半。

"陛下，您前面那位，是您什么人哪？还有，您怎么会在这里？"

玉自熙目光流荡，上上下下在秦长歌身上打量，宛如发现猎物的狐。

侧转首，看看玉自熙，萧玦并不意外他认出自己，毕竟自己的武功个人特色太过鲜明，和他一起血火风烟多年的玉自熙早已熟悉，然而长歌是重生以来第一次公开施展武功，而且以她的狡黠多变，所施展的武功与前世亦有了很大不同，应当不会被这个狐狸很快摸着原形。

长歌一直说，无论是秦长歌还是明霜，都觉得越少人知道下落越好。

"武林绝世难逢的大战，我怎舍得不来？"萧玦坦然一笑，"好久没痛快打上一场了，真舒服啊……那位是素帮主的师弟，出门历练的，我上次在风满楼遇见，谈得很投机，算是布衣师友。"

此时行功完毕的秦长歌及时收手回头，任素玄闭目调息收拢真气，转身落落大方地向玉自熙抱拳："小可谢维云，见过静安王。"

微笑斜睨，玉自熙道："你认识我？"

"经此一役，王爷必将名动天下，哪会有人不识呢？"秦长歌笑得诚恳，看起来风流儒雅。

"你也不差，今日一战，着实好手段，想来声名鹊起，也就在顷刻之间了。"玉自熙的笑意怎么看都不像在赞美，"素玄有师弟如此，真是令人羡慕，只是你师兄弟武功，怎么路数完全不对啊？你这杀人风格，倒有点似我某位故人哪……"

"小可要那虚名无用，"秦长歌坦然笑道，"小可不日就要回山，再不涉红尘争斗，今日若不是为师兄，小可也断断不肯出战的，至于武功……小可本就是半路出家，身有武功投入师门的，正因为以前武功太过阴毒狠辣，有失正道光明，眼见将误入歧途，幸得如今的师尊救助指点，至此大悟，长年于红尘之外潜心修炼正道武学，今日一战，因争斗之心而起，已失却我修炼之人的清净无为之意，是以不欲以师门武学对人，勉强拿以前的功夫凑数……却让王爷见笑了。"

他说得一本正经，答得滴水不漏，玉自熙一时却也无可挑剔，目光闪动，笑了笑，慢慢道："客气，客气……"

他不再理会秦长歌，一拉萧玦，道："千金之子坐不垂堂，您亲身犯险已是不智，如今总该回去了吧？"

萧玦本想和秦长歌一起回去，然而现在已经撒了谎，再反口也不可能，只好无奈地被玉自熙拉走。

路过包子身边时，玉自熙突然漫不经心地一指包子，道："陛下您不和太子一起回去吗？"

正在懊恼的萧玦不防这一问，正在发怔，包子已经笑嘻嘻道："太子？我认识，我们离国的太子，是个大傻子。"

"西梁的太子，可不是傻子，不仅不傻，简直太恶毒了，"玉自熙笑容甜蜜，"他和你差不多大，狡猾奸诈，大胆心黑，难缠得很，难缠得很。"

"哦？"包子眨眼，满脸都是期望，"这么厉害？那你介绍我认识，我和他比水性，哈哈，比水性他一定还是个傻子！"

旁边萧玦已经不悦地道："自熙，那是国之储君，你放肆了。"

媚笑着向萧玦欠欠身，玉自熙宛如爱抚般轻轻打了自己一个小小的巴掌，道："是，太子春华懋德，德行完美，人品贵重，有如怀瑜握瑾，是我胡说了。"

怀瑜握瑾……

包子狠狠地瞪着玉自熙风姿优美远去的背影，直到看不见人了才跳脚大骂："啊呸！骂我是木怀瑜！"

他哀怨兮兮地扑向楚非欢："干爹，我被人家当面骂了还不能回嘴，还得跟着骂自己，我啥时候吃过这么大亏呀我……"

楚非欢摸摸他的发，提供了自己的膝盖供他磨蹭，抬头静静地对秦长歌道："看来是瞒不住他的，我看溶儿的身份也不必遮掩了，越遮掩越坏事。"

秦长歌挑眉，叹气道："是，那只狐狸瞒不住，最起码溶儿瞒不住——毕竟像他这样黑心的小孩实在太少了……其实咱们动不动换面具，时不时吃变声丸，真是够累的，按说他也应该不是敌人，只是我心里，总是对玉自熙防范三分，这个人，秘密太多了，而秘密多的人，是不安全的。"

她微微叹息着，道："算了……顺其自然，他猜到多少，算多少吧……"

她一直背对素玄，远远地看着那两人消失的方向。所有人都在看着她，都未曾注意到身后的素玄，突然眯眼，看了她一眼。

那一眼，烟水漠漠，长风悠悠。

风满楼最近推出了新的服务项目。

一是说书人开始说"惊世之战——一本琅嬛秘籍引发的惨案"的最新故事。

重金聘请的说书人极富语言技巧，将或英风豪烈，或奇诡莫测，或惊世骇俗的七场战事，用华丽璀璨的语言，富有煽动性的语气，以比拟、渲染、夸张等种种方式，说得那叫一个天花乱坠、惊心动魄，听得人人蹲在凳子上张大嘴，口水掉了三尺长尚不自知。

说书人还很无良地每天在最紧要关头戛然而止，惹得一众听客拍桌子打板凳嚷着要砸店。

砸是自然不舍得砸的，第二天一早，还是乖乖地奔来等"最新更新"。

二是包子在听书时开始挨桌赠送西梁版口香糖，这个口香糖是可以吃的，以上好的明紫玉版纸包成指头大的一小块，盛在精致雪白的瓷盘中，尚未开尝，便以色相夺人眼球。

店堂里挂着红锦底黑色字的宣传广告，城中还有五十辆马车时刻不停，缓缓行于各处街道，务必要让全郧都的百姓都看到口香糖的广告词。

广告词由秦长歌主笔，包子润色，内容为：

"你曾因为接吻时有口气，佳人离你而去烦恼吗？"

"你曾因为中午吃了大蒜，偏偏下午要你去相亲而意欲崩溃吗？"

"你曾有因为应对上司垂询，说话有异味被上司嫌弃，以至于难以升迁的惨痛经历吗？"

"如果你有过这些悲惨经历，如果你曾为此痛苦万分却没有解决办法，那么，让我告诉你，解救你苦痛的救星，已经横空出世了！"

"请立即收拾好你的银两，带上你全家老小，奔向风满楼，体验风满楼超级大厨带给你的至尊级的味觉快感！感受小小一块糖，便能给你终身'口吐清芬，唾兰喷麝'的奇迹！"

下面是包子掌柜笑得见牙不见眼的大头绣像，十位巧手绣娘绣出的包子掌柜光辉形象足有真人三倍大，精致毕肖，穿一身洁白的衣服，举一块小小的糖，做陶醉万分状。

一个大大的黄框内，写着包子掌柜的总结性的呼吁：

"风满楼口香糖，您的居家泡妞升职相亲旅游必备良品！"

被这样惊悚而别开生面的广告词吸引来的看客，源源不断地向风满楼奔来。包子紧急自青楼中聘请了十位美貌清倌，作为"口香糖小姐"，并在其中选了最美最有才的作为"风满楼形象大使"，身披绶带，穿着露大腿的旗袍，在吃客们"咕咕"咽口水声中，全力推介风满楼牌口香糖。

众人咀嚼着口香糖，瞄着小姐们的大腿，不停地抹着口水，呜呜噜噜地赞："好！美！"

也不知道是赞糖美呢，还是人美。

不过口香糖果然以龙卷风的速度，迅速在郓都飚红。

上至达官贵族，下至平民百姓，人人以争尝口香糖为荣，经常有豪门大户派出小厮整整包地购买以为炫耀，惹得怀才不遇做糖果不顺利被人嫌弃很久的祈繁整天扶墙望天眼泪涟涟："……我终于成功了啊……"

"成功的商业运作才能造就成功的商品。"秦长歌抱着儿子，严肃地灌输着生意理念，"你祈叔叔那个糖也就是说得过去而已，关键在于包装。"

包子却在神游物外，半晌瞟一眼一旁好像在认真看书的楚非欢，神秘兮兮地凑到秦长歌耳边："我看见父皇身边的老于海来买糖……"

秦长歌咳嗽，正色道："他买糖有什么奇怪的？"

"他牙都没剩下几颗了，能吃那么粘牙的糖？他吃完一颗糖要是还剩一颗牙我就跟他姓。"

"我们继续，"秦长歌瞟一眼楚非欢，翻开手中的书，"今天学盖茨是如何炼成的……"

"你说我爹多买口香糖要做什么呢？"包子根本不管她岔开话题的意图，俯在她耳边咬耳朵，"他要口气清新，讨谁欢心呢？"

"……"

"他那口香糖的香味儿，是想让谁闻见呢？"包子不怕死地继续撩拨。

"萧溶，你好像好久没有回宫读书了吧？"秦长歌笑得阴阴的。

"不要恼羞成怒嘛……"包子腻老娘腻得更紧，这回声音更低了，"我再说一句就走。"

"嗯？"

"干爹今天对那糖出神很久了哦……"

啪！

西梁国高贵的太子殿下，被某人恶狠狠地一脚踢出了门外。

龙章宫御书房的玉瑙沉香的味道本来是很好闻的，如果不是在被迫留下来加班的时候闻的话。

尤其当被迫加班的那个人明明很困，还得加不属于自己的班时，那香气令秦长歌很想揍人。

揍上座那个一本正经看奏章的人。

"幽州因为今夏雨水极少，今年报大旱，武威公自请赈灾。"

半晌，皇帝陛下抬首，神情还是很严肃的，正色问："诸位以为如何？"

一边问，一边牙痒痒地盯着多出来的那个人。

玉自熙。

最近这家伙天天上朝，每次上朝一定要挑赵侍郎秦长歌的错处，秦长歌哪里是好对付的？再明褒暗损，都自有对策，两人碰撞多了，几乎一见面就有火花，朝臣们早已把"静安王VS赵侍郎"作为每日朝会必看桥段了。

今日萧玦下朝后召秦长歌"议事"，玉自熙硬跟了来，说有要事求见，结果进来半天了，他也没说清楚，那要事到底是啥事。

萧玦只好真的议事了。

为什么看起来最具风情的那个，却偏偏最不解风情呢？

他咳嗽着，看着秦长歌："赵卿以为如何？"

"陛下，微臣是刑部侍郎。"秦长歌正色回答。

言下之意：你弄错了吧？

"你当知道此事与你有关，"萧玦意志坚定，不为所动，"幽州旱灾，朝廷已经拨下赈济物资，但被刺史乌南番侵吞，灾民因此暴乱，杀官夺库粮，闹得不堪，今日朝会，朕本打算让御史中丞何晏去赈灾抚民，缉拿乌南番一干无耻官吏，不想武威公李翰却跳了出来，自请抚民。"

他说到此处，顿了顿，似是不知道怎么措辞才合适，玉自熙却已心领神会地笑了笑，道："幽州都督曹光世，当年是武威公军中悍将，深受信重。"

"何止是当年信重？"萧玦冷笑，"如今也交情不浅，私下鸿雁往来，热络得很。"

"幽州是边境重镇，曹光世手下重兵三十万，"玉自熙眼色明媚，隐隐有兴奋之意，"麾下还有许多武威公旧部，国公此去，想必旧部们都欢欣得很。"

萧玦微微一笑，道："你觉得怎生处置较好？"

"陛下不是已经在朝会上准了吗？"玉自熙浅笑，"圣心独运，智珠在握，微臣不过一介凡夫，怎敢擅自揣摩？"

"你少来，"萧玦将奏折往龙案上一扔，目光灼灼，看着秦长歌，"文正廷观风使的职司还没结束，朕让他立即赶去幽州，会同李翰督办赈灾事宜，朕给了他密折暗奏和相机行事之权。"

余下话意，在座的都是聪明人，自然不用说出来，督办督办，你办我督，相机行事，有事必上嘛。

"陛下，"秦长歌思考了一下，淡淡道，"李翰必反，您放虎出柙，必有后患，对此，您可有把握？"

"我哪里想放他？是他今天将了朕一军，"萧玦叹息，"这等光明正大为国为民之事，历来只要自请，没有拒绝的道理，所以就算明知李翰心思不正，也无法在朝会上驳回，否则说起来，朕又成了多疑寡恩之主。"

"让他去不了就是了，"玉自熙笑意盈盈，"老李啊，年纪大了，骨头硬了，丧子之痛是个好大的打击啊，唔……现在看着精神还好，其实骨子里已经有病啦……"

秦长歌一笑，赞："王爷好计谋！"

玉自熙睨视着她，道："你没想到？你这么聪明，会想不到？"

他微笑站起，踱到秦长歌身后，趴到秦长歌椅子后，偏头，如嗅早春之花或梅枝深雪般一嗅秦长歌的耳鬓，神情陶醉地深吸一口气，悠悠赞道："不谢风流一段香呵……"

龙案后萧玦脸色微微一沉，忍了忍，努力平静地道："静安王，你这是做什么？当真要朕以君前失仪之罪治你？"

自椅背上直起腰，玉自熙轻轻一转已经转到秦长歌面前，伸出修长的手指轻轻地在秦长歌脸上慢慢描画，眼波旖旎地哧哧笑着："陛下，别生气嘛……您看赵侍郎，不仅是治世良臣，还真真生得好模样……这眉，这眼，这鼻，啧啧……这脸上皮肤细如脂玉，比姑娘家还美上几分……哎呀，你身上我瞅瞅，看看会不会表里不一，是不是肌肤也好……"

他的狼爪，一不做二不休，不住下移，最后干脆去扯秦长歌的衣襟，探头凑向秦长歌领口，意欲一览"山川秀色"。

"哎！"

第二十三章
云 起

"啊？"

玉自熙探头，看见外袍里面居然又是一件外袍。

怔了怔，玉自熙不信邪地继续扒。

又一件外袍。

再扒。

又一件。

目光发直的玉自熙，不死心地继续扒，这回终于看见了一角雪白的颜色，大喜，想着终于不是外袍了，就是啊，这世上还有人从里到外，都穿着外袍的？

他开始扯那雪白的衣角。

秦长歌一直笑吟吟地任他忙。

甚至对龙案前面色发黑，恨不得将案上镇石狠狠砸到某人头上的萧玦，悄悄做了个少安毋躁的手势。

萧玦忍了又忍，怒极之下干脆掉过头去。

玉自熙拽啊拽……

怎么没个尽头？

他缓缓抬眼，对上秦长歌看起来时刻都淡定的眼眸。秦长歌好客气地看着他，轻轻道："拉，拉啊，怎么不拉了？这本就是给你的嘛。"

"啊？"

秦长歌正色道："上次风满楼第一大厨曲胖子，自从偶遇王爷一次，自此惊为天人，痴心托寄，辗转反侧，思慕不已，总缠着卑职絮絮询问王爷诸般事体，他总和我说，您什么都好，什么都美，就是足大了些，得裹裹才好，特意去扯了丈二裹脚布裁好了，托我带给您，瞧我这什么记性？总是忘记，今日正好，您既然亲自来取，最好不过了。"

说完慢条斯理将余下裹脚布抽去，整整齐齐叠了，双手奉上，笑吟吟道："宝剑赠英雄，裹脚布配佳人，王爷艳福不浅。"

…………

修长美丽的手指以一个优美的姿势顿在半空，玉自熙脸色连连变了几回，方恢复了从来不曾消失过的媚笑，也笑吟吟地接过裹脚布，道："好，好，风满楼大厨好眼光，本王记着了，改日亲自去会会我的追求者……"

可怜的裹脚布到了他掌中，明明只是轻轻一揉，不知怎的却突然化为飞灰。

似笑非笑地睥了秦长歌一眼，第N次铩羽而归的玉自熙，终于懒洋洋地放弃了最新一轮的试探和作对，向萧玦施礼告退。

萧玦害怕自己多看他一眼就会有拔剑的冲动，直接埋首在奏章之后，挥了挥手。

"赵侍郎不一起走吗？"玉自熙偏头看着秦长歌。

"他不走，"答话的是语气平静却阴冷的萧玦，"刑部还有些事务待办——如果静安王你最近很闲，不如去刑部主持大局？"

"啊，臣很忙，臣要去善督西营练军……"玉自熙立即"操劳公务"去了，御书房内只剩下萧玦和秦长歌。

只一步便跨下御座，黑影一闪萧玦已经在秦长歌面前，先二话不说，就去拉她的领口。

"你做什么！"秦长歌这回可吃了一惊，不会吧？受刺激了？终于狼变了？也想效仿"先贤"了？那个，我可没有第二份裹脚布啊。

就在秦长歌开始慎重考虑要不要先趁没人给萧狼一个过肩摔，却见萧玦的手指，匆匆拉拢了她被拉开的那点点领口。

…………

很久以后。

"喂。"

"……唔？"

"那个，你的手，好像已经完成了它想完成的任务，"秦长歌温柔地微笑，"可不可以给它换个地方待着？"

…………

萧玦如梦初醒地自秦长歌颈项间收回手指……咦，我刚才干什么了？

讪讪退开，趁秦长歌不注意，萧玦悄悄拈了拈指尖，那一点儿滑腻的触感啊，暌违已久。

怔怔地在龙案后坐了，萧玦对着奏章看了半天，叹气。

唉……衣服确实穿得多了点……

大约"看奏章"看得时辰太久了，等萧玦终于回味完了，却发现被YY的对象已经不打招呼地离开了。

龙案前不知何时整整齐齐地放了张纸，几排大字墨迹淋漓。

"唧唧复歪歪，唔识就唔识。"[1]

"拉衣够刺激，猪手又一只。"

萧玦愕然地看了这四句"诗"半晌，又拿起来翻过来掉过去的端详品味，喃喃道："这是什么诗体？猪手是什么东西？长歌的学问，真是越来越高深了……"

乾元四年八月，盛夏。

声声蝉鸣，隐在翠绿浓荫中不住地喧嚣，为这一生里最后的时光不懈歌唱，阳光透过树叶直射下来，每一点光斑都灼热得如同一轮新的太阳。

日光照射下的土路，被烤得有点变形，人行走其上，立即腾起一片灼热的灰尘。

路上几乎没有任何行人。

这是个连鱼也恨不得躲在水底乘凉的酷暑。

幽州城门口，却有一支队伍，重甲在身，衣冠整齐，笔直如铁地立于城门口。

当先一员将领，黧黑的皮肤上细细碎碎地有些印痕，仔细看仿佛都是伤疤，长眉细目，容貌平凡，只是偶一转目间，那沉沉乌眉下的眸子幽光闪动，宛如秋风拂过的稻田，金光一闪。

他神色平静，唇线紧抿，一动不动地看着前方的官道，无遮无拦的阳光刺下来，却不曾令重甲在身的他生出微汗，他身后的士兵却没有这般的定力和内功打底，一个个汗透重衣，额头上的汗如流水般流进颈项，模糊了视线，却始终没有一个人移动分毫。

身后，便是宽阔荫凉的城门门洞，却没有一个人试图进入避暑。

"曹都督，"门洞里突然探出个人头来，伸手挡着阳光，眯着眼道："实在是太热了，让兄弟们卸卸甲吧？"

马上，曹光世缓缓转身，用不屑的眼光看了下眼前这个"小白脸"，方淡淡道："行伍之人，这点热，还能耐不得？"

说完立即转身，连多余的一眼也不回顾。

被晾在门洞里的男子，皱皱眉，苦笑了笑。

半晌，官道之上，终于隐隐出现了车队，随着队伍的接近，渐渐可以看见飘扬的"李"字旗帜，曹光世眼中露出喜色，策马迎上。

队伍缓缓停下，面色沉肃的李翰，缓缓从车中迈出。

"唰"一声，数十人齐齐下马，跪地叩拜，"见过国公！"

---

[1]粤语，化用《木兰辞》，唧唧复唧唧，木兰当户织。

李翰急忙上前来扶，曹光世仰头，看着李翰，半晌，哽咽道："国公，您——"

"回去再说吧。"李翰打断了他的话，两人目光一碰，通透了然，他们都带着一分令人寒悚的杀气。

两队人马，浮尘不惊地穿过城门，没有人看隐在暗处的男子一眼。

半晌，男子从城门的幽暗之处缓缓走出，阳光照在他普通的青衫上，映着昔年陇西狂生不可一世，如今经官场历练，逐渐沉潜深藏的眉宇。

观风使文正廷，于烈日下，城门前，在马蹄远去肆无忌惮扬起的漫天尘土之中，忧心忡忡地转身，回望幽州巍巍高城、浩浩河山，发出了一声悠长的叹息。

"风云将起，山雨欲来啊……"

午后的阳光，射在碧绿竹纹纱的明窗之上，将地面筛出了一片莹绿的色彩，看来颇有几分清凉。

同样清凉无汗的楚非欢，斜倚桌前，仔细地翻着一张图表。

"非欢，在看什么？"声到人到，秦长歌轻衣素衿，长发散披，一身闲适自在地走进来。

天热，怕热的秦长歌不仅搬了许多冰块来降温，还自制了凉鞋，解放解放自己总被闷在官靴里的脚，反正这个院子等闲人也闯不进来，当然是自己凉快比较重要。

凉鞋很简易，牛皮底，两根带子的鞋面，舒爽透气，秦长歌心情愉悦，悠然在院子里乱逛，经过的祈繁和容啸天，却都远远地避了开去。

她怡然自得地进屋，楚非欢放下图表，正要回答，忽然怔了怔。

那是什么鞋子？

还有……

黑色的，几乎等同没有鞋面的奇异鞋子里，少女的双足雪白晶莹，天生地精致玲珑，脚趾圆润，指甲粉润如珍珠贝，脚背皮肤紧绷，闪着牛乳般的莹亮光泽，至脚踝处收束成一个流畅的弧度，弧度之上，是更为纤细优美的一截小腿。

楚非欢的手心里，突然微微生出薄汗……

天好像太热了些……

他有点慌乱地将眼睛躲开，一时却又不知道往哪儿放才合适，往哪儿放，眼前都仿佛浮动着那雪白精致的影子，一点点地扰到眼底，那秋水横波般具有韵律美感的线条，尚未轻触，便觉心底柔软荡漾，有些欲诉不能诉的难言心思，在缠绵氤氲的心境蒸腾下，仿佛将要浮出一层冰清的露珠来。

一时竟然忘记她刚才说什么，素来聪慧的男子，微微红了脸，掩饰地咳了咳。

他的掌心紧紧抵在椅子冰凉的扶手上，那触手的温度令人稍稍收敛了心神，稳了稳自己。楚非欢抬眼，尽量平静地回答："在看风满楼的分店计划。"

秦长歌注视着他，他刚才那一刹那的不自在她当然看在眼里，男子脸上泛起的薄红，令她有点好笑，然而淡淡的喜乐之后，心中突然微微一酸。

有多久，没看见他脸上现出正常的气色？

常人能有的，他已没有，秦长歌不会忘记，那日炽焰决斗，明明好武的非欢，除了她比试那场一直抬头注视战局外，其余几场，他都出神地望着远山，仿佛身前正在展开的不是他以往最为在意的高手之争一般。

他，还是在意的吧？

闭了闭眼，秦长歌再转首时已微笑如常，轻轻在楚非欢对面坐了，笑问："多少了？下一家打算开在哪里？"

"已有十七家了，溶儿说，陇北一线，还没有风满楼的招牌，下一家要开在陇北。"

"嗯，"秦长歌听着，脸上已渐渐失了笑容，皱眉问，"他不是要开在幽州吧？"

"是的，"楚非欢淡淡道："知子莫如母，幽州是军事重镇，人口众多，是陇北最为繁华的城，他早就和我说过，要在那里开店，这是第十八家，他说要讨个好……口彩，还要亲自去幽州剪裁，被我驳回了——长歌，开店和剪裁有关？"

"他这是在说剪彩，你别理他，"秦长歌快言快语，"非欢，溶儿什么时候说要到幽州开店？"

"前几日的事，"楚非欢道，"这几日轮到在宫中读书，他还没来过这里。"

秦长歌霍然站起，险些碰翻了凳子，道："我得立即进宫一趟！"

她难得流露的紧张令楚非欢也吃了一惊，愕然道："怎么？"

秦长歌一边拔脚向外走，一边道："幽州战事在即，萧玦和我原本打算放虎出柙，干干脆脆把那个毒瘤挤出来算了，现在溶儿……"

话未说完，楚非欢已经明白事情的严重性，溶儿那个性子，说要去幽州开店，保不准早就有计划溜走，现在幽州大变在即，如果他恰恰碰上——

不敢再想，楚非欢疾声道："我和你一起去！"

转身，看着男子坚决的神情，想着这对干父子情谊不同常人，秦长歌道："好。"

天色已暗，宫城九门已闭，秦长歌选择走直通太后后宫的密道，毕竟，长寿宫正好在冠棠宫和龙章宫之间，而自从上次金弩事件后，江太后不久便"凤体欠安"，移居上林别苑西的晟宁行宫，由仍旧住在上林庵未曾回宫的文昌"照看"。

文昌一直没回宫，萧玦已经着手替她寻找合适的夫婿，目前仍在精挑细选中。

从长寿宫出来，楚非欢留在宫中等消息，秦长歌先去了冠棠宫，果然没人，连油条儿也不在，翻了翻冠棠宫书房桌上的东西，想了想，秦长歌直奔龙章宫。

外殿已经熄了灯火，老于海隐约知道这位赵大人在陛下心中的地位不同，一言不发地将她引入内殿。

珠帘龙帷深处，萧玦正合拢了眼假寐，面前一堆奏章堆了好高。

近几日为了做好对幽州事变的应对，那些战争在即的准备工作，兵马粮草将领辎重，都需要先期布置，但又不能露出风声打草惊蛇，因此，萧玦这几日颇费精力，和秦长歌日日议事，再熬夜几近通宵。

两人当初就是否放李翰出京仔细商讨过，最终选择挤出李翰这个毒瘤，一方面是因为，幽平二州是西梁龙兴之地，最早的薛正嵩节度使，正是在幽州打出反元旗号，揭竿而起，带领两州儿郎冲出北地，铸就西梁萧氏皇朝前身的，所以幽州都督的地位不同于寻常将领，素来制霸一方，幽州军伍中的士兵军官，也骄悍非常，寻常外调去的将领，根本无法统御，而李翰作为最早跟随薛正嵩的老牌将领，最初起事时，萧玦尚自是个伍长，李翰已经是副将，可以说在军中，尤其在幽州守军之中，李翰具有任何人都无法比及的威望，这是所有帝王都私心忌讳的事情，而这个李翰，又不肯韬光养晦，一直和曹光世暗通有无，每逢朝廷兵部欲待换防，他便发动诸般力量阻挠，屡屡掣肘，以至于数年来，朝廷竟未能完全顺利地将幽州军权统归中央。

这本身是件十分危险的事，等于将整个西梁北边门户的安危听凭一个人的意志去选择，所以萧玦多年来不间断地在幽州守军中换调中层军官，又在相邻的灵州、平州布下重兵，呈掎角之势，这样三足鼎立，才可以安心睡觉。

幽州，虽还未至于再建出个小朝廷，但作为与北魏接壤的军事重镇，可以说在西梁舆图上地位重要至牵一发可动全身，怎能任由这匹野马脱缰在外？

而北魏多年来时常叩边，骚扰边境，北魏内乱导致各地将领生出割据之心，边境守将极有可能掠夺西梁的粮食百姓甚至土地以扩充自己的实力，这也是必须要解决的问题。

所以秦长歌和萧玦都觉得，时机成熟便可顺水推舟，长痛不如短痛，以短暂兵锋之起，拔除野心分子，换得边境军权完全回归中央；以雷霆行军之烈，震慑蠢蠢欲动的北魏边境守军，用境内一场军事力量的展现，换取边境百姓在一段时间内的平安生活，无论如何是值得的。

但前提是，必须迅速地，利落地，以绝对强而有力的厉杀手段，镇压一切纷乱！

一旦拖延蔓延，后果不堪设想。

于是人选又成了个难题。

朝中并非没有优秀将领，但纵观西梁甚至整个天下，世间最优秀的将领，居然就是坐在那里决策要打仗的那两个人。

秦长歌和萧玦为此已经争执过数次，萧玦要亲征，秦长歌不同意，认为区区荡平边境逆军也需要你皇帝陛下亲征的话，也就太没名气了，反倒被正在虎视眈眈的周边诸国笑话你朝中无人。秦长歌的意思是自己去，萧玦又不同意，至于为什么不同意，他理由充足，而且极其简单。

"不行，"他坚定地摇头，"你不能去，我不放心。"

想了想他又加了句："你已离开我身边太久，我真的很害怕一不小心，又会丢了你。"

秦长歌至此默然，实在想不出什么话来应对这般灼热的坚持，这世间的伶牙俐齿，都是因为事不关己，流利的口舌，犀利的反应，痛快的解决方式，从来就不是为那些纠缠牵结的感情而准备的。

谈了数次没有结果，如今，也许真的要有结果了。

龙章宫内燃烧的巨大牛油蜡烛光影荧荧，烛光下假寐的萧玦却似睡得很沉，连秦长歌快步进来的脚步声都没能惊醒他。

皱皱眉，秦长歌示意于海出去带上门，自己上前仔细地看萧玦。

烛光下萧玦俊朗的容颜上并无睡眠时宁静安适的表情，反而隐隐有些烦躁，眉头皱得很紧，浓长而卷起的睫毛不住地颤抖，呼吸也有些急促，似乎正被困扰在某个噩梦中。

噩梦？

秦长歌隐隐想起那个在心中搁了很久的疑问。

然而现在实在不是追索的时候，她直接伸手去摇他，却发现萧玦根本没醒，仍旧沉在梦中，口中极其低微地喃喃着一些字眼，秦长歌心中一动，侧耳去听。

极其模糊的声音，近在咫尺也听不清爽，隐约有"……恨……去……"的字眼。秦长歌皱皱眉，半蹲下身，将脸又凑得离他嘴唇近了一些。

萧玦却突然睁开了眼。

烛影摇曳，影影绰绰，殿中一切景物晃荡在尚自有些流荡的视线里，还没能完全从刚才的深海妖红中挣扎出来的萧玦，睁开眼便觉得熟悉的幽凉芬芳沁人，一阵阵冲入鼻端，而脸侧有一片雪白在微微晃动，一抹润泽玉色，宛如一朵玉兰花，正姿态静好地开在唇边。

这本就是世间最为芬芳的邀请，最为旖旎的等候，最为纯真的诱惑，最为荡漾的姿态。

开放在尚未完全从噩梦中清醒，创裂的心正需要温暖安宁的抚慰的萧玦眼前。

何必犹豫？

一偏首，萧玦快速而又不管不顾地，狠狠吻住了那片熟悉的洁白。

轻轻地发出一声呻吟，思念已久的香气立刻俘虏了他全部的理智，就势一伸手，将身侧的女子抱紧，萧玦沉醉地深深埋首，轻轻咬啮唇下那方明月般的肌肤。

熟悉而又陌生的温软触感，满唇处子的幽香暗散，一切都如此美好，萧玦只觉得脑中轰然一声，有什么在熊熊燃起，将他瞬间烧毁。

四海崩塌，长乐崩塌，自己也在崩塌，而烈火里谁一笑回首，如当年红罗帐中相顾粲然。

萧玦喘息着，一拂袖，袖风卷灭了烛火。

宽阔寝殿里，错金长窗被风重重关上，连那一轮欲待窥人的明月，也被阻隔在外。

萧玦已经什么都不想再想。

离别有多久，思念有多久，此刻欲待决堤的潮水，便已等待了多久。

他俯身，推倒。

却听见身下女子突然轻声道："溶儿。"

"啊？"

一怔之下急忙回身，难道是溶儿跑来偷窥了？

一回身，秦长歌已经坐起，理衣，挑眉，幽黑的眸子在漆黑的大殿里熠熠闪光。

看着神色无奈的萧玦，秦长歌没有笑意地勉强笑了笑，不想令他尴尬地直奔主题："溶儿去了幽州。"

第二十四章

兵锋

"他怎么会去幽州？"

霍然翻身而起，情欲全失，萧玦大惊之下急急便往冠棠宫而去，秦长歌道："不必去了，我看过了。"

她站起，皱眉道："溶儿要去幽州开店，我看过了，大约已经走了一天，追是要追的，但是以溶儿的狡猾，我看等闲人还追不着，此事你我都有责任，所以，我自己去吧，正好把李翰解决掉。"

萧玦长眉一皱，直接否定道："不行，我去。"

"你去？"秦长歌一笑，指指龙案上堆得像山似的奏折，"请问兵马调拨，粮草运送，将领布置，谁来下令？我？请问谁会听？唔……我篡位为帝差不多了。"

这话原本是玩笑，不想萧玦正色答："你若想做我就让你，反正这江山，你坐我坐，本就一样。"

秦长歌无语，想着这种玩笑果然不能乱开，萧玦不是史书上那种权欲至上的帝王，他至情至性坦荡磊落，皇帝这种职业在他看来也就是需要好好履行的责任而已，他心中，本就有许多比帝业更为重要的东西。

尤其秦长歌，萧玦从未忘记过，军功章有她的一半。

从来不喜欢挟恩望报这种德行的秦长歌，暗自后悔无意中牵出这个尴尬的话题，赶紧说正事："于情于理于公于私，这趟我都是走定了，你放心，我向你保证，三个月之内，我必带着溶儿回来。"

萧玦默然，他立于琉璃瓦飞龙柱的龙章殿门旁，用一个半回身的姿势，借着满天满地穿堂入殿的如银的月光，注视暗影深处神情闲散的秦长歌，她沐浴在月色光辉里的容颜，宁静、无畏、睿智、幽微而无限旷朗，这是个可以用自身尺之宽的心去容纳整个天下的女人。可是他却始终在担心，她心中正因为什么都有了，反而挪不出小小的空间，去盛放他满满捧出的爱意。

当年结发时，一笑两心知，而今再相逢，人远天涯近。

是哪首命运的曲调错弹，画下无奈的休止符？又是谁的纤纤手指按下琴弦，将那一腔欲待喷薄而出的飞天之音，温柔而又沉静地阻止？

江山终成浅唱一曲，然而那一首相思调的尾音，却散在龙章长乐，开国帝后俯瞰天下的宫殿华堂的空气里，欲待追寻，无从追寻。

萧玦捏紧了手指——刚才，她在他身下，一线青丝绕上了他的指尖，他不舍得挥去。

那细润的发丝在指尖盘桓不休，他无意识地一层层地绕着，缠紧，心底有些言语千丝万缕，如茧密密地围上来，和那些奔腾翻涌的心事悍然相遇，然后再抵死缠绵。

他沉默地站着，月光凉凉地浸上来，湿了殿廊下的夜芙蓉，湿了他绣金龙盘祥云的帝王袍角。他侧转身看着幽州方向，那里，遥远，深暗，乌云密布而风云将起。

然而，良久后，他轻声道："好，你保重。"

秦长歌一笑颔首。

她迈步而出。

经过他身边时，听得他涩涩道："三个月，三个月后，你们若还不能回来，我去找你。"

顿了一顿，秦长歌在与萧玦齐肩的位置相背而立站定，侧首对他一笑。

她的笑容浸在月光中亦如一朵开得正好的夜芙蓉。

她道："好。"

乾元四年八月，盛夏日光笼罩下的幽州。

一辆全黑的马车，毫不招摇地驶进了幽州城门，马车虽然样式普通，但是做工讲究、结实，车身上印着一个金色飞鱼的图案，鱼身跃动有腾龙之姿。

这个标记，目前的西梁，大约只有陇北一线的人们现在还不认识，其余各州各地，谁不知道，这是大名鼎鼎的风满楼的标志。

至于为什么会是这个LOGO，灵感自然来自楚非欢，这标记，就是他身上的离国皇族与生俱来的胎记。

马车在幽州城最为繁华的十方大街的"居安酒楼"门口停下，车帘一掀，一个黑黑瘦瘦，看来只有十岁左右的伶俐小子跳了下来，对迎上来的小二道："两间最好的上房，另外，雅座给我开一桌最好的席面，我家少爷要用膳。"

"抱歉哪您，"小二笑嘻嘻地鞠躬，"上房只剩下一间，雅座也没了，两位包涵则个。"

"怎么会这样？"黑瘦小子自然是油条儿，皱皱眉，顺手从怀里掏出一锭银子抛过去，"你费心，给安排一下。"

小二接过银子，脸上都笑开了花，一哈腰道："上房着实是没有了，雅座倒还能为两位挪出一个，今天曹都督家三公子在敝店请客，原本是要清场的，既然这样，请两位在隔间坐了，只是请不要发出声音来便是了。"

"自然不会，"这回掀帘出来的是一对小丫头，脆生生的嗓子，乌亮亮的大眼睛，雪肤樱唇，气韵清灵，竟然是难得的美人双胞胎。

小二眼睛一亮，一时竟怔在那里，这么漂亮的双胞胎丫鬟，北地还从未见过，哪家的豪门巨户，用得起这样的美人坯子？

小姑娘一边一个跳下来，绸巾覆手，便要去搀车中人。

"去去去！"一双小爪子突然伸出来，气吞山河般地一挥，将绸巾直接挥得远远，"我又不是娘儿们，别玩你们以前伺候人那一套！"

双胞胎看着地上的绸巾，委屈地抽抽鼻子，退开了。

车帘一拉，一个漂亮的大头钻出来，看年纪比前面这几个孩子还要小几岁，一双眼睛乌黑灵动，亮如星辰。

自然是萧溶萧太子萧掌柜了。

小二愕然地看着包子，又往车子里望了望——这家的大人呢？

伸掌将他的脸不客气地推开，包子抬腿就往里走："非礼勿视，非礼勿视你懂不懂？"

看他几步就奔上楼，小二赶紧上前引路，原以为这不懂事的毛孩子，一定会闹着坐曹三公子早已定好的大席面，不想那孩子对席面望了望，却按安排坐下了。

小二放下心，源源不断地送上菜，见那几个孩子老老实实吃饭，不多时也便忘记了。

"主子，"油条儿压着声音，"郢都风满楼郭二掌柜在幽州等您，您怎么不直接去见他？"

"见他？"包子声音更低，"见他的后果就是我被立刻送回郢都，你以为我爹不会下令幽州刺史找我？我是来干大事的，我不要这么快回去。"

"还有，"包子皱眉，"你没发觉进幽州城很难啊，要不是我们几个年纪小，又塞了银子，差点被堵在城门外，我看城门口盘查得好严格，总觉得有点不对劲。"

"主子我们还是去联络郭掌柜吧，"油条儿自觉身负保护太子安危的重任，肩头的分量重若千钧，忧心忡忡道，"万一有什么事……"

"万一，我还怕万一？我是未来的万岁！"包子一挥手，"幽州人民，太子爷我来解放你们了……"

他一转头看见双胞胎怯怯地站在他身后伺候，一皱眉，指了指凳子，道："你们，吃饭！"

"奴婢们是下人……"

"呸，什么上人下人，不听我的话就是傻人！"包子不耐烦，"我不缺丫鬟，不耐烦看人跟着，你们再啰唆，我不带你们走了。"

双胞胎一激灵，赶紧靠着凳子边乖乖坐了，她们是华州大户柳百万家的侍婢，因为长得好，被妒忌的大夫人赶出门去，流落无依时被路经华州的包子收留，自此便认定了五岁的小主人是恩人，死心塌地地伺候，不想主子很古怪、很风骚，主子想的做的都和一般人不一样，双胞胎小美女不习惯，也只好乖乖地学。

刚坐下，便听得楼梯咚咚地响，一群人寒暄着上来，众星捧月般地拱着一个少年，在前面席面坐下，有人探头望了望包子这边，皱眉道："怎么还有一桌，赶走！"

"都是孩子？"那少年看了看，笑道，"大约也是和我一样，老子管得忒紧，溜出来吃顿好的，算了。"

"三公子最是厚德之人！"立即有人拍马屁，"您这个身份，这个地位，还能这么体贴百姓，真是我幽州桑梓之福！"转头对包子喝道，"你们！来给三公子磕头谢恩！"

"我呸！"油条儿大怒，低声呸了一声，道，"什么玩意儿，主子，我去教训他！"

"你拿什么去教训？拿你的花拳绣腿？"包子翻了翻白眼，慢吞吞道，"谢恩嘛，叫本大爷谢恩？那就谢咯。"

他慢条斯理地站起来，端了酒壶酒杯，笑嘻嘻地过去，双胞胎亦步亦趋地跟着。

两个小姑娘，一模一样的打扮，一模一样的容貌，娇花照水般的剔透晶莹，雪搓粉揉的一对妙人儿，立时让席上众人眼睛一亮。

那少年也忍不住看了过来，道："这对丫头好！"想了想又叹息："可惜爹爹要我去军中磨炼，收了也用不着。"

有人问道："都督怎么舍得让三公子去军中？"有人接口笑道，"不过应个卯罢了。"

"你错了，"那少年摇头，皱眉道，"怕是要……"

他话说到一半，生生打住，转身看了看包子，道："你这对丫鬟，卖不卖？"

"卖！"包子毫不犹豫，根本不管双胞胎此刻扁着小嘴、珠泪欲滴，"一万两，不还价！"

"三公子要你的人是瞧得起你，你还敢要银子？"立刻有人喝骂。

"我不要他的钱才是瞧不起，"包子笑嘻嘻，"堂堂三公子，买对丫鬟买不起？"

"你这话说得好，"那少年傲然道，"我曹家玉堂金马，威震幽州，怎么会买不起你家婢子？来人，取一万两给他！"

"三公子！"收了银票的包子，众目睽睽之下突然向前一步，眼泪涟涟地抓住三公子的手，道，"您真是好人啊，我走遍一路，还没遇见过像您这样贵而不骄的贵人啊，你就行行好，顺便把我也给收留了吧？"

…………

在满厅面目僵硬的人群中，包子紧抓瞪着他的三公子，一把鼻涕一把眼泪："呜呜呜……我家败了，爹娘没了……这婢子不卖给您也得卖给别人……我这顿是最后一顿了，吃完了我就没银子付账……三天没吃肉，想得慌啊……"

一边诉苦情一边悄悄拧了张大嘴愣在那里的油条儿一把，油条儿痛得直咧嘴，顺势也哭上了。

"公子……行行好吧……我们一起做你家奴仆，只求主子不要再让我们流浪……能有个窝待着……"

恪尽职守的油条儿哭得声情并茂，唱作俱佳，哭得满座几欲泣下，这孩子悲惨啊，可怜啊，沦落成这样了啊……

包子早已觉得哭得累，顺势收了声，好整以暇地观赏着，心里却在打小九九——老娘啊，不得已咒了你一把，你别找我算账啊……

乾元四年九月，风云乍起，九州激荡，鹰击长空，剑吼西风。

武威公李翰，偕同幽州都督曹光世在幽州起兵作乱，以"帝王无道，义拯天下"为名，将猎猎兵锋，灼灼利剑，指向西梁腹地，富盛繁华的无上帝都，指向了君临天下，高踞九重的萧氏皇朝。

誓师之日，杀幽州刺史唐武、长史武原琦、录事参军傅子赢祭旗，炮声一响，三颗朝廷地方官员血淋淋的人头落地，昭示着李翰一往无前、孤注一掷，定与萧玦分出你死我活的无穷杀气和坚定决心。

鹰旗翻卷如云，遮没北地久已平静的天空。

龙章宫偌大的黄绢舆图之上，幽州数十万叛军，似一个粗壮深黑的蛇形箭头，狰狞盘旋于边境重镇，与周围两股红色军锋扭缠在一起，那宛如毒蛇之目的幽黑箭头所指：帝都之心。

长风卷荡，扑不灭龙章宫长明的灯火，重重帷幕后年轻帝王面色疲倦而目光灼热，深深地注视着箭头纵横的舆图，良久，喃喃道：

"长歌，愿你平安。"

第二十五章
挖 心

夜色如晦，风雨未歇。

北地风沙，无休无止地吹打着今古河山，画角声里，战马沉默、低首而眠，穹庐下万帐灯火渐次熄灭，一抹星影，摇摇欲坠。

这是与幽州近在咫尺的平州大营。

主营牛皮大帐内，一对牛油蜡烛不倦地燃烧着，照着男子手中的信笺，笺上笔迹，铁画银钩，凛冽凌厉。

"字呈南都督讳星凡足下：……君为先烈之后，国之长城，何独甘于凉薄无德之萧玦小儿之下？放眼天下，唯君与光世二人矣！时势可为，正当英杰奋起之时，光世不才，愿附兄之骥尾，放马北疆，逐鹿四海，待得有成之日，愿为兄之不二辅臣，拜兄于丹墀之下！光世诚意，天可鉴之！"

江山……帝业……兴亡……问鼎……醒掌天下权，醉卧美人膝，这是所有男儿心中炽烈的梦想，埋于沉寂的岁月之中，不见端倪，但时刻等待被唤醒。

哪怕劫火里燃尽残灰，英雄碧血洒满龙堆，荒城古戍里饥鸟野雉尖鸣着聚集在累累白骨之上，亦不能阻止某些升腾于血液里的向往。

平州都督南星凡，举目仰望，目光如极地星光，决然一闪。

夜深千帐灯。

数骑快马，流星般穿透黑暗，疾驰而来，泼刺刺踏破死般的寂静，激起沙尘，飞扬漫天。

当先两骑，神骏非凡，马上骑士横缰一勒，骏马飞飚扬蹄，刹那间已到营前。

早已得了严令的守营士兵立即横枪一拦，啪的一声枪尖交击出一束闪亮的火花。

"来者何人？速速报名！否则杀无赦！"

"督军使、陇东路监察御史、刑部侍郎主尚书事，赵莫言，求见平州都督南公！"

士兵对视一眼，齐齐仰首看去，马上骑士身形看来不甚高大，声音平静而清晰，平静中自有渊停岳峙的非凡气度，相隔虽只一匹马身的距离，不知怎么便令人感觉高远。

士兵再次对望，粗声道："请在营外稍候，容我等通报都督大人。"

"不必了！"

士兵已经转过半个身，愕然回视，对方已经一扬马鞭，淡淡道："我乃天子使节，代天巡视，按说你家大人应该迎出先叩请圣安才对，如今我不用他迎，他还好意思要我通报吗？"

话音一落，男子长鞭一甩，不知怎的便巧妙地卷落了拒马桩上的绳扣，啪的一声，营门敞开，男子一声长笑，已经长驱直入。

他身后的那骑，马上一名骑士一直默不作声，士兵本想打个暗号，通知下都督，不防他突然回首，夜空下男子目光如寒星如利剑如出鞘的闪亮刀锋，平静阴冷而又威慑无限，竟吓得他一惊，生生将动作给逼了回去。

还没反应过来，两骑已经直闯主帐。

那两人的马极其神骏，快如流星电闪，军哨们纷纷阻拦，然而马上骑士手一翻，亮出一幅黄绫圣旨，低喝："圣旨在此，谁敢阻拦？"

不过一愣神间，他已经风一般地卷过。

主帐密密深掩，隐隐透出灯火。男子下马，毫无顾忌地笑道："南都督好筋骨，这么晚了也不睡！可是正在深夜把酒纵论天下英雄？在下可否叨扰一杯？"

一掀帘，毫不犹豫地跨入。

无遮无掩的灯火扑面而来，同时一齐射过来的还有诸多含义难明的目光。

怔了怔，目光扫视众人，男子笑道："……诸位到得真是齐全……"

帐内，济济一堂，平州大营所有将官全数都在。主座之上，容貌儒雅，不似武将倒似书生的南星凡慢条斯理抬起头来，微笑道："正等着天使你呢。"

底下将官个个面色肃然地盯着这位天子使臣——太年轻些了吧……还是个少年呢。

来者自然是反串狂人兼阴毒侍郎秦长歌。

她数日数夜奔驰不休，和楚非欢两人，丢下大队随从，只带了几个护卫先期赶来，就是因为担心平州大营的动向，她要在第一时间之内取得主动权。

取幽州，必得经平州，曹光世不是蠢人，这是他会有的做法，秦长歌用手指都能猜得到。

现在，抢时间就是抢胜利，就是抢得这场内战的主动权。

平州、灵州两大营，秦长歌之所以不先去较近的灵州，却宁愿绕道赶来平州，就是因为南星凡其人，不仅出身勋贵世家，而且文武双全，为人城府深沉，此人自幼练得童子功，一身内力十分了得，是员猛将，据说当面对招，天下还没有能在百招内取他性命的高手。

如此强悍人物，自然要先掌控在手。

这是一场惊心冒险——孤身闯营，面对的是十万大军和一群高手将领，把他们每人砍一刀都会活活将人累死，只要稍有不慎，绝世高手也会尸骨无存。

秦长歌的原意，是想自己一个人来，然而楚非欢默然无语，却坚持上马，他宁静的姿态显示着绝不妥协的决心，大有你一个人去我也一个人去，咱们各行其是的意思，秦长歌怎敢让身有沉疴的非欢单独冲过来？无奈之下只好答应。

虽千万人吾往矣，虽千万人吾愿与你死生一同。

星空下，苍白男子不发一言，已胜千言。

秦长歌回首，有意无意对非欢一笑，示意他放心。然后他立于帐门口，盯着南星凡的眸瞳略略一看，坦然一笑道："如此星辰如此夜，正当对酒好时节，莫言多谢都督美意了。"

却不先进来，而是顺手从怀里取出一枚长针，将牛皮门帘掀开钉住，灯火与月光交织在一起，映着帐外一直未曾下马的男子身影，他挺直如竹，黑暗中的轮廓秀丽逼人。

"天热，牛皮大帐不透风，诸位不觉得闷气吗？"秦长歌笑吟吟手一伸，似要接住满手的月光，"诸位见笑了，这北地长风，皎皎星月，非我等南人时时可见，所以不舍得用帐幕隔在门外，须知但要饮酒，怎可不就此掬清透月色？"

她微笑着，漫步上前，在地下自取了一坛酒，随手拍开泥封，仰首一饮，又对诸将照了照。

众人一直目不转睛地看着这少年，风姿清逸，潇洒自如，在满帐刀剑在身、杀气凛然的诸将之中，视诸人久历战场风霜的杀气血气于无物，谈笑风生，磊落自然，举手投足之间自有风流态度，却又不失男儿豪气，着实神采光耀，令人心折。

须知沙场男儿，敬慕腹有诗书的文人才子，却又嫌弃那份书读多了的酸儒气息，如今难得见到一个集文雅豪迈于一身的人物，顿时觉得这才是完美无缺的真男儿！

有人忍不住喝一声："好！"

喝声刚出，后面的话便被上司警告的目光逼了回去。

秦长歌当没看见听见，只是笑嘻嘻地将酒坛放了回去，摇了摇手腕道："哎呀，好重，原来还是装不来英雄，劳烦给个碗吧！"

有人哈哈一笑，递过碗来，有人面露轻松之色——原想着这少年光风霁月、风采非凡，心中有些不安，现在看来，也不过是个花架子，连个酒坛都抱不动。

气氛略略轻松下来，诸将开始各自敬酒。

南星凡使个眼色，副将俞雍端着酒碗上前，笑道："我们北地风俗，招待第一次上门的贵客，那是要喝个'架臂酒'，再谈来意的，赵大人可愿折节，与末将架臂一饮？"

"哦？何谓架臂？"秦长歌眨眨眼睛，一脸好奇。

"以臂而架，相对而饮，以示情谊永好。"

"固所愿也，不敢请耳。"秦长歌微笑，"真是荣幸啊……"

面目英俊，浑身绽发英悍之气的俞雍取过酒碗，双臂沉沉往秦长歌双肩一压，笑道："就是这样！"

"砰！"

秦长歌被活活压倒在地，一屁股坐在了酒坛上，酒水立即湿透了下袍。

帐中静了一刻，随即，哄然大笑。

笑声里有人大叫道："赵大人，你的袍子比你更馋酒啊？"

有人调侃："臀入美酒，滋味如何？"

有人摇头，咕哝："废物！"

坐在帐篷靠门边的一个司官笑得呛住了，捧着肚子踉跄地跑到帐外，扶着木柱吭吭地咳，一边想一边觉得乐不可支，得意扬扬地抬起头来，正对上一双清澈却深不见底的眸子。

那眸子清透如水晶，反射着世间一切光怪陆离却不染尘埃，矜贵而冰冷，水月镜花一般地通透明澈，他那般阴冷而讥诮地看着他，目光仿佛在看一头在泥泞里打滚的猪。

怔了怔，司官霎时有些恼怒，这人不过是姓赵的一个侍卫，敢这么看他？姓赵的自身都难保，这侍卫还敢如此嚣张？

他愤愤地转过头思考着，假如都督真的下决心杀了那个朝廷来使，自己就亲自解决掉这个侍卫。

转头的一刹那他突然一怔。

有什么不对……

不过一个侍卫……

为何有这般冷峻漠视的眼神？

还有，他的腿……

他转身，好奇地想再看清楚。

"嚓！"

仿佛有人扬了扬袖角，白光一闪。

他觉得咽喉一凉，不过是一朵雪花飘落肌肤时所能感受到的凉度。

然而体内所有的热流都被这凉度带走，力气、精神、灵魂……哗啦啦如水流逝。

他扶着柱子，一声不吭地软软倒了下去。

柱子上很快从上到下涂上了一层鲜艳的色彩，在月色下闪着诡异森凉的光。

身前，不远处，士兵们目不斜视地巡逻而过。

身后，帐篷里的肆意讥笑还在继续，那些奔涌的声浪，热烘烘的人体气味夹杂着牛皮的气息一阵阵冲出来，如此蓬勃而喧嚣。

可惜，自己再也不能拥有了……

司官缓缓倒在帐篷与木柱之间的暗影里，临终，嘴里犹自喃喃低语。

没有人注意到暗影里刚刚死去一个同僚，更没有人听见，他最后的那一句散在风中的警告：

"小心……"

秦长歌在满帐篷的哄笑里，讪讪地、不知所措地笑。

她看起来颇有几分狼狈，袍子臀部的位置全部湿了，湿答答地向下滴着酒水，帐篷外的风闯进来，将袍子吹得紧紧贴在腿上，显现的轮廓清瘦而紧致。

面对众人的哄笑，她似十分尴尬，但仍强撑着，道："岂不闻好酒者愿以身溺于酒？我这也算是效仿古人矣……"

众人听他还要拽古文给自己圆场，笑得越发开心。

俞雍一边装模作样地上前给秦长歌擦酒渍，一边笑道："赵侍郎，对不住，末将给你赔罪……"一边却咧着嘴，顺手悄悄地在秦长歌屁股上捏了一把。

众人自然都看见了，这回笑意里都夹了几分淫秽之意。军中没有女人，以男作女的花招也不是没有，赵莫言生得好模样，在众人看来着实是个兔子料儿，众人盯着他湿透的袍子贴紧后显现出的紧致臀部，忍不住咕咚一声咽口水。

想着俞雍那"侍郎"两字说得怪模怪样，话里的调笑含意分明，又是一阵想入非非。

俞雍得意地转头，向南星凡眨眨眼。

上座的南星凡瞪他一眼，有些不喜欢他的随意放肆，然而脸上也不禁微微露出笑意。这个赵莫言，半年来名动天下，更曾以雷霆之举杀掉李国公爱子，定然不是寻常人物，所以他自从听得消息是他前来，早已令探马时时注意，进营时设席相待，也有考察探究的意思。

乍一见面，见这少年也算先声夺人，风采非凡，确实不负能人之名，不由泛起杀机。

不过这番一试，却知终究不过一介书生，顶多算是运气好，看起来有点不凡，其实还是个不脱酸腐气息的小书生罢了。

这般想着，南星凡也放了心，将一直凝神布于全身的内力散去，端着酒碗，含笑下座来。

他却不知，有种人懂得一味扮弱一样会惹人怀疑，有种人善于揣摩并控制他人心理，有种人擅长最合适最有分寸的伪装，最阴狠最阴冷的隐忍。

他微笑，端杯，不再蓄势待发地下座来。

杀这样一个书生，当真只是捏捏手指的事。

干脆，给他个全尸吧……

酒碗中酒色清冽，南星凡微笑着举起酒碗，递给秦长歌，朗声道："赵大人，俞副将粗鲁武人，不懂规矩冲撞天使，请念在他无心之过，恕罪恕罪……星凡在这里给赵大人赔罪了。"

秦长歌微笑去接，逊谢不已："不敢，不敢……"

她平伸手掌，去接酒碗。

"嚓！"

比刚才外面那一声更低，更亮！

一匹白色亮锦！一浪深海之涛！霎时惊破苍穹割裂长空的烈电！

电光起，电光飞，电光刹那间没入南星凡双眼！

没有人能把横练功夫练到眼睛！

惨号声起，血光飞溅，那声音刚刚曳出咽喉未及发出，秦长歌已拔身而起，霍地一个飞旋，恶狠狠横刀一劈！

"嚓！"

南星凡头颅落地！

带着两个几乎能穿透后脑勺的偌大血洞的头颅，骨碌碌滚落于尘埃中！

众人震惊万分，仿佛处在无以复加的窒息中。

秦长歌脚步一错，"唰"地一下退了数步，行云流水般到了余雍身前，看也不看反手一刀，刀光连柄没入俞雍的胸口！

刀入，刀出，血锦随刀而出，在半空中华丽、悚人眼目地狂肆铺开！

转身，一缕黑发飘在唇角，被秦长歌咬住，似笑非笑，宛如修罗般轻蔑地看了瞪大了眼、冒出血沫的俞雍一眼，秦长歌俯身过去，轻轻在他耳边道："吃我豆腐？你可知道吃我豆腐的下场？"

俞雍已经说不出话来，眼中光芒渐散，只是不肯错开眼珠，依旧死死盯着她。

秦长歌毫不在意地笑了笑，不急不忙说道："你吃豆腐，我挖你心。"

单手一递，一搅，再一拖，一颗血淋淋尚在跳动的心脏，自刀尖跳跃而出。

横刀一拍，刀背上的心脏带着一抹血线飞了出去，"啪"一声落在主帅案几上，犹自微微跳动。

一地鲜血淋漓，一身一尘不染，立于两具狰狞尸体之间的秦长歌，满意而肃杀地看着早已僵成泥塑木雕的众将，一笑，缓慢而清晰地道：

"陛下有旨，南星凡、俞雍欺君附逆，罪无可赦，着处枭首挖心之刑！其余诸将，护国有功，着即原地加升一级！"

…………

所谓恩威并施，大棒加蜜糖，正如是也。

营中诸将，早已给揉搓得昏昏然不知所以。

南星凡的心思，座中有点级别的将领多少都有点数，除了性情勇悍、急功好利的俞雍一力赞同，其余人多少都有些犹豫，毕竟这是造反的事，一旦事败，下场可是株连九族，就算事成，从龙有功的功臣，封王拜相的能有几人？在萧氏皇朝是将领，在李氏皇朝还是将领？拎着脑袋苦杀一场，到头来算算也没多大赚头嘛。

何况以幽、平两地之军对抗全国军力，对手又是有战神之称的皇帝，胜算并不大。

但是南星凡驭下甚严，平日里也多有恩惠，本人作风也是绵里藏针、城府深藏的类型，诸将听命惯了，一时也不敢起反抗之心。

当然这多少也有点侥幸想头——说不定成了呢？成了就是开国功臣，就算不成，咱们到时扯个"被逼附逆"的由头，也未必就杀头吧？

尚在两难之间，打算交给上司决定自己命运的诸将，今日，原本是打算看一场朝廷天使被诛的好戏的。

结果，确有死尸横陈于地，却是盛名满天下的都督大人，和勇悍无伦的俞副将。

谁也没有想到，一个文官出身的朝廷使臣，竟有如此雷霆万钧的绝杀手段，二话不说奋起杀人，枭首挖心残狠绝伦！

诸将也是血战沙场、出生入死的战士，饶是如此，也被如此狠辣霹雳手段给震翻了。

风从帐篷开处无休无止地灌进来，打在众人脸上，让人麻木地不知疼痒。

他们只是呆呆注视着那个少年。

一地鲜血横流，浓郁的血腥气息里，刚才还不可一世、鲜活跋扈的两大将领成为尸体，而那个刚才还被自己嘲笑挖苦、轻蔑讥刺而不敢发作的单薄少年，正一脸若无其事地微笑转首，语声淡淡，送上加官一级的恩赐。

他们满心震撼，竟至不敢言声。

风啪啪地击打着案上的书卷，吹断营帐外悠长的马嘶，昨日满心期待奏起的金筒，今日已罢吹。

一张纸笺被风卷起，悠悠落地，秦长歌微笑俯首，看了看。

正是曹光世写给南星凡的"共享天下，愿为臣子"的邀请书。

讥消一笑，秦长歌用指尖轻轻拈起那张纸，盖在南星凡"死也无目"的头颅上。

帐篷口那一眼对视，秦长歌刹那间看穿了对方心思，在对方考虑是否要杀她的同时，她已经决定砍掉对方的头。

杀人，也是要看决心的。

拍拍手，直起身，秦长歌浅笑回顾，飘摇星火里容色清透雍容。

"君威浩荡，君恩深厚，诸位，你们还在犹豫什么呢？"

众将怔怔的目光落在盖住头颅的那张纸上，已经被血粘在了南星凡面上，在风中抖抖颤颤却不肯飘离，那浓黑的"放马北疆，逐鹿四海"字样，如今看来着实是个讽刺的笑话。

而案上，刚才还在那个奔放热烈的人的胸膛中猛烈跳动的心脏，如今死寂冰凉，僵硬微紫。

还犹豫什么呢？再犹豫下去，等着自己的又是什么呢？

"啪！"

身着重甲的将领们，突然齐齐跪了下去，呼声如雷，震撼天际！

"臣等领旨谢恩，誓忠吾皇，吾皇万岁！"

呼声隆隆地传出帐外，碾压着北地初秋之夜微凉的空气，士兵们好奇地纷纷从营帐中探首，望向主帐的方向，他们不知道，就在方才好梦沉酣的一瞬间，有一个人，已经完美地结束了一次冒险和挑战，已经翻云覆雨，扭转局面，将一群各怀心思的勇猛悍将，牢牢握在手心。

星光烂漫，洒在沉寂又躁动、荒凉又寥廓的北疆大地上。

星光下，帐篷外，沉在暗影中的苍白秀丽男子微微仰首，向着天际最为灿烂明亮的那颗星，发出了一声悠长而喜悦的叹息。

"三公子我做你的伴读好不好？"

"三公子我做你的小厮好不好？"

"三公子我做你的陪练对手好不好？"

"三公子我……"

"停！"

疾行中的少年无奈停住脚，低首，侧身，看着自己被魔爪抓得惨不忍睹的袍角和抓着袍角坐在他袍子上的那个漂亮肉球，头痛地发出一声哀叹。

后者眨着大眼睛，好无辜好可爱地问他："三公子，你为毛不高兴？"

不高兴前面为什么还加个"为毛"？为毛是什么意思？曹都督最宠爱的三公子曹昇，这几日早已被小鬼的胡言乱语搞昏了，实在也懒得问，直接道："我没有不高兴，我只是想告诉你，不行！"

"为毛？"

"……你才多大？伴读？你认得几个字？小厮？你会伺候人？陪练？你骨头经

得起我摔？你省省吧你。”

“啊……”包子颓丧地耷拉下卷翘的长睫毛，喃喃道，“原来我百无一用啊……可是为毛很多人都说我很强大呢？”

“你强大，你赖皮的本事好强大！”曹昇又好气又好笑，“放开我，我要去点卯了，今天父帅要我去参加练兵，去迟了我会挨板子的！”

“挨板子叫油条儿代你挨，”包子毫无良心地出卖忠仆，一脚踢开跟在他身后听见这句无耻言语正欲扯着他袖子哭诉的油条儿，再次黏上曹昇。

“三公子，带我去从军好不好？”

第二十六章

心 疑

“从军？”

曹昇愕然回首，盯着小不点儿，小不点一脸诚恳地回望他，还用力按下油条儿的脑袋，逼得他频频点头以示诚意。

“公子你想啊，当兵很苦的，上战场更可怕，你带着咱们，尿盆油条儿给你倒，暗箭赵溶我替你挡，这才符合曹三公子的身份啊，对吧？”

包子最近又姓赵了，没办法，老娘喜欢玩改姓游戏，害得他在短短一年内不知道换了多少姓。

“我是去当兵不是去踏青，”曹昇哭笑不得，“怎么可能带你们两个孩子？我爹也不会肯的。”

“可是老太君肯啊，”包子贼笑，“老太君说了，昇儿去军营可以，但是不能没人侍候，既然阴人不宜进兵营，那就让小溶儿去——就是这样。”

瞪着包子，曹昇默然，不过一点儿也不怀疑这话的真实性——包子同学自从被他带回曹府，不过几天工夫，从内院到外院，从男的到女的，上至八十祖母下至八岁小丫鬟，全部为他魂飞魄散，宛如中蛊。这家伙嘴似蜜糖、滑如鲤鱼，哄得老太君整天乐陶陶，一刻工夫没见他都“小溶儿呢小溶儿呢”地唤；听说他是败落的大户人家的孩子，更是抹眼泪擦鼻涕地心疼，连他送上的那对绝色双胞胎都没要，硬是退还了他，还说什么“这孩子可怜见的，身边只剩下这几个人，咱们还好意思要他的？本来这么小，也该拨人伺候的，既然有自己的丫鬟，想必用熟了的更方便，你们还伺候他吧。"

好吧，人还了就还了呗，银子该退吧，结果，他小少爷爬上太君膝盖，不管不顾地抱着老人家脖子就是一个口水滴答的吻，还撒娇："唔……太君你真好，太君我爱你。"

当场惊倒了一屋子丫鬟仆妇，以为素来端庄的老夫人定然要生气，结果老人家擦擦口水，看了看怀里的孩子，笑了。

捏捏包子的苹果脸，太君很慈爱地微笑着，抱着包子转身对当时在一旁伺候的曹昇道："别吃味，你五岁的时候，也是这么招人疼的，那时你总爱腻在我身上，一拉开就不肯睡觉……"

她絮絮叨叨地说下去，抱着包子不肯放手，满脸带笑地慢慢回忆，曹昇先是觉得好笑，随即便默然，这才想起，父帅戎马倥偬，自己爱玩爱闹，祖母已经寂寞了太久了。

自此曹昇放任包子在曹家内院外院畅通无阻地窜来窜去，也算给祖母一个慰藉，曹光世虽然忙着造反，隐约也知道这个孩子的存在，但是无论如何，不过是个才五岁的孩子，没有谁，真正将这个横空出世，半路粘上曹家的孩子当回事。

包子要的就是不当回事，咱就一小孩啊，幼稚啊，白目啊，就会流口水、咬手指、讨糖吃，讨不到就满地打滚的小破孩啊……赶快忽视我吧，求求你忽视我吧！

如愿以偿地被严重忽视的包子，知道想进大营不是那么容易，从一开始就把目标瞄准了这家的无上太尊，走曲线救国路线，终于讨得了太君的懿旨，曹昇只好听令。

曹昇虽然嘴上不愿，心里还是喜欢包子陪伴的，没办法，人妖包子的最大魅力就是男女通杀。

次日，赵溶同学便以侍候三公子的小厮身份，和油条儿跟着曹昇去了军营，而曹光世虽然教子严厉，但是事母至孝，也只好睁一只眼闭一只眼。

进营后的某一天，日上三竿。

"少爷起床了！"

包子挥挥爪子，宛如挥去苍蝇般拂了拂，嘟囔道："别吵我……这火腿好……丰满……油亮……好……好……"

"……"

曹昇瞪着眼睛，看着自己被拽过去，含在包子少爷嘴里的手指……我的手指，你的火腿？

气极反笑，突然起了戏谑之心，曹昇双手一掐包子的脸，左摇右晃，阴阴地笑道："火腿，你再不起床，马上割了你的肉做火腿！"

"哎哟，我的妈呀！你又折腾我！"

话音未落，包子豁然眼一睁，"唰"地一下就蹦了起来。

这下子倒把曹昇吓了一跳，呆呆地看着自己的手，一转眼看见包子的眸子，又怔了一怔。

……这孩子明明浓睡方醒，为何有如此清醒剔透的眼神？

还有，他说什么？

包子的眼一转，已经看见曹昇的神情，大怒，你丫的什么人不学，学我的坏娘！

包子眼珠一转，霍地扑过去，抓住曹昇的衣角就开始抹鼻涕，呜呜咽咽："……梦见我娘了……不给我吃火腿……"

曹昇见他"一把鼻涕一把泪"，想着这孩子"家破人亡"，怪可怜的，心软了，也就不再多想，故意岔开话题，笑道："少爷，你说伺候我的呢？这都什么时辰了？"

"主子，小的立即伺候您！"包子跳下床，谄笑，"您是要宽衣呢，还是穿衣？"

"等你给我穿衣我都挨八百板子了！"曹昇瞪他一眼，道，"马上要打仗了，你要还想跟着我，就不能再懒成这样子，小心我踢你回去。"

"唔……打仗？"包子瞪大眼做惊愕状，"我还以为跟着你，就是去城外野营呢。"

"来平州就是为打仗，这是我们的必经之路，我们被人抢了先。"曹昇收了嬉笑之容，有些忧伤地看着南方，轻轻道："父帅想做一件大事……不知怎么的我总是有些不安……可是他老人家不听……"

包子瞟了曹昇一眼。这个十六岁的少年，是曹光世的第二个儿子，虽出身玉堂金马之家，却并无骄矜跋扈之气，算得上本性良善，这段时间以来，包子熟悉了他，心里也是有些喜欢他的。

只是……他是敌人。

来了有几日了，要是还不知道曹光世打算干什么，包子就枉为秦长歌的儿子了，知道曹光世打算的那刻，包子就差点儿掀桌——搞啥？我家的江山，我不要可以，我送人可以，但是你抢？不行！

他有心为老爹做点事，混进军营应该是最好的办法了，只是听曹昇说李国公也在。李国公曾参加了太子册封礼，当时隔着远远的大殿，包子不确定他是否看清楚了自己，总之，安全起见，包子最近一直避着主帐。

曹昇没有注意到他的神情，只是忧心忡忡地想自己的心事。包子瞅着他，想起老娘曾经扯着自己的脸，很严肃地告诉自己：永远不要轻易付出你的感情，尤其当对方很可能是你的敌人的时候。

包子望着天，呻吟……怎么办啊老娘？你怎么没教我，当别人对你付出感情，而你也有一点点感动的时候，你该怎么办？

其实他问也没有用，秦老师对这个问题，自己都是无解。

想了想，包子还是试探地道："三公子，都督大人那么宠爱你，你要不……劝劝他？"

"怎么劝？"曹昇苦笑，"这不是你们小孩子玩游戏……这是世间最最重要，最最蛊惑人的事，一旦起了那个心，八匹马都拉不回……算了，不和你说这些，你小小孩子，懂什么？"

他想了想，突然振奋起来，笑道："其实是我悲观了，父帅何等人也？我曹家军旅世家，论起打仗，普天下几个人是对手？不过是那个黄口小儿，一时抢先而已，这样也好，仗打得不乏味，这次跟着父帅，我也有个历练的机会，说不定还能立功呢！"

眼珠一转，包子立即拍手嬉笑，道："三公子，你书房里好多兵书，你又有一身好武功，你立个大大的功，都督大人一定开心得很。"

"嗯……"少年目光明亮，兴致勃勃，"我要立个大大的功劳，叫他们那些老拍我头说我还是小孩子的叔叔们，另眼相看！"

"是啊，"包子懒洋洋地托腮趴在床上，"我看那些大将，都拿你当小孩子看呢，你说话，他们都爱听不听的。"

"哼！"曹昇毕竟是少年气盛，立时愤愤然，道，"终有一日，终有一日我要他们……"

"现在不就是机会？"包子笑嘻嘻地在床单上乱画，"三公子，我听过很多说开国英雄的书，里面的英雄真是了不得，韩长天匹马震魏军，玉自熙单骑夜闯营……嘻嘻……"

他漫不经心地说，装作没看见曹昇，突然眼睛一亮，又扯了曹昇袖子，哀怨地道："给逮只猫来吧，啊，夜里总有老鼠对我吼，我怕。"

"老鼠对你吼……"曹昇向天翻了个白眼，这叫什么用词？

他无奈地摇摇头，叫过几个士兵，命他们去抓只野猫来，给难伺候的溶小厮。

抓只豹子也许有难度，抓只猫实在太容易，不多时，便有人抱了只流浪猫来，送给包子。

包子笑嘻嘻地接了，抱着猫去晒太阳，在帐篷背风的无人角落里，他扯着猫脸，大眼对着猫眼，严肃地问："要不要派你去？"

"喵呜。"

"你这个表态我听不懂，"包子瞪猫，"你给个动作先暗示一下。"

猫举起右爪。

"唔……"包子抓着猫的右爪，瞅了半天，点点头。

"你是说，要去。"

懒懒地叹气，他道："好吧，我知道，我和我娘一样坏。"

他将猫浑身上下摸索了一遍，又看了看河对岸，那里，隐隐约约可以看见对方的军营。

刚才听说，平州大营被人雷霆万钧地走马换将，对方一封讨逆书刊行天下，杀气腾腾毫不退让，直指李翰、曹光世为逆臣，公开表示只追究逆首罪行，其余人等只要及时拨乱反正，不仅免罪并有加恩。

对方联合灵州大营，双方形成掎角之势夹击幽州，现在平州大军在两州相交处的赤奢河摆开阵势，将起初势如破竹兵锋直下连克数城的幽州大军直直挡住。

据说双方其实已经短兵相接过一场，幽州大军没讨到好，对方战法灵活狡诈，难以捉摸，来如雷暴去似飞狐，竟是令人无从下手。

据说对方布的阵法也很奇特，幽州大营观察了好久，又在主帐中用沙盘推演了好久，硬是摸不准该如何布阵以对才合适。

现在幽州大军之中隐已经浮动着一层诡异不安的气氛，这也是曹昇神情异样的原因，他还算是谨慎，并没有对包子说太多，然而遗传了秦长歌狡猾基因的包子何等警醒？贵族子弟出身的曹昇虽然大了他十岁，但论起心计哪比得上这天赋出众的孩子，包子只需揣摩他的神色，大概便能弄清局势了。

包子不懂兵法，御书房里学了没几天，哪里派得上用场，但他的直觉告诉他，行事这么彪悍的人，八成是他老娘来了。

既然她来了，他就不会白费力气。

将猫装入从火头军那里偷来的竹篮，再把竹篮放入河中，包子拍拍猫脑袋，道："阿黄，三军总司令现在命令你以八路军第一纵队队长的身份，单枪匹马渡河杀敌，不见老娘誓不回，请相信，胜利属于我们，祖国的英雄丰碑上，将会勒刻你的光辉名字！"

他悲壮地道："去吧！"

"喵呜！"

猫在竹篮中晃晃悠悠飘远了，包子摸着心，做西子蹙眉哀叹状。

尚未叹完，便听见身后步声杂沓，有人道："国公，照今日天气，今夜似是有雾，不如……"

有人轻轻咳了一声，那人住口，却道："咦，这里有个小孩。"

"喂！"那人在招呼，"你是哪里的小孩？怎么会跑到这里来？你，过来。"

"你说溶儿会在哪里？"平州大营主帐中秦长歌仔细看着由凰盟属下充任的高级斥候十二个时辰不间断送来的军报，一边皱眉问盘腿坐在一边的楚非欢。

不想却没听见回答。

怔了一怔，秦长歌抬头，这才看见楚非欢倚着书案在出神，他目光明明盯着帐篷一角，可是神情显示他根本不是在看一角的那个兵器架。

秦长歌缓缓放下军报，也皱了皱眉。

非欢怎么了？

他好像从那日出京开始，就时不时地发呆，自己曾经怕他是病重却不肯说的缘故，然而仔细把了脉，却发现他近期虽没好也没甚坏，萧玦源源不断送来的各式奇药，秦长歌找出勉强对症或固本培元的灵药一直给非欢用着，最起码精神是好了些，以一国之力寻求药方，就算不能根治他的沉疴，努力延续再延续，还是有用的。

那么，到底是为什么？

秦长歌仔细地回想，隐隐约约记起，好像那日从龙章宫出来，到长寿宫和非欢会合出宫时，非欢神情便有些不对劲。

秦长歌越想越确定，对，就是从那时候开始的。

丢下军报，蹑足走到楚非欢身边，仔细看他的眼睛，想探究他的眼神。

感觉到有人窥探，楚非欢霍然转首，转首的一刹那，看见是她，这一刻他的眼神犹豫、不解、悲伤、迷惘……

再次一怔，秦长歌有点不相信自己看见的，非欢在迷惘，在悲伤……

在看见她的时候，迷惘、悲伤……

不同于那种沉疴在身境遇悲凉导致的悲哀，而是一种带着切身沉痛的，为她而生的悲伤。

秦长歌盯着他的眼神，指尖突然有点儿冰凉，而对面，楚非欢突然伸手，重重地压下她的头。

他将下巴搁在她头顶上，手一伸，将她紧紧抱在了怀里。

不同于往日的刻意保持距离和淡然，现在的楚非欢似乎有心要忘记一切，只想将心爱的女人拥进怀里好好体贴安慰般，将她深深拥抱在怀。

他身上的清逸散淡的木莲香气和她的薄荷幽兰清香杂糅在一起，在彼此的发端、衣间、相触的体肤间，徘徊逶迤，缠绵不散。

他微有些瘦弱却温暖的怀抱，他搁在她头顶的下巴，他紧扣相拥的双手，都以一种沉痛深埋却难以言说的力度，一点点，似要将她揉进心里般地使力。

肌肤接触到丝绸般滑润的头发，指端是她玲珑有致的曲线，有一种美丽存在便是蛊惑。楚非欢闭上眼，只觉得心底荒芜，不知道从谁心里刮起的大风，吹得那一点不灭的星火，隐隐飘摇。

楚非欢的手，停留在秦长歌的后心，那里，是最接近心脏的地方。

我总是要保护你的……

秦长歌在最初的愕然之后，心中突然生出淡淡的凉意，这股凉意让她突然渴望身前怀抱的温暖，她沉默地，没有挣扎地，近乎婉娈地，伏在楚非欢怀里。

仿佛听得他在自己头顶，轻轻道："长歌，请让我爱你。"

……是哪里起了潮声，是遥远的离国海岸，是西梁那些繁忙的内陆港口，抑或只是心灵深处突然翻涌的浪潮？

潮头尽处，心如明月，顺潮而生。

此刻静数秋天，人在谁边？误了谁的心期到下弦？

良久，秦长歌伸手，缓缓反抱住了楚非欢。

她依旧埋首在他胸前，一肩长发如流水泻于他膝上，她语声模糊地低声道："非欢，发生什么了？告诉我。"

她感觉到脸颊贴着的胸膛微微一僵，瞬间又恢复如常。

眼前一亮，天光冲到眼底，楚非欢已经放开了她。

他眼中有一些深潜难言的情绪，面容却是平静的，不再看秦长歌，他淡淡道："对不住，我僭越了……帐中气闷，我想出去走走。"

"我陪你去，"秦长歌怔了那么一瞬，随即无声叹息，不再说什么，先给他披了披风，自己也加了件衣服，推着他缓步出帐。

两人向着河边行，夜风猎猎，吹得衣襟鼓荡。两人在河岸边站定，看着对岸点点星火，隐约有人影穿梭，看着北地塞上草劲节不折地在风中起舞，看一弯带霜的冷月，形如吴钩。

"大战将起，多少英雄将埋土丘，"秦长歌一叹悠悠，"这片土地上，要灌满多少人的鲜血，才能使来年春草越发葳蕤？"

"曹某固执，明知不可而为之，也是一腔对李翰的愚忠，"楚非欢目光冷静，"值得吗？"

"这世间事，本就没什么值得和不值得，"秦长歌目光饱含深意地看着他，"最终的结果，是自己无悔的，便是值得，你说呢？"

楚非欢避开目光，默然，不远处却有喧哗声传来。

"咦，有个篮子！"

"钩过来钩过来！"

"啊哈，还有只猫！"

"烤了吃！"

"你这个馋鬼！"

秦长歌眉头一皱，快步过去。士兵们见她过来，都放开手退到一边，秦长歌目光一扫那只神奇坐船而来、有幸成为鲁滨孙第二的猫，目光突然一亮。

身侧，楚非欢亦微微一震。

抱起猫，秦长歌笑道："这猫大约主人不要了，怪可怜的，我养着。"

她将猫交给楚非欢往回走，回到帐篷里，未及开言，楚非欢已经道："溶儿在对面！"

秦长歌无奈而恨恨地一笑，道："这个小子……"

在猫爪子下找到画着自己胎记的小油纸条，展开，楚非欢道："曹光世之子今夜要袭营。"

秦长歌微怒道："他瞧不起他娘我，当我对付不了曹光世吗？要他这么逞能！他知不知道一万个曹昇也换不来一个他？"

楚非欢苦笑，道："还要求别杀曹昇，用用就得了。"

"好人，真是好人，我居然生出个超级好人。"秦长歌冷笑，"他还是想想，如果给人家识破，人家会不会这么好心吧！"

"难得见你这么生气来着。"楚非欢皱眉看向河对岸，喃喃道，"我现在只望他能保护好自己，不然全完了……"

第二十七章
奔 逃

"喂，小子，过来！"

扬声相唤的人带着习惯了的命令口气，大声招呼。

背对着李翰诸人的包子暗暗叫苦。

嫌麻烦，自出鄢都后就没戴面具，这下出事了吧？

李翰那老头子，和咱娘深仇似海啊，要是被他认出来，包子会不会变成生煎包、小笼包、灌汤包、大肉包……

想着生煎包，包子平生第一次没有流口水，而是抖了抖。

没办法，该面对的还是要面对，拖延更为不智。

包子转头。

态度自然地颠颠便要跑过去。

冷不防河边湿泥滑脚，包子一踩一滑，啪地跌在了河边一个泥坑里。

"呜哇！"

五岁娃娃开始大哭，用小拳头拼命地砸地，砸得满坑泥水四溅，全数溅到了脸上和衣服上，一张漂亮小脸，立刻成了一个看不清眉毛眼睛的大花脸。

油条儿闻声远远跑来，看见李翰，怔了怔，随即举起胳膊便冲过去，赶紧去扶包子，一边抖抖道："少爷呀……跌痛了没？"

"啪啪！"

受了委屈的小少爷抢起滴答着黄泥水的小巴掌，左右开弓，便是一对金光灿烂的耳光，打得油条儿的小黑脸立刻也满是黄泥浆水，精彩绝伦。

背对着李翰，油条儿对包子挤了挤眼睛，嘴里却哆哆嗦嗦一个劲儿赔罪，"少爷啊……是小的不好……"一边伏下身背起包子，包子脸埋在他肩上，犹自哭个不住。

李翰周围，几个开口相唤的将领谋士，见这两个孩子满身泥水的邋遢样，都皱眉让开，李翰一直紧锁着眉头注视着对面大营，只是淡淡地随意瞟了他们一眼，便继续和身边谋士说话。

一对凄惨主仆，无人理会地走了过去。

一直到帐篷内，油条儿才舒了口气，心有余悸地道："好险好险……幸亏主子你抹花了脸。"

包子一边换衣服洗脸一边问："他见过你没有？"

"我远远见过他两次，但是主子你放心，这些贵人，从来不会正眼看我们这种下人的，我是怕他认出你，还好他没注意。"

"嗯……"包子换了干净衣服，坐在床上若有所思。

"看对方扎营的态势，一场决战在所难免，"深暗夜色里，点点篝火中，一名谋士眯着眼看着对面排列整齐，同样星火闪烁的军营，神情间有些忧色，"国公的打算是……"

"他打的是速战速决的算盘，我偏不让他如意，"李翰神色阴冷，一想起爱子惨死，他就觉得浑身发冷，胸中却有烈火升腾。

那把火，从力儿被万众撕咬那一刻开始，就烧起了。

那火烧得他彻夜不眠，辗转不安，多少次半夜霍然坐起，浑身颤抖咬碎钢牙——力儿死了，他一生没有什么想头了，此生所念，唯报仇而已。

如今，对面，不死不休的杀子仇人，再次堵在了他面前——很好，正愁没机会手刃你呢！

他目光怨毒地盯着对面，恨不得一把掏出熊熊燃烧的那颗悲愤的心，狠狠砸到赵莫言的头上，也让他尝尝烈火焚身、求生不得求死不能的滋味！

他要一寸寸剥了他的皮，烧给力儿祭奠！

但在这之前，他愿意忍、愿意等——除了曹光世，没有人知道，他暗中联络了北魏守边将领冉闵道，以事成后划出平州为条件，约定由他正面吸引平州、灵州两大营，北魏军队绕道自德州渡河，绕到灵州大营背后，再两相夹击，到那时平州腹背受敌，还能嚣张什么？

今夜有雾，对方不会发起总攻，但是偷袭却是个好时机，李翰微微冷笑，偷袭怕什么？一旦对方早有准备，偷袭的意义已不存在。

他一直在小范围与对方接触，并放出风声，假称将会分兵去袭灵州大营，迫使对方不敢大规模发动总攻，目的只是拖延决战时间，等到北魏顺利渡河。

盘算着北魏军队的行军速度，李翰微微露出一丝笑意，漫不经心道："赵莫言那小子，再怎么厉害也只是会文人那些阴柔奸狡心术，行军布阵，兵法诡道，他一个十八岁的少年，如何能懂？陛下自己年轻，便也重用小儿……小儿……"

他突然停了下来，露出思索的神情，刚才说到小儿两字，不知怎的脑海中灵光一闪，仿佛有什么快速掠过但转瞬便消逝，快得难以捕捉。

幕僚们惊讶地注视他，轻唤："国公？"李翰摆摆手，仔细回溯自己的记忆，刚才是说到哪个字，突起灵感来着？

小儿……

孩子……

刚才有个孩子……

那脸……

霍然一惊，连脸也扭曲了，李翰呼吸急促起来，一把抓住身边的幕僚，疾声道："刚才那个孩子，刚才那个孩子，长什么样？"

一脸愕然地看着李翰，那个幕僚吭哧道："没看清楚啊，脸上全是泥水，不过五六岁年纪，眼睛好像很大很灵活的样子。"

眼睛……李翰努力在脑海里回忆刚才孩子的样子，和先前突然掠过的一幕影像相对应，那个想法太过荒诞，然而那张脸，却又太过相似！

他记得那孩子的眼睛，很少有谁的眼睛，能那般清澈乌黑，明亮粲然，令人一见便不能忘记！

霍然转身，拔足便奔。

直冲到大营之内，李翰抓住一个士兵便问："那几个孩子住在哪里？"

士兵们惊讶地一指，李翰一挥手，跟随他的亲卫立即包围了那座小帐篷。

虽然不明白国公为什么一脸严肃如临大敌，明明帐篷里住的就是两个小孩，亲卫们还是将帐篷包围了个水泄不通。

李翰大步过去，长刀啪的一声出鞘，他眼中闪着杀气和兴奋的光，比刀光还亮上几分。

"唰！"

他一刀挑开帐篷门。

…………

"人呢！"

一眼扫过，空荡荡的帐篷让李翰勃然大怒，看见众人都蒙蒙地摇头，更是忍不住咆哮："饭桶！连个小孩都看不住！"。

众人屏息不敢言语。

人群里有人怯怯道："这里面住的是三公子的小厮，三公子也许知道人在哪里。"

李翰立即挥手："去找三公子！"

亲卫还未奔出几步，便遇上匆匆而来的曹光世，他一脸焦急愤怒之色，跺脚道："昇儿没打招呼，偷了我的令箭，悄悄带了三千骑，渡河偷袭去了！"

李翰色变，唰地扭身看向对岸，半晌愤恨地一跺脚，咬牙，腮帮鼓起坚实的肌肉，从齿缝里挤出声音，一字字道："此去必中敌计！光世，现在说什么都已来不及，现今只剩唯一一个能救昇儿，甚至能令我们大胜的办法！"

本已绝望焦灼得一脸死灰的曹光世立即问："什么？"

"找到那个孩子！"

当夜，幽州军营里彻夜无眠，无数士兵来来去去，挨个搜查帐篷，军营里弥漫着紧张的气氛。

由于已经吃过晚饭，火头军的帐篷，还有堆放粮草的地方，除了几个士兵懒洋洋地看守，四面无人。

军营太大，搜查的人还没轮到这里，不过也快了。

一个最大的草堆里，突然窸窸窣窣一阵响动，接着，钻出一颗大头。

过了一会儿，又有一颗黑瘦的脑袋从旁边钻出，紧张地道："主子……你钻出来干吗？"

"废话！"包子压低声音，"帐篷搜完，等会儿他们就会来搜这里，你想被一枪撅死吗？"

他四面望望，用帕子捂住口鼻，蹑手蹑脚走到上风靠近那几个士兵的地方，取出块黑黑的东西，放在手心，双手一擦，轻微地啪的一声，他掌心冒出一股淡淡的黑烟，黑烟顺风，缓缓飘散到那几个士兵鼻端，不多时，几人都软软地瘫了下去。

包子拍拍手，赞："坏娘的东西就是好用！"

带着油条儿溜进存放食物和炊具的帐篷，包子翻出了火折子、菜油等物，寻出了两根空心的大葱，给自己和油条儿各揣一根，又找出一副猪肠，瞅了瞅，转了转眼珠，得意地哈哈笑起来，招手唤油条儿。

"来，"他把猪肠递给油条儿，"吹，给我使劲吹。"

油条儿是个好太监，好太监的标准就是主子说什么你便做什么，不用问为什么。

油条儿的肺活量也着实好，一阵猛吹，吹成了好大的一串泡泡。

包子又叫油条儿背了个木盆，看了看外面的天色，叹口气，喃喃道："英俊潇洒玉树临风一朵梨花压海棠的萧太子，今天可真运气不好啊……"

两人出了帐篷，正想趁人还没过来的时候向河边跑，包子却突然收住了脚，看了看堆放粮草的帐篷，瞅了瞅眼。

随即绕着帐篷飞快转了一圈，将怀里抱的一壶菜油洒了个遍。

油条儿猜出他要干什么，抖了抖腿连忙阻止："主子，不成啊……火一起，咱们就暴露了啊……"

"烧，烧他娘的！"包子恶狠狠爆出一句粗口，"先点最西边的火，然后再点最南边的那个帐篷的火，那里靠河近，点完咱们就跑！"

"主子……别别别西边南边了……"油条儿白着脸抖着手指向前方，"人人人……追过来了……"

"呸！"包子撒腿就跑，一边跑一边不死心地继续洒菜油，又从怀里掏出弹弓，点燃火折子，"啪"地一下把火折子弹飞出去，正好落在菜油之上，顿时熊熊火起。

他有秦长歌给他一直固本培元，有学绝世琅嬛秘笈的绝顶内功，虽然年纪小未能所成，但较之寻常孩童自然要灵活矫健许多，力量也大，那火折子分量不轻，硬被他用一个小小弹弓给弹了出去。

一边跑一边弹，数十个装粮的帐篷都起了火。出兵在外，粮草不啻于生命，立时分出一大批人去救火，但是追来的人，已经开始张弓搭箭，向着那个小小的身影。

"抓活的！抓活的！"曹光世和李翰双骑飞奔而来，大声呼叫。

众人立即停手，但是有些箭已经呼啸着飞射出去。李翰的脸气得煞白，虽然杀了那个小兔崽子会让他很解气，但是从大局考虑，还是活的最有用啊。

长弓响起弹弦的嘭嘭声，在黑暗里跃动的火光中，箭矢如流星飞射，仿佛劈出空气里的花火般，直向包子后心。

众目睽睽中，那小小身影飞快地在箭雨中穿行，身姿灵活，步法快速，再加上个子又矮，第一轮箭雨都是习惯性平臂射出，大多数都落空了，但也有少数蹲姿射箭的箭手，箭如连珠飞瀑般飞行而去。

天空中暗青的箭雨一闪，云朵被风声扯碎遮没。

那小小影子忽然一个趔趄，随即，骨碌碌地滚下去。

中箭了？

李翰眉头一皱，一挥手，立时有人围成一圈扑过去。

突然从一个帐篷后蹿出个略高一些的黑影，一挥手扔出个盆，滚下去的装死的家伙立即蹿入盆中，那后来的黑影一个飞扑，死命将盆推向河中！

这两人动作迅速，似乎演练了很久一般，衔接流畅，一个怔神间那盆已经被推向河中，随即那后来的孩子扑通往水里一跳。

他身上缠着白白亮亮鼓起的什么东西，在水中漂浮，李翰大怒，指定河中不明漂流物，喝道："射！射翻那盆！"

顿时又是一阵青色的箭雨，接连不断地射在木盆上，可惜水流流动，木盆不住晃荡，那些箭都失了准头。那孩子趴在木盆里屁股朝天、双手抱头，硬是不让自己的身体露出木盆；而水下那孩子大约还在推着水盆，一路向对岸而去。

李翰既愤怒又诧异——这孩子水性这么好？这么久都不冒头换气？只要他冒头，一箭射死他，失去人推动的盆会不断在水中央旋转，前进得很慢，那么自己就来得及把他追回来。

如今糟糕的是，虽然士兵们已经在放舢板，但照这个速度，怕是追到时，已经到了对方那半边河面。

这条河本来就不甚宽，能够隐约看见对面动静，对面仍旧黑沉幽暗，更令两人心急如焚——没有动静才叫糟糕！曹昇渡河偷袭闯营，无论如何都应该有厮杀声响，偏偏没有！三千铁骑，就这么悄无声息地消失了？对方难道不是和他们一样，是血肉聚成的军营，而是蹲伏在黑暗里，张着血盆大口，无声吞噬掉数千人的狞厉巨兽？

李翰咬咬牙，一伸手取过马背上的重铁长弓，厉声道："箭来！"

较寻常箭矢更粗重上几分的三支镶铁重箭被立即送上，稳稳搭上长弓，曹光世皱眉，道："国公，杀了便无用了……"

"让他落水！"李翰冷冷地答道。他手一松，满月之弓立时射出一股飓风一道星光，直冲木盆而去。

木盆前行更疾，看出来水下人在拼命前游。

第一箭，入水！

隐约听得童音"哎哟"之声，木盆立即慢了下来！

第二箭紧追而至，比前一箭更快地击中盆身！

"啪"一声箍盆的铁箍被生生射断，木盆散架！

木条唰啦啦散开来，现出坐在底座上正因为不适应四面光光而茫然四顾的包子。

宛如只可怜兮兮的小狗，撅着屁股趴在只剩盆底的木盆内。

岸上士兵齐声惊叹，国公好箭法好准头！黑夜之中，水流之上，竟能射断晃荡不休的上的细细铁箍！

此时第三箭已至，直袭盆底上的包子！

李翰目光一缩——水上不比陆地，随时流动的目标，原本判断好的方向会发生变化，这箭本来是向着这孩子肩膀而去的，如今看来竟是向着眉心了！

……杀了就杀了吧，萧玦，你杀我子，如今，这正是报应！

箭来如风。

惶然抬头，映出夺命之箭汹汹来势的乌黑大眼里满是惊恐和愤怒，包子突然抱头，尖着嗓子，大叫。

"丫的你看热闹！叫你看！再看你没人可以欺负啦！"

岸上人齐齐愕然。

"啪！"

对岸，宛如黑暗中谁擦亮一点星火，又或是宇宙洪荒一片混沌中盘古一斧悍然劈裂，现出光亮天地，幽光一闪，后发先至，疾电奔雷，突然飞射！

直直击中李翰的最后一箭，将之狠狠劈开两半，依旧去势不止，直袭李翰面门！

整整跨越了一条河，击裂了一枚重箭的来箭，速度丝毫不减，杀气腾腾一去不回而又极其精准地向着李翰的咽喉射去！

河宽十数丈，谁的臂力眼力如此惊人？

冷哼一声，李翰不敢对射，拔剑，用力劈落来箭，震得手臂酸麻，"噔噔噔"连退数步，抬头，目光露出一丝惊异。

对面大营，有如此高手？

黑暗中有人一声长笑，悠悠道："你胆子太大了，不给你点印象深刻的教训，你下次还是胡作非为。"

话音里，黑光一闪，似是细索般的东西被扔出，"唰"地一下缠上包子的腰，凌空一振，漂亮肉球便姿态轻盈地被拖回主人的怀抱。

主人心情却不太好的样子，东西到手随手一扔，在一片吱呀乱叫声里将肉球扔到了另一个等待已久的怀抱里。

肉球立即眼泪涟涟地往那怀里一扑，拼命一阵乱拱乱蹭，呜呜地哭。

"呜呜呜油条儿死了……"

"都是你害的。"有人毫不客气绝无怜悯神情闲淡用心恶毒地凉凉扔过来一句话。

"哇哇哇……"包子这回真受刺激了，一张嘴哭得更凶。

楚非欢皱眉看着自己很快被弄湿了一大片的袍子，再看看负手而立神色平静的秦长歌，虽说知道长歌要给这个胆大小子一个教训，好让他印象深刻点，但终究见不得素来笑嘻嘻的包子被打击得这么惨，轻轻一声叹息，道："别哭了，下次知道怎么做了？"

恶狠狠一抹眼泪，包子道："下次不了！"

楚非欢正想宽慰，听得这小子杀气腾腾地道："下次我直接调兵，灭他满门！"

…………

包子一转眼看见楚非欢默然的表情，立时又悲摧上了，抱着楚非欢脖子抽抽搭搭："我知道了，以后我不乱来，但是今天你先不要管我，我要给油条儿报仇！"

"主子……"

"啊！鬼！"

刚才还义愤冲天要给忠仆报仇的某人，一转眼看见忠仆还魂，正湿淋淋、惨兮兮、脸色青白地拉着自己的袍角在地下蠕动，一脸悲凄哆哆嗦嗦地唤自己，标准的冤魂索命姿势，立即尖叫跳起，抱头鼠窜。

"主子……"

"别找我别找我！冤有头债有主，你丫找李翰！"包子撒腿飞奔，动如脱兔。

忠仆望天，悲愤。

忠仆本来被义主感动得眼泪涟涟，包扎还没完毕就挣扎着来表忠心，结果义主看见他时的惊悚反应，令忠仆由衷觉得自己还是死了比较好。

秦长歌淡淡地看着儿子乱窜的身影，有点恼怒有点郁闷：这一夜，惊险紧张刺激，更在生死线上走过一遭，萧溶同学，爽吧？

不过更多的是安心——总算把这臭小子给搞到手了。

其实她自从看见那只猫，就立即着手做了很多事，布置埋伏，派人下水，非欢负责指挥对付偷袭的那小子，自己则一直在河边等着逃家的小子。

那三箭一出，秦长歌大怒，她原想着包子一旦身份泄露，李翰一定不会杀他，无论如何活包子比死包子有用多了，李翰的箭没有射中包子的要害，也在她意料之中。

李翰先射油条儿，秦长歌派去潜伏在水下的士兵，立即游过去，用长钩钩住油条儿，把他抢了回去，油条儿不过是擦伤而已。

一声冷笑，手一挥，秦长歌的声音远远传向对岸。

"国公，别来无恙？我这里有位故人，想来你们定是愿意一见的。"

"嘭"的一声，一簇巨大的篝火瞬间燃起。

火光照映着少年苍白悲愤的脸。

他的目光并没有盯着对岸自己的父帅，而是死死地，充满怨毒和仇恨地看着前方。

那里，正在满地乱窜的包子呆呆地住了脚。

第二十八章
瓦 解

那少年眼底燃烧着黑色的幽火，猛烈愤恨得似乎要将所有的人和物都烧毁，将自己这许久以来所有的喜悦和信任，都一把火烧个干净。

他不理会虎视眈眈的执刀军士，不看在对岸焦灼注视他的父亲，只是死死地盯着恨不得将之碎尸万段的包子。

包子在他的目光注视下缩了缩，瞬间有些恍惚，想起最近这段寄人篱下也寄得很舒服很温情的日子，想起抱着自己微笑的老太君，想起总是塞给自己点心的厨子，给自己做新衣服的丫鬟姐姐，还有……总是看起来很不耐烦很接受不了他，其实每次他的要求他最后都会答应的三公子。

他们……没有亏待他的地方，甚至，他们对他很好恨好的。

我……做错了吗？

包子有点混乱，张张嘴，没能说出话来，转身求助地看着秦长歌。

负手向天，秦长歌不理。

楚非欢叹息一声，代替那个恶毒无情的娘，给那个可怜倒霉的儿子解释：

"你娘的意思，是要你自己抉择，自己做的事，自己负责，如果你觉得被他这样看得你心虚恼怒，想干脆杀了他，那你娘就杀，如果你觉得对不起他，良心大发现要放他，你娘也放。总之，不管你的决定怎样，不管你的决定会给我们带来怎样的损失，你娘都要你自己去想。"

顿了顿，他又道："抉择本身就是痛苦的，不痛苦那不叫抉择，你是男人，你是将来的皇帝，逃避不该是你的行为，你必须自己做决定。"

吸了一口气，包子白着脸看着楚非欢，后者却对他展开一个鼓励的笑容，轻轻道："溶儿，帝王要走的道路，本身就是极其苦痛的，但是，我们觉得，你适合，你能。"

呆呆地在原地站了片刻，包子咬咬唇，向曹昇走去。

那少年看见他过来，立刻疯狂地挣扎起来，摇得捆绑他的木桩都不住晃动，见实在无法扑过来掐死这孩子，他大力一扭头，"呸"的一声，一口浓痰恶狠狠吐了过来，嘶声大骂："我瞎了眼，相信你这个小贼！"

包子一动不动，推开上前要给他擦脸的油条儿。自己用袖子缓缓拭尽了，昂起头，对捆绑着的少年道："我是萧溶，当今太子。"

霍然抬首，曹昇惊讶得脸都变形了。

"你爹作乱，要抢我爹的江山，我和你，是敌人。"包子安静地看着曹昇。

"敌人无论对敌人做什么，都是应该的，"包子道，"我从来都不是那种别人欺负到我头上我还抱头挨打的人。"

曹昇开始安静下来，默默地听着，听比自己小十岁的幼童，以超乎年龄的冷静和理智，对自己说着自己从没想过的道理。

"我一直以为我该对你愧疚，"包子继续说道，脸色苍白但目光乌亮，"但是刚才我突然想通了，我没什么好愧疚的，一旦为敌，就没有什么婆婆妈妈的怜悯，你爹想要抢我爹的江山，杀我爹的脑袋时，有没有想过要因我而愧疚？"

曹昇目光中露出深思的神色，脸上肌肉微微抽搐。

"我唯一的错误，是我不该太可爱，可爱得得到了你们真正的喜爱和欢心。"包子有些自嘲地笑了下，"我娘说过，对付一个人最狠的，消灭他的肉体还是其次，更狠的是摧毁他的爱、自尊和信任，我大约，伤害了你们的爱和信任了。"

"然而那不是我要的。"包子咧咧嘴，"没办法，我就是人见人爱花见花开。"

一直注意倾听的秦长歌对天翻了个白眼，刚才还觉得沧桑和悲壮，想着这孩子是不是被逼得太狠了，不想他说着说着，又开始雷了。

抬首，向着黑暗处无声嘘气，秦长歌这一刻心中生出隐隐悲愤和酸楚。敌人，我隐在暗处的强大敌人，如果不是因为你们的存在，我何须逼着自己的唯一爱子学着去做一个帝王，而不是仅仅做个我最想他做的，无忧无虑的孩童？

篝火前，木桩前捆绑的少年身边，胜利者和失败者，孩童和少年的对话还在继续。

"我还是要向你道歉，三公子，"包子微微一弯腰，"不是为骗你偷袭这事，而是为辜负了这段时间你们对我的关心和照顾，辜负了太君和姐姐们对我的心，请你记得转告她们，我向她们道歉——如果你还能活着转告的话。"

说完，他再不看脸色震惊的曹昇，直直地走向秦长歌。

万军屏息，风声静默，等着一个五岁孩童，做一个关乎许多人性命的决定。

连对岸一直愤怒喝骂布军备战的幽州军，也似感应到了这一刻平州军奇异的气氛，渐渐安静下来。

茫茫碧落，萧萧夜风里，数万人屏息侧耳，不敢错过一个字地倾听一个孩童的声音。

听他平静地道：

"我决定了，不放他。"

空气中有种令人震惊的沉默。

秦长歌再次出了一口气。

楚非欢的眉头皱了皱，缓缓侧首去看神色坚定的包子，他含义复杂的目光中除了坚定，不知是喜悦还是悲哀。

他仰望星辰，那里，西南之角，一颗星华光璀璨，四射耀目，在藏蓝色的天际熠熠生辉。

此刻，一颗注定会惠泽天下德被四海的帝星挟云霓而起，升腾于九天之上，一个懵懂孩童的身影，却将渐渐淡去。

这是幸福，还是无奈？

…………

包子对深深注视他的老娘眨眨眼，道："不要放，用还是要用的，我这许多力气不能白费，只是……"他声音低了些，确保曹昇听不见，才道，"能不杀他吗？"

秦长歌缓缓转首，她今天第一次对儿子露出微笑，淡淡道："很好，我很高兴你懂得了变通，我一直希望你既不迂腐，又有一定的良心，要知道，秉持基本的人性，比做一个完完全全的六亲不认杀心浓重的阴毒帝王，要好得多。"

她蹲下身，看着包子明亮如星辰的双眼，道："儿子，为人当不可失基本的仁义友悌之心，亦不可失坚刚决断机巧之能，这两者听来极其矛盾，其实，只要把握住了一定的原则，你就能——但愿你能做到。"

"我自然能，"包子的长睫忽闪着，厚颜无耻地微笑，"我是你儿子，而你的就是我的，我的还是我的。"

…………

哑然失笑，秦长歌想着自己的儿子，终究不是一般小孩啊，担心他太多那是浪费感情，干脆也不再啰唆。转身，遥遥向对岸道："曹都督，听说你长子痴愚，这是你唯一的爱子，我可没敢亏待他，你瞧见了，他连一点儿皮都没擦破——你想好要以什么方式接他回去了吗？"

对岸风声凛冽，秦长歌目光如炬，看见曹光世脸色铁青，两腮肌肉扭曲虬结，目光里似乎可以爆出刀光般狠狠盯着自己；而李翰，则极其轻声地不知说了句什么，便见曹光世咬咬牙，举起手。

秦长歌立即好整以暇地道："曹都督，听说太君最疼爱的，也是这位三公子？唔……我瞧着也甚好，三公子失陷敌手的事情，老人家还不知道吧？她年纪大了，你当心点儿。"

她言语温柔，体贴入微，着实一副为曹光世着想的贴心口气，听得李翰恨不得拔剑上前，把她砍成肉泥。

火光照耀下曹光世脸色白了又白——他可以不受挟制，他可以狠心杀子，为成大业，本就不当儿女柔肠，只是，他怎么能令老母悲哀伤心？寡母抚育他成人，不是等着要被他活活气死的！

抬眼，看向对方军营，只见阵容严整，军威雄壮，布营列阵精妙奇诡，又有这么一个城府深沉，拿捏人心如臂使指的强大统帅。

开战以来第一次隐隐对自己的举动产生了怀疑——是不是太骄傲了点？太轻率了点？太相信国公了点？多年来鸿雁往来，听得国公说萧玦小儿为政散乱，不复从前，朝廷混乱各自谋私，感觉上那就是一团泥潭，只有靠国公和自己，才能重整清明朝纲。

现在，朝廷来使就在自己对面，十八岁少年，清瘦得似可被风吹去，但是，狠辣、阴毒、深沉、单薄的躯体里有一种莫名的强大压迫力，谁也不敢小觑。

能驱策这般的臣子，陛下何尝称得上"散乱"？

激烈斗争了半晌，他不知不觉颓然一叹。

一直在旁关注着他动静的李翰见势不妙，目中闪过一丝厉色，背在身后的手，决然地做了个手势。

曹光世事母至孝，他能杀子，却绝不肯伤母。

但是，被拿住了软肋的是曹光世，可不是他。

"嗖！"

劲弩发射的声音震动了一小方空气，更震动了全数的幽州军，唰的一声，一身黑色铁甲的士兵齐齐抬头，看见一支弩箭闪着赤红的光，切割窒闷的空气，直奔对岸火光中目标明显的曹昇而去！

数十万人惊呼的声音，震如雷霆！

曹光世身子一抖，忘记身前还隔着河水，往前便扑！

"啪！"

火光下秦长歌单手一抬，截下弩箭！

她横臂执箭的手指，惊险万分地停在曹昇胸前！

而对岸，李翰在曹光世前扑之时，也冲了出去，一把拉住曹光世。

他的手指紧紧扣在曹光世后心，低声地，快速地在曹光世耳边说了句话。

曹光世表情僵硬。

秦长歌目光一缩——李翰手掌下，是曹光世的后心，他知道自己刚才的举动定然会引起曹光世愤怒，怕他阵前反水，这是一不做二不休，想逼曹光世破釜沉舟了。

浅浅一笑，秦长歌道："曹公啊曹公，心寒否？你始终记得人家是你恩主，冒着全家被杀的危险想为他找回公道，可人家怎么对你的？你帮他报儿子的仇？他却要杀你儿子！"

目光一转，她又笑道："国公啊，你的亲卫，挟制住所有中层将领，可是却不能挟制住二十万幽州军啊。"

众人目光一转，这才发现不知何时，将领们背后都已经架上了刀剑，森冷的刀光在月色下幽幽闪光。

"你轻狂什么！"李翰冷冷道，"我和曹都督是刀山血海里走出来的交情，我怎么会伤害他们？我只是不想他们被你这个妖人胡言乱语蛊惑，将来后悔莫及！"

星垂平野阔，月涌大江流，大河水流滔滔，滔滔水声里秦长歌一笑道："是不是胡言乱语，到底谁在胡言乱语，咱们不妨细细解说一下：对了国公，你怎么不问我，三千偷袭的铁骑，去哪里了？"

曹光世霍然抬头，李翰则皱了皱眉，硬声道："你自然已经杀掉——"

"你以为我是你？"秦长歌笑吟吟截断他，"你以为我不知道你这几日一直在拖延时间？不过正好，我也希望拖一拖——刚才，在咱们进行亲切友好会见的同时，我们的人，已经穿上了贵军的衣甲，佩戴了贵军的标志，挥舞着贵军的旗帜，去灵州，热烈欢迎冉闵道将军了。"

似笑非笑地瞅着浑身一震、脸色如死灰的李翰和曹光世，秦长歌道："当冉将军看见国公派来的引路支援部队，自然是极其欢喜，要延入军营大帐的，到时……哈哈。"

她的笑意突然一冷，提高声调，厉声道："冉闵道是谁？冉闵道是敌国将领！是频频扰边的'边境杀神'，幽州营的男儿们，你们告诉我，你们当中，谁家没受过北魏军队的侵扰？谁家辛苦耕种一年的粮食没被北魏军队抢过？谁家的姐妹，没有被迫长年抹黑容貌，以避免敌军士兵的侮辱？谁家的爹娘老人，没被如狼似虎的北魏士兵，恶狠狠蹱翻在地？"

幽州军士兵多为本地出身，正如秦长歌所说，家中父老，深受北魏边军侵扰，苦不堪言，如今听说主帅和国公竟然放北魏军队入关，顿时愤声如潮！

"而你们的国公，你们的将军，"秦长歌冷笑着，一指李翰、曹光世，"他们引狼入室，将敌国军队请入西梁境内，祖露自己承诺爱护的子民和土地，供敌人烧杀掳掠，并且，他们答应，事成之后，割让平州给冉闵道！"

万众哗然中，秦长歌讥讽道："平州的男儿们，你们真幸运，如果不是我截到了他们的信使，你们很有可能就要成为北魏人了！"

那边已经快要炸营了，秦长歌犹自不忘记火上浇油，微笑道："幽州营的男儿们，看看对岸，这里，隔河相望的，很多都是你们的乡亲，邻村的亲戚，甚至或许是真正的亲人，而你们，即将因为某些人的私欲和野心，和杀害欺负你们亲人的敌人为伍，却对着和你们同样血脉的亲人，挥起刀剑——你们觉得，这应该吗？"

"杀了这些狼心狗肺的狗军官！"

不知是谁喊出了第一声，随即，无数双手举起来，无数柄武器寒光闪亮地竖起，铁甲与铁甲的碰触撞击声不断回响，人潮如奔涌的海水一般向着自己最近的军官涌去，兵器撞在一起铿锵作响，激起一束一束的火花，而那个军官立即将自己的武器向地下一顿，大喝："老子也有亲人在对面！老子家里也被北魏军抢过！老子和你们一起，和他们那些浑蛋拼了！"

呼声如潮，一波波翻卷开去，如地震如海啸，难以控制地蔓延开去，那些挟制着高中级军官的李翰亲卫，早已被士兵们呼啦一下涌上，狠狠地撞了开去，立即便有无数双脚踩上他的头颅，直至将其踩成肉泥。

而被士兵们裹在中间的高级军官，目光中亦闪耀着愤怒的神色，一指曹光世，大喝："都督这个决定，我们不知道！都督，你忠于国公，我们跟着你！你想建功立业，我们给你拼命！但你为什么瞒着我们，要把大家一起拖上船，拖成万众不齿，死了也无颜见祖宗的罪人！"

有人愤然而去，有人愕然而立，犹豫着不知所措，有人狠狠一口唾沫吐向曹光世和李翰，更多人则是放下武器，和士兵们一起，飞奔向对岸。

"大人！我们无知痴愚，为野心主帅所蒙骗，与朝廷作对，请大人看在我等爱国赤诚之心不死，原谅我们，收留我们！"

"我们愿意誓死跟随大人，不做卖国贼！"

月光下，大河中，幽州营建制全散，大批大批的士兵涌向对岸，不断有人搬来舢板，来不及的就纷纷弃甲跳入河中，一片青黑色的人头，乌云一般黑压压涌向平州营。

注视着这般不可挽回的狂潮，李翰的手，不自禁地颤抖起来，而曹光世突然开始惨笑，道："国公，你还挟持着我做什么呢？难道你觉得现在我说的话，还是命令吗？"

踉跄一退，李翰脸色苍白地垂下手，曹光世看了看还在拼命挥舞着刀剑呼喝想要重新集合队伍，拼死挡着自己不被士兵们伤害的中军，宛如一个小小的圈子，被外面数万人挤压得不住颤抖摇晃，随时都有破裂粉碎的可能。

有人一刀捅死了意图冲向对岸的士兵，立即引起了更多人的愤怒，更多人呼啸着冲上来，一人一刀将他砍成碎片。

人群乱糟糟地纠结在一起，看不清容貌神情，听不清呼喊嘶叫，人们只有两个选择——或者随着如狂潮般的队伍向对岸冲，或者逆着这个方向，被踩成泥。

月光若流动的寒霜，火把却升腾起炽烈的烟光，飘拂的平州大营旗下，秦长歌深深地微笑着，淡淡道："李翰，你是只猪，你不懂，内战再怎么打，还有份道理在，成者王侯败者寇，谁有本事谁当王，一旦借助敌国势力，性质就全变了，毕竟，大多数人都是不喜欢当卖国贼的。"

"你是谁！你是谁！"李翰突然抬头，嘶声大呼，"我不相信，不相信！"

抬头看了看还有部分犹豫不定的军官和士兵，以及死死护住曹光世的中军，这些人大约都是死忠曹光世的那派，秦长歌目中精光一闪，向南方一拱手，朗声运足内力，声音远远地传开。

"我是德州士子赵莫言，但在入仕之前，我曾有幸遇见赴海外养伤的睿懿皇后，曾得她亲自指点治国平天下之大策！"

"啊！"

"而皇后，也即将回归！"

"啊！"

惊呼声起，那群还在观望的军官士兵面面相觑，这才想起，皇后未死，虽然远在海外，但随时都有可能回归！

一个级别最高的副指挥使，忽然"咣当"一声扔掉自己的长剑，滚落马下跪伏尘埃，放声大哭。

"末将当年曾经伤重垂死，幸得皇后亲手相救！此恩此德多年来不可或忘！男儿生于当世，忘恩负义者有如猪狗！我已经无奈做了一次无耻之人，再不能继续下去！都督，你虽对我恩重，但恕我实在不能再跟随你了！"

当年的帝国双璧，萧玦冲杀战场，为人懒惰的秦长歌则大多时候负责出谋划策，以及充当不拿薪水的军医，千绝弟子的医术，岂是常人可比？她救活的士兵或者将领，就算这些年调动布防都被打散，分布在每个军营中也还是不少的。

本就已经风雨飘摇、人数锐减的曹家嫡系军，这一下又策反一大批，感恩的，畏惧皇后盛名的，对照现今形势觉得大势已去的，纷纷放下了武器。

大旗猎猎，火光熊熊，平原之上星光欲流，一片夜枭低飞而来，向着那些散发着血腥气味的人群欢喜而去。

马上少年，不动如山，笑容如风，轻蔑的眼光如流水，瞬间淹没那妄图作乱的不自量力者。

她启唇，淡淡道：

"错误的永远是最上位者，而盲从者的过错要想被原谅，真的很简单。"

她笑，宛如弹去烟灰般，弹指。

"用始作俑者的鲜血，洗去那些错误的历史。"

"杀了他们。"

第二十九章
错 杀

杀了他们！

一声命令宛如魔咒，成千上万人为之疯狂。

"嗷呜"一声，有如虎兕出于柙，潜龙游于渊，汹涌的人潮直扑向有如大海小舟飘摇动荡的曹光世中军。

那叶小舟勉强挣扎，在波峰波谷之中上下摇荡，很多次险被灭顶，又撕扯着坚持了下来，小小的人圈无数次被挤压得变形，但始终未被冲散。

秦长歌远远看着，淡淡道："曹光世经营多年，不是全无人望的，这个时候留下来的，都是死士了。"

楚非欢颔首："都是西梁好儿郎，为那人私欲野心，死于自家兄弟之手，何苦来？"

"是的，"秦长歌一笑，"练出精兵不容易啊，我舍不得。"

她一挥手，早已准备好的平州营军立即开始搬木条架桥。

由凰盟属下组成的一个队伍最先赶过木桥，直奔那个小小的包围圈，那里，曹光世和李翰意图突围，几次拼杀不出，拼死护卫的中军，倒下的尸体层层叠叠，足有丈高。

反戈的众人都知道自己犯下的是弥天大罪，若非送上曹光世两人足够有分量的人头，如何能够挽回在陛下心目中的评价？因此越是反水的高级军官，攻杀越厉，下手越狠。

那些无辜的士兵，为不再清白的忠诚而死，死于自己兄弟上司手中。

直到凰盟高手赶到，二话不说，统统三下两下处理了，或点了穴道扔到俘虏堆里，圈子很快被打开缺口，再被凰盟高手以自己人填补，不断填充扩大，过不多久，李翰和曹光世几乎就被凰盟属下全部围困住了。

背靠背，抬眼望去，举目滔滔，皆为我敌，李翰发出一声英雄末路般的惨然大笑："天不怜我，时运不济啊……"

"不，"脸色苍白却神情冰冷平静的曹光世冷冷道，"你我，从一开始就必败。"

"哼！"

"这个人，"曹光世抬眼看正和楚非欢缓缓过来的秦长歌，"他有很多种办法可以赢我们，其实无论是拼硬仗、比阵法、使计谋，我们都不是他的对手，你我现在觉得输得冤枉，只是因为他选择了一个最省事最取巧的办法而已。"

"一言瓦解万军的奇迹之所以出现，根源在我们自己，"曹光世惨笑，"你不该为仇恨冲昏头，选择从北魏借兵；我不该明明知道这样不妥，还不愿拂逆你的意思；而我们又太过轻敌，竟然让对方截到了我们的信使，我们做了这么愚蠢的事，还能不服别人吹灰一般轻易地消灭我们？"

他笑着，一伸手抓牢了一柄刺过来的长枪，抬目一瞟，认出那曾经是无数次对自己表过誓死追随忠心的部下。

那人正满面狰狞地意图去拔自己的枪，然而曹光世的手稳若钢钳纹丝不动，那人大惊之下连忙撒手，却发现后退已经来不及，曹都督只要轻轻一送，那枪就会刺穿自己的肚子。

曹光世于万军中，喊杀声里，注视着自己曾经的部下，如今的敌人。

看着他满面冷汗，惶然抬首。

淡然一笑，他抬起手，将长枪轻轻地塞回到对方的手里。

不再看那张愕然的脸，隔着黑压压的人头，他远远地向对岸木桩上绑着的少年看了一眼，目光里隐隐眷恋，但是却立即收回。

随即，他低低道："国公，对不住了……"

反手一掌。

李翰厉惨叫一声，倒了下去！

所有人都吃了一惊，呆呆地住了手。

怔怔地看着他。

安静也是会传染的，圈内震惊的气氛渐渐感染了外圈的人，喊杀声渐止，人们面面相觑，转头看向这个方向，用眼光互相探询，仿佛在问："这是怎么了？"

风里有血和火的气味，夜枭得意地桀桀大叫，在火焰顶端做盘旋之舞。

逐渐安静的战场上，曹光世声如奔雷："我已擒下逆贼李翰，请赵大人一见！"

哦！

众人恍然。

原来你做的也是和我们一样的事儿啊。

马蹄声嗒嗒，清晰地近了，人群自觉地分开，平州大营的军官，已经开始接收投降队伍，清点人数，编制名册，准备天明后打散幽州军队建制，重新编入各营。

秦长歌和楚非欢自万众中央缓缓而来，无数双眼睛，带着畏惧和敬慕仰视。

而他们却只看着那两个统帅——气焰不可一世的国公和号令如山一呼百应的幽州都督，一个昏迷于地不醒，一个头发披散遍身血迹，形容憔悴而狼狈。

　　毫不示弱地和高踞马上的秦长歌对视，曹光世缓缓道："赵大人，光世知悔，如今已擒下逆贼李翰，连同光世自己，交由朝廷发落。"

　　秦长歌深深注视了神情宁静的曹光世一眼，他满是鲜血和灰尘的脸上，有着生死度外的平静光辉，火光里，眼色黑白分明。

　　笑了笑，秦长歌下马，曼声道："都督大人迷途知返，深明大义，莫言感佩。"

　　曹光世一笑。

　　秦长歌也一笑。

　　笑容尚未消失，寒光如雪亮起，曹光世突然一个大旋身，"嚓"的一声拔出身后马背上的丈二长刀，一刀"巨斧开山"，扬起狂暴飚风，恶狠狠劈向秦长歌的天灵！

　　与此同时，大约还要早上一刹那。

　　昏迷不醒的李翰突然暴起！

　　他先是怨毒地看了曹光世一眼，一撒手向他后心射出一柄飞刀，随即狂扑而起，直扑楚非欢！

　　几乎发生在同一瞬间。

　　非常奇异地，四个相对的人中，有三个人受敌。

　　曹光世攻秦长歌，李翰攻曹光世和楚非欢。

　　万军齐齐惊呼，愕然不解。

　　刀光一闪便没，没入曹光世后心！

　　后心袒露给他，全无防备的曹光世浑身一震，劈出的长刀顿时失了准头，他愕然回首，目光怆然。

　　"爹！"

　　远远的一声惨叫，震得人人回首。

　　而秦长歌仿佛什么都没听见看见，根本没管过那来势汹汹的长刀，霍然飞退，退到楚非欢马侧。

　　但李翰本来就离楚非欢马近，他暴起的剑光，已经先一步到了楚非欢胸口。

　　秦长歌霍然回首，目光中竟是无限的自责与后悔！

　　"嘶！"

　　楚非欢袖底突然飞出一线白光，"啪"地弹上长剑，随即立即向后一倒！

　　剑尖被白光击得微微一歪，擦着他的胸口滑过，掠开一条皮肉翻卷的血痕，即将插入他左肩！

"呼！"

袖风一卷，荡开剑尖，来势不止，一股奇异的震荡传来，李翰把握不住，长剑脱手。

一声愤怒的冷笑，秦长歌甩袖一挥，袖底的长剑霍然转向，直袭李翰的咽喉！

那剑来势如急电，李翰避之不及，大惊之下拼命扭身后窜，然而终究慢了一步。

长剑穿透他的琵琶骨，再插入地面，将他生生钉在地上。

血光起，和刚才已经倒地的曹光世的鲜血，流在一起。

变起仓促，一切只在眼帘开启的瞬间开始，在眼帘未及眨动的刹那结束。

结果，一死一重伤一轻伤。

万军惶然四顾，不明白发生了什么，更不明白为什么会发生这样的事。

曹光世和李翰是诈降？那李翰为什么要杀曹光世？

秦长歌不去管那两个，抿着嘴二话不说先奔去喂了楚非欢一颗药丸，随即简单看了他的伤口，所幸只是皮肉浅表伤，血已自动止住。秦长歌惊魂初定，忍不住自责："是我不好，我以为他们的目标只是我……"

"别说了，"楚非欢淡淡阻止，脸色苍白，目光亮如清泉，"让我自己来。"

他目光里充满了淡淡的悲哀，道："如果我需要你的保护才能生存，那我还不如立即死去。"

秦长歌低声叹息，道："非欢，不是这样的……"

"是的，不是这样的，"楚非欢微笑着，秀若皓月，"我只是，永远不想让我在乎的人，为我忧虑担心。"

立于马下，昂首看着清瘦却精神无限高大的男子，秦长歌轻轻道："没有人能比你做得更好，我不担心，真的。"

"我亦希望，没有人能比我对你更好。"楚非欢一笑俯首，催她，"去解决那两个吧。"

"送公子回营休息。"秦长歌吩咐属下。看了楚非欢一眼，转身走到血泊里的曹光世和李翰面前。

看着血泊里挣扎蠕动，喘息着死死看着李翰的曹光世，秦长歌目光里不知是恨还是怜悯，半晌道："你从头到尾，都帮错了人，到头来枉送性命，死在你全心为他着想的人手里，你何苦来？"

"你说什么？"咬牙忍痛的李翰瞪大眼，"这个无耻之人，卖友求荣，你说什么为我着想？"

曹光世颤抖得更厉害，抽搐着从齿缝里挤出一句话，"……我没有……完全……想救他……但我想……我想……"

"你想帮他报了仇,也算对得起他了,"秦长歌淡淡道,"你恨他欲杀你子,但你觉得他有情可原,毕竟独子被杀,实堪可怜,你这人一向恩怨分明,所以你擒下他,算是他要对你儿子下手的报复;然后你出手杀了我,帮他了结毕生唯一的心愿,报了独子被杀之仇。"

她看了一眼脸色大变的李翰,冷笑道:"可惜有人不理解你的苦心,还以为你真的只是要卖友求荣。"

"你怎么……你怎么……"

"我看见你的神情,便知道你是诈降,一个卖友之人,怎么会有那般平静坦然,忧伤决绝的目光?"秦长歌目中生起怒色,"所以我注意了李翰的呼吸,我发现他根本没昏,我以为是你们俩串通好了诈降,好一起出手杀我,所以没有防范别人……谁知道你是真的出手,李翰却早已对你有防备,他以假昏骗你,他恨你对他下手,所以先杀你,再意图挟制我身边没有武功的同伴。"

"阴错阳差,连我也没想到,你们竟然不是串通好的……"秦长歌叹息,"天意……天意要你摧折于一个无奈的误会……"

众人至此方才恍然。

心中都不禁隐隐生出寒意。

如此诡谲的局势,如此良苦的用心,如此齿冷的辜负,如此不可挽回的生命的误会。

如此悲凉的结局。

苦苦一笑,躺在自己血泊中静静望着天空,曹光世喃喃道:"国公……我算对得起你了……当年……你救了杀了人……将要处刑的我……还救……了我娘……我说过要……还你两次……命……我还……你……了……"

他艰难地喘息着,拼命掉转视线,深深地看了木桩上的少年一眼。

将死者的视线其实已经模糊不清,他那般努力地看,也只看见跳动的火焰和苍白的人影。

看不见那少年嘴唇咬出了鲜血,泪流满面,死死盯着血泊里的父亲,却坚决不肯发出一声抽噎。

黑暗之潮一点点蔓延,卷没生命的堤岸,曹光世眼中的光芒,渐渐淡去。

他留在这个人世间的最后一句话是:

"真冷啊……"

真冷。

冷的是这夜的风，是少年曾经火热的心，是义气男儿一腔奔涌的热血，还是黑暗阴森的命运本身？

数万人于北地平原的初秋微凉的风中寂然无声，看着那个曾经自己仰望的高贵人物，星光暗淡地逝去。

看着素来豪雄英勇的国公，此时怔怔地看着身边同伴的尸体，良久，发出一声泣血的号叫。

叫裂了那一夜躲避于云层后的月色，受伤的月亮汩汩流出鲜血，光色暗红。

满原偃伏的长草，被那无尽悲凉绝望自责的一吼，惊得齐齐立起，在风中起舞。

秦长歌回身，月光下一个冷静漠然的秀致侧影，淡淡道："看守好俘虏，别让他们死了。"

然后，她匆匆进了自己的中军大帐，一眼看见楚非欢正在看书。

走过去，抽掉他的书，秦长歌不容分说地开始解他的领扣，楚非欢无奈，也只好由她。

衣襟解开，明亮的烛光下最先入眼的是一排精致的锁骨，平而直，紧紧绷着洁白光滑的肌肤，玉簪一般美好莹润的弧度，不同于红衣妖艳的玉自熙那袒露的放肆的美，楚非欢微微苍白的肌肤，透出月白般清爽的色泽，衬着如大海之蓝般清素而又内在华美的外袍，宛如掩映在浅云薄雾后的朦胧月色。

纵然此时不是有绮念的时辰，秦长歌也忍不住多看了两眼，对于美的事物，任谁也难以抗拒。

她这多看的两眼，被楚非欢立即察觉，他尴尬地掩了衣襟，咳了咳，道："你看见了，一点皮肉伤，刚才军医端了参汤来，也用过了，你还不放心什么？"

"那就好。"秦长歌毫不脸红地在他身前坐了，叹息道，"我还没犯过这么大的错误呢，我是真没想到曹光世居然肯为李翰做如此大的牺牲，他也算人杰了。"

"此人真英雄。"楚非欢正色道，"李翰其实不配为他之主，可惜他选错了效忠的对象，否则天下之大，何愁没有他一席之地？"

"士为知己死，将军阵上亡，他也算死得其所了吧，"秦长歌道，"我会厚葬。"

正说着，秦长歌突然对地面变幻的光影看了看，淡淡道："再偷看就罚款。"

"钱迷！"笑嘻嘻进来的自然是最近发财的财主萧包子，贼兮兮地左瞅瞅楚非欢右瞅瞅秦长歌。楚非欢拒绝和他目光接触，默然不语，秦长歌则皱眉道："你看什么？你再看一样罚款。"

"罚就罚呗，犯错误就得认罚。"包子一摊手，"我觉得你很善良了，最起码你没提出没收风满楼。"

"谢谢你提醒我，"秦长歌露齿阴恻恻地一笑，"我会记得回京后着手办理移交产权手续的。"

"我不会签字，"包子凛然答道，"要签字，毋宁死！"

秦长歌根本不当回事地瞟了他一眼，问："哦？死？是想在甜汤里淹死，还是想被火腿砸死？"

"我想吃得撑死。"包子肃然答道，"八十年之后我遍尝天下美食，肥死。"

忍不住一笑，秦长歌道："好了，别闹了，知道你来干什么，曹昇现在不能放。"

垮下双肩，包子喃喃道："他死了爹，去祭拜一下不成吗……"

"你想他在他爹灵前撞死吗？"秦长歌摸摸包子的头，"人总是要长大的，能够一帆风顺地成熟自然是幸运，可是有多少人有这般好运气？有些经历，虽然残酷，但是熬过了，自有一番新天地。"

"你不杀他吗？你不怕他报仇吗？"包子大眼睛亮晃晃地盯着老娘。

"我怕他报仇？"秦长歌挑眉一笑，"儿子，怕人报仇的都是懦夫白痴，我问你，你怕他报仇吗？"

包子立即摇头。

"那就是了，"秦长歌一笑，"我不在乎，我儿子也不在乎，我儿子的儿子——那是萧溶你自己的责任了，如果你把你的儿子教育成一个懦夫，一个无用的人，那被人寻仇杀掉，也是活该，我只负责第一代，不管第二代。"

她悠悠地道："那还远得很哪……"

出神地看了远山高天许久，她回过身，对楚非欢和包子道："现在我们要操心近在眼前的事，我要吃掉闵冉道的军队，然后，咱们和北魏的亲密接触，大约便快要开始了。"

第三十章

珠 泪

乾元四年九月中，晦朔之日，龙战于野。

重新整编过的幽平大军，一路急行军，几乎没有采取任何战术，如风行奔雷一般，直扑北魏闵冉道大营。

存心要以强盛的兵力，压上对方深入敌方的孤军。

而当时，刚刚被三千骑改装袭营的北魏军，冉闵道重伤，手下副将死三伤六，主帐大营中，彼时正乱作一团，仅剩的几个能主事的将领，手忙脚乱地令士兵包围三千骑。

正当三千骑陷入苦战之时，时间把握精准的秦长歌率大军到了。

秦长歌下令不惜一切代价飞速行军，并寻找当地向导自平、灵二州之间的碧野山小道抄近路，以只花了四个时辰的超速度，天兵降临般地出现在八万北魏军之前。

连绵不断的军队海洋般连波迭浪地出现，地平线上黑压压的一道肃杀的线，凝望着这条线，北魏军队脸色死灰，仿佛看见末日降临，而死神在仰首尖啸。

他们不是听命行事的幽州军队，军队如刀刃，错的向来只是拿刀的手，刀本身换个主人立即便可重新使用，

他们是站在饱经他们侵掠骚扰的敌国土地上的敌军，举目四顾，遍野都是仇恨敌视的目光。

存心要以威慑力和绝杀手段给北魏一个警告的秦长歌，嚣张彪悍到连阵势都没摆，在翻卷的大旗下一挥手，直接道："给我，消灭他们！"

连缰飞鞚，烟云尘拥，蹄声踏破碧野山阙，惊起一轮肃杀残月，马上健儿摘下白羽雕弓，在茫茫平原之上飞驰如电，从四海八荒无穷无尽浩大之处吼起凝结了无数军魂和鲜血的战歌。

"西梁！泱泱长河，浩浩疆土！

驰骋万里，风龙云虎！

西梁！百万强师，逐尽敌虏！

天道残缺，待我来补！

西梁！九州之旗，四海腾舞！

看我苍生，萧秦做主！"

九月北地平原上的风，无休无止无遮无挡地穿透男儿胸膛，换成雄浑悠长的北地长调和痛快杀戮的兴奋嘶吼。

杀，杀了他们，这些曾将自己家乡劫掠得一根草芥都不留的敌人，如今，换我不留你的一丝呼吸！

曾险些刺入亲人同胞胸膛的手中刀枪，如今，终于，劈入它该去的地方！

这才叫痛快!

除了护卫中军的十万大军,其余二十万,被秦长歌一次性地悍然压入对敌战场!

我——用——人——海——淹——死——你。

枪起枪落,刀劈刀收,剑出剑往,鞭闪鞭飞,无数武器乱糟糟地纠缠在一起,无数血肉挥洒在广阔的碧野山脚,人性中杀戮的本能在苍凉的号叫和激越的战声中被无限激发,每个人都近乎狂肆地砍杀,将那些曾经鲜活的肢体,柔韧的肌肉,大好的头颅,闪亮的双目,一一消灭在沾满鲜血的寒冷的各式兵器之下。

那一夜,碧野山脚,千万人明月共,千万人生死同,千万人的热血灌满脚下鼞黑的土地,千万白骨化作了来年长草间如星子般闪烁飘飞的磷火。

很多年后,后来者小心翼翼地翻开厚重的史书,在阅读此页时皆默然不语,意味深长的目光,穿透书页,看见了多年前,沧海舆图之上,真正拨动逐鹿天下的战局,真正掀开六国之战序幕的一个浸透鲜血的悍然开端。

"乾元四年九月十三,灭冉闵道军于碧野山脚,歼七万余,余者逃奔于野,为民所诛,八万魏军,无一生还,是日,血浸三尺,来年,草木盛极。"

史称:碧野之战。

八万无家可归永远流浪异乡的幽魂,成为上位者野心的殉葬品,碧野山脚从此留下了雷雨之夜阴兵列阵、鬼魂夜啸的传说。

此战最直接的效果,是在和北魏正式开战之前,边境百姓安宁得可以开着门睡觉,北魏军连一个喷嚏都不敢打过了边境线。

当然,传说的制造者秦长歌同学,是一点点也不会在意死人闹鬼之类的事的,皇权统一的路上,本就是浸透鲜血的土壤,才能开出帝业的繁花。

她知道与北魏的正式大战即将开始,但还不是现在。北魏国内局势现在波谲云诡——软禁冷宫,仍旧拥有一批效忠臣子的魏天祈,神奇地躲过了一轮轮的暗杀,逼得等得不耐烦了的魏天祈只好以"搜宫"为名,亲率大军进入魏天祈宫内,却被黄雀在后的纯妃以一曲离奇曲调吹垮意志,连自己都受了重伤。随即,纯妃干脆请这两兄弟一起住进行宫享受软禁生活,自己打算垂帘摄政,却因反对声浪过于高涨,且尚未掌握军方势力而作罢。据说,玉玺和天下兵马虎符在魏天祈处,北魏都城九门大军军权在魏天祀处,纯妃则掌握了宫禁御林军。北魏数月内三易其主,却是谁也没能坐稳龙庭,如一团乱麻纠结对峙在一起,三人都拥有令彼此忌惮的一定实力,三人都交错着困截彼此的进一步举动,三人一时都不能呈绝对压倒性的优势占据上风,形成了绝无仅有的古怪"铁三角"。

对于纯妃,秦长歌潜伏在北魏的凰盟的信息回报是,魏天祈一直很防备她,对她很有戒心，入宫那几年，纯妃备受恩宠却处处受制，直到魏天祀篡位，对这个宫妃不知底细的魏天祀，放出了这条美女蛇。至于为何两人明明达成协议，纯妃却再次对枕边人下手，以及事变的具体情况到底是怎样的，现在还是个秘密。

秦长歌不急，她有预感，和这个螳螂一般的女人（螳螂有杀夫的爱好），迟早会对上的。她甚至觉得，自己对北魏的消耗，也许会让魏氏兄弟放弃对敌西梁的企图，但是，完颜纯箴不会。

女人疯狂起来，本就比男人更不计后果。

秦长歌懒得去揣摩一只母螳螂，她现在忙着去做正事，比如，李翰本来的职责——赈灾。

朝廷的赈灾粮食早已运到，灾民却没有及时得到赈济，市面上米商囤积居奇哄抬物价，无数灾民流亡于道路，瘦骨嶙峋、嗷嗷待哺，只记着为自己的权位名利追逐而置黎民于不顾的上位者，自然会被天道抛弃。

李翰和曹氏家族其余人等，都已押解去京，这些善后工作，交给萧玦去头疼吧。

刨去路上时间，她只花了短短十日，便漂亮干净地解决了幽州事变，顺带灭了杀伤边民最狠的冉闵道军队，其雷霆风云之举，翻云覆雨之能，行事作风之狠，瞬间传遍天下，四海震惊，诸国警惕。

赵莫言的大名，成为六国间成名速度最快，口耳相传最广泛的三个字。

用包子的话来说，就是：亲，你红了！

萧玦的旨意来得很快，秦长歌那个"代尚书"的"代"字很漂亮地去掉了，现在她是部长级别，真正跻身国家最高决策部门的高干了。

圣旨后面还粘贴着一封信，传旨太监小心翼翼地提醒秦长歌："陛下说，请尚书大人务必亲阅。"

亲阅就亲阅，还务必，看来萧玦对自己，真是超级不放心啊……

秦长歌捏了捏信封，好厚……

晚间回幽州刺史官邸歇息，新任的幽州刺史已经就职了。文正廷，这个到现在也不知道自己沾了谁的光的好运气的书生，因为在幽州事变中，揣测准确，报信及时，擢升幽州刺史，成为主掌一方的大员。

秦长歌住在刺史官邸的前院，灯火下展开信笺。

"青青子衿，悠悠我心。"

洁白纸笺明亮如玉，徽州香墨光洁明润，纸上只有这八个字。

萧玦的字体，一改往日的龙飞凤舞，一笔一画，凝重谨慎，看得出，下笔时一定写得慢而悠长。

仿佛下笔者，每写下一笔，都凝结了自己无限的心意和思念。

那些饱满欲将溢出的墨迹，写满龙章宫里的孤灯对影，遥思伊人的牵念和寂寞。

烛火跳跃，跳跃的光影里秦长歌微微地笑了笑，翻开下一张。

"青青子衿，悠悠我心。"

…………

秦长歌愕然，手指连连翻动，厚厚的一沓纸，每张纸都是这八个字。

翻完最后一张，秦长歌向椅背一靠，望着承尘怔怔了半晌，随即，哑然一笑。

这叫什么？另类情书？

突然想起了什么，她坐起，仔细地数了数纸张。

五十一张。

恰恰是自己自郢都出发，到得圣旨下达那日，离开他的天数。

换句话说，这些字，是他每天一张写下来的？

从她出发，踏出龙章宫那刻始，御书房里凝望她背影远去的帝王，便缓缓抽出信笺，于满案奏折书简、纷繁国事之间，静心埋首，一笔笔写下自己的牵挂和思念。

这是一封厚重超过所有记载着急如星火的国家大事奏折的信笺。

相思迢递，有一种表达简短而心意绵长，字字凝结着深沉的牵挂。

秦长歌的手指，不由自主地缓缓抚过那些因为墨迹饱满而微微凸出的字体，一笔一画地抚过去，细致得仿佛想在这些字体中，抚出某些深藏的画面来。

好像是很多年前，又好像只是离此刻不远——那个风神俊朗的少年，也曾于沙场分离时，战火烽烟间，写一封封的信给自己，他似乎一直是这样，不喜欢用长篇大论来表达心意，只是一遍遍地告诉自己在乎的那个人：

"长歌，云州战紧，你且小心。"

"长歌，天寒将雪，请多保重。"

"长歌，今日拔营，看见春枝抽芽，你若在，一定欢喜……我想念你。"

…………

时光有时仿佛能叠印记忆般将一些难以忘怀的事体，提醒般地不断重复，每一次重复，都是一次沉默而有力的镌刻。

秦长歌微微有些恍惚地微笑着，将这五十一张纸一张张看过，收好，放回信封。

站起身，想为这封信找个安全的地方待着，以免被某个无孔不入的家伙窥视，结果找了半天，却无奈地发现大约只有自己身上最安全。

将信封费劲地塞入袖筒，秦长歌心中暗骂。

你不能少写几张？唔……袖子好重。

她却不想提醒自己，其实可以扔掉很多张的，反正内容都一样。

…………

漫步出屋，月光下仰首看云的男子，亦浸透了月光一般的清越皎然。

皎皎白驹，在彼空谷，生刍一束，其人如玉。

秦长歌轻轻过去，一侧头，对他一笑："夜深风紧，小心着凉。"

这一侧头，再次看见沉溺于自己思绪中的非欢，眼中那熟悉而惊心的神情。

轻轻转首，目光直接落在秦长歌的袖筒，楚非欢的笑意有点古怪，道："他有信给你？"

秦长歌有些尴尬地"唔"了一声，心里更起了一层疑惑，非欢一向对她保持着距离，从不过问她的隐私，最近却颇奇怪，他好像，不太愿意看见和萧玦有关的东西。

秦长歌宽慰地一笑，道："也没说什么。"

楚非欢再次转回头去看月亮，沉默了很久，两人的呼吸细细，散在北地初秋寒凉的夜风里，静谧里有一丝躁动。

"长歌，你今生最大的想望是什么？"半响楚非欢开口，"做回你的皇后？"

"我没想过，"秦长歌老老实实地答道，"我现在想的是，报仇。"

默然良久，楚非欢轻轻道："长歌。"

"嗯？"

"你愿不愿意放弃报仇，隐迹山林？"楚非欢转首，目光亮得惊人，紧紧盯着她，"你的敌人，太黑暗太强大，而你现在，太沉重太累，你真的觉得，有必要以今生本来可以过得很轻松的新生，去报这个已经过去的仇吗？"

月色森凉，低伏的花叶上结的那层霜因此看起来越发寒冷，秦长歌将一片冰凉的叶子在指尖轻轻地揉了，轻轻道："非欢，这话不是你会说的。"

楚非欢默然。

"不是我要报仇，而是，他们未必放过我。"秦长歌一笑，"我不可能真的一直做一个小宫女，来混这一辈子，我不可能不认回我的儿子，让他做个在大街上到处胡乱认娘的孤儿，那些人，一天发现不了我，一年发现不了我，不代表永远发现不了我。我能做的，只是拖延他们发现我的时间，并在这段时间内做好准备，扩充自己的实力，等待着最后的对决而已。"

盯着楚非欢的眼睛，秦长歌毫不放松："非欢，对方强大，如果我隐迹山林，以我孤身之力，我未必能保护好溶儿和我自己，你是知道这个道理的，为何你如今改了论调？"

楚非欢这次没有回避，很直接地看着她："我心疼你，我很想能有一个机会，能好好照顾你，给你一段真正的清闲自在、没有仇恨背负的生活。"

他伸手，覆盖住秦长歌的手，微凉的掌心，传递的却是深藏的体贴和暖意，他道："长歌，我想，我能占用你的时间，并不多了……"

秦长歌伸掌，捂住他的唇，轻轻道："不要说，不会的，不会……不会……"

她一遍遍重复着那两个字，却将自己越说越茫然。

楚非欢却突然轻轻吻了吻秦长歌的掌心，轻如吻一朵新绽的花。

秦长歌一怔，脸在黑暗中却微微红了，下意识地想抽手。

楚非欢立即抬手，抓住了她的手，没让她的手从自己唇上移开，他难得这么坚持而强势，秦长歌深深地看着他，放弃了收手。

楚非欢却不看她，只是将她的手缓缓移动，去抚摸自己的额，声音低低如呻吟："长歌……长歌……你看……我大约是烧糊涂了……你不用理我……"

手指一颤，掌心下的额头是有些热度，秦长歌震惊地盯着楚非欢，不是为那热度，而是为他绝无仅有的脆弱和迷茫，非欢是何等坚强刚毅之人？是什么样的沉重心事，令他混乱得语无伦次？

秦长歌缓缓靠近他，低声道："非欢……我答……"

"起火了！"

一声大喝霹雳般突然响在耳际，声音里的无限惊惶令两人霍然抬头，这才发现幽州西南角存放粮食的仓库处的红光映亮了半边天际，定然已燃起熊熊大火，两人刚才都是背对粮库，又各有一番混乱心思，竟然没有注意到何时失火。

霍然回身，秦长歌问匆匆赶来的文正廷："怎么回事？好好的怎么会失火？着人去救了没？"

"已经去了，所有的府官衙役都已赶去。"文正廷的脸被熏得乌黑，只看见发亮的眼中满是焦灼，"火头是刚刚燃起的，但是来势很猛，好像是多个火头一起烧起来的，很凶猛，我还在丈外，前额的头发就没了，根本无法接近。"

放火！

秦长歌和楚非欢对视一眼，心中同时闪过这个念头。原本准备明日放粮赈灾，消息已经传遍全城，四面八方的灾民都在源源不断地赶进幽州城。此时出了这事，希望破灭的灾民一旦暴动，后果不堪设想！

至于是谁放的火，到底为什么放火，此时已经来不及细想了。

包子揉着眼睛晃了出来，立时被红彤彤的天际吓了一跳："大火！"

他似是十分畏惧火，"唰"地一下立即躲进楚非欢怀里。秦长歌看了看他，知道大约一岁时那场大火，给这孩子留下了自己都未察觉的恐怖阴影，让他潜意识里甚是怕火。这样也好，省得硬要溜去凑热闹。

"我去看看，"刚要举步，楚非欢道，"军粮。"

秦长歌心领神会地点点头，道："知道了。"拔足便和文正廷赶到粮库，一路上看见无数饥民正往城南涌，粮库前无数人意图冲上去救火都被冲天的烈焰逼回。看见抢救粮食无望，许多饥肠辘辘的饥民都开始伏地大哭，鲜红火光里，他们乌黑的脸被泪水冲出一道道的印痕，衣不蔽体的身躯露出嶙峋的瘦骨。

眼睁睁看着生的希望就此断绝，灾民们悲声震天。消息一层层传递出去，无数人痛哭流涕，眼看着粮库渐渐被烧成白地，整个幽州城，笼罩在绝望的号哭之中。

有人狠狠捶地，捶得鲜血淋漓："……我一家老小……等了五日……幺儿快死了啊……"

他身侧瘦如一把干柴的妇人，抱着一个奄奄一息的孩子，眼泪如涌泉，却已哭不出声来。

文正廷的眼泪已经哗啦啦地冲了出来，一跺脚正要说话，被秦长歌一把拉住。

"城中现在足有几十万饥民，你能救得了几个？"秦长歌注视着黑压压的人群，脸色森冷，缓缓道，"你一旦救了这个孩子，无数双手就会立即伸向你，淹没你，你打开刺史官邸，无数人就会立即涌入，会挤倒整个官邸，然后，有人死亡，有人受伤。"

"这……"文正廷怔怔地看着那将死的孩子，"难道我就什么都不做？我是一方州牧，我要眼睁睁地看着饥民因为没能及时被救济死去？等到朝廷再千里迢迢筹集一批粮食运来，这里的人会死上大半！"

"现在不是筹粮的问题，"秦长歌阴冷地道，"现在是你我怎么活命的问题。"

她话音未落，哀哭的人群里突然爆出一声大吼。

"那些狗官！他们不赈灾！他们把粮食烧了！他们要饿死我们！"

"狗官！"

"杀了他们！"

"这里有两个官！"

"把他们扔到火场里去！"

绝望的人群，是最容易被挑起愤怒和仇恨的情绪的，不过寥寥几句，饥民的暴动，便如山洪海啸，不可遏止地开始了。

无数双手臂举起，无数人冲上前，搬起身边的砖头、石块、木条，甚至用自己的头，去试图砸死或撞死这些"狗官"。

刺史府邸的衙役军士拼命阻挡，可是和几十万饥民比起来，这点儿人力量微弱有如沧海一粟，很快便被踉跄推倒，然后很多双沾满灰泥的脚冲上去一阵踩踏。

数万人呼啸着冲过街道，立时将街道周边所有陈放的东西击碎，轰隆一声，街旁一座低矮的危房被生生挤倒，落下的土块茅草瞬间就被无数双脚踩踏。

黑色潮水暴风般前进，每经过一处，便如巨浪卷过，面目全非。

秦长歌近乎狼狈地前逃。

在无与伦比的强大人潮前，个人的力量是微不足道的，尤其还在自己不能肆意杀人的情况下。

秦长歌忍不住苦笑，风水轮流转，前几日，自己还在隔岸观火，看着曹光世和李翰在万军攻击中挣扎，如今便轮到自己了。

不，自己比他们更倒霉，最起码他们还有中军护卫。自己的军队却驻扎在城外进不来，身边不是骁勇的同伴，是个一点儿自保能力也没有的累赘书生。

无奈地运起全身功力，秦长歌一把抓起文正廷，便往前方一处较窄的街道逃去——逃往狭窄的地方，进不来太多人，压力会轻些。

她的碧落神功运到十成，所经之处，所有人都远远被击开。秦长歌不下手伤人，这个时候伤人杀人，等于自杀。

凭借强横的功力，她自万千涌动的人潮中闯进那条街道，身后拖着长长的、不死不休的狂暴愤怒的黑色人潮。

一把抓住大汗淋漓的文正廷，道："你给我立即去灵州，调灵州粮库的军粮！我在这里，负责稳定灾民情绪！"

"你疯了！"文正廷瞪大双眼，"军粮非圣旨不得调用，擅用者视为谋逆，诛九族，他们怎么可能给你调军粮！"

秦长歌怒道："叫你去你就去，所有罪责我来担！"

"我不怕罪责！"文正廷立即怒瞪回去，"我一介文官，无兵无卒，孤身前去，他们会听我的？只有你去，你城外有军队，你还有武功！"

目光一亮，秦长歌道："你可知我一去你必死？"

"大丈夫死则死耳！葬于八尺宽坟之内，和葬于百姓之手，有何不同？！"文正廷目光卓然，直立如松。

"好！"秦长歌一边赶人一边拍着他的肩，"我没看错你！"

"啊？"

秦长歌不理文正廷的愕然，运足真气便要想办法令灾民安静下来，尽量保全这书生的性命，不想人群外突然起了一阵喧嚣，喧嚣之后，奇迹般地渐渐静了下来。

怔了一怔，秦长歌正要开口，忽然听得前方有人说话的声音。

那声音听来不是一个人的声音，倒像很多人齐声大喝。

"请让开，让我进去，和人共死！"

"让我进去，和人共死！"

怔了怔，秦长歌脸色清白。灾民们面面相觑，这话的内容着实太令人惊讶，谁不知道万人围困等死地？有人居然要自己进去！惊愕之下，也忘记了愤怒和追杀，呼声渐止，随着一遍遍的大喝，人群终于完全安静下来。

只剩下了远处毕毕剥剥的大火燃烧的声音，随即，有人咳了咳。

他声音低微，中气不足，一听便知身有重疾。

万众瞩目中，他道：

"诸位，请让我进去，被你们追杀围困的人，是我的兄弟，如果我不能救他，我希望能和他死在一起。"

万众默然，齐齐看着坐在轮椅上的男子，月光下他脸色白如冷玉，目光平静却坚决，他如此消瘦虚弱，气力全无，连最初意图压下哄吵的巨大叫声都需要靠数十个护卫齐声呼喝，但是，只要一看他眼神，谁都知道，他不是在开玩笑。

风里卷着火焰燃烧的焦味和铁腥，一弯残月欲落不落地挂在干枯的树梢。星空下，数万双眼睛注视着沉默而安静的男子，数万人突然屏住了呼吸。

听得他道："刚才，被你们追杀，意图置之死地而后快的，是刑部尚书赵莫言，他上任后，连破李国公之子奸杀民女案，刑部受贿替换死囚案，他手下救出的都是贫苦百姓，杀掉的都是作奸犯科之人和贪官污吏；就在前几天，他还不费一兵一卒，一言瓦解乱军，保得幽、平、灵三州不致陷于战火，为乱军铁蹄所践踏，保得三地百姓不曾因此流离失所。"

他道："这样一个官，你们说他是狗官；这样一个从没亏负过百姓的人，你们要将他杀死；我没有力量阻拦你们，但是我可以选择，和这样一个你们不知去感恩的人，死在一起。"

他道："让我进去，我是个残废，我不会对你们造成任何威胁。"

最后一句让一直默默倾听的秦长歌晃了晃。

楚非欢说完，抿唇，不再言语。人们默默地看着他，看着他忧伤而高贵的眉宇，看着他不能再动的双腿，看着这个男子，不看任何人，只是遥遥望着人群中央，那个千夫所指的方向。

终于，有人深深叹息。

随即默默地走开。

又一个。

又一个。

走开的人越来越多，围堵拥挤的人群，很快分开了一条道路。

一条道路，通向楚非欢和秦长歌。

靠着身后的墙，秦长歌咬着唇，重生以来，她第一次微微泛出泪光。

生死与共。多年前，那个秀丽少年，曾经极其清淡而又不在意地和她这样说。

原来他从未忘记。

有的人，语言单薄而行为重若千钧，如他。

前世，今生，他从来如此，不曾相负。

要怎样的割心般的牵萦和执着，才能有这般死生不弃的默默坚持？

他甚至放下自己的骄傲，用自己深痛于心的伤痛，来换取一分走向死亡的陪伴。

…………

秦长歌摇曳的泪光里，楚非欢平静地缓缓驱动轮椅。他的目光，上下仔细地看着秦长歌，见她没有受伤，神色欣慰。

秦长歌闭上眼，一滴晶莹的液体，缓缓在长而黑的睫毛上凝结，欲坠不坠。

仿佛是很久很久以后，万籁俱寂，冷月无声里，数万人都听见那一声极其细微，却又如惊雷般响在心底的声音。

"啪！"

轻若鸿羽，重似万山。

击穿久远的岁月，击碎久凝的坚冰，击起波澜壮阔生命里翻腾卷涌的浪潮。

这山河染色胭脂，只为这一刻盈然花开。

睁开眼，秦长歌已在微笑，笑容清丽如流风回雪。

她伸出手，道："好，一起。"

车轮子辗过地面，那颗泪在青石板地上迅速消失不见，只留下淡淡的印痕，夜风一吹，连印痕也已不见。

有些相关的记忆，却已深刻。

停在秦长歌身边，楚非欢对着她倦然而安心地一笑，轻轻道："灾民最愤怒的时刻已经过去了……现在，我在这里，能够继续安定他们的情绪，你去调粮吧。"

仰首，秦长歌目光透过远远的幽州城门，看向灵州粮库的方向，随即决然道："好。"

转身，她朗声道："诸位，粮库虽毁，但朝廷不会全无作为！"

轰然一声，灾民齐齐愕然瞪大眼，都抬头向她看来。

秦长歌已对文正廷道："文刺史。"

"下官在。"文正廷肃然躬身。

"此地安危，我现今交给你，"秦长歌目光一掠楚非欢，文正廷立即会意地轻轻点头。秦长歌欣慰地一笑，随即肃然道，"请你立即安排将灾民造册，分地段安置，重病者、将死者免费救治，开放刺史衙门和各级官署衙门，年七十以上者和三岁以下幼童进入休息。"

"是。"

"下令全城所有米商、富户，除留足自家口粮外，其余存粮，一律交献刺史府，安排专人，先按各类情形，紧急危重者先发放！"

"是。"

"如有拒不交粮者，囤积居奇者，"秦长歌一笑，笑得杀气森森，"杀。"

"是！"

"陛下怪罪，我给你做主。"

"下官不怕！"

"好！"

底下一阵叫好声哄起，有人在喊："我们冤了你们了，你们是好官！"

也有人大声质疑："城中余粮有限，这么多人，还是会有人饿死！"

"你们让我出去，"秦长歌冷然道，"我发誓，一日之内，必调粮食来救！"

又是哄然一声，宛如巨石投入油锅，溅起惊呼叫嚣无数，半信半疑而又饱含希望的目光，如一盏盏灯亮起，齐齐盯紧秦长歌。

有人叫："你莫要想逃走！"

立时又一片乱糟糟的附和，这些灾民被官府骗怕了，说要赈灾，一次次拖延，如何敢再轻信？

有些凄凉地一笑，回身，和楚非欢目光一触，后者的坚定让秦长歌微微叹息。

上前一步，一指楚非欢，秦长歌道："我的兄弟在这里，他不走，他是你们的人质，诸位，你们刚才也看见了，他为我自愿赴死，赵莫言如果今日当着千万人的面将他丢下自己逃走，这辈子我也不用做人了。"

众人的叫嚣渐渐安静了下来，大家都陷入沉思。是啊，这种情形下，当着全城军民的面做下这等事，这人官也好，命也好，以后都很难保了。

他们面面相觑，都已开始动摇。

这也是楚非欢要进来，并坚持以自己为质的用意，不如此，长歌如何脱身？

良久，刚才闭拢的人群，终于再次让开，一条蜿蜒的道路，通向城门方向。

秦长歌却没有立即赶着过去。

她默默地站了一会儿，侧转首，轻轻对楚非欢道："等我。"

微微一笑，明白她的担忧，楚非欢额首："放心。"

他的容颜在皎洁的月色下安静如一湾幽潭。

"我一直在这里，等你。"

第三十一章

重逢

朝阳升起，一线光芒，有如长天之剑，劈开黑暗。

原野上少年策马奔驰，衣带亦如剑划开北地翠绿苍黄的风。

身躯和马贴成一线，一条墨色的明锐的线，黑色的轨迹前一秒尚自摄入瞳孔，下一秒已经寻不见踪迹。

又或是一支射穿广袤大地的鸣镝，风生雷动地穿越浩瀚碧野。

秦长歌单人独骑，飞奔与幽州紧邻的灵州。

大军调拨需要时间，如今她已来不及去城外军营指挥此项事宜，只能命令属下随后赶来，自己单身上路，与时间赛跑，抢回所有人的生机。

逐风追月，驰至天明。前方，灵州城外十五里，一个规模完整的小镇般的连绵建筑出现在眼前，镇中，分布着一座座两层楼高的建筑，都是高大结实的仓库。

长林粮库到了。

灵州长林粮库，是西梁钦定军粮总库，立国初便有明旨：存粮万石，一年一换，非战时奉旨不得开库，擅取粮草一芥者，诛。

守粮官纪震，职在三品，是土生土长的北地军人，因为不受幽州都督曹光世待见，被排挤来，做个日日数粮袋的守粮官。

官场蹉跌的纪大人，性子愚拙固执，不认为自己的行事为人有何不足之处，将命运的一切不如意归结为怀才不遇，时运不济，自此时时怅叹，日日倾倒于酒乡。

秦长歌一马长驰直入粮库时，他正在镇上小酒馆听曲买醉。

秦长歌报出身份时，官低两级的纪大人不情愿地搁下酒杯，慢吞吞地行礼。

秦长歌一伸手，还未来得及虚扶，纪震已经自己挺直了腰，斜睨了秦长歌一眼，心中暗暗愤懑，为何眼前这个年轻得胎毛未褪的少年，已经是中央堂皇机构的一品大员？而自己混迹官场多年，鬓发苍苍，却还只是个在这鸟不生蛋的地方做个闲得抓虱子、没油没水的守粮官？

因此秦长歌一说要借粮，他想也不想，立即摇头，大约觉得这个要求太过荒诞，语气里忍不住对这个"不知轻重的毛孩子"生了几分轻蔑："赵大人，国家律法不用下官教你吧？你借粮说起来简单，却是在要下官的脑袋，下官怎么能够罔顾律法，将一家老小的性命，平白无故地送给你？"

"我说了，朝廷若有怪罪，我一身担之。"秦长歌忍着气，没办法，自己的人还没来，没有他的支持和配合，粮食是拿不出来的。

"你一身担之？"纪震用惺忪的醉眼看着秦长歌，不紧不慢地悠悠笑道，"赵尚书，少年幸进，果然意气非凡，可吞虹霓啊……只是可惜，你的脑袋，也不比纪某重上几分吧？"

他放纵地瞄了瞄秦长歌，还拿手比了比她的头颅，似在称量分量，随即装模作样地摇头，借酒装疯，有意埋汰眼前这个孤身前来，令他看得不舒服的少年显贵，随从的兵丁立时也捧场似的一阵哧哧地笑。

深吸一口气，秦长歌决定再忍一次，笑道："赵某的脑袋自然不如纪大人厚重有容，不过纪大人也不必忧心，赵某在来前，已经给朝廷递了折子，所谓事急从权，陛下深仁厚德，定然也不愿放着粮库不支用，却任幽州饿殍遍地，灾民暴动以致搅乱民生，一定会准了的。"

"大人此言差矣。大人口口声声陛下，可记得陛下说过，军粮是国家战备，决不可轻易动用？眼下各国势力不宁，齐皆窥视我西梁国土，你动了军粮，如果北魏打过来呢？届时陛下调用，我拿什么喂饱大军？万一因此打败仗，那些死的人，不是人？"

默然半晌，看着对面自以为已经凭借绝顶词锋和彪悍辩才，将她说得哑口无言因而扬扬得意的纪震，秦长歌微微一笑，道："是我思虑不周，受教了。"

她甚至微施一礼以示歉意，纪震象征性地扶了一下，满足地捋须笑道："难怪赵大人少年得志，单凭这份谦冲雍容，知错就改的泱泱之风，便不虚盛名啊……"

秦长歌笑得越发谦虚："您过奖了。纪大人是前辈先贤，莫言当执弟子礼求教之。"

纪震得意地哈哈大笑，手一招，道："赵大人，你忧国忧民之心，下官佩服，只是那些肮脏贱民，死几个便死几个，反正过不了几日便有粮运来，闹事，出兵镇压便是，办法多得是，不值当咱们为这种不知好歹的贱民冒险。"

"大人真是老成之言，"秦长歌干脆一掀衣袍，不急不忙在桌边坐了下来，她在桌边似是出神了片刻，随即摇了摇酒壶，笑道，"在下衷心感佩，可否借花献佛，容在下敬上一杯？"

纪震大笑着连道不敢，却已立即坐了下来。

笑着给纪震敬了杯酒，看着他一饮而尽，抬眼瞄了瞄几个护卫的兵丁，秦长歌道："我与老兄一见如故，蒙老兄点拨深有所悟，有几句体己话儿想和老兄说，只是……"

纪震立即挥手赶走了几个兵丁："去去！不要妨碍我和赵大人说话！"

纪震喜笑颜开地凑近秦长歌，心想着，也许和这少年显贵攀上交情，折服了他，许是能够调出这鬼地方，换个肥差。

"我想说……"秦长歌看着他，慢吞吞道，"你该糊涂了……"

怔了怔，还没反应过来，纪震脑中突然一晕，却又没有完全晕去，只觉得眼前景物突然一晃，水波般影影绰绰动荡不休，对面少年清逸的容颜，也有些怪异地扭曲了。

语声从很远的地方传来，模糊却令人安心，有种温柔熨帖的感受，令人不想拒绝对答。

"粮库有多少位副守？"

"粮库如何开启？"

"钥匙在何处？如何使用？"

"副守粮官都是哪些人，现在何处？个性如何？"

…………

——回答，根本意识不到对方问的是什么，纪震最后蒙眬地看见少年倒尽杯中和壶中的酒，直身而起，听得他淡淡道："……我本想杀了你，我连祭吊坟墓的躬都给你鞠了，但是最后一刻我放弃了。"

空气沉静下来，少年沉默了顷刻。

好像很久之后，他模模糊糊地听他道："……我要尽量为非欢积福。"

他的最后一抹视线里，是少年决然开门而去的背影。

边陲小镇长林，在平静了很多年后，于一个看起来最平凡的日子，迎来了一个寒气凛冽的场景。

一路以绝杀手段实现仕途升腾的杀头尚书秦长歌，在长林小镇，再次给当地居民们留下了关于她的永生难忘的记忆。

长林粮库库门开启，需要所有副职守粮官和纪震一起到场，每人手中钥匙一把，在相关记录上做过开启记载，方可一起使用。

秦长歌哪有时间一个个找来等开门，她必须要在日正中天，充当运粮队伍的大军赶来之前，把所有粮库都打开，这样才能来得及如约赶回，给几十万翘首期盼的灾民一个交代。

现在灾民的情绪就像一个火药桶，暴躁烦闷，禁不得一点儿撩拨和不顺。秦长歌很想将日期定得宽限点儿，可是灾民们定然不愿等待那么久，每一个时辰的流逝，都会造成垂危的灾民死去，而死去的人越多，耐心和信任，便会被消磨得越发单薄。

一天一夜，是一个极限。

秦长歌也不愿拖延，她宁愿在一日一夜间奔去半条命筹措粮食，也不愿让非欢在那种危险之境中多待上一刻。

没有谁等得起，那么，阻拦我的人，就是我的仇人。

出了酒馆门，秦长歌立刻抓了十个兵丁，冷笑着给每人嘴里弹了一颗药丸，告诉他们这是催命夺魂断肠十全大补丸，要人三更死不能四更活，想要活命，每人必须得在一刻钟内找到每库的守粮副官，在粮库前集合。

于是长林百姓便愕然看见一幕平日懒散得一步三拖的粮库兵丁，以媲美奔马的速度一路狂奔。

一刻不到，秦长歌就在粮库前等到了所有守粮副官。

第一句话秦长歌就是："钥匙带来了吗？"

十个人面露惊讶之色，秦长歌把一封文书"唰"地扔过来，众人看了，一起拜倒："尚书大人！"

秦长歌笑笑，道："开库吧。"

她一指被她带到粮库门前，看起来瘫软如泥的纪震，道："幽州赈粮被烧，饥民暴乱一触即发，我前来借粮，事后若有不是，与你们无关，纪大人已经被我劝服了。"

劝服两字她咬字极重，众人看看纪震模样，谁知道他是被什么办法"劝服"的？大多人都不想被这样"劝服"一把，再说眼前这位赵大人，名声可大得很：杀神。

迫到眼前的杀神，和暂未到来的处罚，两害相权取其轻，众人乖乖地掏钥匙。

却有两人梗着脖子，不言不动。

秦长歌看过去，带着笑意，轻轻问："冷超？匡建齐？"

那两人互望一眼，目中有惊异之色，却仍有恃无恐硬硬地施礼："是！"

盯着这两个据说因为后台很硬所以脾气很大的副官一眼，秦长歌问得客气。

"两位大人有异议？"

冷超上前一步，话语似硬邦邦的冰雹般砸过来："下官别无他意，下官的意思是，开库事关重大，是否先发文朝廷，等批文下达后再开库——"

"啪！"

一条人影飞起半空！

再重重撞到粮库门上！

秦长歌一脚飞起，雷霆万钧，冷超被她直直踢起，横飞出去，后背"砰"的一声撞击上厚重的铁门，发出瘆人的沉闷声响，冷超"啊"的一声喷出一大口鲜血，软软地顺着铁门滑到地上。

九个人齐齐后退一步，匡建齐脸无血色。

秦长歌微笑着，上前一步，九个人再退。

无人敢靠近她身前三尺之地。

"幽州灾民数十万，因为活命的唯一希望被毁，绝望之下，如今正围困了整个幽州城，今日我若借不回粮，死的就不是一个人，而是千个万个人，是整整一座城，"盯着匡建齐的眼睛，秦长歌慢慢地道，"和死很多人比起来，我不介意杀掉你们十个人，因为我没有时间和你们啰唆，现在，我再问一遍，这遍问完后，是继续死人还是活命，你们自己决定。"

她一字字道：

"钥——匙——呢？"

当啷声连响，九把钥匙先后掏了出来。连匡建齐也阴着脸，掏出了钥匙，秦长歌一挥手，书办老老实实捧上记录册，十个人，连同昏死的冷超和人事不省的纪震一起被拖过来按了指印。

钥匙一一对上，沉重的铁质机钮在缓缓转动，轰然一声，库门开启，清香的稻米本味伴随着草木谷麻的微涩气味，汹涌着扑鼻而来。

这是生命的味道。

堆得岗尖的囤子里，满满的都是粮食。秦长歌心算了一下全部的粮食数量，终于露出了昨夜以来的第一个真正的笑脸。

转身，日光烂漫地从库房的通风天窗顶上射下，映着白而亮的前方道路，而道路远处，渐渐出现了黑压压的人头，前来接粮的大军，已经到了。

来时压力沉重，去时心急欲飞。

秦长歌还是先运粮军队一步，提前赶回，让非欢、包子他们待在那个灾民暴动一触即发的城内，她实在不放心，早点回去通报好消息，也好让非欢早点被解围。

根据镇子里的百姓指点，她抄了一条近路，从一处林子中穿过，绕过一个低矮的山坡和泥沼，可以比走大路提前两个时辰到得幽州。

初秋黄昏下的草原色泽华艳，金乌将沉未沉，万朵浓云背后有一抹浅浅的冰轮之影，远处的山色在日光坦然的照射下分外明媚，极目处皆苍穹高远，风物阔大，原上离离长草涌动，起伏着金色的浪。

人在浪中驰。

只看见神骏的黑马乌光一闪，流星飞坠般的速度，转眼间掠草飞花，路面渐渐不复最初的平坦，已到了一处黑压压的树林前。

秦长歌仰首看着那树林，目光一闪，江湖规矩，遇林莫入。此时已将近夜，这林子比想象中要大而密，按说是不该进的。

轻笑一声，一抖缰绳，秦长歌继续前行。

还没看见危险就被吓走，这不是她的风格。

进入林子前，却在路边土坡下看见有人埋锅造饭的痕迹，地面上还有没收拾尽的充当柴火的树枝，被小心地塞进石缝里。秦长歌抽出来，看了下数量，又摸了摸那块地面的温度。

十几人，刚走了大约一个时辰。

虽然知道这个时候出现在这里的一定不会是普通行客，但秦长歌并不以为意地继续前行。

林子依山，树木高大茂盛，地上有积年掉落的树叶，马行走起来不甚着力，秦长歌策马而行，注意聆听一切异样的声响。

不想直到走出林子，依然未见异样，秦长歌不禁笑自己草木皆兵，加快策马前行。

马方扬蹄，踏出不远，突然前足一软，半个马头向下栽去！

秦长歌一惊之下立即飞身而起，看见脚下树叶堆积的地面突然开始下陷，宛如地底有一双恶魔之手，正缓缓揪住地面往下拉，而马身刹那间已经下去一半，马腿全数落入地下。

是泥沼。

马哀声长嘶，努力挣扎，但泥沼一向是越挣扎越向下陷，马下沉得越发迅速，秦长歌一脚踏上旁边的一棵树，摸了摸自己常用的黑丝，想着不能用，"唰"地撕下外袍衣袖，撕成一条条再连接成柔软的布条，凌空一抖，"嚯"的一声缠上马脖。

手底使着巧力，秦长歌缓缓地将马外拉，马不能失在这里，她还指望着快点赶回幽州呢。

此时来不及思考为什么出树林还有一截距离才到的泥沼，会在刚踏出树林时就遇见。秦长歌只管专心拉马，却觉得手底马身的重量着实有些奇怪，重得超出想象，好像泥沼底真的有个人在和她角力一般。

只是这腥臭幽深的泥沼，入者即死，怎么会有人？

今夜无月，层云厚重，偶有星子的微光一闪，像是苍穹被那些尖利树梢刺穿了，露出的苍白的缝隙。

风里有一点奇异的腥气，不是血腥，不是铁腥，也不是泥腥，倒像是这些气味混在一起的味道，鼻端有点生涩的冷意，气温好像降低了点，但是心里却隐隐地躁起来。

秦长歌把背往树上靠了靠。

被树叶覆盖的泥沼，突然汩汩地冒出气泡。

那些"啪"的一声鼓出的黏腻气泡，再"啪"的一声炸灭，炸灭的瞬间各自缓缓爬出一条怪异的蛇虫之物。

只有一条腿的蜈蚣，长尾巴的蟾蜍，两个头的壁虎，头上有角的大蜘蛛。

总之，都是奇形怪状，世间难见的恶心东西。

这些东西在泥泡上呈圆心状蠕动，似乎在等待什么。

最后一个最大的气泡，终于缓缓炸了开来，爬出来的是一条好像正常了点的东西——一条三足赤红小蛇。

那蛇一爬出，所有怪虫立即俯首，那蛇宛如帝王巡游般缓缓转圈，忽然转头，盯了那被渐渐拔起的马一眼。

真的是"盯"，宛如人的眼睛，阴毒而邪恶，有表情地一盯。

秦长歌怔了怔，因为一条蛇的表情而突然手心发冷。

那蛇突然腾身而起，飞快地绕着马脖子游动一圈。

它游动速度极快，眨眼间一圈完毕，游完，再次落入泥沼，扭头，这回很有"表情"地盯了秦长歌一眼。

那一眼竟然好像有点得意的神气。

与此同时，秦长歌手底一空，随即便见鲜血喷射，那马头突然如被人齐齐斩断般，骨碌碌滚落泥沼，立即被守候已久的怪虫们一拥而上，转眼间那马首被啃得只剩白骨，唯剩一双大眼原封未动，那怪蛇不急不忙地过去，享受属于它的美餐。

089

秦长歌盯着那蛇，隐隐约约想起一个自己闻名已久但一直缘悭一面的人物。想到那个人秦长歌立即头皮发麻，心知不好，立即将布带一抛，翻身就起。

却听有人柔声道："小红，少吃点，等下还有好夜宵。"

星空下，马身已经全部陷入泥沼，一个硕大的圆弧却在缓缓升起。

先是半圆形穹窿形状，随即渐渐凸显出人体的轮廓，长而圆的头颅，宽大的身体，不合比例的手脚，在星子的冷辉下，萧萧木叶间，披着灰黑淋漓的泥浆外衣，混沌一片如鬼魅般地从地下钻起。

他不辨面目宛如泥捏的"脸"上，大约是嘴的那个方位，凹出一个圆圆的洞，发出的声音却不是想象中那般幽深难听，而是微微沙哑，带几分雌性的温柔，只是每个字的尾音都有些下沉，有一点阴邪的味道。

他招了招手，那条名字很具乡土气息很邪恶的蛇，立刻蜿蜒游了来。

而翻身而起的秦长歌早已僵在半空——在她前后左右，各冒出一条"小红"，都"神情妖媚"地盯着她。

她相信，只要自己的手指尖再动上一动，小红们一定会娇笑着扑入它们看中的任何一个属于自己的身体部位的。

苦笑了一下，深吸了口气，秦长歌道："请问阁下是谁？"

"我是小红的主人。"对方回答得很绝，泥塑般的身体闪着灰色的幽光，"过路客，你打扰了我和小红。"

"是，我打扰了你和小红卿卿我我，实在对不住。"秦长歌歉然道，"其实我什么都没看见，啊，你们继续，继续。"

对方哈哈笑起来，鼻子那个位置好像抽了抽，道："你很有趣……我闻见了熟悉的气味……我想，我还是杀了你好了。"

秦长歌偏偏头，无奈地对头顶一条"小红"道："你能不能换个角度，不要看我的领口——"

寒光一闪，秦长歌的黑丝从发间弹出，刹那间飞缠，"唰"的一声已经荡到另一棵树上！

以令人不及反应的神速安然着陆，秦长歌松了一口气，正想继续荡出去，逃离这个见鬼的人和蛇。

然而一抬头，几双很有表情的蛇眼，光泽幽魅，继续紧盯。

小红们一步不丢地跟了来，连位置都跟刚才一模一样，该看她领口的还在看领口。

秦长歌也有点蒙了，小红们她本来就不喜欢，再加上最不喜欢练功被人打扰——南闵大祭司阴离，她要怎么逃？

阴大祭司如何会出现在这里，秦长歌隐约能猜到和睿懿未死这个消息有关，大约还和即将展开的战役有关，只是自己运气着实不好，抄个近路也能抄出这么个强人来。

今日要是死在这里，不仅冤枉，还后果堪忧啊……

大约感知到秦长歌心急如焚，小红们得意地昂头，尖鸣起来，声音高亢嘹亮，居然是闽地山歌的调子。

暗夜下泥沼前蛇们在唱歌，着实惊悚。

歌声里阴离混沌的脸上起了一道道泥浆纹路，好像也在愉悦地微笑，并轻轻哼着调子。

一边哼调子一边轻笑道："吃夜宵吧，宝贝们。"

立即，嘶嘶的妖红长舌，流着翠绿微黄的液体，液体散发出千年泥潭般的腐臭气味，向近在咫尺的秦长歌靠过来。

秦长歌苦笑着，祈祷了一句什么，老老实实地闭眼。

"咚！"

仿佛巨炮砸出的千钧炮弹，又或者是满弓射出的重箭强弩，一道黑色的飓风以酣畅磅礴的冲势飞射而至，以一种面前是海就把海撞飞，是山就把山撞垮的无与伦比的悍然气势，轰然而来！

地面落叶被罡风带得猛地旋飞而起，唰啦啦聚成一片再呼啦啦散开，如一件破碎的巨大披风，霍然展开在天地间，再被瞬间丢弃在流光般的身形之后。

那风所经之处，树枝颤动，枝上的小红们齐齐向后一缩。

狂射，电闪，人未至半空中，长剑一掣，亮出满月般的炫目光华，一闪跨越天际，比自己身子更快地直直飞到阴离的咽喉！

阴离抬头，伸指就去夹锋芒锐利的长剑。

那人却霍地一个翻身，头下脚上，长剑往泥沼里猛力一挑，大片泥浆立即黑墙般被挑起，矗在阴离面前！

只是那么阻隔视线的一瞬间，那人已经霍然飞退，退起来居然比冲过来还气势惊人，满地好不容易静歇下来的落叶再次唰地腾舞，落叶漫天里那人戟指大喝："给我烧了那蛇！"

秦长歌同时大叫："那蛇不怕火，用水！"

说完怔了怔，此时哪里有水？

那人却想也不想，又是一声大喝：

"脱衣，小解！"

第三十二章
乱 起

陛下，你真绝。

秦长歌第一反应就是闭眼。

别害我长针眼嘛。

还有……尿水泼过来，我岂不是要被波及？

呃……人在江湖飘，哪能不挨尿啊……秦长歌痛苦地转过眼，看见萧玦在泥墙落下的刹那又冲了回去，横剑一抢，剑光如雪练如飘风，密织似网穿射如电，将手指一转将欲出手的阴离拦住。

萧玦的武功风格，用霸道来形容最合适不过，他极其具有个人风格波涌涛啸般的快剑，向来先声夺人而又不容对方退却，哪怕面对的是天下第一高手，出剑依旧大开大合毫无顾忌，明明自己稍逊一筹，但给人的感觉，倒像对方远远不是他的对手。

他自然猜得到阴离是谁，这是要省出时间给侍卫泼"水性物质"，好让与蛇处得极近的秦长歌先摆脱了那东西再说。好在走阳刚路线的萧玦，确实是武功阴诡的阴离的最佳对手；相反，武功同样走阴柔路线的秦长歌，反倒容易在阴离手下受制。

所以秦长歌并不担心萧玦，眼看侍卫的"水性物质"用树皮兜了泼来，还隔着距离，那些蛇便纷纷尖鸣着狼狈四窜，这回唱的不是闵地小调了，听起来倒像号丧，秦长歌见蛇一掉头，立即一蹬树身远远飞出，饶是如此，衣角下摆也湿了一些，显出暗黄的暧昧的污渍，秦长歌一挥手，喝道："你们先走！"一边唰地撕下一截衣襟，兜头就向一条逃得最慢的小红罩下。

小红哀呼一声，硬是在那软软的布下不敢逃脱地扭动。秦长歌目光大亮，笑道："歪打正着，原来这东西比水还好用。"毫不怜香惜玉地一棒子砸下去，小红香消玉殒。秦长歌脚尖一挑，将蛇尸往另几条身上砸去，那几条纷纷扑上，争相咬啮。秦长歌一边啧啧摇头，一边毫不停顿地抽身飞起，赶到打得兴起，对着阴离一身的幽光彩练左劈右砍的萧玦身边，一把拉住，道："走！"

两人腾身而起，半空中萧玦还在咕哝："每次打得兴起，你都要拖走我——"

秦长歌哪里理他，一伸手放出旗花火箭，见那些忠心护主的侍卫不敢先逃还在发愣，黑丝一甩，拽了就走。

饶是如此，落在最后的侍卫，还是被泥坑中的阴离，懒洋洋地招手，虹彩一闪，拖入泥沼。

阴离并不追来，只发出了一声古怪的啸声，秦长歌和萧玦已经奔到林外，打马飞驰，一边疾驰，萧玦一边道："其实我们俩是能留下他的……"

"还有人在附近，"秦长歌道，"而且现在我没时间，刚才我放出的火箭，暗语是'包围此处'，如果你愿意的话，你留下来等大军到来，把南闳大祭司一次性解决好不好？"

"不好。"萧玦道，"杀了他又怎么样？南闳那个国家，不受礼教规矩约束，一向强者为尊，觊觎大位的强横势力多着呢，死了个祭司，立即会有新祭司取代，要我说，阴离沉迷练武，对扩充疆域没有太大的野心，对咱们是好事，若是换了人，难保又要不安分。"

"陛下越发精明。"秦长歌赞了一句，一抬眼看见前方有泥沼，急忙小心绕过去，道，"原来路没走错，泥沼果然还在后面，刚才那个，大约是阴离练功搞出来的东西，我倒想擒下他研究一下他练的什么武功——哦对了，你怎么突然出现在这里？林子外埋锅造饭的是你们？为什么走在我后面？"

"我想你了。"萧玦答得简单直接，疾驰中的猛烈夜风扯不碎他明朗的语声，"颁旨太监一走，我就坐不住了，后脚就出了京，我很怕你嫌我的信啰唆，都给丢了，或者那太监不小心搞没了，或者生火时被烧了——路途遥远，什么事都会发生啊，所以我来了。"

秦长歌无语，小心地将袖子掩了掩。

"我们进了林子，有个侍卫想起来做饭时，丢下了一件内廷标记，这东西落在有心人眼里会给我带来麻烦，又回头去取。大约就是在这时候落在你后面，后来有个母亲是南闳女子的侍卫，说闻见了他们那里的圣蛇气息，我心里不安，便直接从树上悄悄过去，怕脚踩在落叶上发出声音，结果看见了你。"

萧玦转头，带点责怪地看着秦长歌，道："你答应过我你会保护好自己，可是今天我要不是凑巧出现，大约你就……"

他突然住口，似是连不祥的猜测也不愿开口去提，神色极为不满。

秦长歌一手挽着缰绳，一手过去拍拍他的手，意欲安抚下皇帝大人的郁卒情绪，不想萧玦顺势手腕一翻，一把抓住她的手，用力一拖，已将她拖到自己马上。

凛冽风声里，萧玦笑得愉快，声如水晶相击，明朗澄澈："我救了你，你便以陪我共乘回报吧！"

"没见过这么小气的皇帝。"秦长歌微笑，一直以来的焦灼压抑情绪，因了他金声玉振的笑和痛快朗然的心态而微微有些纾解，宛如春意将至之时，薄冰浅浅化了冻，看得见簇簇嫩绿的草芽。

"我自然是小气的，"萧玦紧了紧她的腰，俯首在她耳边道，"我心中只有方寸之地，放了一个你，自然再没有地方容纳别的。"

秦长歌一笑，忽然轻轻道："你听。"

塞上明月生，生于云涛之中，月色辉光朗照着静谧的北地草原和隐隐远山，无边无垠如一幅阔大画卷，画卷上那一骑扬蹄飞驰的骏马，以优美的韵律正于河山之卷上挥洒轨迹，蹄声踏碎草木之香和流水般的月光。

月光下两人齐齐仰首，风纠缠着彼此长发，以一种静默而了然的姿态，聆听碧野山外，连绵山脉尽头之处，隐隐传来的悠长之音。

那是长箫声，这种北地乐器声雄浑豪迈，即使奏欢乐活泼曲调，也依然低沉徘徊，带着震撼人心的沉雄魅力，声声奏响。

"缇兰族，《碧野歌》，诉说山河的美丽和时光的宝贵，"萧玦慢慢道，"缇兰，落日满霜山，碧草舞星阑，风卷孤烟起，不越幽门关。"

"缇兰，昔家有儿女，远嫁幽山峨，漂泊无所依，谁见流光还？"秦长歌轻轻接上，微微扭首看着乐曲传来的方向，听得身后的萧玦，耳语呢喃："长歌，你有多少年，没有和我一起唱过这首歌？"

手指在缰绳上挽了几挽，秦长歌悠悠道："总有近十年了……那时你还只是个小伍长。"

"第一次幽州战役我杀敌近百，名声传遍军内外，爱嫉妒的郑副将，抢去了我的功劳，"萧玦低首，说话间轻轻吹起秦长歌耳边的鬓发，后者怕痒，微微一躲，耳下连同肩颈肌肤亦如这塞上明月，逼人眼目地亮在眼前，萧玦叹息着，用额头轻轻地蹭。

"你蹭得我痒……"秦长歌这个怕痒的忍不住笑，倾了倾肩道，"那时你很愤怒，要去和他比武，被我硬拖着去草原上赏月，你哪有心思赏那劳什子的月亮？后来我叫你听，当时就是这个调子，苍凉而沉静，把你这个暴躁的家伙安抚下来了。"

"我哪是听歌安静下来的？"萧玦声音更低，漾着浓浓的相思韵味和旖旎情思，"你还不知道吧？当时，就是这样……你在我身侧，长发下一抹肌肤白得耀眼，我听着歌，看着你，想着那个远嫁幽山峨的女子，如果是你，你会嫁谁呢……我想着，不如生米做成了熟饭吧？那么好的清风和月亮——可惜大将军传唤我，坏了我的好事……"

"啊"一声秦长歌转过头来，手指一弹他额头，怒道："原来是个根本没有音乐细胞，只会用下半身思考的色狼！"

"唔……"萧玦乐在其中，摸摸额头，问，"什么叫色狼？"

秦长歌抬手扬鞭，在呼呼的风声里，她笑道："喏，看见碧野山顶那只啸月的狼了没？它其实啸的不是月，而是在倾诉对月中美人的倾慕，因色而啸（萧）之狼，所以叫色狼。"

听到一半，萧玦已经笑了，佯怒地一捏秦长歌的腰，道："你哪日要肯说我一句好话，我就该烧香拜佛了。"

"你哪缺好话听？说不中听话的苦差事，只好我来做。"秦长歌说话时已经敛了笑容，淡淡道，"此去幽州，不安全，你还是留在城外吧。"

萧玦本来因为那一捏心中荡漾，正想趁长歌心绪好像还不坏的时候再占点小便宜，冷不防听见这句话，他倒怔住了，道："怎么？我这几日日夜赶路，廷寄文书没能跟上，发生什么事了？"

秦长歌将幽州事变简单说了说，萧玦已是怔了，半晌道："难怪你一直把这马催得飞快……"

秦长歌装作没听懂他话中的醋意，直接岔开话题："粮库在关键时刻被毁，有三种可能，一是势力盘踞幽州多年的曹家残余势力泄恨报复，有心要和朝廷作对；一是北魏细作所为；另外一个可能就是，粮仓本来就有问题，有人烧粮以掩饰罪行。"

萧玦颔首，寒声道："终究饶不了他们！"

"你先莫泄露身份。"秦长歌一扬马鞭，"到了。"

天色欲曙，薄云浮动，幽州城门处，许多衣衫褴褛的灾民，不眠不休地翘首向南而盼，神色焦灼。

忽有人大叫："来了！"

哄的一声所有或坐或卧的人立即飞爬而起，跌跌撞撞地向前涌去，伸长脖子看见遥远的地平线上两人飞骑而来，当先的正是那少年尚书。

张开双手，喜极而泣，有人大呼："是他，是他，咱们有救了！"

也有人见秦长歌身后空空，疑惑地瞪大眼，露出失望的表情。秦长歌一拨马，长驰而来，大呼："粮草已至，押粮军稍候便来，诸位不会再被饿死了！"

欢声雷动，早有人撒开腿，一路狂奔进城通报好消息，无数人簇拥着两人的马前行，目中满是感激，秦长歌估算了下时间，离一日之期，尚差一个时辰。

心情一松，秦长歌舒了口气，这才觉得一日一夜毫不停歇地奔驰，全身骨头都好像松动了，忍不住龇牙咧嘴地按了按肩膀，和萧玦对望一眼，扬手命令城门处的守兵，道："把城门关了。"

不管对方用意如何，此时必定还在城内观察着动向，城门一关，先堵掉他的退路再说。

担忧着非欢的安危和身体，秦长歌不住扬鞭飞驰，幽州城占地广阔，从城门处赶到那日被围堵的街道，还要穿过数条大街，秦长歌转过一条街，忽然看见前方地上倒卧着几具尸体，赫然正是刚才兴奋地赶回去报喜讯的几个灾民。

身侧萧玦"咦"了一声，定睛一看，道："刚被杀死，血迹犹热。"

心中一跳，秦长歌抬目注视远处，隐隐听得呼声再起。她凝神静听，突然双目一张，道："不好！"

与此同时，萧玦亦惊道："好狠毒！"

两人拼命策马飞驰，堪堪转过几条街，便听得呼声雷动，无数人大叫："没借到粮，那狗官骗了我们，杀了他，杀了他！"

呼声如浪，波波迭起："杀了！杀了！"

前夜的巨浪狂潮再次上演，等待了一天一夜早已无比焦躁的灾民，哪里经得起这般灭顶性的失望打击，顿时被撩拨得狂嘶乱喊，人头攒动，拼命向前挤去，想要将那个"骗子的兄弟"撕成碎片！

无数双手举着一切可以使用的致人受害的器具狂冲而去，无数人头黑压压淹没那窄巷原本一块无人走近的空地，喧嚣的人声和晃动的身影层层遮没视线，没人能够看见里面发生了什么。

看不见，不知道，更令人恐惧至几欲疯狂！

秦长歌脑中一片空白，什么也不敢想，"唰"的一声从马背上翻下，一个跟斗已经掠上人群之顶，不管不顾地从无数人头上飞踩而过，半空中大喝："休听他人胡言挑拨！粮食已到！"

外围的有些人，半信半疑地停住手，但是内圈人的狂躁情绪已经被撩拨起来，自己大声呼喊中也不去听秦长歌喊什么，只是红着眼睛，拼命前扑。

又是一声霹雳大喝，一道黑影腾空而起，顺手一抓，一手抓一个人就往人群最前端掷去！

"砰砰"几声，那两人撞翻了几个人，齐齐绊倒在地，滚成一团，立时将路面堵塞，将长龙般的人群截成一小半和一大半。灾民的步子顿了顿，还未来得及扶起栽倒的人，便觉得头顶黑云一闪，两条人影呼呼地先后蹿了过去。

两人都是全力施为，身形追光逐日，快如流星，生怕稍稍迟了一步，便恨海永铸，再难挽回。

秦长歌先起一步，一脚跨入窄巷之内，一眼看见文正廷血流满面，正领着一队衙役围成一圈死死对抗着涌进来的灾民，每个人都鼻青脸肿血迹斑斑，身上衣服都被撕得几不蔽体，却拼命不肯退后一步。看他们每个人都疲累欲死摇摇欲坠的样子，天知道刚才那一刻，他们顶过了多少波的猛烈攻击。

秦长歌风一般地抢过去，黑丝一甩，直接甩飞最前面两个灾民。文正廷抵抗得几近脱力晕眩，人都被卷走了还惯性地舞动双手，直着眼睛大喝：“你来啊！来啊！有本事拼命——”

秦长歌一把抓过他“啪”的一个耳光，文正廷这才被打醒，晃了晃头，看清了秦长歌，这个迂直的书生大喜欲狂，眼泪都差点出来了，直着嗓子道：“你去看——去看——”

他一口气接不上来，翻着白眼晕过去了。一日一夜的焦灼守候奔波忙碌，心理的巨大压力早已不堪承受，今日这番几近崩溃的一场对抗，更消耗掉了他最后一点儿精神，在看见秦长歌的那一刻，咬牙坚持的意志，瞬间消亡。

饶是如此，他倒下前，手指犹自不忘直直地指向一方石墩后。

秦长歌一把接住他，将他放在墙角，向石墩走去。

咬着嘴唇，心跳剧烈，秦长歌突然觉得双腿如此酸软，而迈出的步伐如此艰难。

转过石墩，一眼看见地上安静侧首而卧宛如睡去的男子，秦长歌突然觉得自己失去了呼吸。

石墩后，满是沙砾的地面上，非欢以一种毫无生气的姿态斜卧着，黑发披散一地，黑而长的睫毛纹丝不动，脸色苍白得可以看见淡蓝的血管；他额角鲜血淋漓，伏身的地面，也有殷然血迹。

风声远去，喧嚣远去，那些猎猎大旗画角连营溅血杀戮，那些翻覆风云前生后世恩怨仇恨统统远去。多年前那一朵桃花却突然鲜艳地逼至眼前，姿态触目地灼灼晃动，其色殷红，一如那惊心的鲜血。

秦长歌蹲下身，手指有点颤抖地缓缓凑近非欢鼻端。

手指一触即收，随即，她晃了晃。

宛如绷得太紧的弦，在乍然松开的那一刻，会不能自主地颤动。

他还活着！

巨大的喜悦如扑面的风吹来，秦长歌仿佛听见遥远的青玛神山上传来四弦琴的铮铮声响，一声声清冷如玉，那是传说中一种代表生命与情感的琴，发出的琴音可以令垂危者刹那间生机盎然。

带着一抹含着泪光的微笑，秦长歌仔细地拭干楚非欢额角的血渍，看见他身侧有一些碎石，大约一开始灾民投掷飞石砸中了他，幸亏文正廷机警，不知道从哪儿找来这石墩，将他严严地护在石后，自己和衙役兵丁将他围成一圈，才在那般悍猛的冲势下保住了楚非欢的性命。

若非如此，以非欢的重症之躯，他又不愿杀伤灾民以自保，如何能够等到秦长歌回来。

蹲下身，秦长歌想将楚非欢扶起，不防一双手伸了过来，将楚非欢接了过去，是萧玦。

他的侍卫刚才赶了过来，堵在了巷口，明晃晃长剑剑锋一致对外，谁再上前就是拿血肉往剑上撞，这才逼得灾民停住了脚步。所幸今日闹事的人本就没有那夜多，不少灾民被秦长歌故意分流到各处官署休息，还有些领到口粮的心存感激不愿动手，才使侍卫们能挤进来，才使文正廷领一队武功不高的兵丁，守住了楚非欢。

此时文正廷已经悠悠转醒，一眼看见萧玦，吓了一跳，揉了揉眼睛，愕然道："陛……"

"闭嘴！"萧玦回答得简洁有力，语气不豫。秦长歌瞟了他一眼，对文正廷使了个眼色，道："文刺史，现在不是行礼的时候，是谁在煽动闹事？"

直起身，文正廷恨恨地道："自你走后，一直有人挑头闹事，暗地里煽风点火，总想着闹大了置咱们于死地。咱们抵挡了一批又一批，楚公子便是早早地被流石砸伤的，他醒过一次，我说要拼命想办法送他回刺史府，他却坚持不肯，说他答应了会等你回来，你若回到这里不见他，会被惊着……我只好着人搬了石墩挡着他。"

秦长歌听着，默然不语，身边的萧玦神色古怪，想说什么却没有开口，秦长歌出神半晌，方道："闹事者还在附近，城门已闭，暂时逃不出去，你可还记得那人声音？"

仔细想了想，文正廷老老实实地答："难，当时说话的人太多了。"

旁边有个兵丁喘息着道："我隐约看见一个瘦子，颧骨上有颗瘊子，一直躲在人后挑拨。"

此时灾民们已经渐渐安静下来，因为收到秦长歌催促旗花火箭暗号的第一批运粮队已经赶到了，堆满一袋袋粮食的推车络绎不绝地涌进城门，比什么宣言昭告都能证实事实，灾民们迅速安静下来，欢呼雀跃。

文正廷怒道："这些混账，长肚子没长大脑，刚才险些杀了我，还给他们吃什么！"说得气势汹汹，却立即随随便便包扎了一下脑袋，就去安排设粥棚救济事宜了。秦长歌看着他背影远去，微微一叹道："我总算没有托付错人……"言下不胜庆幸感慨。

萧玦颔首，道："此人有风骨。"他盯着秦长歌面上的神情，再看看楚非欢的憔悴气色，不禁微微露出一丝黯然苦笑，却仍旧伸手抵住楚非欢后心，低声道，"昏迷久了不好，我先救醒他，他看见你安然回来，想必会好些吧。"

第三十三章

争霸

秦长歌抿抿唇，轻声答："谢了。"

"你为他谢我，你……为他谢我，你为他……谢我……"萧玦行功完毕，收回手，听了这句先是黯然，说着说着便突然生怒，"秦长歌，你能不能不要这么客气，这么有礼？你知不知道你这么客气有礼只会让我觉得自己很失败？你为何不能体谅我的心境？我是你的夫君！是你曾经最亲密的人，如今却要眼睁睁看着自己的妻子这般隔膜相待！我做错了什么？要忍受这些离别、落寞和生疏，甚至也许，要永永久久地忍受下去？！"

秦长歌愕然地看着他，萧玦对着她清澈的眼神，自己也觉得颓然，先前的咄咄逼人立时散去，半晌喃喃道："对不住……我有点心绪不好……长歌，很多时候我觉得我好像刚刚走近你一点，但是转眼间你又离远，这种感觉让我很不安……长歌，告诉我，是不是我以前让你伤透了心，所以你不愿再和我在一起？"

秦长歌沉默地看着他，她的眼神近在咫尺却似远在天涯，交织着雾气和怅惘，还有些萧玦看不明白的东西，如同隔着烟霞看红尘尽头的蓬莱之境，烟波浩渺里，属于凡尘外的一梦沉酣。

半晌，秦长歌慢慢道："萧玦，不是这样的……只是，我有点……怕……"她语声有些恍惚，言语飘摇捉摸不定，萧玦惊异地看着她，她？秦长歌？说怕？

怕什么？

秦长歌缓缓蹲下，不胜疲倦地靠在他肩头，低低道："等等……再等等……萧玦，我是为大家好……等到报了仇，一切都不是问题了……"

深吸一口气，萧玦伸手揽住她，努力对她一笑，道："好，我等。"

他豪气干云而又微微有点酸楚的笑，延后低声而坚定地道："反正这许多年都等了，反正最坏的感受也尝过了，还会有什么比这个更糟？"

他指的是当初知道睿懿确实死讯时的天崩地裂的疼痛，是的，这么痛的痛都忍了，还能有什么更糟的？

就算长歌最后决定离开他，最起码，她还活着，那便很好。

萧玦笑得明朗，秦长歌盯着他眼睛，慢慢地，也绽开一个神色悠悠的笑容。

身后传来轻咳的声响，两人齐齐转身，见楚非欢睫毛翕动，缓缓睁开眼。

几乎在刚睁开的那一刻，他的目光就落在赶来的秦长歌身上，注视她半晌，嘴角浮起一抹微微的弧度。

他虚弱得不能说话，但眼神里有种感情苦壮如生机蓬勃的翠芽。

秦长歌轻轻道："非欢，我回来了……"

只此一句，她便再也说不下去，只是微笑着，握住他微凉的手。

失而复得的庆幸与欣喜，如暗潮，缓缓漫过心岸。

萧玦早已转过身去，负手看着远处的人群。楚非欢睫毛抬起，目光掠过他的背影，眼底有一丝阴霾转瞬而过。秦长歌却只对他云淡风轻地笑着，道："都过去了。"

楚非欢默然，秦长歌命侍卫找来软轿，几人回到刺史府。秦长歌亲自开方子，命人抓药来给楚非欢调养，本来还打算守在旁边，耐不住萧玦和非欢连连催促，一个恨不得咆哮着赶走她，一个眼神里全是拒绝，她只得回了自己屋子，抱着先前就被楚非欢迷倒一直在呼呼大睡的儿子一顿猛睡。

这一觉一直睡过了一整个白天和一个黑夜，第二日清晨秦长歌睁开眼，看见清晨的阳光和昨天一样清爽明亮地照在窗纸上，一时居然错觉，自己根本没有睡着。

不过很快，一双特大号漂亮眼睛的虎视眈眈，立刻让她提起精神，伸手一捏某人的肉脸蛋，阴笑道："你这么无辜可爱地看着我，是不是又做了什么坏事了？"

"我这叫无辜可爱？你这什么眼神？"包子拼命眨眼，努力瞪大眼睛以显示出"龙威"，悻悻道："我是在谴责你。"

秦长歌给了他一个鄙视的表情。

包子颓丧，亏他辛苦地维持着这个姿势已经等了很久，等着给老娘一个最鲜明的印象，结果她以为他在邀宠。

"为毛彪悍的人连错觉都这么彪悍呢？"包子不解地问。

"请问你要谴责我什么？"秦长歌起身，根本不把谴责当回事地指挥儿子，"去，给我把外衣拿来。"

说完突然怔了怔，低头看看自己的清凉衣着，想起好像自己昨天睡觉时是和衣而睡的吧？为什么现在却只剩下亵衣？

谁帮自己换过衣服了？

她狐疑地瞟向包子。没可能，这孩子哪有这么多事。

秦长歌问儿子："昨晚有人来过？"

包子摇头。

"你爹来过？"

包子再摇头，抿着嘴一言不发，脸上的表情是"你打死我我也不说。"

转了转眼珠，秦长歌抓过外衣一阵乱搜，突然惊道："我衣裳夹层里的密报呢？哪里去了！"

"什么密报？"门帘一掀，立即探进来一张精神奕奕的俊朗脸庞，只是神情有些不安，"我看过了，没有啊……"

话说到一半，瞥见秦长歌脸上似笑非笑的表情，立时知道这个阴毒女人又使坏了，"唰"地把门帘一放，消失在门外。

身后，那女人阴恻恻地道："关门！放萧溶！"

睡饱了的秦长歌，手指头钩着包子，神清气爽地走出房，一眼看见外间萧玦人模人样地坐着看军报。

看见秦长歌出来，他抬头，一笑，本来很明亮的日光立即暗了暗。

秦长歌那点小小的怒火也给这亮得灼人的笑容给扑得飘了几飘，刹那间湮灭，无可奈何地叹口气，也不想追究豆腐被吃的事儿了，在桌边坐下，萧玦早已分外温柔又殷勤地推了推桌几上的案盘，道："睡了一天一夜，饿了吧？多吃些。"

秦长歌盯着满桌子的东西，忍不住道："我不是溶儿。"

旁边萧包子立即翻白眼，道："你侮辱我，这本来就不是我的规格，我刚吃的比这个多多了。"

秦长歌拍了拍他鼓胀如蛙的肚子，包子立即做肚子欲炸状。

白他一眼，随手拈起个象眼馒头，秦长歌喝了口白果粥，问："非欢吃过没？"

包子道："吃了一点儿，又睡了，这就是我要谴责你的，你那晚对干爹做什么了？弄得他半死不活地回来？"

"噗"一声秦长歌嘴里的粥全喷到了萧玦袖子上，萧玦顾不得擦自己袖子，眼疾手快地先塞了块方巾给秦长歌，转而怒瞪包子。

包子被瞪得一缩，看皇帝爹杀气腾腾状，赶紧掩面假哭奔出，在回廊处撞到那对双胞胎，眼珠一转计上心来，回身探头笑嘻嘻对萧玦喊：

"爹，这两个，你夸过漂亮想要她们侍候的丫头，现在儿子我送给你，一个叫宛儿，一个叫妙儿，儿子我连她俩的封号都帮您想好了，宛嫔，妙嫔。"

"当！"

皇帝大人绣金镶明珠的九龙荷包，恶狠狠地砸到了门楣上。

砸走了腹黑儿子，萧玦赶紧叫两个丫头走，生怕秦长歌生出一丝误会，两个丫头再次眼泪汪汪地被赶开，站在回廊当中相顾茫然，不知该往哪间房侍候——呜呜呜，少爷不要我们，老爷也不要我们。呜呜呜，不是说以我们的容貌谁家少爷老爷都会一起当宝贝抢的嘛？呜呜呜，为什么这家子都恨不得把我们推出去才好呢？

室内，秦长歌浅笑着慢悠悠喝粥，萧玦不住亲自给她布菜，用银匙舀起一勺翡翠芝麻羹，笑道："这个好，养颜，来。"便要喂她。

秦长歌掀起眼皮看了看，笑盈盈道："原来陛下嫌弃我丑。"

萧玦手顿了顿，苦笑着将芝麻羹送到自己口中。

"唰"的一声横空出世一只漂亮大头，一口将银匙叼了去，喜滋滋道："她丑，你也丑，你们养颜养了也不过这样子，不如养养我的玉树临风一树梨花压海棠的英姿。"

两个"丑男丑女"相顾苦笑，秦长歌道："这无耻性子可不是我的。"

萧玦立即申明："也不是我的。"

突然想起了什么，萧玦若有所思："像玉自熙那家伙……"

秦长歌毫不动气，笑吟吟道："溶儿，那你就改姓玉好了，玉溶，玉容，多符合你的一树梨花压海棠的超群气质。"

包子哀号一声，立即丢下翡翠羹再次蹿出，不要啊，不要和那人妖联系在一起……

笑闹了几句，萧玦神色一肃，取过一方纸卷，摊开，六国舆图赫然其上，萧玦用筷子指了指德州方向，道："玉自熙已经率边军四十万赶来。"

秦长歌一挑眉，笑道："终于要开始了吗？也好，争霸之战终不可免，将天下乱势以最快速度结束在你我手中，对黎民未必不是好事。"

萧玦的银筷子好似长剑一般在舆图之上纵横激荡，尤其在北魏疆域之上风雷捭阖："长歌，你看，北魏每年秋冬之际，必定进行边军换防，届时北魏京城肃京防卫空虚，最宜乘虚而入，现在北魏政局纷乱，各地将领纷纷起割据，正是收拾他们的好时机……"

秦长歌趴在舆图之上，仔细看着那些以不同颜色标出来的军队标记和动向箭头，淡淡道："今年北魏政局不同往常，若是那三人互相挟制，不敢换防呢？"

"那更好，"萧玦傲然一笑，神情风云在握，"他们绳子般绞扭得死死的，心思全在国都那个位置上，连换防都顾及不上，那就说明因为势力分散，三人都已无余力应对外敌……哈哈，那么，北魏之大，由我驰骋吧！"

"若三人因外敌来侵，同仇敌忾，暂时放弃了争权夺利，先齐心对外呢？"

"合在一起有合在一起的打法，说实的，我还宁愿北魏拿出全国之力，咱们硬刀硬枪地拼一场，才叫痛快，"萧玦说起打仗立时眉飞色舞，目光发亮地一把扯过舆图，筷尖上的芝麻准准落在肃京的位置，道："你看他们的京城，据说粮仓丰储，围城三年也足可抵御，其实……"

秦长歌将那芝麻拈来，慢条斯理地吃掉，笑嘻嘻道："吃了！"

萧玦大笑，一转眼看见眼前女子虽然依旧是男装打扮，但眼神乌亮清灵，眼波流转之间风姿醉人，粉色舌尖如杏花初探，于嫣红樱唇悄然一抿，一个无意却诱惑十分的轻舔姿态。

那一舔，仿佛舔在了干涸已久的心上，酥麻微痒间，生出些细细的火苗，熬煎着久旷健朗男子寂寞已久的情思，萧玦只觉得连掌心都丝丝热起，忍不住便要拉她的手，揽她入怀温存摩挲。

忽听外廊文正廷跪启："陛下，微臣等捉获了那几个煽动闹事者……"

萧玦和秦长歌齐齐抬首，对望一眼，秦长歌立即避坐到一旁，萧玦怒气一现又隐，暗骂自己运气不好，总是在紧要关头戛然而止，长此以往，真是伤身伤神。

长眉一挑，忍不住冷声道："你身后没有人，人呢？死了？"

完全不知道自己打断了陛下绮思的文正廷冷汗冒了出来——陛下根本没有出门啊，怎么就知道自己身后没人的？将身子伏得更低了些，愧然道："几人在西门被查获，他们混在灾民中想出城，被认了出来，其中有一人是原本刺史衙门专司粮库的长史，兵丁们将他们擒下后，一时不防，都已服毒自尽，臣办事不力，请陛下降罪。"

秦长歌起身，出去问了问文正廷那几人的死法，回来对萧玦一笑，道："不曾想那日的三个猜测，居然齐齐命中。"

北魏密探以重金收买那名长史，将赈灾粮库里的粮食全部偷运至北魏，李翰需要借用闵冉道力量，对此事自然睁一只眼闭一只眼。长史满心盘算着李翰打入京城，朝廷自顾不暇，幽州无粮自也无人理会，不想秦长歌雷厉风行，以令人措手不及的速度平息了内战，立即便要赈灾，粮库全空无粮可赈的长史急了，在有心闹事的北魏密探和曹氏门下余孽教唆下放火烧库，北魏人更一不做二不休地打算挑动灾民闹事，令野心勃勃的西梁暂时无法北顾魏国，才有了那场险些令非欢丧命的惊心暴乱。

厘清来龙去脉的萧玦，脸色阴霾，目光沉沉地看着魏国方向，半晌，一声冷笑。

"魏氏，赶紧数日子当着你的王吧，朕的碧骊马，等着用你们的皇家马厩呢！"

乾元四年九月中，幽州城历经灾荒、内战、民变、暴乱之后，再次迎来其作为边境重镇不可摆脱的战场宿命——九月十七，西梁皇帝萧玦，引兵八十万，御驾亲征，以静安王玉自熙为主将先锋，封刑部尚书赵莫言为建翎上将军，提马北魏边境确商山，誓师北伐。

是日，平原秋霁，苍翠如洗。猎猎塞上风中，八十万男儿静默无声，如钢铁之龙，蜿蜒无际陈兵平原之上。日光反射着钢铁兵刃的寒光，泛出一片海洋般的沉凝厚重乌金之色。

八十万人沉默于野，八十万双眼睛亲眼见证帝国皇帝，于深秋金风之中，黑袍金甲，一骑驰骋，原野广阔，阳光灿然如碎金，那英朗男子飞马而来，以万丈霞彩为披风，以光耀烈日为冠冕，英姿灼烈，耀人眼目，如一柄黑色神剑般飒然穿过大军阵前。众人屏住呼吸，看见帝国年轻的皇帝，直驰两国边境，勒马，仰首，缠金丝黑色长鞭迎风一抖，在炫目的阳光下划出一道流丽的弧影，"啪"的一声，生生甩断了分割西梁和北魏两国已经矗立多年的坚硬的岩石界碑！

豪情满天下的西梁皇帝一声朗然大笑里，风雷锋锐，拔地而来。

风雷裹挟着那声鞭响和长笑，穿越广袤内川大地，激荡起铁血风云，沉沉压上九州苍穹。苍穹之下，诸国震栗回首，目光惶然。

雪刀所指，向北长驱，八十万西梁大军以烈火利剑之姿，剖开北魏沉静已久如今却暗潮汹涌的国土，刀下，燃起帝国争霸，带着血色鲜艳的层层烈火。

乾元四年九月，秋，北地草尖凝霜雪，万里征戍为一统，长缨击取，谁为天骄？心怀倥偬，冲却尘笼，高岗上金冠男子洒然挥手，谱写胸中慷慨云梦。

西梁制霸天下，征战六国的序幕，自此，始。

第三十四章
窑 子

乾元四年九月十九，定阳关。

北地九月已有寒意，风里飘散霜花清凉沁人的气息。定阳关前，万丈骄阳下，萧玦金冠金甲，灿然如神，意兴飞扬地对身侧秦长歌道："当年我曾险些丧命此地，是你救了我……你可还记得？"

秦长歌微笑颔首，目光邈远，穿越层云，看见云烟尽处，那些血与火的烽烟画面里，那个清艳少女，正轻笑着自记忆中回身，给了她一个粲然笑容。

笑容里，往事如荼蘼纷纷开放，升起于无涯的时光，再冉冉而落，那一番开谢的姿态，成熟而优雅，如这再生一世的路途。

萧玦深深凝视她，目光里感慨万千，当年，当年的救命古树，如今可还在？当年染血的树洞，血迹是否依旧可寻？那些无数箭孔的树身，风穿过那些寂寞的孔洞时可会发出感慨的吟唱？

他亦欲拔剑而起，于这异国大风霜花之中慨然而吟，将这万千雄心，无限情意，都化作苍凉沉雄高歌的一曲，与身边心爱的女子共享。

他的歌声写在眼睛里，那双眼睛明亮如雪，凛冽的万里风沙洗不去灵魂深处万丈光芒，某些灼烈如火的情感，永不磨灭。

他微笑，拔剑，剑芒如虹霓乍起，直指向天。

"今夜，下定阳！"

呼声如潮，扬尘蔽日的大军，以悍然之姿，势不可当地攻向定阳关本就抵抗薄弱的城墙，连投石炮之类的大型杀伤武器都未使用。黄昏未尽，晚霞初起之时，定阳城头，已经飘扬起西梁黑底金龙的帝旗。

帝旗下，英朗男子轻轻摩挲斑驳的城墙，怅然道："曾经也有一方城墙，你我共倚，城墙下你推我让那一碗黍米饭……长歌，此生以来，我未曾再吃过那般美味的饭。"

手按城墙，秦长歌遥望远山尽处如血的落日，而山间起了薄薄的岚气，越发苍青，她微微地笑着，不无怀念地道："过去了的，因为不可重回，总会比现在的要好些。"

她目光远远落在城楼之下，一株古树之前，红衣妖魅男子，正微笑着抚摸那棵早已失去树冠的树。

他姿态轻柔，仿佛怕惊破某个凝固于时光中的永恒记忆般，一个个地，抚过那些仿佛早已凝成化石般的箭孔。

当年那惨烈浴血一战，他是否亦正在缅怀？

在秦长歌目光里，他突然做了个投掷的姿势，就像很多年前，他曾将黑发咬在齿间，竖起雪亮长刀，于一轮月前奔杀而来，将假魏王人头，霹雳雷霆般地掷来。

秦长歌目光如水波一晃，随即便见那妖艳男子宛然回首，突然对城楼上的她一笑。

心中一震，面上却不动分毫，秦长歌亦报以温文一笑，礼貌而有距离。

收回目光，离开牒垛，秦长歌悠悠道："前路未已，人心难测哪……"

…………

乾元四年九月二十一，禹城下。

乾元四年九月二十三，卫城下。

乾元四年九月二十七，廉城下。

短短十日间，西梁大军一路连克北魏边境禹城、卫城、廉城、昶城，侵掠如火，不动如山，烈烈兵锋，长驱直入北魏腹地。那些各怀异志，希图保存实力的北魏将领纷纷按兵不动，对北魏朝廷连连发出的征兵抗虏令置若罔闻，观望着年轻的西梁战神，数年帝王生涯不改英风杀气，身后倒拖着血色淋漓的雪亮长刀，缓缓长行于北魏疆域之上，所经之处，山河变色，草木低伏。

直到那一日，黑衣帝王，红袍郡王，和雍容潇洒的少年将军于漫天血雨腥风中抬首，才发现已经攻到了北魏边境和富庶腹地之间最大的城。

北魏重城，杜城。

比寻常城市更为高阔的城门，和城楼雉堞上黑压压的箭手，昭示着对方的蓄势已久和严阵以待。

北魏国土上，终于有一座如虎踞之城，以强硬的姿态，对西梁大军，张开了狰狞之口。

一路过关斩将无往不利的西梁军队，其长驱直入之势终于在杜城有所停顿——玉自熙麾下最勇猛的将军申绍，接连攻打两次杜城，都未能攻下。

而早在西梁大军逼近杜城之前，留守杜城的守将李登龙，便实行了坚壁清野之策，放弃外围城池，集中周围的守军及粮食，全力保卫杜城。

他们放弃了附近所有不必要坚守的城镇，将所有能带走的都带走，带不走的全部烧毁，并截断上流水源，在沿途所有水井中大量投放毒药脏物，并投掷诸如女子污浊亵衣等杂物，腥臭的水面上漂浮着花花绿绿颜色暧昧的烂衣，令人望之生呕。

萧玦令人重新择地挖井，但是此地毕竟是北方，水源本来就少，挖出来的水既少，又微有气味，给动物饮用出现腹泻，秦长歌怕水井中大量投放的药物影响了相通的地下水源，没敢使用。

这给西梁军队带来了一些困难——因为逐渐深入北魏腹地，补给线拉得过长，八十万大军的口粮是个惊人的数字，所以玉自熙每到一地，都下令抢割掉一半当地居民的稻子，他本来的意思是全部抢光。萧玦和秦长歌都表示反对，萧玦认为这样会引起北魏百姓的仇恨，对大军行进不利，秦长歌则一向心怀广大，从无一家一国观念，在她看来，这天下迟早都是西梁的，那么北魏的百姓迟早也是咱的百姓，把北魏百姓欺负狠了，以后抚慰起来也麻烦，所以两人一致赞成割一半留一半。

如今杜城来了这么一手，粮食多少受到了点威胁，更关键的是水源，八十万大军没有了水，那才叫可怕。

杜城守将李登龙，是死在碧野山脚的倒霉的冉闵道的表兄，他摆出决不妥协的姿势，是要给表弟报仇来了。

那些青苗，尚未全熟便被割完，地上连根瘪穗都被捡尽；秋阳高照之下，百里之内，无人烟，无水源，连所有的果树都被劈倒，劈不倒的，果实全部摘净，太多了带不走，全部踩烂在泥地里。

昔日最为繁盛富饶的秋季的土地，在此地，却成为最为贫瘠和沉默的荒原。

"百里之内，所有的水井都被堵塞，所有的河流都漂满死猪，"秦长歌舔舔干裂起皮的嘴唇，有些怨恨地盯了近几日特别晴朗的天空一眼，再看看神情烦躁的巡逻士兵，皱眉道，"攻了两次，没能攻下，现在八十万人，没有水，可真是糟糕的事儿。"

萧玦怜惜地看着她，轻轻道："你一天没喝水了……渴极了吧？"

他带着点欣慰的神情，仔细地在袖囊里，变戏法般摸出一只梨子，带点得意地微笑着道："我特意留着的，没舍得吃，这个解渴最好了。"

秦长歌眼睛一亮，问："哪来的？"

"玉自熙送来的，某村一棵梨树因为太高，没来得及摘下的最后一只梨子。"萧玦小心地用自己的盘金龙锦缎衣袖拭净了，递到秦长歌唇边。

秦长歌接过，想了想，递给一旁沉默看军报的楚非欢。

楚非欢立即摇头拒绝，一言不发掉转轮椅就要走，秦长歌一把拉住他，道："非欢，你当初要参战时，答应过我你会好好照顾自己，你的身体不比从前，也不比我们，你不能不吃。"

萧玦心疼地再看看秦长歌起皮的嘴唇，却也在劝说："楚先生，你吃吧，我们终究要好些……"

他心知楚非欢心性高傲，有些字眼不愿提起，楚非欢停住，没有回头，却只淡淡道："我不需要。"

他说得斩钉截铁，萧玦只得苦笑。秦长歌对着手中梨子看了看，又递回给萧玦，道："你的嗓子都哑了，还让给我做什么？你说话比我多，事情比我多，等会儿还要探营，给兵们鼓气，哑着个喉咙怎么成？"

萧玦立即退后一步，努力地清清嗓子，笑道："谁说我哑嗓子了？我明明中气十足。"

他语音虽然努力清晰了点，却依然听见喑喑的声音，大约咽喉已经充血了。

秦长歌默然，看着手中圆润饱满，散发着果味清香的梨子居然送不出去，露出一丝苦笑，喃喃道："这是梨子还是炸弹？"

取过一柄小刀，秦长歌干脆将梨子劈成三份，再递给两人，不想萧玦再次拒绝："不成，不吃。"

"你这是做什么？"秦长歌眉毛一挑，有些生气。萧玦神色有些古怪，迟疑了半晌才慢慢道："分梨，分离，我觉得不吉利……还是算了。"

怔了怔，秦长歌又去看楚非欢，后者长长的睫毛垂下，不和她眼神接触，但显然也是不愿的。

深吸一口气，秦长歌喃喃道："溶儿若在就好了，那就顺理成章是他的，咱们也不用推来让去了……"

包子在萧玦发兵之时已经返回京师。国不可一日无君，储君也是君，太子监国，哪怕只是五岁的太子，也不啻于给西梁百姓吃了定心丸。

萧玦自然早早安排好了文武重臣好生操心国务，萧监国只需要每日在御书房坐坐便成了。

如今没了"吃神"包子，远离国土的异国战场之上，一只普通的梨子，竟难住了从来都举重若轻的秦长歌。

最后秦长歌无奈地一笑，干脆寻了碗和捣汁的小木杵来，将那宝贵的梨子细细地捣成汁水，小心地分了三份，道："喏，现在不是梨子，现在是果汁，再不喝我要生气了。"

萧玦接过分给自己的那份，仔细地和秦长歌手中那份比了比，秦长歌忍不住好笑，道："看什么，没少给你。"

"我巴不得你少给我。"萧玦轻轻地笑了笑。秦长歌怔了怔，明白了他的意思，心中不由微微一热，一转眼看见楚非欢正试图将那点可怜的梨汁放进帐篷角落，立即喝道："你们谁要不喝，我立刻倒了这梨汁，大家一起别喝拉倒！"

萧玦立即像喝酒一样将梨汁一饮而尽，抿了抿唇，笑道："喝，为什么不喝，你别看我，我不会给你的。"

楚非欢的手顿了顿，慢慢收回来，低着头，一口口喝掉了梨汁。

秦长歌出神地注视着碗底那点流荡的清亮液体，真的很少，不过一口而已。那两人，一个帝王，一个王子出身，享尽人间尊荣富贵，见识过不知多少珍贵之物，此刻却把这一口普通果汁推让得好似那是什么绝顶名珍，一时有些好笑。好笑里却微微生出酸楚——患难见真情，不过最普通的一句话，然而不身临其境，不亲自触及患难铁青森冷的面孔，是不能真正感受那一刻贴心沉默的温暖的。

梨汁喝完，萧玦放下碗，秦长歌拍拍手，楚非欢抬起头，萧玦和秦长歌同时道："今晚一定要攻下杜城！"

楚非欢虽然没说话，但眼神也表明了这个意思。

"不能再这样渴下去，要知道绝食能坚持七天，绝水只能坚持三天。李登龙龟缩不出，坚不应战，杜城兵力充足，一时也攻不下城，他拿人命拼命地填缺口，就是为了拖延时间，等西梁大军因饥渴退兵。"萧玦凝望着杜城灰青色的，民夫赶工加厚了的城墙，神色凝重。

楚非欢也抬首对杜城看了一眼，一回首接触到秦长歌的目光，他皱了皱眉。尚未来得及说话，秦长歌已道："我有一个办法。"

她拍拍手，道："杜城作为北魏重城，凰盟是有属下潜伏在内的，只是未曾混入实权阶层，我去联系了，搞点事出来，里应外合，当日可破。"

"不行。"萧玦和楚非欢齐齐反对。秦长歌笑道："别说得这么干脆，非欢，你刚才一直在看地形图，眼光落在了什么位置？萧玦，先前你召了申绍来，布置了什么任务？莫不就是挖地道吧？"

"那也是我去，不用你去，"萧玦倒没有否认，"大概楚先生也看出来了，杜城城墙东南角有一处小树林，因为隔了几处地势看起来好像离城很远，其实直线距离并不长，我已经安排申绍，派兵挖地道，八十万人，挖个几里长的地道，还不容易？但是去的人及其危险。长歌，我们男人在，还要你去行险，不成，绝对不成。"

"唔，那你就去吧。"秦长歌的回答令萧玦瞪大眼，十分愕然这女人这次怎么这么好说话。却听得她悠悠道，"只是，陛下，非欢，你们两个，有没有觉得有点困呢？"

"啊……你在梨汁里放了……你这女人……"这是萧玦被迷昏前的最后一句话。

楚非欢以手支头，目光抬起，与秦长歌相触，随即轻轻一叹，叹息声里，怅然无奈。

秦长歌看着两人都闭上眼，立于帐篷中央悠悠一笑，淡淡道："没想到吧？没想到我这么没心没肺？这么温情感动的时刻也能算计你们，不过，我没有歉意，阿玦，非欢，谁叫我们彼此这么了解对方呢……"

她温柔地将两人放好，还很体贴地各自给盖了被子，拍拍萧玦的脸，道："乖阿玦，你最近够累了，好好睡一觉，等我回来。"

给非欢披了披被子，秦长歌默然半晌，轻轻道："非欢，我知道你在想什么……总之，相信我，没事的。"

一身紧身衣，束好各式准备派上用场的武器用具，秦长歌步伐轻快地出了皇帝大帐，一路对着暗号，不慌不忙地离开大营往小树林去。

走不多远，一株杨树下，突然转出身姿曼妙的男子，倚着树，叼着草根，眼波流动似笑非笑，斜眼向秦长歌水汪汪一瞟，问候："早啊，赵将军。"

"不早了，"秦长歌好诚恳地笑，老老实实地答，"已经将近黄昏了，王爷是来此欣赏这杜城郊野的壮丽日落吗？"

"我来欣赏一个准备做坏事的小贼，"玉自熙笑得开心，"看他爬洞时姿态是否优美。"

"论起爬洞姿态优美与否，"秦长歌肃然，"想必无人能及静安王爷您，莫言一想到王爷在我身前爬洞，身姿摇曳，暗香微散，以超越郓都城第一象姑馆醉春居的第一红倌人清吟的无比诱惑之姿，以足可荣膺菊花教教主尊位的绝世风情，使莫言一饱眼福，莫言就热血沸腾，欢欣鼓舞不能自已啊……"

玉自熙眨眨眼，突然扑哧一笑，道："好，好，你果然猜得到我要和你一起，和聪明人说话就是有意思。不过，什么叫菊花教？"

"这个问题很复杂，涉及抄袭人妖绝恋悲情自恋美少年娇弱小雏菊等时髦激情因素，若要等下官给您解释完，只怕明早的太阳都出来了。"秦长歌微笑，"还是先去爬洞吧。"

"哦，"玉自熙转身看了看那掩蔽过的洞口，想了想道，"你先。"

秦长歌暗笑着伏身入了地道，身后，美人跟着进来。地洞其实挖得宽阔，尽可躬身前进，秦长歌听得身后玉自熙悠悠道："莫言，你步子很快啊。"

"贼嘛，钻啊钻啊的就习惯了。"

"莫言，你哪里人，为什么说话我都听不懂？"

"王爷您太纯情了，纯情的人需要保护，不懂最好。"

"莫言莫言，遇事莫言，你这名字，很有玄机啊。"

"王爷，自熙自熙，自我调戏，您这名字，更有玄机。"

"……莫言……楚非欢为何出现在大营里，我记得他是皇后信重的人，你认识他？"

秦长歌半偏头，回首，黑暗中某人的狐狸眼灼灼闪光，亮若明玉。

无声地笑了笑，秦长歌声音平缓："楚兄我自然是认识的，我曾经遇见过皇后一次，得她点拨教导，并特意提起，如果有遇见楚兄，不妨结交为友，我与楚兄一见如故，楚兄聪慧刚毅，虽不幸身残，但志节不坠，我很佩服。"

"难得听你说一句正经话。"玉自熙笑道，"我也认识他，皇后出事后，他失踪三年，后来再出现，连我一时也没认出来，啊……我记得三年后再见他那次，当时他偷了我东西，被我叫人揍了一顿。"

他偏头，微笑看着秦长歌。秦长歌哪肯上他的当，愕然道："是吗？不会吧？听说楚兄被人所冤沦落过一阵，但以他的风骨，怎可能行偷窃之举？王爷记错了吧？"

无声地笑了笑，玉自熙突然道："唔……也许是我记错了，这世事，真真假假，是是非非，哪里理得清呢。"

"王爷是有心人，从来都理得清，单看您愿不愿意理了。"秦长歌一伸手，指向头顶一点隐隐的光亮，笑道，"到了。"

她的手，顶在地道上方那层浮板上，微笑地看着玉自熙，"王爷，您猜猜，咱们这个出口，在哪里？"

玉自熙立即答："人多嘈杂之处。"

"为何？"

"地道离城西最近，城西是三教九流杂居地，没安静地方的。"

"中隐隐于市，"秦长歌一笑，伸手一引，"静安王，请容下官陪你，亲自视察异国妓院。"

她笑得客气而狡黠："您先请。"

这世间即使充斥再多苦难，战争杀戮危险，依然会有夜夜笙歌销金买醉的温柔乡。

尤其是战时，越是紧张的气氛，越是恶劣的环境，越有被肃杀压力逼得不堪忍受的人们，奔向姑娘们的雪臂樱唇，寻求纾解的最佳渠道。

"客自来"听起来像个酒楼的名字，却是杜城城西首屈一指的窑子。

姑娘们价廉物美，老鸨儿风韵犹存，龟公们个个俊秀，必要时还可亲自上阵充当娈童。

夜半，妓院各处木廊下都挂起气死风灯，灯光绮丽红艳，远远投射出方圆数丈，照在院子中双人合抱的树上。

"哗啦"一声，一排纸质拉门被拉开，喧嚣的人声立即如浪一般冲了出来，一个嫖客喝多了酒，大声笑着，跌跌撞撞跨出门。

身后有人笑着打趣："老安，听说这院子里有美艳女鬼，你解手记得解一个回来，给兄弟们一起尝尝新鲜！"

"好说，好说！"老安笑得口水直流地回身挥手，"一定带个，一定带个！"

哄笑声里，他歪歪斜斜地走到树下，开始脱裤子。

树突然一动。

接着，一大块树皮掉了下来。

接着，探出一个容色美艳的脑袋。

女鬼……

真有女鬼……

真有美艳女鬼……

老安瞪大眼睛，即将出来的尿意，"唰"地一下又憋了回去。

酒喝多了导致嘴角不受控制地流涎水，惊吓之下流得更多，滴滴答答地落到地上。

那"女鬼"慢慢抬眼，春色流波，华光潋滟的眼神，先瞟了瞟地下那摊口水。

眼皮再慢慢上抬，瞟了瞟老安拽着裤子的手。

最后瞟了瞟正对自己脸蛋的物体，皱皱眉，露出个嫌弃的眼神。

…………

夜半，深院，遥远的人声，树洞里冒出的美人头。

老安拽着裤子，僵在半夜的冷风中，只觉得"重要部位"冰凉冰凉，忍不住浑身开始颤抖，但是腿软得像面条般，怎么也拖不动脚步。

张了张嘴，老安想喊，却根本发不出声音，整个人仿若沉入梦魇，看得见人影，听得见声音，感觉得到危机逼近，却无法挣扎和动弹。

他眼睁睁看着那女鬼，懒洋洋地爬出来。

看见女鬼，漫不经心地靠近自己。

看见女鬼，似笑非笑地用帕子垫了手，拈了拈他的"重要部位"。

看见女鬼，手指宛如兰花般，优美地弹了弹。

一脸鄙视地道：

"太小！"

"扑通！"

遭受生理和心理双重严重打击的老安，眼睛一翻，晕倒在地。

第三十五章
女 妆

"不就是说你小嘛，犯得着伤心成这样？"玉自熙嫌弃地踢踢老安，咕哝道，"要给你看见我的，你会不会愤而自杀呢？"

"王爷您在说什么？"第二个脑袋探出来，坏心的秦长歌，笑眯眯地看着玉自熙。

"喏，这个。"玉自熙努了努嘴，给秦长歌示意衣衫半褪的老安，"这家伙吓昏了。"

媚笑着指了指老安，他道："莫言，你看，这也算是男人哦。"

"唔，"秦长歌面不改色煞有介事地打量了一下，由衷颔首，"很悲哀。"

玉自熙有点失望地闭着狐狸眼，靠在树上，看着秦长歌随手将人点了穴，扔进树洞里，又把那块伪装的树皮盖好。

"你打算刺杀李登龙？"玉自熙悄悄对秦长歌耳语，"你去，我给你把风。"

他俯得极近，说话间的气息吹动秦长歌耳边鬓发，敞开的领口微微散出奇异的香气，浓郁魅惑，有点像朱顶红花的香气。朱顶红也叫孤挺花，秦长歌忽然想起前世里看过这种花的花语：华丽之美，喋喋不休。

忍不住淡淡笑起来，倒真是像这位啊，只是，前前世里，玉自熙并不像现在这般多话呢……

"喂，你在发什么呆？"某位美丽妖狐的声音更近了些，近得秦长歌只要下意识一回首，就会把自己的脸颊送上他的娇艳双唇。

僵着脖子，把自己不动声色地移出三寸。秦长歌道："杜城有咱们朝廷的人，陛下有给我联络方式，咱们对这里不熟悉，先得想办法混近李登龙身边再说。"

"老安怎么解手到现在还没回？""唰"的一声有人拉开纸门。

"唰"地一下秦长歌一把抱住玉自熙，转了个身，将他压在树上。

那人四处张望了下，看见院子中背对着卿卿我我的两个人，道："喂，你们看见刚才有个人在这儿解手没有？"

秦长歌用力将玉自熙往下压，踮脚俯身将头靠在玉自熙肩上，从背后看就是她正在"深吻"某人，一边百忙之中胡乱挥手对那人摇了摇，嘟嘟囔囔道："没见！正忙！"

"哈，你慢慢忙，慢慢忙。"那人怪声怪气一笑，拉回纸门，隐约听得他大声对里屋同伴笑道，"这半夜三更的在外面吹冷风玩女人，是不是更有野趣点？"

里面一阵哄然大笑。

"我这是被你压第二次了。"玉自熙声音轻轻，当真如情人呢喃。

"压啊压啊的就习惯了。"秦长歌哈地一笑，毫不脸红地蹭蹭玉自熙的光滑肌肤，啧啧叹道，"王爷，您皮肤怎么保养的？这北地风沙，愣是没能磨损分毫啊。"

"新鲜玫瑰花汁拌离海明珠粉，加入牛乳。记住，牛乳得是东燕花斑牛；玫瑰花得是中川'金丝玫瑰'；离海明珠，每颗不得小于拇指大小。"玉自熙微笑道，"很容易的。"

"那我还是算了，反正我没您天生丽质。"秦长歌看看天色，玉自熙已经催促，"你还磨蹭什么，今夜好多事要做，难道等天亮去杀人？"

秦长歌笑一笑，也不答话，先从怀里取出一张面具，往玉自熙脸上一贴，又往自己脸上贴了一张，直接拽着玉自熙就走。玉自熙很是不满地叹气："唉，我的绝顶美貌啊，就这样被你埋没了……"却也没有取下面具，两人大摇大摆一路前行。这院子原本就热闹，出了后院前堂更是人来人往，谁也没有注意到，两个面容猥琐的男子，径自出了门。

跨出妓院大门，秦长歌看了看方位，目光在一溜墙根下掠过，微有些惊异地亮了亮，随即左拐，行过一条短街，然后，再慢条斯理地跨进另一道悬挂红灯的大门。

玉自熙愕然抬头看看门楣——"百媚楼"。

又是一家妓院。

"喂，我说，"玉自熙一把钩住秦长歌的肩，吐气如兰地低低媚笑道，"你是不是行军在外，饿狠了？怎么尽向妓院跑？你真想要，哥哥我陪你嘛，何必总往这三流妓院钻？"

"好啊，可是你陪我也得有一张床嘛，咱们这就去找床。"秦长歌似笑非笑，拖着玉自熙向里走。院子中迎客的龟公过来，秦长歌笑道："我找玉人姑娘。"

"啊您不巧，"龟公赔笑，"玉人姑娘现在有客人，要么，给您唤玉雅姑娘来可好？玉雅姑娘色艺双绝……"

"劳烦你告诉她，家乡来客，渴欲一见。"秦长歌就手抛过一块碎金，笑着又道，"她会见我的。"

龟公笑应了去通报，不多时过来，笑得越发殷勤："姑娘有请。"将两人引入二楼一间闺房。

房垂水晶帘，帘后光影淡淡，中川出产的名贵织锦地毯上，素裳女子怀抱琵琶，正出神地看着窗外。

她长发散披，长可及地，并未挽成时兴的各式繁复华丽的髻，发质光亮如一匹上好黑绸，又或是一抹流动的幽水，长发流泻下的身段虽然只是个散漫的坐姿，曲线却恰到好处，饱满喷薄处诱人遐思，曲线玲珑处引人爱怜。

听见人声，她回首。

只觉得一道乌黑的目光如巨大的黑色浪潮般扑面而来，幽邃，沉重，遥远，苍凉，仿如远古的钟声或是那些深埋于地下的遗迹，带着被尘封和压抑了的久远记忆，带着故纸的暗香和劫灰的黯沉，直直地冲入人心底，令人呼吸一窒，心魂俱失。

对望一眼，秦长歌和玉自熙都心中惊讶，这个潜伏在魏国多年的密探，竟然如此年轻；更奇特的是，如此年轻的女子，竟然拥有如此死寂沉重，如同垂暮老人般的眼神。

看着她乌黑超过寻常人的眉眼，秦长歌的左手垂在腿边，三指缩于掌心，微微躬身，笑道："玉人姑娘。"

那女子的眼光在秦长歌手上掠过，随手在琵琶上拨了个音，声若玉珠，她语声也若玉珠般玲珑清美，只是充满疲倦，淡淡道："你们来了……很好，我等很久了。"

秦长歌凝视着她，缓缓道："玉人姑娘贵姓？"

"我姓李，"那女子一笑，笑容萧索，"李玉人。"

她年轻，美貌，身姿动人，可是每句话的语气姿态，都好似老妇般不胜疲倦。

"李姑娘似有痼疾？"秦长歌看着她的气色，问，"可需在下为你看看脉？"

"不用。"李玉人无所谓地道，"两位来得不容易，别在我这里浪费时辰，我自从听说城外断了水源，想着你们该来了，本来是不见客专心等你们的，不过刚才那个客人，倒是非见不可，而且……"她笑了笑，又道，"你们听了想必很高兴。"

"哦？"秦长歌一笑，"莫非是李将军府中人？"

目中难得生出一丝惊异之色，李玉人颔首："是，今夜是李将军府中最受宠爱的小妾二十岁生辰，本来正当战时，李登龙不欲操办，不过他这房新娶的小妾雅擅音律又容貌无双，李登龙着实疼爱，拗不过她的要求，答应寻了杜城最好的伶人，合力来奏她最近新谱的《碧云霄》之曲，刚才便是前来下帖邀请的李家人了。"

她懒懒地笑了笑："你们去吧，反正李府没什么人见过我，我一向不见李家人，今日事了，我等在这里的任务也完了，明日我就离开杜城。"

"和我们一起走吧，去西梁，"秦长歌看着她，"我会安排好你的。"

"不了。"李玉人叹息，悠悠叹息，"我习惯一个人了……想到处走走，看看四海之大，天涯之远，外间的风物，想必很美吧……"

她语声淡淡，像流星般一闪便没。随即便起身，打量了两人一下，一把将玉自熙推坐下来，随手就揭去了他的面具。

玉狐狸倾国倾城的绝艳相貌，令幽光淡淡的室内都似乎亮了一亮。

李玉人也惊了一惊，怔了一刻方笑道："真是意外之喜，公子绝色，倒不需我费功夫了。"

"费什么功夫？"玉自熙皱眉看着她取过胭脂水粉，"你不会要我扮成女人吧？"

"公子不扮，谁来扮？"李玉人端详着他的眉眼，"这里谁还能比你更适合？"

"他！"玉自熙立即手指秦长歌。

李玉人微微一笑："这位想必相貌也是好的，但是现在要的不是容颜，是风情，妓楼女子天生当有的风情。玉人觉得，普天之下，真的没有哪位男人能有公子这般与生俱来的风情了。"

玉自熙一拂袖，坚决拒绝："不，不要做娘儿们。"

"玉人姑娘，好了吗？"门外传来敲门的声音，一个中年男子沉声问，"堂会快开始了，就差您一个，九夫人命我来催请。"

李玉人对两人做了个手势，曼声答："马上就得。"

秦长歌蹿到玉自熙身边，附耳道："王爷，您千万委屈则个……"

"不！"

"只要今晚事成，莫言必赠以重宝……"

"不稀罕！"

"……赤河冰圈内蛇涎链饰一枚……"

"好吧。"

玉自熙立刻冉冉自锦凳上坐了，长指一挑，乌发垂落如瀑，笑吟吟看着李玉人道："来，把我扮得更美一点儿，我要艳惊李登龙，我要他拜倒在我的石榴裙下，做鬼也风流。"

佩服地看了秦长歌一眼，李玉人微笑着先递过一件浅红贴金丝蔷薇花绡纱长裙。玉自熙眨眨眼，把这件裙子从上看到下再从下看到上，正色道："请你为我准备姜汤，我一定会冻死的。"

秦长歌同情地看着那裙子……确实，这种衣服，就是用来若隐若现，云山雾罩，吸引男人寻幽探秘的，美观价值无限大，保暖系数等于零。

叹口气，毫不在意外人在场，玉自熙漫不经心地宽衣换装，李玉人避过身去准备首饰插戴，秦长歌却靠着椅子，笑嘻嘻一眨不眨地注视着眼前的男体，极其赞赏地吹了声口哨——所谓造物之美，尽钟于一人之身，不仅给了他绝色容颜，还给了他世人难及的美妙躯体。

瘦不露骨，尺寸均匀，宽肩细腰长腿，每一寸的线条都恰到好处；肌肤微微泛着荧光，如玉般温润明洁，却又令人感受到那温润之后的弹性和力度；如水黑发下躯体饱满而收敛，每个动作都充满优美至控人呼吸的诱惑。

秦长歌鼓掌："美……美不胜收……你干脆别穿算了……不穿比穿了更好。"

玉自熙哪有空理她，满头大汗地和裙子折腾，喃喃骂道："这东西怎么这么复杂？到底怎么穿？"

李玉人抿唇过来，亲自替他将系错到脖子上的细带重新系到腰上，那些细带繁复无比，都缀着细小晶珠、折转间不断泛起水波流动般的粼光，衬着如雪肌肤，不同于寻常女子充满弹性之美的线条，令人不舍错开眼珠。

芙蓉髻，明月珰，轻纱绡裳，一枚芙蓉石攒千珠金翅步摇迷离晃荡，行步间雪肤隐隐，暗光闪烁，真真是风华万千。

"活色生香啊……"换了小厮装束的秦长歌趴在桌子上流口水，"你生来就是为了气死女人们的啊……"

玉自熙瞟了她一眼，香风冉冉地慢步过来，靠上秦长歌的肩，俯下娇颜，轻挑玉指，眼波流荡吐气如兰："李将军……妾身美不美？……您那第九房如夫人，和妾身比起来，如何？"

"不如何，只配给你提鞋。"秦长歌肃然，做陶醉状："玉人，你当真如玉砌成，绝色丽人，请允许我，五体投地地拜倒在你的七寸大足之下。"

玉自熙哈哈一笑，李玉人已经过来，给玉自熙披了一袭高领披风，领圈一圈雪色绒毛，如此便遮掩了略宽的肩，又披了一幅珠光雪丝面纱，雪亮的珠光和玉自熙流波般幽黑眼瞳交相辉映，越发摄人心魄。

"哗啦"一声拉门开启，屋外早已等得不耐烦的人抬起头来，便见风姿婉丽的女子，扶着门框，娇弱不胜地回首向屋内人嘱咐道："乡亲们请稍候，玉人去去就来。"

说话的自然是李玉人，她半掩在门后开口，玉自熙演双簧一般楚楚动人地给了外面的人一个回首的剪影，好掩饰先前秦长歌和玉自熙进来后的行踪。

然后，玉自熙一回身，娇花照水般的风姿，屋外李家下人眼睛一亮，齐齐抽了一口气。

"小乖，"玉自熙娇笑着招手示意抱着琵琶的小童秦长歌，"咱们走吧！"

秦小乖挑挑眉，笑影一闪而逝，"主仆"二人，怡然而出。

第三十六章
魅 惑

坐上李府派来的马车，玉自熙和秦长歌先看了李玉人塞过来的自己的生辰出身等记述，以备应付万一的询问，秦长歌赞道："这位李姑娘着实细致谨慎，思虑周全。"

玉自熙却皱眉道："我这嗓子，今晚怕是不能开口了，等下依仗你圆场吧。"

秦长歌从怀里摸出变声丸，笑道："刚才没来得及拿出来，如今王爷吃了正好。"

她其实并不是没来得及给玉自熙变声丸，只是这东西，本就是她前世里偷了大师兄的药方，独家研制出来的，给了玉自熙，难免更令他猜疑自己的身份，然而刚才玉自熙的一个举动，令她忽然改变了主意，想用这东西，引出一个话题。

果然，玉自熙笑眼斜睃，悠悠道："你只是和皇后见过一面，她连这独门宝贝也给了你？"

"承蒙皇后爱重，得她赐了一些药方。"秦长歌微笑道："王爷对皇后想必也很熟悉，自然是知道，她为人豁朗，从不拘泥身外之物。"

"自然是熟悉的，"玉自熙突然沉默下来，半晌后才慢慢开口，"她这人，想叫人不熟悉都难……"

秦长歌抚摸着琵琶光滑的流线，睃着玉自熙，打趣道："看王爷神情，倒像是思慕佳人哪……"

神色隐隐怪异地觑她一眼，玉自熙道："思慕？哈哈。"

他竟然不愿再说下去，只是下意识地轻轻抚了抚腰部。

刚才他换衣时，秦长歌已经瞧见，那盏他从来不离身的红灯，已经被他仔细地折叠了，收在腰部的一个暗囊内。难得那灯精巧，用料精简，每个篷架都是可以拆卸的，玉自熙为了能将这灯随时带着，当真也是费足了心思了。

"我见过王爷从不离手的那盏灯，"秦长歌状若无意地微笑，"一直觉得眼熟，现在想来，这个样式，我好像很久以前见过。"

"你见过？"玉自熙面纱后一直懒洋洋半开半合的美目微微一睁，变声之后细了许多的嗓子听来着实可笑，"在哪里？"

"在赤河……"秦长歌说到一半停住，一眼瞟过玉自熙神情，笑了笑，一伸手掀起车帘，非常恶劣地道，"姑娘，到了。"

很有失风度地撇了撇嘴，玉自熙一步就跨下了车辕，步子好像迈得太大了些，秦长歌夸张地去扶，低唤："姑娘，仔细些。"

玉自熙媚笑着顺手抓住她的手，却不是弱柳扶风般地将手轻轻覆上，而是恶狠狠地揪着秦长歌手背，在她耳边轻声道："我头晕，气得头晕，抓你抓得紧了点，别见怪啊。"

秦长歌一伸手去揽他的腰，笑嘻嘻道："哎呀，头晕怎么了得？来，我抱着你的腰……咦，你腰带里什么东西？"

玉自熙立即放开了她。

车马是一直行驶到内院月洞门前的，带领他们前来的家丁在二门前已经退下，来接应的是两个嬷嬷，虽然脸上有掩饰不住的轻贱之色，但看见玉自熙容貌时，也不禁怔了怔，交换了一个眼色。

两人仿若没看见，一路在嬷嬷引领下前行，都在有意无意观测周围地形和李府的布局。李家想必是武人家风，建筑装饰少了浮华雕饰之气，有厚重沉凝之风；每隔数丈，都种有挺拔桦树；花却是极少的，亭台路径，疏落有致，显现建造院子的人，胸中颇有丘壑。

更重要的是，整个内院外院，防御外松内紧，地面上所有可以藏人或遮掩行踪的物什都被铲去。守院护卫一队队穿梭而过，身背劲弩腰挂朴刀，防备森严，显见李登龙对于西梁可能采取的破城方式，也做了多手准备。

九夫人的香闺自然不会依旧是这般男人风味。精致的、仿造西梁陇南格式建造的房屋明亮轩敞，垂着美人图案的宫制风灯，檐下金铃铃声细碎，清越动人；而立于檐下原木桐油长廊之上的娇俏女子，亦如这灯下金铃般光彩亮丽。

她一开口，也似金铃般的好声音。

"久闻玉人姑娘一手好琵琶名动杜城，不想居然生得这般绝色！"

秦长歌低眉，在心里暗笑——好浓的醋意哦。

玉自熙娇怯不胜地敛衽，道："见过九夫人。"

他一敛衽，披风微微散开，里面的绡纱轻衣立刻春光微露，一片雪色晃眼。九夫人脸色变了变，随即下阶来，亲自挽了玉自熙的手，道："姑娘初次来李府吧，这台阶高，小心些。"

"玉人怎么敢当？"玉自熙扮足柔婉，九夫人却突然惊道："玉人姑娘如此纤弱，怎么手上会有茧子？"

秦长歌抬目，注视玉自熙，后者不急不忙地笑道："玉人本就贫苦人家出身，否则怎会沦落风尘？这茧子，一半是少年时农家劳作，一半是欢场生涯中学琵琶所致，让九夫人见笑了。"

"你真会说话，"九夫人娇笑，"我怎么会笑你？你这般好容貌，我羡慕还来不及呢。"三人进入室内，众人齐齐抬眼，都为玉自熙华光震慑，原本容貌娇丽的九夫人，立觉黯然失色。嘴角掠过一抹冷笑，眼珠一转，九夫人道："将军马上就来，他素来不喜人多，诸位妹妹还请委屈一二，在纱屏后熟悉曲谱，稍后奏给将军听，可好？"

这是明摆着不想将军看见玉自熙了。众人心知肚明，都微笑颔首，立时便有嬷嬷搬了纱屏来，密密将众人遮了，诸人有心讨好九夫人，故意抢着前面坐了，把玉自熙挤到屋子最角落。

玉自熙不急不忙，施施然坐了，将手中曲谱微微一翻，露出一丝讥诮的笑意。

不多时听得外间步声橐橐，似有一队人在接近。随即前庭处响起一个人的脚步声，另外那些脚步停在廊下没有继续前进，秦长歌和玉自熙对视一眼，都觉得李登龙其人果然周密谨慎，进入内院，居然也带着不少的侍卫。

接着便听见九夫人接出去的声音，低笑呢喃的声音，李登龙温和对答的声音。纱屏前光影转换，隐约见九夫人依偎着一名男子进来，男子身影在烛光下投射到精绣牡丹的纱屏上，不过刚到那簇牡丹枝节的上半端——个子不高。

九夫人不知在李登龙耳边说了什么，引得他愉悦地大笑，笑声浑厚，震得金铃齐声脆响——内力不错。

透过纱屏，看见他坐在九夫人左侧，他的右侧是廊外卫队，前方是窗，后方是墙壁，全身上下没有可以给人攻击到的地方——极其谨慎。

甚至，他潜意识里，连九夫人也可以是他的盾牌，秦长歌在心中极为不齿地给他下了一个定义——极为自私。

综合判断，此人人品不佳，极难下手。

玉自熙却只是浅笑着，轻拨幺弦。

屏后黄杨仕女浮雕灯架上玉钩连纹云灯投射出晕黄的光影，有一盏正斜斜地照射在拨弦的人身上，风鬟雾鬓，轻敛娥眉，不着言语而尽显风流。

隐约听得纱屏外娇声燕语，九夫人笑道："妾身以此《碧云霄》之曲，恭祝夫君风云直上，龙腾九霄。"

她纤细的手指擎起金杯，句句祝祷："夫君为我北魏擎天之柱，不倒长城。想那萧玦小儿，乳臭未干，定当拜服夫君足下，战栗求饶。"

李登龙拈须大笑，就手在九夫人香泽四散的玉手中喝了酒，道："也莫小看了萧玦，此人善战，不过这般情势下，八十万大军，补给困难，一旦在杜城之下折耗，也必将难以继续，届时不退兵也得退……哈哈，再说……我等岂是任人宰割之辈……"

他最后一句话说到半途打住，哈哈一笑，语声里隐隐得意，却谨慎地只是喝酒，不再说话。

秦长歌和玉自熙对视一眼，这家伙，在坚壁清野，高墙深沟的抗敌政策之外，还有什么打算？偷袭？骚扰？内应？杜城之外，多是平原旷野，西梁大营扎营之处，离最近的山脉还有三十里，想要不被发现地冒出什么援军来是不可能的，那么，只有前面三种可能了。

六国之间，本就在一直不断渗透，你中有我，我中有你，我用的计策，你也在暗中使用，本就是很正常的事，端看哪一方使用得更高明罢了。

和秦长歌对视一眼，两人已经完成了眼神的商量。

"现在出手？"

"不宜，防备过严。"

"引他当面？"

"好。"

玉自熙低垂的眼睫下一抹笑意。而纱屏外，九夫人三声击掌，琴、筝、箫、笛、箜篌、笙……甚至还有高昌羯鼓，一时八音齐奏，丝竹悠扬。

《碧云霄》之曲，起音平平，渐起渐扬，如履足青云，步步升腾，直至步及九霄之上，俯览众生小，一笑云霓生。

曲子意境阔大，暗藏龙腾凤舞之心，看不出九夫人一个双十年华的女子，竟能作得如此曲谱，难怪李登龙如此宠爱，当此战时，也不愿违拗她的意愿，为她延请全城知名伶人。

不过，这样的水准，一般人自然仰之弥高，看在西梁第一音律奇才，同时也是名扬四海的音律大家玉自熙眼里，却简直不值一哂。

修长手指在曲谱上点点划划……啧啧，这个音太高……这个音太促……这里当有个转折……这里……

《碧云霄》曲调以豪壮沉雄为主，琴鼓乐器为主乐器。玉自熙的琵琶比较闲，只有间奏的三小节，很容易便会被主音淹没。

有人在演奏间歇用讥嘲的眼光看玉自熙——枉你如此费心打扮，却只分配到区区三小节，极其短暂的过渡性弹奏，点缀性质，转瞬即逝，而这里人人名手，个个使尽浑身解数，哪里还有你出头的机会？

傲慢地、蔑视地笑着，玉自熙抬手。

一个仿若拈花般的清美手势。

众音将歇未歇，琵琶当起而未应起。

抢先一拍。

拨弦。

声起。

明珠溅落琉璃盘，月光照破水晶井，碧落之上飞起乱雪，雪下丝弦上恰恰落了一朵天女不慎遗失的曼陀罗花。

春风里花蕊颤巍巍地摇曳，一滴露珠坠落芳草之尖。

有飞鸟掠过，嫩黄的翅尖载着远山的青翠，新鲜明亮。

竹林里簌簌地下了一阵清雨，被晚风瞬间带走，浅黛暮色里青笋拱破地面，钻出一点玉白的嫩芽。

…………

有一种东西美好到了极致，会令人产生心神俱失不知所措的感受，如这刻听见这琵琶初起，便如看见九天宫阙楼台深处，夜露森凉冷月无声，一抹梨花暗香疏影，淡淡照上深垂的帘幕。

帘幕深处，谁环佩轻响，姗姗而来？步声迈向月下楼台，一个足迹一朵桃花。

桃花开处，又是什么样的女子，深青螺黛，心字罗衣，目如横波，遥遥自银河烟云深处，漠漠回首？

…………

一众凛然寂静失声中，琵琶音忽顿。众人心一沉，立起茫然若失之感，琵琶却已在这摄人心魄的一顿之后，刹那再起，起音明脆、高昂、迥彻，丰神迥绝婉若清扬，声声急弦，声声低促。

众人为那奇音所慑，下意识地各自操起手中乐器，随之奏起，再成合奏。

然而情势已变，琵琶虽然依旧不成主音，却隐隐掌控了整个曲调的起伏升降，转折递进，甚至，在那清泠深彻的玉珠之音带领下，原本曲子中的一些不足之处都被行云流水不着痕迹地更改，宛如从来就该是那样一般，大风鼓荡四海腾舞地奏下去。

这就是真正的音律奇才,随手改了曲谱,并在没有事先演练的情形下,用自己的乐器魅力,带领所有乐器不自觉地随之更改。

微微抬目,注视纱屏前方,僵直的女子和目光烈烈盯过来的男子,玉自熙现出一抹意味深长的笑意。

秦长歌一见那笑意,顿知有人又要使坏了。

玉自熙抬指,拨弦。

一声,又一声。

每一声都在前音将尽后音未起之时。

每一声都拔高了一个音阶。

一声高过一声。

所有的乐器都随之不由自主带高音阶,一声声上拔,渐至力不从心。

"铮!"

琴弦断,筝弦断,三弦弦断,箜篌弦断!

"嘎!"

萧、笙、笛、管齐齐破音!

只剩下羯鼓,单调而无措地继续响着,却也开始杂乱无章。

扬眉一笑。

右手弹、挑、滚、分、勾、抹、摭、扣、拂、扫、轮、双挑、半轮,左手揉、吟、推、注、绰、捻打、虚按、绞弦、泛音、挽,玉自熙于刹那间展示了琵琶繁复精美的全套指法,手指以灵巧得令人难以想象的速度和控制力,以琵琶一种乐器,起和弦和音,在将所有乐器都逼停爆破之后,目中无人而又全无破绽地单独一人奏完了合奏乐曲《碧云霄》!

声势不减,韵律优美更上数层,指法优美灵动如穿花蛱蝶,看得人眼花缭乱、目不暇接,直直张大了嘴,早忘记了自己该干些什么。

一曲毕余韵尚自袅袅,满室静寂如死!

"好!"

喝彩声起,李登龙终于站起身来,对九夫人大声赞:"此曲非凡!如聆仙乐!意如!未想到你如此才情!"

不待僵着脸的九夫人回答,李登龙大步前行,一把掀开纱屏。

灼亮的灯光突然暗了,满院的月光羞怯不胜地退避。

纱屏后光影里,所有人都迎着灯光来处喜悦昂首,只有那"女子",仿佛受惊般地微微一侧肩。

风过了太液玉池，满池莲花不胜凉风的娇羞，千万首诗赋因此而华光璀璨地奔涌而出，只为那一侧首的温柔。

那一刻所有看见这一幕的人心中都隆隆滚过"尤物，绝世尤物"这几个字样。

李登龙目光中早已容不下任何人的存在，只是立于当地，灼灼地盯着玉自熙，笑道："好曲，好琵琶，好人！"

玉自熙盈盈立起，琵琶半掩娇容，一个万福姿态娴静："见过将军！"

起身时心里已在暗骂——这家伙连靴子尖上都镶了利刃！

李登龙挥挥手，其余人既羡慕又嫉妒地看了玉自熙一眼，知趣地退下。九夫人僵立堂上，气得粉脸铁青，咬牙绞扭着手帕，明丽的容颜在灯光下看来近乎狰狞。

不是说那个李玉人虽美，但性子不好吗？原来见了将军，再不好的性子也会化为春水啊。

九夫人怔怔地看着那相对而立的男女，暗恨……从来也没听说过李玉人美到这种程度啊……真是晦气……这样的姿色，便是再不好色的将军，看来也心动了……早知道……唉！

思量再三，知道李登龙不喜女子不识大体，九夫人只得委委屈屈地上来，强笑着为李登龙介绍，李登龙心不在焉地听了，随口道："唔……李玉人……禹城人氏啊……"九夫人看见夫君这个模样，自然不敢再多言语，忍着懊恼，随意找了个借口退了下去。

室中只剩下了李登龙、玉自熙、秦长歌三人，李登龙一挥手，道："你，下去！"

秦长歌立刻乖乖向廊下走，避到院子中。

黑暗中两队侍卫站成一排，直立沉默如松，铁甲兵器在月色下寒光闪烁，无人理会一个被赶出暖阁的小厮。

…………

暖阁里轻烟氤氲，紫铜鎏花鼎炉里翠屏香香气华烈，镂空刺绣银线花锦帐上赤金帐钩叮当作响，身前伊人体肤润泽，隐约也有种迥异但更为好闻的香气散发。李登龙目眩神摇，心旌摇动，忍不住伸手过去揽佳人的腰，轻笑道："来，过来。"

玉自熙抬眼，一眼瞟见那两排正对着暖阁的卫士，李登龙始终没有让自己离开他们的视线。得让这家伙离开。

娇笑着，不着痕迹地避开腰部某个位置，玉自熙伸指搭上李玉龙伸出来的手，在他掌心轻轻挠了挠，悄悄道："……这么多人看着，怪不好意思的……"

李登龙被他搔得宛如心上生出小手，一抓一挠地只想将眼前风情万种的可人儿狠狠压在身下，一伸手将玉自熙一带，玉自熙立即"娇呼"着被他带入怀里。李登龙大笑着将他推上一侧锦榻，自己也爬了上去，一边上下其手，一边气喘吁吁地在玉自熙耳边道："小乖乖，这样不就看不见你了？"

眼中寒光一闪，玉自熙的手指已经抵上李登龙前心，突然一怔。

随即他状似无意地抬手掠鬓，手一抬间，又是一怔。

两怔之下，李登龙已经将他浑身揉搓了个遍。

伸臂护着上下重要部位以免露馅，玉自熙肚中不知道骂了多少遍这人小心谨慎得令人气恼。

刚才一拉间，本想出手的玉自熙立即发现李登龙穿了护身宝衣之类的东西，连咽喉都以高领薄铁甲相护，玉自熙要的是不动声色地一击必杀，未想到这般防卫严密，没奈何只得先停了。

那人的狼爪趁这一愣神，立即开始向粉光致致的前胸进攻，玉自熙"娇喘"着，等着他俯首。

现在这个角度，杀了他，跌落的尸体好像只是在狼扑，最不惊动他人的死法。

李登龙的手却突然顿了顿，好似突然想起什么，犹豫道："……你姓李？二十一岁？禹城深槐人？……你……"

他目中渐渐露出深思的光芒，手顿在半空，不再前进，只是吭哧地问："你可是甲申丙子乙酉……"

他语声突然一顿。

鲜血如一朵硕大的大丽花在他眉心突然溅开，劲爆血柱随即喷涌而出！

玉自熙一把抓过软枕，直直向他眉心一堵，吸水性能极好的杏黄枕头，很快就无声地变成鲜红饱胀湿淋淋一团。

皱着眉将枕头往被底下一塞，玉自熙娇笑着一把抱住缓缓向他倾倒下来的李登龙尸体，缠缠绵绵地一滚，滚入床榻深处，嬉笑着道："……这个总不能再看了吧？……"

脚尖一钩，层层叠叠的缀珠绡纱帐幕无声垂落，梦一般地朦胧遮掩了一床春色。

撕裂布帛声起。

声音简单，粗暴，直接，却带着暗夜深处最为引人躁动的绮思。

随即，帘幕掩处，浅红细晶珠，折转着如春光一般色泽的绡纱长裙，碎成没有规则的几片，带着绮丽的艳色和无边的诱惑，悠悠坠落平金青砖地。

隐约有女子呻吟声低低响起，在无边寂静的夜色里无遮无掩地传开去。

院子中卫士们站得更直，神色更铁，但隐隐听得有不能自禁的咽唾沫声。

有人的裤子好像起了变化。

…………

红罗帐里，鸳鸯锦被中，香气和血腥气混淆在一起，辨不清是什么气味，只令人心生寒意，觉得这暗夜气息，彻骨森凉。

死亡，有时候是很简单的事。

相反，活着倒是另一种艰难。

已经换好衣服的玉自熙，顶着被子，对睡在同一个被窝中的瞪大双眼却再也不能看见世间万物的那具尸体，轻轻道：

"……你看起来好像很恨，好像有一个问题没有得到解答？"

他叹气，微笑。

"带着疑问去死很残忍，那么我告诉你，是的，李玉人的生辰是甲申丙子乙酉丁丑，和你没来得及说完的，大约是一样的。"

他笑得越发妖媚流荡，只是目光，一道道地寒冷了下来。

"她，是你的女儿？"

第三十七章

暴露

锦被下尸体冰冷，血腥气浓郁得令人作呕。

玉自熙若无其事地手一挥，掀开被子，将李登龙尸体密密裹好，只将他苍白的脸露在外面。

他目中有深思的神色。

李玉人，是李登龙的女儿？

私生女流落青楼，怀恨在心，借助他人之手，杀掉遗弃自己的亲生父亲。

听起来很合理。

玉自熙却皱着眉，只觉得怪异，李玉人真的有心弑父，为何这许多年不曾动手，并一直避开李家人？

既然不想亲手杀他，为什么又要待在靠近他的地方，日日都能听见他的消息？

将疑问揣在心里，玉自熙掀开纱幔，从暖阁大开着的门看过去，隐约看见院子里，两排护卫依旧直挺挺地站着。

怎么？那家伙还没把人解决？

再仔细一看，站姿好像有点不对啊……

玉自熙目光流转，看见黑衣小厮从院中回身，对他一笑。

唔……就知道这家伙，彪悍毒辣，到现在也没见过什么事能令他吃瘪。

玉自熙微笑着，翻了一下尸体，看见李登龙左耳上有块铜钱大小的黑痣，想了想，割下他的耳朵，用布包了揣在袖中，掠出帐幔。他已经换上李登龙的靛青长袍，首饰全扔掉，头发也重新束了，只是袍子短了点，玉自熙叹气，道："又要花费功力维持我的缩骨。"

秦长歌瞄他一眼，道："你缩骨功力不佳……想必破身太早。"

夜色中看不清脸上神情，玉自熙声音听起来有点遥远，道："人生尽欢，须趁少年嘛……"

这话明明很潇洒，不知怎的，总觉得多了几分沧桑意味。

秦长歌只作没听见，一拉他的袖子道："趁着外院的人还没发现，赶紧走。你能不能换件衣服？穿着李登龙的袍子其实更显眼，谁见了都会招呼。"

"难道你还要我穿着那女人裙子？"玉自熙一边去扒一个卫士的外袍，一边水光流荡地白她一眼，"你可知道我是征北主帅？军中穿这个最晦气不过，我要是战死沙场，你给我收尸？"

"好人不长命，祸害遗千年，"秦长歌不以为意地笑嘻嘻答，"你活个千把岁没问题，穿个裙子算什么，哪可能伤着你强大的杀气呢？"

懒得和她斗嘴，玉自熙正要把衣服换上，忽听身后娇唤："夫君……"

暗叫"不好"，秦长歌和玉自熙目光一碰，玉自熙神色一厉。

身后，九夫人端着托盘，盘上一盏燕窝羹犹自散发着袅袅热气，她温婉地行近来，诧异地笑道："夫君，如何在这院中赏月？玉人妹妹呢？"

刚才她回房悻悻良久，思量再三还是忍了气，命厨房炖了燕窝羹，打算给刚和别人欢好过的夫君补补身子，并强捺住不满，亲自端了来。

聪明的女人不争宠，争的是如何以绕指之温柔，争得夫君的心。

这是娘在她很小的时候说过的，她一直记得。

九夫人姗姗进来，先看见一边也换了卫士装扮的秦长歌，怔了怔道："你怎么……"

秦长歌对她露齿一笑。

九夫人又一怔，一转眼发觉四面僵立的卫士有异，仔细一看，一声尖呼便欲冲口而出。

"唰！"

黑丝如暗雾腾起，挥出扇形的光影，无声无息地卷近，"噗"的一声，将地上一团泥土塞进了九夫人的嘴里！

随即连点九夫人大穴，秦长歌笑意未散，黑丝一弹，"啪"的一声和玉自熙扫过来的袖风相击，犹如钢铁相交激起火花一闪，火花里秦长歌微笑道："啧啧，真是一点儿也不怜香惜玉。"

"你要留她做人质？"玉自熙猜到秦长歌意图，皱眉，"带这个女人好累赘。"

"谁叫你不肯扮女人，"秦长歌叹气，"玉人姑娘要回楼里，你我现在却都是男人。"

"你让她扮李玉人？"玉自熙目光落在院子中犹自停放着的小轿上，神色有点不情愿，"谁来抬轿？"

"自然是苦命的男人们。"秦长歌笑，用袖子捂着嘴，学着李登龙语气，瓮声瓮气地道，"你们两个，送玉人姑娘回去。"

笑吟吟一瞟玉自熙，狐狸立即会意，两人用本来声音装模作样答："属下领命！"

秦长歌再学："我乏了，今夜就歇在这里，你们别来打扰我。"

然后两人再惺惺作态"欣然领命"。

双簧唱毕，估计九夫人所住的"清波阁"外守夜的戍卫都有隐约听见，一搭一唱的两人相视一笑，秦长歌将九夫人用玉自熙穿来的披风裹了，戴好面纱，塞进轿子里，又选了个身材瘦小的侍卫尸体放进轿内，自己两人抬轿而出。

清波阁黑沉沉的内室里，一盏烛火幽光闪动，在晕黄的光圈淡淡笼罩下，死尸睁大无神的双眼，死不瞑目地望着那对演戏高手，施施然地离去。

夜静，风无声。

一抬小轿匆匆前行。

一路里闪出无数暗哨暗桩，一路里经过无数护卫，一路都有人拦下盘查，没人仔细看抬轿的两人一眼，只是掀开轿帘，探头看见"玉人姑娘"以肘支腮，她的小厮埋头大睡，两人都累极假寐，不由会心一笑，挥手放行。

内院静悄悄，没有人及时发现，李登龙已死，杜城的心脏已经停止跳动。

眼看着出了内院，再过一进院落，便可以出李府。

两人都暗暗松了口气。

前方突起嘈杂之声，隐约有人声音清冽，道："我有紧急军情，求见将军。"

护卫大约说了什么，那人声音里有了冷意，森然道："军情如火，最忌延误，若因耽搁生变，你们承担得起？"

一阵沉默，随即，人影晃动，前方防守最严密的正门处，匆匆行进几个人影，当先一人高颀雄壮，风灯照耀下浓眉深目，形貌甚是精干。

秦长歌和玉自熙两人控制住自己的气息，小心地将轿子避到道旁。

这人行步甚是快速，带着久经沙场的军人特有的利落彪悍，几乎一阵风般，便要从这一行小轿旁卷过。

他却突然住了脚，偏头看了看轿子，问："半夜三更的，这是什么人？要往哪里去？"

陪同的护卫笑道："这是百媚楼的红倌人玉人姑娘，应邀来给九夫人庆寿的，将军着人给送回去。"

他说得语气暧昧，众人都是一笑，那人却没有笑，缓缓转身看了看轿后的玉自熙，又看了看秦长歌，随即掀帘，探身向里看了一眼。

秦长歌的手，抚在肩前，玉自熙的手掌，则抓住了轿杠。

那人探身看了一眼，漫不经心地放下轿帘。众人本都觉得他有些小题大做，都微笑看着，想着章副将是不是听说了这姐儿美貌，想趁机瞅上一眼？如今见他讪讪放下轿帘，不由笑了起来。

那男子手抓着轿帘，放到一半。

忽然大力一扯！

轿帘被整幅扯落！

大喝一声，男子横臂一甩，"呼啦"一声将轿帘横甩出去，灌满了真力的布匹有如一片无坚不摧的钢板，恶狠狠地带着漫天的罡风和杀气，直直地，拦腰横扫秦长歌和玉自熙！

鼓荡起的大风里，他喝声如雷，震得半个府邸都听得见："抓住他们，他们是奸细！"

变起仓促，众人怔在当地！

"呼"一声，秦长歌被远远地"扫"了出去！

她尚未落地已经反手一抓，隐约夜色里指尖暗红，那暗红手指霍地抓上一个还在怔着的家将的咽喉，一抓之下那人哀号一声，已经脸色惨青地死去，秦长歌顺手将他整个人抓起一抡，如同舞着人棍一般呼呼地砸向那男子带来的几个人！

她什么招式都没用，最简单的横劈怒砸，倒有点学萧玦打架的泼辣德行，那几个人一是猝不及防，二是根本攻击不到秦长歌，因为无论怎么出手，都只能是将自己的同伴削掉一条腿或是一只手，对整个人都在那人身后的秦长歌毫无办法，都被逼得连连后退，而只要被秦长歌手中惨青的躯体稍微靠着，那人也立即面色乌黑地抽搐着倒下。

如此泼皮无赖无耻恶毒的打法，自然是一面地挨打。不多时，在场十数人，已经死了一半。

章副将罡风攻出，横扫两人，阴毒无耻的头号狐狸秦长歌借势而出，灭掉喽啰，将棘手对手留给二号狐狸玉自熙。

"呼"一声，玉自熙如深黑浮云一朵，轻轻地紧贴着钢铁布片上擦了过去！

他手上不知何时已经戴上了先前弹琵琶时戴的玳瑁指甲，轻笑着随手一划，"刺啦"一声，本如钢铁般坚硬的布面顿时被划裂成无数碎片，悠悠地罩了章副将一头。

布片遮没章副将视线的同时，玉自熙的闪耀着华丽的黄黑二色的玳瑁的指甲已经狠狠挖向对方眸子！

一个跟斗倒翻出去，对方反应也是奇急，身子转过来时手中已经多了一柄亮闪闪的分水刺，带着呼啸的风声，直直戳向玉自熙眉心！

此时远处，灯笼一盏盏如星光亮起，步声紧急不乱地齐齐向这边集合，隐约间人影闪动，潮水般涌来。

李家军法治府，果然不凡。

章副将的分水刺寒光森冷，冷过深夜寒风。

轻笑一声，玉自熙手一抬，一道银光如龙从他掌心飞越，流星般跨越天际，"唰"地击开章副将的分水刺，自他左颊际掠过，右颊际返回，玉自熙双掌一错，银光一绞，瞬间勒住了章副将的脖子！

他轻笑着，双手一错！

章副将咽喉一阵咯咯作响，拼命伸手去抓勒紧自己脖子的银带！

"射！"

一声疾劲的低喝，响在微微起了雾气的暗夜里。

雾气里淡金的光影一闪，宛如起了一片金色的云，"嗡"的一声自地底腾升，瞬间遮蔽深黑的苍穹，带起强劲的气流，撕裂夜的乌黑的面具，一往无回，奔腾而来！

玉自熙银带一抽，章副将直直被他拖来做盾牌！

大吼一声，章副将也算悍勇，竟不顾弩箭袭身，反身一扑，扑向玉自熙！

这一扑，银带被拉近，再无勒喉之能。

章副将大张双臂，全力扑向玉自熙下盘！

他原先未曾料到两人如此强悍，如今对上便知今日难以幸免，伏低身子，拼命去抱玉自熙的腿，有心要把他困在当地，两人同归于尽。

玉自熙怎肯和他同归于尽？

他一脚飞起，靛青衣袍翻飞怒卷，已是十成功力，章副将堪堪触到他的腿，已被恶狠狠踢飞出去，眼看就要迎上密集的箭雨！

半空中黑影一闪，刚才躲过那阵箭雨的秦长歌突然冒出来，一伸手在章副将后心一拍，笑道："我也送你一程！"

章副将去势更疾，射成刺猬的下场已将注定！

"住！"

黄影一闪，一声沉喝，一人自黑暗中电射而来，一伸手已经抓住章副将，另一只手深黑如铁，一一拨开弩箭，那弩箭遇上他什么防护都没有的手，竟也如遇上铁盾一般，一阵当当连响，然后全部折断落地。

而他的手竟完好无损。

玉自熙笑道："好内家横练功夫！"

他一句话没说完，黑色衣袍呼呼风声大作，秦长歌已经掠了来，道："你真话多！"扯了他就跑。

两人正迎上一队赶来的士兵，一人一脚将人踢下马去，放马前奔，身后箭雨如瀑追逐不休，整个李府都被惊动，号声次第传出，隐约听得城北军营和城门楼头吹角之声急促，城中军队想必也得了消息，正要出动！

好快的消息传递速度！

身后的弩箭手已经追不上，无数护卫策马追来，玉自熙忽然回首，一擎马鞍旁的长弓，两指一抹搭上四箭，曼声笑道："第一个我要左眼，第二个我要右眼，第三、第四，我要舌头和脑浆！"

他调门不高，声音却远远传开去，涌来的人群齐齐一怔，什么人如此狂妄，于奔马之上，万众围捕之中，极远距离之时，扬言精准地要人眼珠？

冲在第一的虽然不信，但也下意识地勒缓速度。

然而已经迟了。

大笑声中男子张弓如满月，月下马上，优美的身姿动作如一笔上好的流丽的行书，他深黑的目光和星子般闪耀着冷光的箭尖交相辉映，轻微的嗡一声，无限嘈杂中所有人都好像听见了这一声割裂空气的震动，四周景物，被震得似乎有些微微变形。

四箭连珠，流星般飞射！

"啪！"

其实是四声，只是因为太快连在一起，听起来宛如一声。

第一匹马上的骑士，无声无息地栽倒地下。

他左眼鲜血暴射，那一箭穿裂他的左眼直直从脑后穿出，在眼睛被打爆之时，他已立即死去。

而此时惨呼声才起！

接二连三，跑得最快的前四匹马上的骑士纷纷惨号栽落，森黑长箭分别插进他们的右眼，口中；最后一个，被射穿天灵盖，乳白鲜红，飞起半天！

鲜血喷射亦如雕弓飞箭！"哗啦啦"地面上下了一阵猩红的雨。

夜被浸湿，绞扭成结，所有的声音霎时仿佛都已失去。

黄影一闪，先前那救了章副将的男子再度掠前，手中一柄巨大的长满倒刺的铁弓，弓上搭的居然不是箭，而是锋尖呈三棱的奇形剑状物，每一棱都锋锐无伦，可以想见这种东西射上人身，必将血肉模糊、大量流血。

他扣指，三棱怪箭瞄准玉自熙。玉自熙忽然空弹弓弦，铮铮声响里，他手里不知何时多了个物事，穿在箭尖，笑道："这回不要你的，这回我送你个耳朵！"

啪的一声羽箭射出，那人手一抄，已将箭抄在手中，凝目一看，神色大变。

周围已经一片哗然。

132

"将军的耳朵！"

黑色胎记在火把照耀下灼灼跃动宛如生时，众人的脸色已成死灰。杜城全城，谁不知道将军耳上那绝无仅有的胎记。

将军被刺杀了！

只是这心惊的一愣神间，玉自熙和秦长歌已经飞马前奔，黑丝银带光芒交织，乍起乍落，两人角度诡异配合精准，力道毫无保留，那些普通的士兵护卫，尚未来得及集结成阵，如何能是两人一合之敌？立时分水划浪般被甩得左右跌开，转眼间两人已经冲出李府。

黄衣人最先反应过来，急急一挥手，道："一路去找将军！一路去通知营地围捕！其余人跟我追！"

众人看着这黄衣男子，这是魏王天祈最为信重的太傅端木旭的大弟子单卓。奉太傅命奔走于各地掌握重兵的将领之中，为势力饱受冲击的魏天祈稳固人心争取支持，在杜城已有时日。李登龙对他一直态度含糊不置可否，虽以上宾之礼相待，却始终不让他参与杜城重要事务。如今他发号施令，又当此敏感之时，而杜城军中，因为北魏政局的变化，如今也分出几个流派，除了李登龙本人，任谁也难以顺利指挥得动全部势力，何况这个外来户。

听，还是不听？

众人犹豫，赶来的将领已经开始出言讥讽："单大人，你虽然领个殿前副指挥使职衔，但只怕也使唤不得我等地方将领吧？"

单卓立即将手中耳朵一抛，直直砸向对方手中，冷笑："好吧，我没资格使唤你们，你们就去对着将军的耳朵请示，然后等着西梁大军破城吧！"

他一转身，厉声道："将军一定已经被刺，要想保住杜城，必须抓住那两人！想活命的，跟我来！"

耳朵砸过来，那将领下意识地要避，一转眼想起这是将军的耳朵，心中一惊，忙不迭地接了，脸色难看地正要说话，却见正跃上马的单卓，忽然晃了晃。

熊熊火把光芒里，他背对众人茫然地抬起手，刚才还精铁一般的手，已经变成了苍白的颜色。

扑通！

单卓呻吟一声，栽落马下！

众人心神一惊！

单卓什么时候中招的？这位号称肃京三大高手之一的殿前指挥使，居然不知不觉就被对方下了阴招！

再看被单卓救下的章副将，居然也一直没能爬起身来。

己方可以依仗的强悍人物，再倒两位！

正在慌乱无措间，远处一声巨响，地动山摇！

好像正是从城门外传来！

众人霍然抬首，遥望着城门正门处，正一阵阵腾起浓黑烟云，在天际缓缓漫散开来，如一张狰狞不祥的面孔，带着杀气和冷笑，森冷地俯视惶然的杜城。

隐隐传来嘶喊之声，被带着硝烟和烈火的风迅猛地卷了来，冲入每个人震惊的脑海。

"西梁攻城了！"

长街之上马蹄急响，将那些追逐喊杀声远远抛到身后，秦长歌和玉自熙放马直奔百媚楼。

城门处的攻城声响他们自然也听见了，玉自熙啧啧叹："陛下是不是一直趴在李家门缝里偷看来着？不然时机怎么把握得这么精准？"

"大概是趴在城门缝里偷看的。"秦长歌微笑，"看见城内士兵调动异常，猜到城里出了事，自然趁机攻城。"

两个不晓得敬畏天子的胆大人物兴趣盎然地调侃着，萧玦如果知道，只怕要气得吐血，枉自己拎着一颗心，不眠不休、眼珠也不敢错开一刻地死盯着杜城，生怕将他两人陷进杜城有个差池，看见城头微有异动立即攻城，这两人居然还在好整以暇地讨论他到底趴的是什么门缝。

不过这两人说得轻松，却都是久经沙场之人，心里何尝不知道萧玦的辛苦和艰难。黑夜之中，远隔高城，城中调动多发生在内部，城头方位变动并不明显，其实非常难以发现，攻城能如此及时配合，可以想见那人，是怎么样地熬干心思，彻夜不眠。

本来约定好得手脱险之后，秦长歌发射火箭通知萧玦，没想到还没来得及发射，萧玦已经目光神准地动手。

现在两人只需要赶紧出城，只有回到西梁大营，才算大功告成。

前方就是"客自来"，秦长歌不打算去接李玉人，那样只会暴露她的身份，杜城被破，她便可趁乱出城，反而不会有危险。

长街空旷，百姓畏惧战火杀戮，听见喧嚣炮火，也只敢跪在自家小佛龛前焚香祈祷。

马蹄前突然有白影一闪。

那女子一伸手挽住缰绳，急声道："客自来不能去！李府骚乱，全城立即开始搜捕，那里有士兵，外围还有三千民团，只要呼声一起，你们就落入围困，人马上就要出来，你们也不能这样在大街上乱奔。"

秦长歌和玉自熙对视一眼，俯眼看了看抓着缰绳的李玉人，快速地道："李姑娘可有好去处？"

"跟我来！弃马！"

毫不犹豫地弃马，秦长歌和玉自熙随着李玉人，一路从窄街僻巷而行。李玉人极其熟悉地形，往往能从很难发现的地方找出躲避的地点，一路躲过了三批搜查的军队，七拐八绕，一直转到了一处小巷内的一间民房前。

李玉人先看了看四周无人，这才招手唤两人进入，随即匆匆上前去开小院的锁。秦长歌站在她身后，闻到女子身上暗香隐隐奇异魅惑，很享受地嗅了嗅，偏头笑问："姑娘这是什么地方？"

"你看这是什么地方？"李玉人转首，笑得很奇异地用手一指。

两人目光一亮，看见门开处，小巷对面，隔着一堵花墙，便是"客自来"深红挑青、雕刻精致的飞檐。

"姑娘真是熟悉地形，这般一阵乱转，咱们都转昏了，不想却转到了'客自来'的院子后面，真是神妙！"秦长歌由衷称赞。

"我有次路过这里，发现这间房子隐在一处园子后，隔着一条巷子便是'客自来'，但从直路无法走进去，也看不出来，未雨绸缪，便买了下来，终于派上了用场。"李玉人微笑着，站在两人身边，抬臂指点，"你们看，等会儿搜查的士兵都过去，你们直接翻墙，便可以从密道直接回西梁大营了。"

她长发散披，宽衣深袖，举起的手臂带动袖风微展，一阵暗香，宛如桐花混合玉兰和松针的香气，既清逸又魅惑地淡淡散发。

"是啊……"秦长歌微笑，"今日真是仰仗姑娘你了……该怎么谢你才好呢？"

"哦……"李玉人一笑，笑容幽深，先前带领两人逃奔时的精明利落瞬间散去，那种古井般的目光重来。

她轻轻地，宛如吟唱般地道：

"拿你们的命来谢我吧。"

第三十八章
死　境

声起，人落。

秦长歌和玉自熙双双倒了下去。

李玉人先是很谨慎地俯身仔细打量了两人，见他们气息不稳，若断若续，正是中毒情状，不禁微微一笑。

满意地绕着他俩转了一圈，李玉人低低道："凝香散，凝月成香，攻心必散，不错吧？"

她仔细聆听着远处人喊马嘶的喧嚣，轻轻道："其实该谢的是我，若不是你们，李登龙怎么会死得这么迅速呢？现在，你们帮我杀死了他，城中有地位的将领各分流派，必起纷争，谁也难以驾驭全局，到那时，谁又能比我这位擒下刺客帮将军报了仇的纯妃来使，更有理由主持大局呢？"

她笑得很是得意："螳螂捕蝉，黄雀在后，能为我完颜玉人而死，是你们的荣幸。"

望着李府方向，她的笑意忽然敛了敛，淡淡道："澹云，当年我曾经对她发誓，为了你的后半生安宁生存，不杀他……但是现在，没关系了，我找回了自己的身份，我将获取权力，等到我掌握了杜城，纯妃会派军支援，逼退西梁……以后我能保护你，这样的乱伦罪孽，还是结束了吧……"

微微出神不过片刻，随即恢复了先前的冷静，李玉人俯身去拉玉自熙。

手突然一僵。

地下，玉自熙密密长睫，微微眨动，妖娆地对她抛了个媚眼。

李玉人霍然后退，一退数丈，脸色苍白地盯着玉自熙。玉自熙也不动手，懒洋洋坐起身来，姿态曼妙地托腮，唉声叹气道："哎……你怎么不继续说下去了呢？乱伦？罪孽？听起来很传奇啊。"

他用脚尖踢踢身边的秦长歌，皱眉道："你装完了没有？人家已经不说了。"

以臂枕头，秦长歌神态慵懒地躺卧地下，对神色难看的李玉人一笑，打了个呵欠："累死了，多躺一会儿也是好的嘛。"

她比玉自熙还要痛苦万分地爬起来，对目光闪烁欲寻路夺门而出的李玉人笑了笑道："别走，李姑娘，唔……姑且称你为李姑娘吧，我们两人在这里，你是走不了的，一不小心，说不准还会伤着你的美目玉臂什么的，那就不值得了，你说是吧？"

李玉人咬咬唇，眼见确实逃脱无望，已经镇定下来，冷笑道："好，装得好！"

秦长歌看看远处黑烟弥漫的城楼，很客气地道："过奖，过奖，托福，托福。"

李玉人不堪打击地跟跄退后，双手后压靠着墙壁，低声问："你们是怎么发现的？"

"我不记得杜城的暗探武功高强，"秦长歌笑眯眯地道，"偏偏你一伸手，就挽住了疾驰的怒马——那是千钧之力。"

"你一个不常出门的青楼姐儿，对杜城这些偏街陋巷这般熟悉？"这回接话的是玉自熙，媚笑着瞟李玉人，"我可记得，鸨儿们守姑娘一向守得很紧。"

"你那香气，可不是寻常香气，"双簧二人组秦长歌再次接话，"我要是连这个都嗅不出来，我早死一万次了。"

慢慢踱步过去，秦长歌悠悠道："完颜玉人，你刚才说，乱伦？"

完颜玉人闭紧嘴，不回答。

"你为了某人的嘱托，不杀李登龙，因为怕毁了某个人的幸福……"秦长歌仿佛不胜寒冷地拉拉衣襟，摇了摇头，"你别告诉我，那个人，是九夫人吧？你更别告诉我，九夫人，才是李登龙的私生女吧？"

完颜玉人脸色死白地紧紧抠着土墙，嘴唇抿成一线，似乎怕自己一开口，就会将某些黑暗的秘密冲口而出。

"九夫人备受李登龙宠爱，你怕李登龙被杀，她会失去良人，被其他姬妾欺负，或者你还有不愿辜负某人托付的意思，大约那人对你意义非凡……"秦长歌淡淡道，"现在，你认为，你将成为杜城主宰者，九夫人置于你的保护之下，有没有丈夫，已经不再重要，是吗？"

玉自熙在一旁啧啧两声，道："我说呢……"

"你和完颜纯箴什么关系？和九夫人什么关系？"秦长歌已经行到完颜玉人面前，探索着她的眼神。

"我和……"语出一半，冷光暴起，完颜玉人一直压在身后土墙上的手突然飞起，连带着一对寒芒乱闪的短剑从墙体中抽出，狠狠插向秦长歌前心！

"铿！"

极近的距离里秦长歌飞速转动身体，左一斜右一斜，毫厘不差间不容发地掠着短剑擦过，躲过短剑不退反进，黑丝一抖已经缠上短剑，三绕两绕便将短剑打了个蝴蝶结，还是个活结，"嚓"的一声她一抽活结，短剑自动缠上了完颜玉人的脖颈。

一直懒洋洋坐着没动的玉自熙很无聊地道："你和他玩阴招？你这是徒孙遇见了贼祖宗。"

"啧啧，"秦长歌端详着那堵看来毫无异状的墙，"你果真是个谨慎人，连院子里的墙上都暗藏了短剑，不错的法子，可惜对我没用。"

她一伸手亲亲热热挽住完颜玉人，道："这不是咱们谈心的好时辰，请容我邀请玉人姑娘，去西梁大营免费一游吧！"

"还是先到舍下免费一游吧，"有人微笑着接话，"我等两位已经很久了。"

城门处的震动越发激烈，撼得城中地面都在微微颤动，火药的硝烟气味充塞了整个杜城，令人鼻尖发呛，不时有飞石呼啸着砸过城门上的天空，重重落在地下，砸出灰烟弥漫的深坑，看那力度和数量，萧玦把投石机全数用上了。

在不到半个时辰的时间内，西梁弓弩手向杜城发射了十万支箭，用迅猛如雷霆的密集箭雨，压下城头本就开始慌乱的对抗。随即，城下冲车上载着三人合抱的巨木，恶狠狠冲向厚重的城门，城上无数西梁士兵顶着城头开水、礌石、火把、飞箭之类的攻击，架起云梯，举着盾牌不顾一切地向那高度远超一般城墙的城头攀爬。青黑色城墙上密密麻麻蠕动的人头，落下一批立即又覆满一批，顶着宽盾牌一路滚过的士兵，在城墙脚不住填埋火药，往往填到一半便被冷箭射中死去。然而立即有人继续接上，那些无限杀伤力的暗线在点燃后冒出哔哔的火花一路逼向宽厚城墙，如巨锤一般，悍然将灌了米浆的青砖大面积粉碎——在内外夹击、情势混乱的情形下，这座号称鸟也难以飞越的北魏第二大城一贯无坚不摧的城墙，终于在西梁士兵悍不畏死的挑战中开始渐渐崩溃。

战场上的血肉不叫血肉，战场上的人命不叫人命。钢铁血火交织的腾腾杀戮场里，如潮如浪的喊杀声里，杜城城头人影攒动，一片仓皇。死去主帅的军队，因为缺乏一个强有力的调度人物和统一明确的指挥，开始慌乱无措，有势力流派的将领各有顾忌，看见城头攻势凶猛心生畏惧，都不愿将自己的嫡系投入一线，用自己的人命去填埋无情的战争机器，他们开始考虑保存实力——萧玦不杀俘虏，留得活命，将来只要手下有兵，无论怎样改朝换代，总有进身之阶。

他们开始约束军队，将自己的队伍，悄悄撤下城门，四处城门，防守之势都开始减弱。

将领们各自因为私心，开始放弃防守，百姓们却知道要守住自己的家园，在军队灰溜溜撤下或者消极抵抗开始后，百姓们却自发奔上城头，用自家的砖头瓦块，路边的石头木条，以及铁锹刀斧那些平日里侍弄菜地的家什，砍杀登上城楼的西梁士兵。

战乱竭蹶之时，最忠诚的，未必是那些深受朝廷恩惠的贵人，势力的膨胀只会令人更加自私，金银买不来归属感，贫苦之人才更懂得热爱自己的土地。

138

一个将领正要奔下城楼，准备去商量投降事宜，迎面碰上一个披头散发、满面血痕、举着菜刀去杀人的北魏少年，微微生出惭意，将自己的刀递了过去，却换来呸的一声，一口浓痰！

将领征了怔，怒道："你去送死吧！"扭头奔下城楼。

他奔早了一步，没看见身后，西梁士兵突然比先前多数倍地冒了出来，纷纷悍不畏死地冲向那些奔杀过来的一切利器，而在他们身后，城墙之上，金甲黑衣的俊朗男子，一朵怒云般腾身出现在城楼。

他一出现，西梁士兵立即飞扑着成群成群地过来，用自己的身体和血肉，堵死了一切他可能遭受攻击的角度，惹得男子连连大骂："滚开！滚开！"

"呼"的一下又爬上一个黑甲男子，也有一堆士兵围着，那人低喝："拦着！拦着！"

此时那北魏将领已经奔下城楼，如果他看见这一幕，定然能有所悟，如果他悟着了什么，抓住这个机会，也许，杜城的历史，甚至北魏和整个天下的历史都要改写。

可惜他没能抓住机会，整个杜城的统帅阶级，都没能意识到，这一刻，西梁主帅、副帅尚且孤身陷在城内，西梁皇帝，则为这个原因，啥后果也不管地自己爬上了城楼。

唯一抓住机会的是那个送给他一口痰的北魏百姓。

他举着自己的菜刀，直直朝着萧玦冲过去——没别的，目标最显眼。

"啪"一声，黑甲男子申绍申将军抢先冲上，一脚将那百姓踹开。

他愤怒啊，腾腾怒火在燃烧——这世道都是怎么了？建翎将军去刺杀敌军主帅也就罢了，静安王作为主帅，为什么也偷偷跟了去？当刺客很好玩啊？好吧，他们两个不在，陛下总该坐镇大营总揽大局吧？结果他自己第一个抢先爬城墙！他以为自己是个大兵啊？害得他为了护驾，堂堂将军也亲自爬城墙，城下大军，全交给那个病歪歪的残疾男子指挥——陛下还说不要紧，没问题——这仗打成这样，简直胡闹！

统帅们胡闹，申绍肚子里骂了一万遍，却也只得死死跟着，没办法。这几个身系西梁国运的人不把自己的命当回事，他申绍可不能不管。

"啪"，又一声，他第二次把那个分外强悍，从地上爬起来再扑的百姓踢了出去。

此时城头上已经被拼命爬上、源源不断的西梁士兵占据，北魏士兵不是战死，就是丢下武器被俘虏，只剩下那群举着锄头铁锹菜刀板凳的北魏百姓，犹自不肯下城头，那被申绍两次踢出去的举着菜刀的少年，在地上打了个滚又爬起来，跌跌撞撞，第三次冲萧玦而去。

他已经被踢得半昏迷，只知道下意识地坚持着自己最初的那个杀敌的信念，少年面容惨白，神情呆滞，有点钝的菜刀歪歪斜斜举在头顶，看起来着实有些滑稽。然而士兵们都不禁停住手，怔怔地看着少年的眼睛，那眼神悲愤壮烈，燃烧着灼烈的无畏以及为了保护想保护的人而不惜一死的坚持。

战场之上，敌国之间，刀兵相见，势均力敌，你割了我脖子我捅了你肚子，该多狠就有多狠，然而面对这样一个几乎手无缚鸡之力的百姓，士兵们突然都想起自己家中的弱弟，或是西梁国同样年纪的少年们。

他们默默地，将捅出的武器都收了回去，有人上前，试图将少年拽开。

更多的百姓看见这里的战况，齐齐扑了过来。

申绍急了，"呸"的一声，厚背朴刀刀光闪耀起一片光幕，狂猛地当头向少年罩下。

"当"的一声菜刀落地！

"啊"的一声少年跌落。

刀光亮起，劈下，一条年轻生命，即将陨落。

忽然伸过来一只手，快速而稳定地抓住了申绍的手臂！

申绍的刀顿时再也不能挥动一下。

城头之上，金甲黑袍的男子背对晨曦的微光，面容肃然，一双长眉浓黑飞扬，似可腾于九天之上。

他不悦地盯着申绍，道："你做什么？拿大刀对菜刀？"

申绍脸一红，讪讪道："这小子凶悍……"

"不要你们假好心，你们这些恶人！"栽落在地口角流血的少年，恶狠狠抬头，盯着萧玦和申绍，大声道，"你们迟早都会杀了我们，抢我们的土地、粮食、财物和亲人！你们这些西梁狗！"

四面，被士兵拦住的北魏百姓，大声呼喊起来，语气里满是仇恨和敌视。

"和他们拼了！"

"兵们没一个好的！"

"他们说的，西梁兵吃人肉！"

…………

"你这么凶狠地要对付我，是不是因为，你有想保护的人？"萧玦并没有生气，他负手看着少年，眼神幽黑，"你害怕他们，折损于即将入城的敌军铁蹄之下？"

少年怔了一怔，显见萧玦说中了他的心事，愤然道："你们喝人血吃人肉，杀人如麻，一路过来的百姓，禹城、定阳，都被你们杀光了！"

萧玦突然大笑起来。

他立于朝阳之中，城楼堞堞之上，于漫天红霞灿烂日照金光之中，仰首长笑，声遏行云。

晨光如金线，勾勒出他颀长的身姿，那些雄伟的远山连绵，奔腾的浮云飞卷，在他逼人的光耀下，此刻都做了退避而沉默的背景。江山如画，云涛如怒，芸芸众生，独此豪杰。

北魏百姓怔怔地看着这一刻，沐浴金阳之下，英姿俊朗神威不凡的男子，心中刹那间都转过一个念头：

这样的人，怎么像咱们兵们说的，是会吃人肉喝人血的恶魔？

"对不住，我对人肉人血，都没兴趣。在我眼里，西梁百姓，北魏百姓，都是人，连我自己，也是人。"萧玦笑得尽兴，一转首看着少年，"大家都是一样的，一样吸纳天地精气，一样饮用恒海之水，一样行走于内川大地，一样看着这轮日色，自东而起，自西而落。"

他一指天际彤霞之上，华光烈烈炽日一轮，笑道："日光普照，无分今古疆域，那么，西梁百姓和北魏百姓，在我心中，又为什么要有不同？"

他又伸手一指天下河山，朗声傲然道："不过是在舆图上抹去一条国境之道而已，难道一切就不一样了？"

申绍和北魏百姓一起，痴痴地望着那日色，以及日色下宛如神人，衣袂飘飞的神采焕发的男子。忠勇男子对他的话似懂非懂，只觉得陛下言语，听来意象非凡，字字风雷，别有超拔之境，不由心生佩服，于此外又生出更多鼓舞之气，热血沸腾，激越不已。

当此有为之时，随此有为之主，吞云霓揽四海，挽雕弓射白鹿，丈夫一生，当如是也！

陛下，注定为九州之主！

申绍热血激涌，忍不住就要上前说些什么，却见陛下突然弯下腰，将落地的菜刀捡起，递给怔在那里的少年，微笑道："我理解你，你有想保护的人，你为了他们不惜此身，以一柄菜刀，对上千万兵刀光寒的西梁大军。"

他深深地笑着，带着挂记、担忧、牵念的神色，看向杜城之内，轻轻道："我也有自己想保护的人，我也会为她不惜此身，你能以一柄菜刀对西梁大军，我为什么不能？所以，我要亲自去接她。"

他大笑着拍拍自己的腰，一脚踹开大惊失色想上来拦阻的申绍，厉声道："这城中此刻，有多少人敌视我，多少人想杀我，都没关系，因为我比你强多了，我还有一身好武功，有一柄上好的剑，我还有什么理由，不去保护她？"

他笑着，长腿一抬，飞身而起，星矢利剑般穿越城楼，瞬间消失于高墙之下，远远听得他语声传来："申将军，我军对待敌国战俘以及黎庶的'不扰民，不掳掠'的一贯军规，你负责给北魏军民们好好地宣讲，等我回来，我要看见一切如常的杜城！"

"今天这出戏实在够诡谲啊，"秦长歌笑得有点无奈，"怎么一环连着一环，没完没了呢？"

"螳螂捕蝉，黄雀在后，"对方姿态端庄地坐在墙头，身后一排劲弓长弩毫不客气地指着院子中的所有人，"我喜欢做最后的那只黄雀。"

"是不是最后那只，谁说得准呢？世间事千变万化，前一刻的胜局，转瞬就可全盘皆输。"秦长歌慢慢一笑，"您说是不？纯妃娘娘？"

墙头上，紫锦宝莲衣、飞凤琉璃簪的华艳女子，以明明不雅却神奇地保持着优美的姿态，在满城火药气息中，稳稳笑道："我想全盘皆输的是你们，玉王爷，赵将军。"

毫不在意对方叫破自己身份，懒洋洋往墙上一靠，玉自熙道："完颜纯箴，完颜玉人也在你的射程之内呢。"

"我知道，"完颜纯箴笑得和蔼可亲，目光转向完颜玉人，轻柔地道，"玉人，非常感谢你，愿意为姐姐的帝国大业而牺牲，放心，将来英烈庙中，你的三牲祭享，定然代代不灭。"

完颜玉人脸色惨白，不可思议地盯着笑得和婉至极，甚至对她微微躬身施礼感谢的纯妃。秦长歌却开始鼓掌："好！好！果然无耻厚黑已极！"

她同情地拍拍完颜玉人的肩，满脸怜悯地道："可怜你为了她潜伏杜城，为了她做了双面间谍，为了帮她夺得杜城兵权不惜设计杀李登龙，以身犯险，结果她却把你当一块旧抹布一样扔掉了，你这个姐姐，实在是了不起啊。"

完颜玉人身子颤抖，牙关咬得咯咯直响，完颜纯箴神色不动，只悠悠笑道："杜城有什么了不起？我根本没打算要杜城，萧玦要来，来便好了，城中几支最为强大的军队，在李登龙死后已经听我号令，悄悄撤出杜城，我要杜城，和杜城先前的抵抗，都只是为了制造一个假象而已。"

她微笑着托腮，看着城门方向，轻笑道："你们渴不？想喝水不？杜城的水，玉人已经按我的命令，全放了毒物了，两个时辰后发挥效用……西梁军很渴了吧？萧皇帝很渴了吧？喝吧，喝吧……"

她语气温柔，笑容美好，满目憧憬，甚至轻盈地做了个饮水的姿势。

秦长歌和玉自熙对视一眼，目光骇然。

这女人疯了！

她这是要以杜城为诱饵，以杜城百万百姓为陪葬，毒杀西梁八十万大军！让西梁全军覆没于此地！

她的连环计无比毒辣——断水的西梁军只得派人灭杀李登龙，借刀杀人，趁机拉拢转移杜城军方势力，对实力已空的杜城水源下毒，饥渴的西梁大军战胜之后入城，寻找水源，然后，全军覆灭。

所有人的举动，都被她借力打力算计精准地使用得恰到好处，以成全她这个疯狂的灭杀计划。

杜城，将成为死亡数百万人的死城！

攻城疲惫的萧玦，只要喝一口水，就会折戟沉沙，将吞并天下的宏伟计划和年轻的生命，葬于杜城！

第三十九章

人 心

萧玦在奔驰，骑着随便抢来的一匹马，他从城门刚被撞开的杜城长驱直入，于一片灰黄的烟尘里头也不回地往城西而去。

风声和日光追不上疾驰的骏马，一抹金光灿然的黑影从长街上卷过，飙起了一阵小型飓风。

快马突然停下，停在了一处水井边。

略略犹豫了一下，萧玦扭身看了看身侧的水井，井很深，井水在日光下荡漾，泛出清冽细碎的粼光，令人可以想象到水质的甘甜和醇美——尤其对一个已经渴了很久的人来说。

萧玦翻身下马，取了水桶打满了水，一时没找着容器，看见井旁一家住户紧紧关着门，窗台上有一个碗，伸手过去取了，在身上摸银子没摸着，顺手拽下袖口银纽，放在原来放碗的地方。

他舀了一碗水，端碗就喝。

"你说，打仗为什么要亲自动手，染上那些不洁的鲜血呢？"完颜纯箴用一把小巧的修甲刀，磨了磨她本就形状完美的指甲，姿态优美地吹了吹那剔透晶莹的长达数寸的指尖，"你看，我连手指都没动过，西梁的皇帝，就要死在我的手下了。"

秦长歌笑了笑，道："死在你手下又如何，杜城已经被西梁大军围困，你要如何出去？"

完颜纯箴很纯真地一笑，纤细手指虚空点了点秦长歌："你猜不到？你真的猜不到？你们不是有密道嘛，西梁大军在全力攻打接收死城杜城的时候，纯妃娘娘我已经进入了你们空下来的军营。唔，营地里剩下的人不多了吧？我接应的军队也许还可以杀几个人替咱们杜城百姓报报仇，自然，你们剩余的粮草，咱们也是要带走的。"

"好算盘，好算盘，"秦长歌赞，"算无遗策啊。"

她那个"策"字还在舌尖盘旋，身侧，玉自熙突然一把抓起完颜玉人，一甩手抡了出去。

正正抢向墙头那排弩箭！

随即腾身而起，身形一缩，整个人缩在完颜玉人背后！

与此同时，秦长歌也动了。

她看也不看玉自熙扔人的成果，也不向着任何人，黑影一闪，直直撞向完颜纯箴身下那堵墙！

人到，腿出，墙毁！

轰隆一声，整面墙都轰然倾塌，坐在墙头的完颜纯箴和身子靠在墙头的弓弩手立时倚靠不稳。完颜纯箴飘身而起，伸手便抓向飞来的完颜玉人，玉自熙立即从完颜玉人身后衣袖一拂，流云飞袖如钢铁般的烈烈罡气扫向她的手臂！

立即半空缩手，完颜纯箴连美丽的指甲都不愿伤损一般，"唰"地抽身后退，一退便退到了隔巷的客自来的树上。

她远远回身向前方街道看了一眼，突然面色一变，立即扑身而入客自来院子中树下的密道。

那厢弓弩手的在弦之箭被秦长歌釜底抽薪地对墙一击，纷纷斜射向天，秦长歌扑上前一阵连踹，脚下之力千钧之重，立时将弓弩手全部踢死。

玉自熙一把将完颜玉人扔给秦长歌，笑道："美人我去追！你去通知他们水不能喝！"

也不待秦长歌回答，青光一亮，他已经跟着从密道钻了进去。

秦长歌接住完颜玉人，一边拖着她疾驰一边笑道："咱们果然没看错，你姐姐其实还是疼你的，要不然她早就可以开口射死我们，还那么多废话做啥？把你扔出去，她还真犹豫了一下，没肯放箭……可惜她对你的心意，也就是和她那宝贝指甲差不多罢了。"

完颜玉人被刚才那毫不怜香惜玉的一抡抡得险些背过气去，心伤身伤之下面如死灰，翕动着嘴唇欲言又止，秦长歌点了她的哑穴和软麻穴，先让她闭嘴——伤心的事想多了，也会死人的。

她一路疾奔，并不敢停留，虽然刚才和完颜玉人调笑，其实只是为了纾解内心的焦虑——城破已有一刻，万一他们喝了水……这后果实在想也不敢想，现在唯一能做的，也就是拼命狂奔罢了。

不想还没奔出数步，忽听蹄声连响，清脆急速。长街尽头，一骑黑马飞奔而来，马上骑士身姿英挺，披一身明亮华彩的朝霞。

他右手控缰，左手稳稳地擎着一个碗，看不出什么东西。

秦长歌愕然站住，平生第一次露出失措神色，半晌，吭哧道："萧……萧玦？"

不是刚刚攻破城门吗？不是西梁大军还没完全进城吗？他这西梁皇帝，征北军和整个西梁的灵魂人物，全军之中最重要的人，不是应该在重重大军保护之下，刀出鞘箭上弦地围护着，接受跪降将领奉上的佩剑，隆重地、威严地进城吗？

怎么就这样一身灰土，孤身一人，头发上还挂着飞箭插落的碎羽，看起来甚至有点狼狈地出现在她的眼前？

这人每次出现，真神奇啊……

怔在原地的秦长歌，还没来得及反应过来，眼前黑影一闪，随即马声长嘶，一道温暖而带着淡淡被阳光晒过的草木和松针清香的风掠过来，一只手突然递到她的鼻子下。

"来！喝水！"

低头看了看水波平静，一滴水都没洒出的碗，如镜的清澈水面，照出他的笑眼，和自己同样染了尘灰的眉目。他目光明亮深黑，黑曜石一般光彩流转，满满的喜悦和得意。

再缓缓抬眼，看着那双眼的主人，目光着重在他干裂的唇上看了看，又转回去看那满满一碗水，半响，才有点艰难干涩地问："这水……"

"你进城危机重重，疲于奔命，一定没来得及喝水是吧？"萧玦微笑看着她，一眼都不肯错开，连眉梢都挂满喜悦，"我本来想喝的，想着你还没喝，我怎么好意思独享？这井水看起来特别清洌，味道一定也最好，我带了来，和你一起喝。"

他把碗向秦长歌再递了递，笑道："你先。"

不防却看见秦长歌晃了晃，大松了口气的模样，不由一惊，皱眉道："你受伤了？"

"……没有，"秦长歌盯着那长街奔驰辛苦送来，因为那人的牵挂惦记，因那人的不舍得独享而全然未动，不知道是珍贵还是可怕的一碗水，强自按捺了心潮涌动，轻笑道，"我是在庆幸。"

"庆幸什么？"萧玦笑得有点不好意思，"我知道，你在笑我多此一举，这边附近就有井，还要骑马送来，不过我觉得那口井的水，确实看起来要特别好些。"

抬眼，仔细端详着萧玦，仿佛从没这般崭新明亮地认识他一般，秦长歌轻轻道："我真喜欢你的多此一举……"

萧玦目光亮了一亮，目中喜色更浓，突然想起什么，欲言又止，秦长歌看着他的神色，有些心惊，立即问："怎么了？"

萧玦想了想，才有些讪讪地道："其实我忍不住……就沾了沾唇……"

秦长歌笑容一敛，急问："喝下去没？"

"记不清楚了，"萧玦赧然道："跑得太急，也许有咽下一点儿，唔……我不是撒谎骗你欢心，啊，长歌你怎么气成这样——"

秦长歌扑过去，一把勒住萧玦的咽喉。

"吐出来，吐出来！"

"呃……"萧玦何曾看见秦长歌这般着急模样，先是有些好笑，立时觉得不对，长歌可不是会为了一口水撒泼的人。微一思索下神色大变，拨开秦长歌的手，沉声问："怎么了？水有问题？"

"你觉得怎么样？"秦长歌一伸手就去把他的脉，"有无异状？运起真气试试？"

"没有，我自己的身体我很清楚。"萧玦答得肯定，一转眼看见地上完颜玉人，"到底怎么回事？"

秦长歌立即拍开完颜玉人穴道，完颜玉人早已将这一幕看在眼里，她出神地看着萧玦，再看看地下那碗泼了的水，目光中涌动着难以形容的情绪，羡慕、嫉妒、苍凉、怀念交织着属于自己记忆里不可磨灭的回忆，烟云般的淡淡惆怅。

对上秦长歌目光，她抿了抿唇，默然不语。

"到底怎么回事？"秦长歌蹲下身，盯着她的眼睛。

淡然一笑，完颜玉人嘴角浮起一抹讽刺的弧度，不知是讽刺她那草菅人命的狠毒"姐姐"还是讽刺自己，她淡淡道："没有毒，没有。"

双肩一垮，秦长歌自己都觉得快要软倒了，一口气提到现在，这一刻才知道自己原来早已惊出了一身冷汗，风一吹，整个后背都凉飕飕的。

身后的萧玦一把扶住她，惊道："她们有计划在水井中下毒？这得先以杜城百万人命陪葬！"

"有种人，为达目的不择手段，死百万人算什么？帝王之业，白骨筑成。"完颜玉人笑得讥诮，"可惜，她是她，我是我。"

她遥望着肃京的方向，淡笑如霜："她忘记了，我在杜城待了这许多年，这一方水土，这一方人，我再淡漠，也会渐渐生出感情的，我也有我在意的，不想他们死的人，我也有我喜欢看见的那些少年。如果他们都成为尸体横陈于昔日繁华的杜城街道，如果那些和我交谈过的，对我展开笑容过的人，或者我亲手抚摸过的孩童都死于我的手下，一座城因我而彻底死去，我想我这一生都不能再安枕。"

"她以为我是她？"完颜玉人笑声凄厉，"我永远成不了她。我还是个人，但她早已不是，所以她是纯妃，是家族寄予厚望的佼佼者，我却注定是被遗弃，被埋没在黑暗中的那一个。"

她的笑声渐渐沉下去，低低道："我是被家族冷落的孩子，愤而出走，是九夫人的娘，养育我长大，她是李府被弃的小妾，带着出生不久的女儿回到禹城娘家过活，三岁时九夫人走失，养母念叨了她好多年，等到好容易找到，她已经成了她父亲的妾，养母知道后，吐血而亡，临去时嘱托我照顾她，并要我答应不杀李登龙，后来纯妃重新找上我。我才知道，家族一直知道我在哪里，并注意着我的行踪，我永远也不能真正摆脱家族的控制……其实家族现在也只剩下了几个人，可我从小就怕他们……我害怕完颜家族中人，那种永不消散的阴暗诡秘的味道……”

她缩在朝阳的光辉里，把自己缩成了小小的一团影子，阳光压上她的瘦削的肩，她似乎不堪沉重地往下一坠。

秦长歌和萧玦对视了一眼，萧玦缓缓道：“你，走吧。”

霍然抬首，眼神不可思议，完颜玉人道：“你……放我走？你不想知道完颜家族的秘密？”

“我问了，你会说？你说了，你还能活？”萧玦朗然一笑，“说起来你对我西梁大军是有恩的，虽说那恩惠不是你的本意。但不管怎样，咱们托你一线之仁，留得性命，就凭这一点，也不当再难为你。”

“走吧，带着九夫人离开杜城，我会知会大军放你出城。”萧玦看着她，“完颜家族，迟早会毁灭于西梁铁蹄之下，你会自由的。”

完颜玉人怔了一刻，看着秦长歌，秦长歌微笑道：“我现在心情很好，什么都不想计较。”

她笑容浸在晨曦里，少年的脸，少女的眼，眼瞳里一抹清透娇艳的蔷薇般的丽色，完颜玉人微带酸楚和羡慕地看着，想着自己寂寞如深井，永无人真正关爱的一生。

良久，她一声叹息，微微施礼，决然而去。

长街上，只剩下相对的两人。风拂动彼此衣袂，一寸阳光照在彼此脚尖，以优美的姿态缓缓绽放。一时间两人都觉得这一刻的场景似曾相识，恍惚间想起很多很多年前，仿若前世，长街之上少年悲愤转首，邂逅阳光下清丽的少女。

一段江山征途，由此开端。

如今兜兜转转，征途再启，昔日重来，一切都已不同，一切却又都是崭新的感受，十月异国之城晨曦下的长街之上，相视的两人，于铁血战火跌宕起伏沧桑之后，心境温软如绸。

半晌，萧玦微笑，道：“长歌。”

“嗯。”

“不打了吧。”

"哦。"

忍不住哈哈一笑，萧玦道："你到底有没有听见我说什么？"

秦长歌转过脸来，似笑非笑地白他一眼，道："你当我是猪？说实在的，我本就想和你说，先打到这里吧，现在补给线拉得过长，很容易出问题，接着又要入冬，北地气候严寒，对我将士不利，如果退回禹城休整也不是不可以，但是明天春天气候回暖道路翻浆，一样不利战争，倒不如就此罢手，隔段时间再来，把魏家这群男女彻底收拾了。"

"嗯……"萧玦状甚遗憾地道，"我还以为你在发痴，正想着趁机占你点……啊哈哈。"他见秦长歌眼神已经开始阴险，立即改口，笑道，"杜城若是打不下，那是无论如何不能退兵的。折戟于杜城，于军威有损，我军必将士气大泄，只有杜城打下，咱们才算此行有成，杜城的位置直瞰北魏腹地，如今归了我，哈哈，北魏疆域，指掌之间矣。"

"看来北魏三大主事人物对于杜城态度不一啊，心不齐则必败，"秦长歌微笑，"再说，纯妃再怎么精于算计，始终漏算了一样，那就是，人心。"

她缓缓转身，看着城门的方向。那里硝烟弥漫，隐约可见日光反射的兵器寒光跃动，西梁大军正在列队入城，胜利的号角悠长地吹起，那响彻天地的雄浑之声里，秦长歌悠悠道：

"天时、地利、行兵，列阵，都是战争决胜因素，都有一定之规可循，唯有人心如水，非巨力可主宰，无论谁，纵有握天巨掌，亦不能轻易将流水握于掌心。"

萧玦默然颔首，伸手，轻轻抚了抚她的发，他笑容明亮而眼神深邃，一句言语沉在内心深处，无声而坚决地，一遍遍说给身边的人听：

"此生我唯愿以我足掌天下的手，握住你如流水般的心。"

乾元四年十月十四，杜城之战，主将李登龙死，副将章淮及北魏殿前副指挥使单卓等被俘，是日，北魏纯妃完颜纯箴潜入杜城，谋杀西梁大军未成后联合杜城诸将踏营，偷袭反攻西梁大军，被早有防备的西梁军缜密布局请君入瓮，两翼包抄，灭杜城余军十万，完颜纯箴重伤率残部逃脱，自此，西梁大胜。

乾元四年十月十六，征北主帅玉自熙在杜城西部的百丈山筑长围，又在南面的襄山、龙头山筑城，连接诸堡，完全切断了杜城与北魏腹地的联系，杜城、禹城、卫城、廉城、昶城、定阳六大北魏重镇，至此全部陷落西梁之手。随即，西梁开始迁居边境民众，两族杂居，驻军镇守，重设管辖机构，并制定颁布一系列免税减赋优民惠民政策，迅速安定下惶惶不安的北魏降民人心。自此，北魏版图上三分之一疆土，从此属于西梁，那块舆图上划出的枫叶状的江山，从此成为西梁大帝九龙冠上的最新点缀。

原本就是第一大国的西梁，如今更是将疆土向北扩张到了内川大陆的三分之一，如一处巨大的阴影，虎踞龙盘于诸国之上，西梁大帝一声长笑，四海震荡，惶惶不已。

各国的密探，由此往西梁派得更多更积极。诸国之间，也开始试探交联，寻求合纵连横，共御强敌的可能。

萧玦尚在回銮途中，一道圣旨颁行天下，杜城一战，论功行赏，玉自熙郡王那个郡字去掉了，成为西梁首位外姓亲王；建翎将军赵莫言，封太师；诸国历史上最年轻的诸臣之首，神奇诞生了。

乾元四年十一月末，除去派驻诸城大军，六十万大军在帝驾率领下凯旋，回归郓都之日，合城欢庆，黄土垫道，清水洒地，监国太子率文武百官出城三十里郊迎，上万百姓将入城大道的两侧挤了个水泄不通，欢呼之声，响彻云霄。

午时，大军缓缓进城，百姓们热泪盈眶地争相一睹铁血依旧风采不改的西梁常胜之师。奇怪的是，除了玉王爷骑着他那匹火红如焰的妖娆桃花马出现在大军之前，接受众人"兴我国威，西梁万岁"之类的膜拜欢呼之外，陛下和传奇新太师赵莫言，始终都没有露面，御驾车辇上的明黄垂帘严严密密，据说，陛下和太师正在抓紧时间，研究最新的对敌作战扩张计划。

百姓和诸将齐齐肃然，为西梁国能有如此勤谨奉业、热爱本职、着迷扩张、夙夜匪懈的皇帝和太师而感动得热泪盈眶。

午时，礼乐齐鸣，金鼓三响，难得一身正式太子衣冠的萧太子亲自上前，万众屏息之中，轻轻掀开辇帘。

众目睽睽下，将帘子微开一线的萧太子，小手突然顿了一顿。

随即将帘子放下。

姿态轻闲地转身，萧太子面对瞪大眼睛殷殷期盼的民众，笑嘻嘻地摊了摊手，道："陛下和太师太累了，正在假寐，本太子不忍心吵醒他们，庆典照常举行，咱们都轻些。"

众人恍然，频频点头，理解理解，陛下和太师抢人家地盘抢得太累了，也该休息休息了。

于是接下来的锣鼓罢歇，百姓齐齐只做动作不发声，郓都京城大道外，出现了万众无声的舞蹈，张嘴欢呼不出声的诡异一幕。

没有人发现，马上玉自熙似笑非笑地对萧太子比了个手势，萧太子满脸乌云地瞪了他一眼。

更没人知道。

当夜，冷清清的御书房内。

包子一脚跳上堆积得如山高的奏章堆，将奏章踩得"梆梆"响，大骂：

"丫的搞空城计！丫的居然就这么不负责任地溜了！留我在这里继续当苦力，臭爹坏娘，太过分了！"

第四十章

猗 兰

"你说同样的季节，为什么换了个国家，就不是那么回事了呢？"客商打扮的秦长歌今天第二次解开上衣一个扣得严密的领扣，用手轻轻地扇风，透过时处冬季仍然深绿的丛木，很哀怨地对着那些虽然只是细碎地透过来，却仍然显得灼烈的阳光叹息。

穿着普通，也是行商装扮的萧玦从马车中探出头来，先仔细地盯了一眼那个解开的扣子，顺便联想了一下去年凤仪宫断桥雪地上，少女横陈的晶莹的玉体，胸前那一点艳红如雪中梅……不由喉头有些发紧，目光向下延了延，心里想着：这太阳不妨再大些……嘴上却正色道："北魏地处偏北，南闵却是往南而行，自然越来越热。"

秦长歌瞄他一眼，用目光逼得他红着脸掉过头去，才若无其事笑道："北魏十一月已经开始飘雪，南闵却还是夹衣，可惜了新添置的那些皮袍和水貂围脖，东燕进口，油光水滑，毛皮特别丰美，我本想穿穿皮草找点贵夫人的感觉，这下没戏了。"一边转头对身后马车里道，"非欢，你若是热，可别脱衣服，我把帘子给你支起来就成了。"

车里楚非欢淡淡地"唔"一声，再无动静，萧玦嫉妒地扭头看一眼，却亲自过去支起车帘，一边笑秦长歌："什么贵夫人，秦太师，你自己现在已经是天下最高层的人物之一，什么贵夫人能及你一根手指？"

"有，"秦长歌一扬马鞭，笑吟吟道，"完颜纯箴，纯妃娘娘，还是及得上我的手指的。"

"她算什么？"萧玦立即摇头，"心地下乘，草菅人命，这样漠视苍生的人，苍生怎会选择她？"

"群雄并起，技高者得白鹿。"秦长歌微笑，仰首看天际浮云飞卷，"说起贵夫人，我倒想起各国政坛的女子们……非欢，建熹公主楚凤曜，你那宝贝妹妹，如何？"

"她不是我的宝贝妹妹。"半晌，车内楚非欢沉静地答，"凤曜个性刚厉，眼光高远，她若真有心逐鹿天下，倒未必不是你的对手，只是我觉得她未必愿意参与诸国之战。"

"哦？"

"我说件事给你听，"楚非欢声音安详地道："父王当年五十大寿，诸子献礼，凤曜当时年纪最小，不过八岁，排在最后。二哥先献，献的是玉雕天下疆域图，那图上以水晶为海，黄玉为地，碧玺为山峦，极其精致，尤以离国疆域更为精美庞大，父王极喜，直赞诸子之中，唯二哥龙章凤姿，深肖朕躬，众臣也连连逢迎，说我离国疆域广大，水军雄厚，离国男儿尤其壮健，他日挥师天下，区区山海，不当健儿一踏矣。但当时我却看出了，二哥故意将隔开离国和诸国之间的离海以及离山，都造得小了许多，看起来，我们离国并不是远远僻处海疆之一隅，也并无飞鸟难度的高山阻隔，倒像战船一启，便可挥师西进，参与逐鹿一般。"

他语气淡淡，却有藏不住的讽刺，西梁的皇帝和太师兴致勃勃地听着海疆之国的皇室秘事，秦长歌笑问："凤曜做什么了？"

"轮到她献礼，她上前，从怀里掏出一个绣帕，帕上绣着金龙飞舞，她立于殿中，昂然对父王道：'陛下，这绣帕是凤曜绣了整整一个月，和来自中川的最好绣娘学绣，戳破手指很多次才绣成的。'

"父王当时很欢喜，他一向宠爱这个最小的女儿，便伸手去接，凤曜却突然扭身，将绣帕往还站在一边扬扬得意的二哥眼睛上一蒙。"

两人听得都是一怔，对视一眼，秦长歌想了想，目中生出激赏之色。

"当时满殿的人都怔住了，父王怒道，曜儿你这是做什么？凤曜不急不忙地答，女儿觉得，这个礼物，现在献给二哥更合适。"

萧玦"咦"了一声。

楚非欢冷笑一声，语调悠悠："满殿愕然中，凤曜笑道，女儿是觉得，二哥被帝位这东西给迷昏了头，闭目塞听，自以为是，看不见也不想看见离国真正的状况，全国的人都知道离海茫茫，万顷之远；离山巍巍，万仞之高；轮到他，离海就成了水池，离山就成了土坡，只看得见帝位看不见事实，他要眼睛何用？不如女儿把这飞金龙的遮眼布，直接送了他吧！"

"好！"萧玦大笑，"久传凤曜公主女中豪杰，智勇双全，如今听来，果然不虚！"

"凤曜说完，不管满殿静寂，又是一笑道：给父王的寿礼，虽然给二哥抢去了，但不献礼是女儿不恭，女儿现今就送上女儿认为最好、最合适、最珍贵的礼物！

"她霍然拔出腰间短剑，一剑砍碎玉雕舆图！"

萧玦"啊"了一声，秦长歌短暂地赞叹了一句。

"真乃非凡女儿也！"

"……当时满殿人都呆住了，凤曜的母亲华妃几乎急昏过去，正要请罪，便听八岁小女朗声道：父王，女儿今日为你，碎去这用心恶毒，完全失真的舆图，是为免我离国上下夜郎自大，自骄自矜、自我迷醉，对着这假图，忘记离海离山的艰险难越，扩张之心无谓膨胀，最终以区区僻处海疆之国，区区六十万军力，弃长就短，擅动刀兵，妄图以水军翻越陆地高山，再参与陆战，最终导致灭国之祸！

"这就是女儿送您的礼物！

"……她踩着满地碎玉，跨前一步，盯着父王，问：此礼，救我六十万军，救我三千万民，救我离国两万里国土，父王，可好？可珍贵？可喜欢？

"父王，可好？可珍贵？可喜欢？"

152

长空之下，骄阳之中，南闵的微带潮湿黏腻气息的风里，那些天下最强，从无畏惧的人物，于纵论世间奇女子的此时，恍惚间听见很多年前，那个碧海万顷的国度，金瓦珠墙的大殿之上，八岁女童，挺着笔直幼小的身躯，目光如剑，声音琅琅，寥寥数语以风雷之声不断回荡于高远金殿，一句凛然无畏的问话，便问哑了那许多兄长，问哑了满殿文武，问哑了君临一国的离国老王。

少女英姿，凛然天下，英风豪越，令人神往。

"可惜远隔高山大海，否则与这样的女子于沙场放手一战，倒也未必不是人生快事！"萧玦三句话不离打仗，目光灼灼，亮如星辰。

"你大约是没机会了，也许可以指望下你儿子。"秦长歌微笑，"溶儿对离国很感兴趣。"

萧玦阴沉着脸。他自然知道为什么萧溶对离国感兴趣，这令他着实有些郁卒，太不公平了，只因为自己在萧溶的生命中出现得稍微迟了一点儿，"父亲"那个最伟大的位置，便被人捷足先登了。在萧溶心里，只怕干爹比亲爹还要重要些吧？

干爹当然好做，干爹只负责宠他就得了，亲爹要逼着他学史学武学政务，亲爹要在他做错事的时候吹胡子瞪眼睛打屁股，亲爹这个差事，吃力不讨好，早把太子爷得罪狠了。

何况这次，把太子爷继续丢在御书房监国，自己赖着长歌跟来南闵，溶儿要是没在御书房指天大骂砸东西踩奏章，他就不姓萧！

踩就踩吧，早就知会各州，递上奏章时记得用结实一点的牛皮纸，不怕踩。

自北魏战事告一段落，偷溜三人组在昶城就离开了大军。昶城和南闵接壤，秦长歌早就打算从这里取道南闵，去为楚非欢寻"踏香珈蓝"。据说南闵大祭司那里珍藏有一株，上次因为幽州暴乱事件，无暇他顾，很可惜被阴离突破围困逃脱，这次秦长歌只好亲自来了。

其实偷溜三人组根本不是同时离开军营的，最先跑掉的是非欢。经过昶城时，他说出去吹吹风，吹着吹着便不见了。可惜秦长歌何许人也？她早知道非欢不愿拖累她的心意，别说楚非欢去吹风，就是说去方便，她也毫不脸红绝对照跟。而萧玦，时时刻刻将秦长歌念在心上写在眼睛里，秦长歌失踪不过一刻钟他便发觉了，他比秦太师有良心，秦太师连个招呼都没打就跑了，他还记得打个招呼，不过也就是在主帐内的军报上胡乱画了个"我走也"，便也丢下六十万大军和一大堆战后事务，溜也。

他走后，妖娆的红衣男子，听着军士惶然地回报皇帝和副帅都失踪的事宜，对着那个几乎辨认不出来的三个字，妖娆地剔了剔指甲，将纸揉成一团，温柔地塞进了来报的士兵嘴里，媚笑道："记住，千万记住，人没丢，人在大营里班师回朝了，万一你记错了，我下次塞进你嘴里的，就不是纸团，是火炭和砒霜。"

于是西梁皇帝和太师失踪之事，硬生生被压了下来，于是三人组在打下北魏三分之一版图之后，潇洒地挥挥袖子，去南闵旅游了。

秦长歌看见追上来的萧玦，很是无奈了一阵子，问他："你来干吗？"

"我来报仇。"萧玦答得脸不红气不喘，"去年施家村之事你忘记了？我生平未曾吃过那般大的亏，我得找回来。"

"你策兵八十万，踏平南闵就是，"秦长歌一摊手，"岂不闻千金之子坐不垂堂？"

萧玦摇头，语气铿锵："丈夫报仇，当亲身为之！"

秦长歌懒得理萧皇帝的借口，报仇？报什么仇？倒是要去阴离的玄镜宫，会先路过南闵猗兰谷，萧玦，想必是不放心吧。

此地已是南闵腹地，向前三十里，便是猗兰谷的势力范围。

当初，施家村雨夜，楚非欢对中年男子的一番预言，令他急急回国，这段时间却一直未曾听见"上善家族"有何异动，除了阴离前段日子出现在西梁边境有些异样之外，南闵政局，看来风平浪静。

秦长歌却不认为楚非欢当日之言是为了救她而胡诌，因为那日之后，楚非欢又大病了一场，何况，若非实在有根有据，中年人，岂是为人一言逼走之人？

淡若梨花的水三公子，雅致如兰的水三公子，天下最好性儿的水三公子，上善之族的光辉所在，全天下景仰推崇的白璧般无瑕明珠般璀璨的水三公子。

潜伏西梁官吏衙门操持师爷贱务的水三公子，插手秦长歌叩阍事件，放出蕴华害秦长歌下狱的水三公子，暴雨之夜举手将施家阿公全家灭门的水三公子，以迅雷不及掩耳之势连破秦长歌五行大阵的水三公子。

哪一个才是真的水三公子？

他在整个事件，甚至在三年前那场迷雾般的谋杀案中，到底扮演了什么角色？

一个他国巨族的非凡人物，一个和秦长歌前世只有一面之缘并无仇怨的人物，一个圣人之名传遍天下，如珍惜自己羽毛一般珍惜声誉的人物。

为何会在三年之后，选择踏入这坑浑水，以绝杀手段，将本就乱麻一般的缠局，搅得更乱了几分？

也许，这将是注定要纠缠很久的谜团，也许，南闵之行，很快便能将答案揭晓。

秦长歌眯着眼，看着傍晚南闵山野之间慢慢升起的雾气，前方深黑的山崖上，那些本就油绿的叶子越发深翠，叶尖带着点妖异的暗红，仿如一双双诡异的眼，在渐渐混沌的夜色里，将来往行人不住窥视。

"还好，这个季节，大约是没有瘴气的，"秦长歌端详了一下，确定那雾气只是山间岚气，"不过据说再往南走，玄镜宫所在，一年四季都有瘴气，尤以冬春两季最为厉害。那里没有苍翠蓊郁的树木，只有大片乱石堆积成山岭，长久的雨淋日炙，湿热重蒸，加上无数毒蛇毒物的痰涎矢粪洒布其间，酿成毒气，听说连溪水都色泽不对，不是浓绿就是深红，腥秽逼人，彩蛊教的妖功，就是在那里炼成的。"

"总是要见识一下的，"萧玦无所谓地道，"阴离那个武功，我看我还能对付……"

他说到一半突然止住，与此同时秦长歌竖起手掌做了个噤声的手势，四周的环境立时安静下来。

一静下来，便感觉这个看似普通的林子，四周流动的空气黏腻，风里似乎都带着嗡嗡的声音。昏黄的夕阳一轮残照，挂在奇形怪状的飞鸟扑飞的翅膀上，那些翅膀每次扇动，都响起轻微而遥远的铃声。

铃声轻微，却带着梵唱般的高远空灵节奏，随着鸟的高飞而振动不休，在云端和树梢漫天遍野地响，那些鸟姿态优雅，在半空中不住地舞蹈，越舞越近，声音也越来越清晰，听来宛如佛光沐浴里，黑发洁净的女子们，正启唇齐声吟唱。

"铃鸟。"

秦长歌和萧玦对视一眼，与此同时车帘一掀，楚非欢苍白的脸静静地探出来，向被那黑压压鸟儿遮没的天空看了一眼，轻轻道："不宜再向前，这是南闵大族发生巨变，阻止闲人前进的礼节。"

"众鸟所舞，行人止步，若有违背，众神所诅。"

萧玦冷笑一声："好大的口气，众神？他是哪门子的神？"

楚非欢只是静静看着那鸟的数量，皱眉道："放出这许多鸟，三十里外阻客，一定是大事。看这样子，短期之内，要么绕道，再想前进一步，对方都不允许。"

"不是上善之族吗？这么霸道。"秦长歌一笑，"倒像剪径的强盗：此鸟我放，此树我栽，要想路过，留下路财。"

萧玦忍不住哈哈一笑，楚非欢无奈地看秦长歌一眼，道："你又装傻，你又不是不知道水家在天下人心目中的地位，换成别人，只会觉得敬畏，哪里会不听。"

"这是挺像三公子之类的行事风格，以这等风雅手段拒客警戒，也不血淋淋地说什么违者必死，来个'众神所诅'。唔，很好，死了也是神灵惩罚，和水家无关，多高洁啊。"秦长歌笑嘻嘻地看着那些鸟，"我们今晚吃烤鸟儿好不好？"

萧玦立即道："我会烤，不要你烤，十年前你烤过一次鱼，从此我再不敢吃鱼。"

秦长歌瞪他一眼，萧玦面不改色地坚持，楚非欢默然半晌，轻轻道："其实也不是那么急的……还是绕道，或者等等……"

"绕道？那要绕到中川去！"秦长歌一口否决，"至于等，非欢，谁知道水家出了什么事？万一等上三个月？我们不能这样等。"

她望着那些鸟，始终在前方十丈处盘旋，显然意思是：到这里为止，再进有危险。

眯了眯眼，秦长歌正准备有所动作，不想身边萧玦突然一掀长袍，朗声一笑，大跨步地向前走，整整走到十丈处飞鸟盘旋的范围内，随即，靠树一坐。

"呼啦"一声，漫天飞鸟立即尖叫着俯冲而下！

"一群鬼鸟，也配欺我！"大喝声里萧玦突然由坐姿腾身而起，身形剑般地一蹿，转眼已经蹿到了黑压压的鸟群中，他伸出的双手叠起漫天掌影，飞花逐叶，快得令人难以捕捉那运行的轨迹，只看见漫天里突然下了一阵五彩的羽毛雨，纷纷而落的翅羽里，鸟们嘎嘎尖叫着，挣扎着逃脱那双迅捷得可怕的手，快速冲向高空，不敢再接近，却也不敢离开地哀鸣着不住盘旋。

而萧玦大笑落地，双手各抓着数只怪鸟，鸟毛都已被拔光。

秦长歌摇头，笑道："行动力真是超强。"

转眼看楚非欢面有忧色，微笑道："非欢，别担心，凭我们三人，天下哪里去不得？"

她一指那些倒霉的鸟，愉快地道："干粮早就吃够了，今晚打牙祭！"

她一边漫不经心地讨论吃，一边却将衣袖头发全身上下，全部细致地整理一遍。

楚非欢不再说话，回车里不知捣鼓什么去了。

那厢，抓着光秃秃待人烧烤的鸟，萧玦兴致盎然地一踢身边树身，立时落下许多断枝，他"嚓"的一声点起火折子，立时起了一团蓬蓬火焰，手脚麻利地将鸟穿在树枝上抹了盐不住翻烤，萧玦抬眼笑道："如何？这许多年，我当初的战场手艺，都没丢下呢。"

他看似满不在乎地烤鸟，却有意无意间选择了一个最好的位置点火，身前身后全是树，前方还有断落的树桩，而他堆积起的生成火堆的树枝，奇异地堆成金字悬空状，随意挑起一根树枝，便可翻成一张火网！

这里的三个人，当年都是百战血海中走出来的人物，能立于天下顶端俯瞰众生的绝顶之人，从来都不会是简单愚钝的，轻敌这样的毛病，自然绝不会犯。

敢睥睨一切地做，也会谨慎小心地应对，战术上藐视之，战略上重视之，毛太祖的格言，于另一个时空，亦被另一个开国皇帝所圆熟使用。

看似谈笑风生地在烤鸟打牙祭，实则早已蓄势以待。长夜沉沉，一顿烤鸟，烤的将会是警告者与挑战者的耐性和应对。

火光映得微笑等待的三人脸色酡红，连楚非欢都似乎泛出了些许血色，不过那三人，没有一个坐立不安看远处的，都看着大厨烤鸟——火堆之上，树枝穿着的鸟儿，被烤得嗞嗞作响，渐渐冒出油来，一种带着树叶草籽的清香飘散氤氲，香气里秦长歌斜斜靠在树上，夸张地吸了吸鼻子，轻笑："好，这鸟不吃荤，肉一定香得紧！"

"诸位却吃荤，连圣鸟也要烤了吃，就怕香过头了，忘记回去的路怎么办？"

半空里语声未落，"哗啦啦"突然一阵乱响，随即天上"唰"地砸下无数黑色细小物体，直接砸在火堆上，顿时将萧玦精心布置的火堆砸倒砸灭！

随即，那些铃声、鸟振翅的声音、尖嘶的声音、远处的风声、树叶簌簌摇动的声音，草丛和树根深处虫子唧唧低鸣的声音，自然环境所拥有的一切声音突然都神奇地消失。

宛如被一柄巨刀，霍然一砍，万灵噤声。

天地仿佛轰隆一声被突然装进了一个密不透风毫无声息的巨型铜钟里。

四周，顿时沉浸在伸手不见五指的黑暗之中！

第四十一章

妖 花

被扣进闷罐子里是什么感觉？

黑暗，窒闷，拘束，无声。

世间什么感受最会令人心生恐怖？

安静，绝对的安静，不仅没有人声，甚至连万物生灵都完全无声地安静。

就如此刻。

明明就算什么声音都自动消失，最起码也该听见自己的呼吸之声，然而，没有。

空气沉重而黏滞，仿如糖汁一般缓慢流动，那些一直不绝的风声也停歇了下来，于夜的沉暗幕布里，抽出比夜色更黑的细丝，一道道将人捆缚。

时间好像突然走快了一步，明明一刻前，还是黄昏，夕阳残照一线微光，转眼间，夜已深。

难道，是不知不觉间，生命已经消失？所以，堕入永恒的黑暗？

否则，怎么会连自己的呼吸，都无从找寻？

无穷无尽的黑，辨不出轮廓，极度地空和沉，令人迷茫而不知所以。

远处突然有了声音。

仿佛只是一声笑。

一声笑，轻而短，似有，若无。

那声音，不算清朗不算明亮不算华丽不算绵柔，也并非旖旎诱惑惹人遐思，却听来低沉悦耳，无限优雅，仿佛一幅上好的九华锦，轻轻拭过釉面明洁的名贵瓷器一般滑润熨帖，光华暗隐。

只是一声笑，令人窒息得要发疯的沉默的黑暗里便仿佛突然开启了一道光，推动人的脚步，不由自主向着那笑声里的美好追寻。

秦长歌和萧玦，缓慢地动了。

黑暗中楚非欢目光清澈明亮，如星子不断闪耀。

笑声响在西南方，那两人寻觅着一路前行，前方黑暗空洞，不知从哪里生出了风，风声听来盘旋如舞。

"嘭！"

目光茫然走在稍前一步的秦长歌，突然身子一斜，消失在地平面上！

萧玦立即伸手去拉，却不知怎的突然一滑，也倾身滑落！

轰隆隆一阵滚落的声音，无休无止令人心惊地一路跌落下去！

笑声尽头，是为绝崖！

"嚓！"

宛如黑暗中天神之手微笑着擦亮了火折子，点燃了月亮的明烛。

漫天的星光立如烛火腾起闪烁。

原本的漆黑之色自天际缓缓剥脱，刚刚入夜的浅淡暮色，一点点如渲染般地涂上色彩，天上的浮云如碎雪，月色却斑驳娇艳如桃花，苍穹幽浮，残星零落。

桃花般的月色下，油绿深翠的阔长叶面上，冉冉凸现淡白的人影。

蔼蔼浮光溶溶月，滟滟云霞深深雪。

沉沉静夜，晓风清淡，仙姿琼葩，有美一人。

天地交接之处，一片深黑暗昧，唯有光源所在，一抹笔直银亮。

银冠素袍银玉带的男子，如一幅仙家笔触的名画般立于弱不禁风的碧叶之上，带着悲悯而朦胧的神情，微微望向山崖之下。

"咚！"

流光一抹，极星弹射，黑沉沉山崖之下突然青影一亮，宛如飞石力掷，瞬间横越绝崖，长空直袭素袍男子！

与此同时一直沉静坐于落叶之上的楚非欢，袖底一抬，白光曳着灿亮尾羽，直打素袍男子前胸。

青影如电，电射而来，速度超越人力所能达到的极致；人在半空黑丝一展，一个圆满的弧度，化成一道深黑的光幕，铺天盖地，幻化成无数同样的光影，大圈套小圈，小圈生大圈地套向男子颈项！

"唰！"

男子伸指，夹住白光。

随即身子一斜，衣袂翩翩倒飞而起，以诡异的角度做无数个连闪，每次身形的闪动都细微却准确，间不容发地避过了那些虚虚实实、不知哪个是真的套圈。

漫天圈影齐齐落空。秦长歌突然露齿一笑，双手一张，沾满烂树叶和淤泥的手脏兮兮地往男子脸上便抓！

那手上明明应该是泥巴，却又生出碧绿磷光，怎么看怎么不对劲。

男子微微露出嫌恶之色，一抽身飘然后退。他身法极其优美，灵秀轻逸如飘落的梨花，只是虽有梨花悠然的风姿，却又不减飞速，一眨眼间已流光般退出数丈。

然而身后，萧皇帝"砰"地踢飞了一桩腐烂了半边的大树！

对面，楚非欢突然再次衣袖一扬，向上空发了道白光。

树倒，那些腥臭的烂叶子臭枝子哗啦啦地向男子倒下来，男子背后却仿佛有眼睛，也不回首，衣袖一拂，半空中硬生生登云般地拔起丈高。

这一拔起，恰恰遇上向他面门呼啸而来的白光！

等于将自己大好头颅送上去一般。

男子反应奇疾，半空深吸一口气，呼地降下三寸，白光掠发而过，带起青丝几缕，呼的一声钉在了对面树上。

天罗地网算计精准的三招精巧避过，秦长歌的笑声却也到了。

她双臂一张，黑丝成网，等君入瓮！

这时楚非欢又是两道白光，完全对空虚发，却封死了所有退路，无论他往哪里躲，立即会以肉身相撞！

而萧玦，冷笑着出现在头顶一株大树上，抱臂冷睨，扬眉相视。

目光如水波般一掠全场，素衣人再次半空旋身，手指一擎，掌间突然出现一面镜子，镜面凸凹，成无数细小菱形，在半空滴溜溜旋转，月光顿时被转成了无数激射的碎片，四面八方地溅开去。

秦长歌目中也不禁露出惊异之色，从对战到现在，素衣人被自己三人连环逼攻战术逼得一口真气始终没有来得及换过，在半空中腾挪游移毫无滞碍，真气绵绵不绝也就罢了，居然还能使出如此大面积的月光斩！

只是那激射的月光，竟无一缕是冲自己三人而来，所为何意？

秦长歌心生警惕，然而接着便眼睁睁地看见素衣人终于因为真气难以接续，直直下落，跌向她的黑丝之网。

机会在前，不可错过，秦长歌一眼瞄过四周，发觉没有异状，立即上前，双臂一振，"温柔地拥抱"了素衣人。

与此同时。

一声轻微的声响，千万个黑丝精准而完美的套上对方颈项。

低眉，看了看颈间那线黑色，男子一抹笑意，淡若素梨。

身后萧玦则在鼓掌："好！"

他笑得明亮，亮过月光，目中有赞赏之色。这天下无论谁，躲过他和秦长歌的围攻，同时还完美应付了楚非欢出奇毒辣、计算精准、专挑死角和退路攻击的暗器而毫发无损，都已值得骄傲。

先前，假做滚落绝崖的秦长歌，一脚踢下断树伪装跌落，本想就此瞒过对方，不想对方并不轻敌，竟然不惜现身，也要查看自己几人的生死，秦长歌怎敢将非欢置于那人攻击范围之内。和萧玦对视一眼，萧玦立即一掌拍出，雄浑真力似飓风刚卷，将身子轻盈的秦长歌远远地送了出去。

仅是那一送，融合两大高手全部功力的极速行进，速度可比拔地而起的龙卷风，远超秦长歌和萧玦平日单独一人能够达到的速度，不想对方竟然轻轻松松便躲了过去。

如此清妙，如此强绝，如此意气高洁，风华迥彻，对着杀身之器围攻之人亦能笑若和风，明明风神清越不与群芳同列，然而眼神温存悲悯，仿佛切身感知尘世悲欢哀苦，怜我世人之忧患，转侧间莫大心伤。

将高远与和蔼，悲悯与超拔，奇异而又和谐地融合于一身。

心明如镜，智识似海，悲悯万物，不染尘埃。

水镜尘。

秦长歌目光感慨地注视着他，想起很多年前，最后一次诸国混战中，本将大败的南冈神奇地翻转不利局势，还从北魏手中多夺了三郡，当时她正因为一块绝世名铁，跑到中川寻绝顶匠人，当时的战场螭郡离中川的舞阳城很近，大战之时她也曾远远观战，只记得万军阵中，不着盔甲的素衣人指挥若定，运筹非凡，轻衣素袖穿行铁甲阵中，身姿侧影丰神清绝，最后战胜之时，他遥遥回首，对着自己一手造成的横尸无数的血染战场，一笑悲悯。

……就像方才，他那一笑……

有什么念头闪电般一亮，悍然砍裂思维的鳞隙，比先前还要鲜明的警兆顿如潮水般奔涌而来，秦长歌霍然抬头！

但是已经迟了。

月光碎片，远远激射，射于草木繁茂的山崖。

立于树梢的萧玦，突然身子一倾。

而秦长歌，则忽然被什么绊了一跤，手一松。

接着便有一个好似很柔软的拳头，"咚"的一声撞到她的后心，力道不大，却逼得秦长歌必须放开水镜尘。

秦长歌不肯放。

她恶毒地将手中黑丝一紧。

抓紧你我才有机会继续！

萧玦和她一个心思——他突然被隐形的东西往树下拖去，萧玦立即拔剑去斩，那东西一缩，一缩之时萧玦什么也不管，一剑顺势砍向水镜尘。

"哗！"

四面突起尖啸之声！

接着又有仿佛藤蔓爬行，或是绳索飞越的声响，"唰唰唰唰"几声，月色下铺天盖地纷繁的黑影一阵乱闪，已经缠上萧玦手臂。

那东西一触体肤，萧玦立时觉得手臂麻痒，宛如无数小针在刺，麻痒之后便是僵木感，大惊之下再顾不上砍人，回剑飞斩藤蔓。

而勒紧黑丝的秦长歌，突然听见水镜尘温和地叹息了一声。

他闭目——却不是等死的闭目。

他开始念大悲咒。

秦长歌则无奈地笑，无奈地松手——背后，就在她刚才勒紧黑丝的那一刻，突然有巨大的吸力冲来，仿佛有巨神之口在努力吸气，或者地狱开启，正狰狞地想将她吸卷而入。

秦长歌心神全在前方水镜尘上，因为她知道背后没有任何物体，然而那吸力真真实实存在，力道强大，那种背后生出黑洞般的旋涡和巨兽灼灼窥视的感觉，令人心生寒栗。

萧玦一剑斩断藤蔓，一抬首看见秦长歌被吸得往后一仰，大惊之下长剑出手，"砰"的一声钉在秦长歌身前地面上，大喝："抓住！"

秦长歌立即伸手去抓长剑，不防水镜尘手一扬，指间突然出现一个精致的琉璃小瓶，瓶中泻下青色石露一滴，落于长剑剑柄，柄上立时起了青青雾气，秦长歌的手刹那间就缩了回去。

缩回去才听见水镜尘温和地道："没有毒的，我不用毒。"

秦长歌大恨，左足千斤坠用力一踩，直入地面，稳固住自己的身形，以抗拒那巨大的吸力，右脚腾空将剑尖踢起，踢起那一刹那，剑光忽转幽绿之色，直冲水镜尘而去，绿光大盛里秦长歌冷笑道："我这个有毒没有毒？"

"还是没有毒。"水镜尘轻笑，很温和很同情地道，"你踩错地方了……"

话音未落，轰隆一声，整个地面突然神奇地抽去一层，地下露出无数横七竖八的巨大的绿色枝条藤蔓状的物体，这些东西仿佛见不得光一般在被抽开的瞬间立时纠结成一团，恶狠狠地将一条腿踩进去的秦长歌绊倒！

随即，仿佛有大地妖神提起裙裾般一提，绿色妖枝们哗哗地被连扯带拉成网，牢牢裹着秦长歌全身，将她裹得连手指都动不了，随即又将地面之上所有物什，连同那些火堆啊鸟骨头啊行李啊乱七八糟打包在一起，"唰唰"地向后飞退，"呼"地消失在黑暗里。

又是"呼"的一声，萧玦一脚踢开几条纠缠不休的枝蔓，捂着手臂冲过来！

水镜尘衣袖一扬，飞身而起，躲过萧玦，再次立于翠枝之上。

萧玦根本不管他，只大力往飞卷的绿色藤蔓上一扑，明知那藤蔓带毒，仍无所畏惧地扑上，不顾那毒辣的倒刺立即肆虐地钻入肌肤，沉声一喝，挥掌之间已经毁去一大块绿色麻团，一眼看见深绿之间雪色肌肤一闪，目光一喜，立即努力地伸手去够秦长歌的手。

然而那绿色妖枝实在太多了，整个树林，浮土之下的地面，全部被这东西布满，毁去一大团还有更大一堆，立即补上，这些手臂粗细也如手臂灵活的千万枝条，不放过地面任何一个物体，呼啦啦地从后罩上，将赶来的萧玦也一阵乱裹，人接触到这东西之后立即浑身麻痒，萧玦顿时身子一僵。

完全不能动弹之前，他拼命伸手，扣住了乱糟糟妖绿色之间露出的秦长歌的手指。

"死也要死在一起……"

他的声音瞬间被隆隆卷过地面的藤蔓一同卷去，消失在十丈之外山崖之上——那里，突然出现了一朵硕大无朋的花形物体，占据了整个山崖，花瓣妖娆艳丽，布满眼状花纹，花蒂之处一道血红横沟，有如血盆大口——暗夜下这花看来便如生有无数双眼睛的诡奇巨兽，正微笑着等待自己今夜送上门来的大餐：萧玦和秦长歌。

那些潜伏地下的绿色枝条，正是由它的花根处伸展而出，布满了整个林中地面。

飘身而起，姿态庄严，水镜尘悲悯地看着那两人消失的地方，悠悠笑道："是老朋友吧？险些又在你们手下栽一次，在下这许多年来，两次被制，两次都是阁下们所赐，实在难得……可惜，此生此世，注定要永别两位风采了……英年早逝，折于中途，真真人间扼腕憾事……"

月光照着他的晶莹肌肤，翩翩佳公子眉目之间，溢满惋惜。

他突然扬眉，轻咦了一声，目光在林中细细搜索。

"还有一位呢？"

衣袖一拂，正待飘落。

远处突然传来悠远梵唱，空灵，肃穆，带着悲悯尘世的淡淡忧伤。

水镜尘欲待寻找的身形，顿了一顿。

他于树梢之巅回首，望了望声音来处，脸上浮现出奇异的神情，忧伤、憎恶、犹豫、无奈……随即他轻轻叹息一声。

饕餮花长年沉睡，只有在极亮月色照上花蕊之时方才开启，一旦被惊醒，会疯狂饥饿，吞噬所有经过的活物，这种花年岁越长，威力越强大，而啸风崖这一朵，已经生长百年有余了……

"乾天镜"击碎月光，照上花蕊，饕餮苏醒，万物难存。

那个不良于行的男子，一开始就被拖了去吧……

虽然有饕餮花最讨厌的"碧露"护身，但被惊醒的饕餮花，还是不要靠近的好……

桃花般的月色下，梨花般的男子，温和地笑着，轻轻拔起因为蒙着一层青露，而被绿色枝条纷纷避开，弃如敝屣的绝世宝剑。

"我拿去，给两位做英雄冢吧……"

月光如绸，一匹嫣红桃花绸，温柔地拂上他温存的容颜，遥立高枝之上的他，闭目叹息的神情，高洁如雪。

宛如圣人。

第四十二章
距 离

被饕餮花肆虐过的山林，仿佛抽去了筋骨的大地，地下陷出一个个铜盆大小的坑，那些绿色的枝条看似无害地纵横其上，以一种妖异的姿态，静静吸收月色精华——看来饕餮花肚子还没饱。

林子里一片寂静，连虫鸣声也不闻——已经没有虫子了，都和西梁的皇帝太师一起，被吃了。

某棵腐坏了半个树身的树洞里，突然微微有了动静。

那个非常污浊，布满不知什么颜色树液腐叶的，令人看一眼都恨不得逃脱的树洞里，突然探出了一双手。

清瘦的，秀气的，苍白的，可以于月光下看见淡淡青筋的手。

手紧紧地抓住那早已腐烂的树身，对自己抓了一手淤烂恶臭的物质也不理会，只是用力地，艰难地，一寸寸摸索，一寸寸挪移，直到挪出了自己的身子。

好容易从树洞中完全爬出，满身上下青青绿绿已经不知道都是些什么东西，他却仿佛根本没看见般倚着树，吐着长气脱力地滑下。

他一仰首，月色勾勒出他惊心秀丽的轮廓，微微凌乱的鬓发浸出细密的汗水，衬得眉睫深黑。

楚非欢。

站不起来的人，因为视野方向和接触地面的面积都和直立的人不同，楚非欢比秦长歌和萧玦早那么一刻，发现了那记落空的月光斩的秘密。

然而也只早那么一刻，楚非欢发现身下有东西、有异动想提醒秦长歌时，巨大的妖花产生的吸力已经让他胸口剧痛无法开口。

　　随即秦长歌一脚踩落妖花的触须，自己将自己陷进了陷阱。萧玦为救她也将自己带落。

　　楚非欢几乎立刻选择了逃离。

　　三年之前他不知道逃离是什么滋味，正如那时他也不知道污秽、饥饿、被人揍是什么滋味。

　　可是没关系，三年的苦痛时光教会了他在最恶劣的环境中，为生存而对原则步步退让，只要能活下来，能等到自己想等的，怎样都没关系。

　　不懂，不愿，那就去学，去勉强自己接受。

　　哪怕在很多寂静独处的夜里，想起往事而心中泪流。

　　就如此刻，他在那一刻决定了不去救，背对着她爬入树洞。

　　爬洞的那一刻，他突然想，假如站在她身边的是自己，假如扑过去的是自己，假如伸手去拉她的是自己……

164

　　没有假如。

　　这一生，也许都没有假如了。

　　当年一剑光寒震九州，冷眼笑看红尘乱的少年，在三年之后她身陷危险之时，只能背对着她，仓皇地选择逃离。

　　她那一刻，想必只看得见满面焦灼扑向她的人，只看得见那般不畏生死，上天入地下黄泉地决然陪伴吧？

　　楚非欢的手指，深深地扣进那些腐烂的树木纹理里，指尖微微沁出了血。

　　然而他的面容依旧平静如常。

　　要逃。

　　总要有人留得自由。

　　不能三个人都落入险境。

　　不能陪她舞剑如飘风，不能陪她策马似流光。但，他可以选择别样的方式去保护她，如此刻，三年的乞丐生涯，让他经受住了这般的令人难忍的污秽腐臭气味；三年劣境，让他懂得如何在最不利的环境中发现生机保全自己；所以他才能在那短暂的一瞬间，发觉绿色妖枝很讨厌腐烂的东西，凡是半腐的树周围，都有一小块地方没有那枝条。

　　楚非欢静静地坐在那一小块地面上，小心地不让自己碰到任何妖枝，他仔细地看了看，发觉这个林子，很多树都有点腐烂，而腐烂的树旁，都有点隐约的骨殖，兽类为主，也有人的，只是很少，一节指骨之类的。南闽之地，本就以阴森诡秘，妖物众多著名，所以三人先前看见这些东西也没在意，死人骨头对这三人来说，和树枝也差不多，所以忽略了骨头出现的规律。

树身腐烂之处，都是迎着妖花之口的方向。

腐烂的树根，对着妖花之口的方向，都有碎骨。

楚非欢神色凝重，盯着前方山崖上那绚丽诡异，如一张千眼魔脸的妖花，心中一阵阵发凉。

有没有可能，这些骨头都是妖花喷出来的？喷出的同时带着花内溶化掉它们的液体，落在这些朝向山崖的树上，导致这些树的部分腐烂？

那些溶化掉的兽骨人骨……

楚非欢抬起头来，眼神幽深，凝视着妖花的方向。

"喂。"

"嗯。"

"这什么鬼地方？"

"你问我我问谁？"

"下面的这些黄水，看起来不是好东西，不能碰。"

"嗯……"

"长歌……"

"嗯？"

"你可不可以不要蹭我？"

"……"

秦长歌自萧玦身上抬起头，无奈又好笑地瞪了他一眼，又瞅了瞅自己身下那个蠢蠢欲动的部位，幽怨地叹气。

这个……非我所欲啊……

就算我有欲，这个姿势……也太具有挑战性了吧……

抬头看四周，朦朦胧胧的四壁呈圆形，乳白色，有绸缎般的厚重质感，却生出无数细小的昆虫触角状的丝；底下，一片绿色中，浮着些冒着泡泡的深黄色液体，散发着古怪的气味，绿色底托四边，各有白色的光滑的一小片絮状物，伟大的西梁皇帝萧玦，正是以极其彪悍的姿势，双手双脚反撑着那四小片白色，把自己撑成拱桥形状，供秦长歌伏身其上。

至于为什么会形成这么诡异的姿势，秦长歌自己也不知道。

只隐约记得方才，山洪海啸般的巨力突至，直将浑身突然麻木的她拖拽至一处大开的穹窿般的黑洞之前，看见黄光红肉一闪，便翻腾着卷了进去。与此同时一直拉着她的萧玦忽然猛喝一声，手腕大力将她腾空一甩，大约是本想趁最后一刻将她甩出去，结果那东西及时闭拢，萧玦那一甩，顿时将秦长歌重重地甩到了自己身上，压得他一声闷哼，就要落到黄水之中，好在被摔得七荤八素，撞到某人的坚实肌肉。鼻子差点流血的秦长歌突然看见一只山鼠卷落黄水，浮上来的却是森森白骨，刹那间清醒过来，百忙中用脚一钩头顶一处柱状的白色茎状物，伸手用力将萧玦拦腰一提，硬生生将他在离黄水只差毫厘之处捞起。

不过须臾之间，生死关头两人都走了一遭。

现在萧拱桥继续拱着，秦长歌一脚钩在长茎之上悬空吊着，整个上半身趴倒在萧玦胸前，看起来有点像双人杂技，姿势优美而惊险。

可如今在这上不着天下不着地的地方，以这种难以支撑的姿势，能坚持多久？

何况那些带着触角的细丝不断骚扰，秦长歌忙着为自己和萧玦掸掉那东西，身子动个不休。

只是她这般动个不停，蹭来蹭去，对萧玦是个严重而艰难的考验，因为天热，她衣服脱得只剩内衣和单件长袍，因为搏斗凶猛，领口扣子掉了，现在的姿势又不方便整理，一大片肌肤都露在外面，在萧玦眼前晃来晃去，令萧玦不知道自己是该喷血好还是该闭目好。

其实不关暴露……对于想秦长歌很久的萧皇帝来说，就是她穿着里三层外三层的棉袄，只要她在他身上，他就受不了。

萧玦觉得自己好生悲惨，这种拱桥式的姿势让他觉得腰都快要断了；身前女子的雪白肌肤又太晃眼太刺激，以及她正巧压到了某个重点部位，令他觉得那里也快要断了。

偏偏那女人还很没良心很好奇地啧啧赞叹："哇，萧玦你的腰力好棒，你的妃子们一定好性福。"

…………

萧玦想自己干脆撒手掉黄水里去算了。

但转念一想，自己撑着那女人呢，自己一撒手，她不也跟着掉？只好继续辛苦地煎熬。

煎熬中还不忘申明自己的清白："……什么我的妃子好幸福……长歌，我没有临幸过她们你不知道吗？"

"真的吗？忒可惜了。"秦长歌吸气，努力使自己身子轻盈，面上却笑吟吟继续取乐。

萧玦苦笑了下，道："我这辈子最可惜的事，就是莫名其妙丢了我的皇后。"

秦长歌微微敛了笑意，随即道："塞翁失马焉知非福？"一边塞了颗药丸到萧玦嘴里。

"什么东西？"

"刚才那些藤条上的倒刺，大约是有点短暂麻痹的毒效，对身体伤害不大，不过为了小心起见，还是弄颗解毒丸吃吃，这个对一般毒物都有用。"秦长歌神色庆幸，四顾一周，道，"萧玦，这好像是花，我们现在在花心里。"

"我也觉得，"萧玦皱眉，"花心里的东西和外面的触须类的东西不同，只怕毒性要大些，咱们现在什么都不能乱碰，你试着把花顶端戳戳看。"

"戳什么？"秦长歌感觉到身子越发灵活了些，毒性几乎全散，小心地试了试那白色茎状物的柔韧度，估计勉强能承担得起两个人的重量，遂道，"不能随便乱戳，万一刺激了这花喷毒液，你我两人正对那黄水，逃都无法逃。"

她悬空将自己顺着那茎叶往上蹭了蹭，一把捞起萧玦的腰，笑道："来，也给我占点你的便宜。"

看出来西梁皇帝不太适应这个姿势，但仍死撑着面子："我倒觉得是你终于送上门来给我了。"

"那你吃啊，"秦长歌笑嘻嘻，"请，请。"

…………

此姝愈来愈卑鄙，教我直想放倒之……

调笑归调笑，秦长歌神色里，却一点儿轻慢的意思都没有。她缓缓将萧玦往上提，试图将萧玦也提得够上那唯一安全的白色长茎，省得这姿势实在辛苦。

眼看萧玦的手即将够着长茎。

花体突然一阵颤动！

长茎"唰"地一收，萧玦手落空，随即长茎再一放，"砰"的一声，秦长歌再次被恶狠狠掼到萧玦身上，漂亮的鼻子巧巧撞上他牙齿，哗啦一下鼻血长流。

更糟的是，萧玦刚才已经脱离了那四处白色安全地带，这下直接被撞向黄水！

每棵腐烂的树之间，都有一定的距离。

对于武功高强者，如掉进花里的那两位，那点距离，抬抬腿就得，然而对于武功已失，身体因长年摧残而越发荏弱的楚非欢，每一步，都是在艰难地跨越天堑。

月色浅红，在树影间缓慢移动，大约有点不忍看那男子的挣扎与艰辛，色泽分外黯淡。

楚非欢就着那点黯淡的月色，看向下一棵树。

他袖底装着的机簧发射机关已经拆了下来，那些钢条被他灵巧地接在了一起，如一条长链，在月下闪着银色的波光。

波光之上有鲜红点点——钢条不是打磨光滑的链子，真要用起来很磨手，楚非欢的手早已破了，不过那皮开肉绽的伤痕，根本未曾换得他自怜地去看一眼。

他只是用尽全身气力，甩出钢条，搭上树，利用全部的手劲，将自己拖拽过去，以避免碰上地下那些纵横的妖枝。

每挪动到一棵树下，他都不得不倚着腐烂的树根喘息半天。

不过当他抬眼看着自己离那朵妖花更近了一点，便有了淡淡的喜悦。

离她……还有十七棵树的距离。

楚非欢不去想那十七棵树对他代表着什么，不去想他那每挪动一棵树都累得面色苍白几欲窒息的身体，在如此这般重复十七次后会产生什么样的后果，他只是很简单地认为，女人再强大，依旧需要男人的保护，秦长歌也是如此。

妖花离奇，力量强大，到现在她还没能出来，说明这东西没这么好对付，如果他不去努力，他会再错一次。

他曾经以为她强大到不畏一切暗算，在最关键的时候迟疑了一步，那一步便铸恨终生，几乎没能再给他赎罪的机会，从此他发誓永不单独置她于险地。

为过去的那个错，他已经深深地后悔过一次，后悔到他觉得，失去武功、失去健康的肢体，是他完全应当承受的惩罚。

他永不想再错。

钢条出，银光飞闪，利用巧劲，霍霍缠上下一棵树。

楚非欢再一次将自己荡了过去。

仰首，秀丽男子汗出如雨，在如雨的汗水里，他目光里交织着欣喜与焦灼。

离你……还有……十六棵树的距离。

第四十三章

家 书

萧玦栽落，栽向黄水！

"咄！"

秦长歌将头发里藏着的五根黑丝都使了出来，幽光连闪，缠住萧玦的四肢和腰，全力向上一提。

与此同时萧玦吐气开声，生生将自己上移了一寸。

坠落的身形刹那间停顿。

好险不险地正正停在黄水上方，相隔——也就是几根发丝的距离。

两人对视一眼，庆幸而又焦灼，明明一身武功未失，却在这鬼花之内无从施展，谁也不知道触动了哪样东西，会不会导致那花喷射黄水，两人落下的位置，离那花心太近了，一旦黄水溅开，连躲都无处躲。

刚才也不知道触动了哪里，导致那花忽然收起长茎，幸亏收的是这东西，万一是别的，大约现在花内只剩两具骨架了。

萧玦心疼地盯着秦长歌的鼻子，还在流血，一点点滴落在他胸前，很快湿了外衣和内衣，温热的濡湿感让他的心也潮潮的，仿佛被夜露浸透了般隐隐生出透骨的凉，忽然有点悲哀地放纵地想——如果实在不能救她，就这么死了也不坏吧？因为毕竟和她在一起——很多很多年前，一次同样濒临死亡的杀机之前，自己不是曾经挽着她的手，这般说过吗？

"愿与卿同葬一方厚土，上随碧落九天，下堕修罗阿鼻，千载之下，永不离弃。"

如今自己虽在原地等候，她却已经迭转了一世，这一世她心思如飘风，一切都已不同，那个将来陪她同葬厚土之下的人，也许未必能是自己，那么，死在这里，最起码还算完了同葬的凤愿吧？

萧玦微微笑了笑，突然觉得没什么不好，西梁帝位后继有人，儿子会比他这个老子更适合做皇帝，那么，还有什么关系？

秦长歌哪里知道，一瞬间身下男人转了这许多颓废念头？她现在只想着逃出这妖花，抬眼瞄了瞄上方，头顶那白色长茎，因为刚才不顾一切的大力动作，隐隐出现了裂痕，已经支撑不了多久。

下方萧玦则若有所思，突然道：

"长歌。"

"嗯。"

"刚才那花突然动的时候，露出了一点缝隙，我看见那个白色的茎直通向外面。长歌，你把黑丝解开，顺着这个爬上去。"

"你呢。"

"你爬出去，来拉我。"

秦长歌冷笑："我不相信你忘记了，这花只有在被触动后才会弹动这个白色长茎，才有缝隙露出。问题是，下次被触动时，你能保证底下那个销魂噬骨的玩意儿也不被触动？还是你自己明明知道不能保证，却在装傻？"

萧玦默然。

"我知道你想让我逃生，刚才你努力想把我甩出去，现在你又出这个馊主意。"秦长歌叹息，"可是我不喜欢踩着你的尸骨爬出去。"

她侧转头，看向花的内壁，眼光深邃，仿佛想将那花看出一个洞来。 .

"你在看什么？"

"我在想……非欢在做什么？"秦长歌慢慢道，"他没有被卷进来。"

不待萧玦反应，她轻轻道："不过我更希望……他什么都不做。"

微微苦笑了下，秦长歌吸一口气，语调轻快地道："好了，反正也看不见，我也拿他没办法……阿玦，我有个办法，只是现在空不出手，你来，到我身上来摸。"

"啊？"

萧玦激动了，兴奋了。

秦长歌扬起眉毛："……来摸我身上的毒药。"

"哦……"

似笑非笑地看着他，秦长歌低声骂道："种马。"

萧玦讪讪地把手伸进秦长歌怀里，她胸前的玉符里藏着最起码七八种毒药。

玉符贴身，手指不可避免地触及温软莹润的肌肤，萧玦几乎又要不合时宜地心中一荡，一眼对上秦长歌杀气腾腾的眼神，无奈地笑了笑，只好加快速度。

"辟离子自然之毒，配上硝金金属之毒，不知道能不能令这花萎谢腐蚀……"秦长歌喃喃道，"花太大……也不知道有没有效果。"

她示意萧玦用布裹手，将混合起来的两种毒药轻轻涂在花壁上。

涂上毒药的花内壁起初没有动静，随即慢慢萎缩，开始发黄，发黑，渐渐卷皱，四周却没有动静，萧玦喜道："好了！"

秦长歌却低喝："糟了！"

花体受损，突然开始轻颤，花萼一阵收缩，黄水一涌！

萧玦的一截垂落的衣襟立时没了。

毒力在继续，花体抽搐越发明显，花萼应激震动，黄水开始慢慢上涌。

眼看快要涌上萧玦的靴子。

秦长歌心急如焚地盯着那毒药涂过的花壁——已经是最大剂量，但是蔓延的速度还是抵不上黄水上涌的速度——花太大了。

头顶，一直支撑着两人身体的白色长茎因了那细微震动，裂缝越发扩大，摇摇欲断。

上有危顶，下有死水。

只要白色长茎一断，两人立将无处可避地落入黄水池，而只要底下黄水再涌一涌，萧玦的腿也没了。

无论上或下，都绝无生机。

在平生最大的危机当头时，秦长歌居然很冷静地突然想起前世看过的一个故事：一人为躲避猛虎爬入水井，结果，井底有毒蛇游弋，而井边猛虎徘徊不去，那人后退是死，前进是死。

无奈之下，心一狠爬出井，结果发现，老虎已经走了。

秦长歌苦笑，自己两人会不会有这个好运气？茎是马上要断了，谁也不能挽回，那么，指望在断去的那一刹那，黄水退去？

萧玦一直神色平静，突然抽下缠着自己手臂的黑丝，伸指一弹，"哧"的一声穿透了已经开始腐烂的花壁。

秦长歌皱眉，道："你已经够不稳，小心——"

只靠四根黑丝悬空的萧玦，扬眉道："我轻功还不错的，只是——"他苦笑，"这花真恐怖。"

黑丝没入，花壁突然因为毒性开始扭曲，将细长的黑丝绞住，弯曲着堵在半途，再也难以前进一分。

而花壁奇厚奇韧，那么剧烈的毒药也不能很快将之烂穿。

长剑已经丢失，而黑丝偏偏太细。

长茎断裂已经超过三分之一。

黄水涌上萧玦靴底。

秦长歌绝望地想——真是天亡我也！

"嚓！"

花壁之外，突有轻声一响。

黑丝透出之处，突然好像被什么硬物从外面钩住，随即那物件开始扯着黑丝缓缓移动，一进，一出。

萧玦一怔，随即反应过来，秦长歌已经喜道："拉住！"

萧玦立即伸手拉住黑丝这端。

头顶长茎裂缝继续扩大，宛如一张渐渐裂开的狞笑的嘴。

黄水已经快要触及萧玦靴尖。

秦长歌紧紧盯着，头发都快急得冒烟了，身子却一动也不敢动，长茎马上就要断，自己一旦跌落，那么正下方的萧玦一定首当其冲，这花内空间无法施展轻功躲避，两个人都是死。

萧玦却根本不去管，他专心致志地拉着黑丝，和对方极有默契地快速顺着毒液涂过已经开始腐烂的花壁，上，下，左，右。

如同两人隔着木板拉锯，四四方方拉着黑丝走了一圈正方形。

呼啦一下月光涌入，一大方奇厚无比的白色花瓣被无声锯下。

"咔嚓！"

长茎断裂！

"呼！"

黄水剧涌！

断裂的刹那秦长歌大叫："趴倒！"

花的裂口处立即有个影子无声倒下，随即黑影一闪，萧玦被秦长歌一脚踢出！

萧玦一脱出妖花立即反身回扑，"砰"的一声和随之蹿出来的人再次撞了个鼻子对胸。

捂着再次鲜血淋漓的鼻子，秦长歌悲哀地想，完了，自己这辈子一定会是个沙鼻子了……一边对着萧皇帝瞪眼睛："干吗？你干吗？"

萧玦仿佛有点不相信地上下看着她："去救你啊，你怎么就出来了？"

"我待在里面等化骨？"秦长歌没好气地扯扯萧玦身上的黑丝，"你忘记这个啦？咱俩本就是用黑丝连在一起的，把你大力踢出去，我自己自然也被带了出来，这是当时境况下，最快的自救方式了。"

她快步上前，一把扶起刚才及时让开的楚非欢。

他只是让开卧倒，不知道为什么却一直没有爬起来。

秦长歌半跪于山石上，扶起他，月色清冷，照着气息轻弱，仿佛随时可以随风而去的男子。他看起来着实狼狈得很，身上不知道是什么东西，污污浊浊黄黄绿绿的，散发着恶臭，秦长歌却仿佛没闻见，抓着他冰冷的手，一边源源不断地输着内力，一边低声唤："非欢……非欢……"

她一直唤着，不敢停，也不敢回首去看那从原路到达妖花这里的距离，她不知道非欢是怎么过来的，也不敢去想，那样的想象，太过疼痛，即使冰冷坚硬如她，也觉得不堪承受。

有些事，她选择强硬地去撕裂，有些事，她却隐隐生出惶然，害怕去深想，仿佛一深想，便如陷入妖花花萼之中，头顶生起断裂之声，而脚下腐水即将没过脚背。

比如，非欢神奇地出现在妖花之侧。

比如，萧玦落入花萼之前那奋力一扔。

比如，栈渡桥上非欢仰首向月，轻轻道："长歌，我对不起你……"

比如，凤仪宫断桥雪上，醉后的萧玦喃喃道："我一直等你……从火起等到火灭，从废墟等到宫室建成，从埋下那坛酒，到起出，再埋，再起出……"

比如，幽州暴乱，非欢静静走入万人围困之下，说："请让我共死。"

比如，杜城的硝烟里，饥渴的萧玦，单枪匹马冲入全是敌军的城池，单手稳稳擎着的那碗水。

…………

英雄冢，向东风？何处荒丘埋枯骨？

将前生，换此生，此情欲思不胜思。

与谁眉目相映，照上那一刻生命的熙光？与谁千山万水，共此尘世里爱情的曼妙？前方的路不知道还有多久，来路却已是斑斑深痕，一笔一笔的印记，每一笔都默然花开，每一笔都笑傲长风。

轻轻抚上男子疲惫的眉宇，在他气息稳定之后点了他睡穴，好让他休整精神。秦长歌幽幽一叹，一转眼看见萧玦负手立于黑暗中默默若有所思，他俊朗的眉目沉在黑暗里看不清神情，却在看见秦长歌要伸手扶起楚非欢的时候快步过来，默默将楚非欢负起。

他这一迈步秦长歌才发觉有异，愕然盯着他的靴子，萧玦一笑，跷了跷鞋底——精工厚底的靴底已经没了，早在先前黄水涌上，萧玦专心和楚非欢以黑丝和钢条合作将花割开的那瞬间，就被化掉了。

行李马车先前都已被卷进花萼，秦长歌皱眉道："你这样如何走路？"

萧玦朗声一笑，顺手扯了山崖上的草藤，胡乱在靴子上捆了捆，道："当年偷袭魏元献大军，需要半夜从崖上下去，我穿的就是草鞋，走山路方便，如今重温下，挺好。"

他大步行了出去。

秦长歌默默看着他背影，转身看向那妖花。非欢选的位置极其巧妙，正在妖花之下一个死角，那花除非会偏头，否则永远吸不着自己。

"啪"的一声，秦长歌指尖弹出一点星火，正正落入花萼之内，"轰"一声火光立即蓬然腾起，那些花叶触须，硕大妖艳的花瓣都吱吱绞扭起来，扭曲成诡异的弧度，宛如千百张鬼脸，在火中凄厉地疯笑。

空气里弥漫着酸腥的味道，收缩的花萼里不断腾起灰白的烟，花瓣激烈地颤抖着，不住张开又关闭，四周卷起了腾腾的风，还有一些枯枝碎叶被卷进花萼，顿时将火燃得更凶。

秦长歌满意地笑了笑，慢条斯理地道："有仇不报非好女，哪怕你是一朵花，我也没理由任你留下肆虐路人。"

她袖着手，看着妖花在火中挣扎，千百眼状花纹变幻出无数诡异的表情，连同那张仿佛可以吞噬一切的血盆大口般的花蒂都在焦臭地痉挛，渐渐焦黑、低伏、收缩、成灰。

花心已被烧毁。

山林里满地绿色妖枝，突然全部枯萎，如一条条枯黄的死蛇般毫无生气地趴倒地下，轻轻一碰便断裂了。

灼灼的灰烟里秦长歌等那带毒的烟气散尽，才小心地过去，用树枝仔细地在花心中拨了拨。

但凡这种成长百年有余的巨大妖物，吸收天地日月精华，浸淫久了，都会生出一些很好用的东西，秦长歌守着，就是为了拿到人家的最后老底。

她一向喜欢酣畅淋漓地榨干任何一点好处。

树枝拨动，烧毁的花萼深处，突然滚出来一个珠状物。

说珠子也不像珠子，有点像不规则的橄榄形，约莫鸡蛋般大，灰蒙蒙的不甚起眼，里面似乎有一层浅红的闪烁着磷光的物质。

秦长歌用银针试过没毒，小心地包好放进自己袖囊里。

按说这该是个好东西，不过一时还没明白用途，秦长歌决定自己先带着，确定没有害处了，再送给非欢防身。

正要追上萧玦，忽然听见衣袂带风声响，似有不少人向林中而来。

秀眉一挑，秦长歌阴狠地想，水家来人了？正好——

前方萧玦已经冷叱道："谁！"

他一伸手便劈下身侧一截粗枝，平凡的树枝到了他手中也成了名剑，一掣之间风声雷动，直指来人。

对方却愕然，"啊"了一声。

只一声，秦长歌已是一怔，想了想，笑了起来。

"祈繁，你这马后炮，现在才来？"

空地上再次燃起火堆，萧皇帝舒舒服服换上新靴子，笑道："不承想你鞋子也多备一双。"

祁繁在火上热着干粮，笑笑道："南闵湿热多水，大小泥沼多，有时还会突发阵雨，丛林之中行走也容易损毁衣物，我可不敢衣衫不整地来见陛下和太师大人，所以都多备了些。"

容啸天在一边照顾着楚非欢，也已经给他换了衣物，皱眉咕哝道："怎么搞成这样？"

祁繁白他一眼，容啸天撇了撇嘴角，去包袱里翻养生补气的药丸去了。秦长歌在火上烤着手，跃动的火光下她神色平静，缓缓道："我原以为你要来得更早些。"

愤然站起，祁繁正色道："是，是我不好，我在南闵边境听说了一些事，为了早做防备，我多耽搁了一些时辰，做了些准备，所以来迟一步。"

"祁兄，我没有怪罪你的意思，"秦长歌抬起眼，"事实上我只是猜你们会来，毕竟凰盟得到我去给非欢寻药的消息，你和啸天是不会坐视的。"

"自然不能，这本来应该是我兄弟的事，累及姑娘您已经是不该，更不该……"祁繁看了一眼萧玦，想着皇帝陛下也许根本不以为苦甚至正乐在其中，自己不安倒显得假惺惺，干脆闭了口。

秦长歌看看他神色，从明霜"死后"，他神情渐渐改变，言谈举止间越发像一个属下，隐约是当年睿懿和他相处时的模式……祁繁，是心中已经知道她是谁了吧。

当然，大家都不打算点破，心照不宣罢了。

"你在边境听见了什么？"秦长歌淡淡地问。

"水家出了事，"祁繁言简意赅，"水家老家主暴毙，家主诸弟争位，据说死了不少人。上善家族出现这种事是会损及水家在天下人心中的声誉的，所以消息压得很严密，凰盟在南闵的暗线，花了很多工夫，刚刚打听到。"

"难怪驱鸟于三十里外拒客，水三公子怕家丑外露呢。"萧玦冷笑，"不过这般声名煊赫的巨族，出了这等事居然还能令消息密不透风不能传开，水镜尘真的很有手腕。"

"驱鸟？"祁繁双目睁大，愕然道，"铃鸟？"

"嗯。"

左右看看萧玦和秦长歌神情，祁繁口吃道："……您……没……那个……吧？"

秦长歌若无其事地回答："那个了。"

萧玦气质很高贵地撕着熟牛肉，漫不经心道："还没这个牛肉好吃。"

"啊？"

祁繁的冷汗冒出来，"不仅……那个了……，还……那个……了？"

秦长歌毫不困难地理解了他的火星语，抓着牛肉深有同感地点头："还那个了。"

萧玦一拍张口结舌的祁繁肩头，笑道："咱们知道那铃鸟是南闵神鸟，大约还是靠近此地的中川部分州郡百姓心中的神鸟，此鸟闻梵音起舞，舞姿有天魔之态，素来为两地部族所崇拜，可是那是对南闵和中川，不是我西梁，在我看来，不管怎样，鸟就是鸟。"

"会跳舞的鸟还是鸟，而且不比寻常雀儿好吃。"秦长歌很彪悍很默契地又补上一句。

看着可怜的很难接受事实的祁繁，萧玦很好心地安慰他："不就是吃几只鸟吗，你想象成雀儿不就成了？"

秦长歌则道："咱们反正是绕不过水家的，反正是要卯上的，那么，能让他多吃点亏的事，咱们都要去做，哪怕是吃只鸟。"

…………

祁繁抹着冷汗站起来，连声咳嗽："我去再拿点干粮。"撒腿就走。

离这两个万事都当耳边风的彪悍人物远点吧，太折磨他的小心肝了。

这是两国神鸟啊，中川边境和南闵国内，家家户户都供奉有此鸟神位。若是谁家运气好捡着一根掉落的鸟羽，被视为一生都将得到神鸟垂青护佑，会被乡亲们羡慕至极，并永生尊敬服从。这两个人，居然就把鸟给烤吃了，也不怕万一传出去，会被愤怒的两国百姓撕咬成碎片。

祁繁决定多联络些凰盟属下，中川南闵，西梁边境，得时刻准备着保命。

翻干粮时翻到一封信，这才想起还有个任务没完成，想起那家伙派人赶上他送来千叮咛万嘱咐地要求务必在见到他们的第一时间将信递到，自己却差点忘记了，不由有点惊悚。虽说那家伙看不见，可不知怎的，仿佛就看见他表情无辜眼神阴笑地站在面前，含着手指对他瞟："祁叔叔，你又食言了哦……"

祁繁有点郁闷地想，那孩子，自己养着的时候明明很好嘛，除了大街认娘，别的都正常嘛，怎么一回到他娘的怀抱，就无耻、阴毒、皮厚、恶魔了呢？

近墨者黑啊……

揣着信过去，祁繁道："差点忘记这个，对了，这也是我迟来的原因。萧太子猜到我大约要走，硬是整整跟了我三天三夜，连我解手他也蹲一边看着，要不是我逼着陪侍他的老贾端下迷药迷昏了他，我估计现在还在西梁和太子磨蹭呢。"

"贾端下迷药？"萧玦愕然，"人品端方正直得号称圣人，连一只蚂蚁路过都要绕道的朝廷楷模贾端，对太子下迷药？怎么可能？"

"就是因为他楷模他正直他圣人，所以只有他下迷药才有用啊，"祁繁笑嘻嘻地看着秦长歌，"令郎狡诈无比，所有食物不许咱们经手，除了老贾端，谁送上来的东西他都不放心，所以，只好委屈老贾端了。"

"想让一只小狐狸被擒，你得选一只猪去行骗。"秦长歌万分怜悯地摇头，"可怜的老贾端，晚节不保，一生清名，毁于萧溶之手，呜呼。"

祁繁心有戚戚焉，点头，叹息："是啊，溶儿被迷倒后，老贾端硬是砰砰砰地撞墙，老泪纵横，呼天抢地，大呼臣子两难，此心悲摧，令名终毁，愧对此身……可怜了啸天的胸口，愣是差点给他撞骨折。"

"他怎么肯的？我觉得他会死也不肯啊。老贾端曾经宁愿饿死也不接受一个欺压良民的财主送来的粮食，他会干下迷药这种事？"萧玦怎么想都觉得不可能。

一摊手，祁繁无辜地道："我就跟他说，太子准备丢下国家出门去玩，咱们拦不住，贾太傅，要不，你就辛苦一下，坐镇御书房代行玉玺？"

"在毁去令名和国家无主两大最悲哀的事件之间，他选择了舍去原则保全国体。"秦长歌肃然正色对萧玦道，"陛下，请记得回去升他的官。"

萧玦瞪她一眼："你怎么不记得回去打溶儿屁股？"

"那个光荣的任务交给他的令尊，"接过祁繁递过来的厚厚的信封，秦长歌扬眉笑道，"哎哟，好厚哦，这孩子真有爱心。"

萧玦兴致勃勃地凑过来："我看看他给我说什么了。"

"陛下，"秦长歌慢吞吞拆那个封了十七八道，明显不信任祁繁人品的强悍信封，道，"我们要不要打个赌？赌一枚铜钱。"

"嗯？"

"我赌他最先问候到的人，绝对不是你。"

萧玦默然，这个问题，他确实没有底气，想了想道："最先问候到的男人……"

"也不是你。"

悲愤地几欲长啸，半晌，萧玦怒道：

"我不赌！"

秦长歌怜悯地摇摇头，专心攻克炸弹般的信纸，慢慢开读：

"怀娘。"

坏字写成了怀字，墨迹深浓十分用力，显见写字之人十分悲愤。秦长歌喃喃道："怀娘？你娘要是还在怀胎，你在哪里给我写信？你这文盲。"

"……你把我干爹怪哪里去了？"

第二排字更大，错字依旧亮堂堂地挂着。萧玦见果然自己没排上号，挂不住面子，怒道："贾端怎么教的？到现在写字都错字连篇！"

"他就是为了气你，"秦长歌不动声色一瞟他，"知道就你受不了这个。"

"还有臭爹。"

萧玦对那个爹字前面的表达非良好意义的修饰定语视而未见，自我麻醉地笑道："这排总算没有错字了。"

"把你怪哪里去谈恋爱了？"

…………

"谈恋爱什么意思？"萧玦盯着那几个字，总觉得意思古怪。

秦长歌瞟他一眼，道："就是打架的意思。"

萧玦瞅她一眼——你当我白痴啊？

"看在你是我娘的分上，儿子我先提醒你一句，挑男人要慢慢挑，别嫁得太早。"

萧玦"咔"的一声粉碎了手中吃剩的牛肉。

这叫什么儿子？

"我很生气。"

看信的人对着这换了红颜色的分外狰狞的"我很生气"嬉笑着。

"馅害人不是这样搞的，你们没义气，以为皇帝好当啊？"

儿子……知道你号称"吃神"，但也不能时时刻刻记着馅儿饼啊。

"我最近被你们害得，天天在奏章上画圈圈，圈圈越画越圆。"

旁边画了个圈圈以示证明，秦长歌啧啧赞叹：果然很圆。

"我画腻了，我给你们三个月时间，你们到期不回，我就在奏章上画裸女。"

旁边画了个他自认为的裸女，秦长歌眯起眼睛仔细看了看，道："咋这么像头烤乳猪呢？"

萧玦冷笑："以后就按这个标准，给他选太子妃！"

"还要在刊行天下的邸报上写《西梁大帝和瑞一皇后不得不说的故事》。"

秦长歌瞟一眼脸色全黑的萧玦，笑吟吟地道："喂，陛下，你什么时候娶了新皇后，瑞一皇后？"

萧玦已经对儿子习惯了一点点，面不改色地答："就是方才信中，你儿子帮我娶的。"

"当皇帝很无聊，天天早起，存心不想让人活。"

萧玦愤然："你爹我天天早起都二十多年了，不还活着？"

"总之，总而言之……"

啰唆，你真啰唆。

"把我干爹带回来，把你们两个带回来。"

秦长歌望天："这什么语法？主语呢？这孩子强大的逻辑，咋这么诡异呢？"

你关心人怎么也这么没温情呢？

"哦对了，还有件事。"

就知道你不舍得这么快废话完。

"臭爹的小老婆们，虽然被拦着不许见我，但是抢着送汤啊水啊点心啊什么的，看起来很好吃。"

萧玦"呼"地一下扑过来，惊道："这馋神，我就知道他看见吃的就腿软——"

"我都请我的便桶们享受了。"

秦长歌摸摸袋子里的僵饼，满目羡慕地哀叹："好幸福的便桶……"

萧玦开心地笑："就知道我儿子没这么蠢……"

"……好了，别翻了，我知道你们还想看，下面还有很多纸，但是，没字了。"

秦长歌一怒之下把信纸扔了："我没翻！"

萧玦脾气好一点，他把信捡起来，不死心地继续翻后面一沓厚厚的纸。

感叹号！

感叹号！

感叹号！

每张纸都没字，每张纸都比前面多加一个感叹号，几十张纸翻完，最后一张上满满的全是感叹号。

"这是什么东西？"古人是没有标点符号的，萧玦对着这个符号愕然。

"他在说……"秦长歌似笑非笑，遥望着西梁郓都的方向，想象着儿子孤零零趴在御书房超大红木案上恶狠狠画感叹号，小脸上沾满墨汁的样子，心里有点酸酸的温暖，以及淡淡的歉疚。

五岁就要学做监国，虽然是象征性的，但也要早起晚睡去管一国国务，还被老爹老娘没良心地丢下，难怪他这般感叹：

"苦！"

"苦！"

"苦！"

第四十四章
秋 水

收好包子的"家书"，秦长歌拨了拨火堆，看看在另一个火堆和容啸天说着什么的祁繁，若有所思。

萧玦却一向在她面前有话就讲，很直接地问："长歌，你说你这位属下，是南闵人还是中川人呢？"

抬眼，给他一个"原来你也不笨"的神情，秦长歌淡淡道："你也发觉祁繁提到铃鸟时神情不对劲？咱们吃了神鸟他那个悲痛欲绝，看来也是属于神鸟的膜拜人群，不过我等他自己说。"

她倚着树，似笑非笑道："凰盟三杰，我最早遇见的是非欢、祁繁和啸天，我在德州碰见，当时他们正在管人家闲事，却又不敌人家被追得狼狈逃窜。我这人不好多事，本不想管，祁繁玩了点儿小心眼令我改变了主意，我看中他的机变，救下了他们，当时他们并没有立即跟着我，后来机缘巧合，几次碰壁几次被我解围，才死心做了我的属下，这许多年来，我从没问过他们的来历——凰盟有个原则，不动用自己的力量，去查自己人。"

她笑了笑，道："用人不疑，疑人不用，祁繁他们，并不是一开始进入凰盟就是我的亲信的，但只要有朝一日成为我的亲信，那就是真正的亲信。"

她说着与祁繁的初遇，脑海中浮起的却是很多年前，那个秋水汤汤白露为霜的清晨，水湄之侧芦苇开得热闹，少年立于大片大片飞扬的芦花之中，那些白色的精灵悄然钻入他蓝如天水的衣袖，他轻轻拂袖，一个优美飘扬的姿势。

那一年，十六岁少女驻马岸上，遥遥注视少年的背影，明明有许多急若星火的事要做，但不知怎的，看着那背影，年轻而沉默，秀丽而苍凉，于水之湄，风之底，那般寂寥地立着，那般可近不可亵地清淡着，便觉得心底思绪翻涌，想起幼小的自己被大师兄带进千绝门，那一日也是秋日深凉芦花如雪的日子，一时竟出了神。

随即便见那少年，一步步涉水而入。

她吃了一惊。

却也没想着去救——她一向觉得，活着是至简单也至难的事，却是一个人必须去做的事。一个人如果连活的勇气都没有，那也没什么去拦的必要，轻易抛弃自己的人，不要怪你自己被这尘世抛弃。

她笼着袖子，以寻常少女不会有的透彻和冷然，看着少年一步步行向湖中心。

那个背影，从无回首，似乎对尘世毫无留恋，却在即将接近湖中心时，忽然做了个接取芦花的姿势。

湛蓝的湖水中，秋日阳光将湖水镀上金光万点，金光中少年湿漉漉的黑发披在清瘦的肩上，他昂首，伸出的手掌晶莹如玉，那一朵芦花在他指尖飘荡，宛如天女之舞。

少女的心，突然动了动。

……那年，幼小的女童半路歇息，在河岸边喝着冰凉的水，芦花飘进水中，喝起来很不方便，她皱着眉，大师兄立于她身后，淡淡道："河中间的水没有芦花，那里水干净，你去喝。"

她茫然回顾，问："你为什么不帮我去取？我会淹死。"

"千绝弟子，一生对自己负责，一生不能依靠别人。"大师兄神色平静地道，"如果将来被派下山的是你，那么，你的一生将艰险重重，波澜不止，你注定将成为别人的领导者，注定有无穷无尽的苦难要你自己去面对去解决，所以，从现在开始，你就必须学会自己争取。"

他一拂袖，推她入水，喝道："去取水！"

她一个踉跄，咕咚咕咚地灌进好多凉水，冰冷的湖水几欲没顶，不会游泳的她立刻觉得窒息，胸中疼痛欲炸，眼前一黑将要沉落时，她拼命地想着别人游泳的姿势，拼命地挥动手脚，然后，不知挣扎了多久，眼前一亮，光明重来，清凉的空气涌入鼻腔，她已安然在水中央。

隐约听见岸上，大师兄永恒不变的平静语声："千绝弟子，以捍卫天下为己任，以捍卫本门荣光与承继为己任，但凡入门者，必为万中无一之奇才，也必得经历十关考验——恭喜小师妹，你过了第一关。"

她浮在湖水中，那一刻突然心中一凉，想，这是第一关，这只是第一关，如果这一关通过不了，那么刚才，是不是自己就会无声无息死在湖中？

一定会。

小小女童立在湖中，不知道是湖水冷还是心更冷，她一直在发抖，秋日阳光将她的影子映在水面，小小的孤零零的一截，她心底空茫地想——为什么是我一个人？人呢？那些爱我的人呢？那些不让我沉溺湖水，很温暖的怀抱呢？

谁将我交给天下，谁又把天下交给我？

……很多很多年后，经过十关生死考验的女童，终于成为那一代的救世者，成为这一刻抱臂冷眼旁观一个生命走向寂灭的少女。

然而这一刻，看着那个一步步走向湖心的少年，仿佛看见当年一步步挣扎向湖心的女童，看见他停在湖中心接起芦花的背影，仿佛看见当年浮在湖中心沉默茫然的女童。

她看见她的挣扎，即将沉没的一刻泪流满面，她看见她浮出水面，没有生的喜悦，只有预见得到此后沉重背负的凄然。

她突然，很想要救她。

那个在湖水中挣扎，接受自己不得不接受的命运的孩子。

她飞起，半空中雪光一闪，姿态翩然，宛如一只骄傲的，不肯服输于命运却又忠于自己誓言的雁。

下一刻，她的手已经拎起少年的臂膀。

奇怪的，那人没有挣扎，他只是，回首。

她浮波而来，如一只美丽的白鸟掠过碧色水面，而他宛然回首，清冷眸子里倒映着水色山光和她轻捷飘逸的身姿。

目光相触的那一刻，彼此都为彼此目中的清冷和森凉而微微震动。

水晶般的水波溅起，少年眼中倒映经年的异国深蓝的海水，从此换成了一处无名湖边漂着芦花的秋水。

…………

很久以后，她才听他说：其实，那日我不是要寻死。

她愕然，傻傻地看着他的眼睛。

他淡淡浮起一个不知是喜悦还是苍凉的笑意。

"我只是觉得，湖中心的那朵芦花，特别地美一点而已……"

…………

那是楚非欢和秦长歌的初遇。

火光摇曳，炽烈艳红。摇曳的火光里那一年的秋水奔涌而来，那些经过的事和人，消失在久远的岁月中，却镂刻在刹那间回首的男子眼中，他的目光，从此永远是那一泊静水，永不干涸，永远洁净。

秦长歌一回身，看见火堆之侧，刚刚醒来的楚非欢，正目光复杂地静静看着她和萧玦。

没有怨恚、疑问、责怪、自怜，却有担忧、关怀、包容、守候。

他看着秦长歌。

不知怎的，刚才他竟然做了梦，梦见那年高爽的秋日，无名湖边的芦苇，深凉的湖水，白鸟般掠水而来的少女，梦见她听见那句话时的愕然而璀璨的笑容。

梦里的一切，依稀记得，只是在结尾处，有了些微不同。

在梦里，最后，他对她说出了当年没有说的话。

"我还想知道，冰凉的湖水，没入头顶会是什么滋味？会不会和母妃死在我怀里时，一样的感觉？"

当年，这句话他没说，他不忍那句话出口时，会令她欣喜中微带尴尬的可爱笑容瞬间消逝。

如今，在梦里，他说了出来。

是不是自己内心深处也觉得，有些话，再不说，会永远没有了机会？

楚非欢迎上秦长歌的目光，对她露出一抹云后月色般深邃清凉的笑意。

让她多看看自己的笑容吧……将来想起时，会多些美好点的记忆。

秦长歌吸了口气，亦对他微微一笑。

她知道他在想什么。

极度衰弱的躯体和精神，会让人陷入暗沉的黑洞，长夜茫茫，看不见前路的光。

秦长歌不想安慰。安慰是最无谓最空洞的行为，她只做有用的事，她永不放弃应有的努力。

那么，也让他多看看自己的笑容吧，秦长歌比任何时刻都希望自己的笑容明艳如春光，炽烈如焰火，驱去一切沉潜于他生命中的阴霾和忧伤。

她甚至在想，回京后，要不要去找找那个妖孽，学学他风情万种艳丽如花的笑容？多么希望不算温暖的自己，能有一样散发着热力的东西，去温暖雪般清冷的非欢啊……

萧玦突然站起身，大步走开了。

不是嫉妒，不是愤怒，他只是突然觉得，自己应该走开。

那两人相视的笑容，明明都明亮美丽，毫无阴影，一个比一个更坦然，可不知为什么，他的心酸，竟也一阵阵地漫上来。

他无法再继续热烈地笑下去，再若无其事地挡着他的目光。

从私心里，他一刻也不愿离开长歌，他发誓要得到长歌。长歌的两世里，他一直认为，不管"情敌"在她心里占据了如何的地位，不管"情敌"如何优秀如何博她欢心，他都一定要以自己全部的努力，完完全全地夺回她。

然而看见楚非欢的笑意，他竟然突生退让的念头，最起码这一刻，他不想打扰他注视她的目光。

长歌不是物品，他没有权利去让，他依旧会去努力争取，这是他认为的，他能给她的最大的尊重和爱。

　　但是现在，淡淡悲凉气氛里，把过那人若断若续的脉象的自己，若是再坚持待在那里，自己都觉得卑鄙而残忍。

　　如果再不能拿到踏香珈蓝，楚非欢的时间，也许真的不多了。

　　萧玦飞身上了树，遥遥注视着南闵中都的方向……月色朦胧，照不见前路，淡淡山林岚气里，笔直的背影如一把去意坚决的剑。

　　……一定要拿到踏香珈蓝，救下他，抢回更多的时间，大家没有顾忌，没有悲伤，快快乐乐，轰轰烈烈地去爱！

　　"南闵遍布深山，妖物丛生，唯有猗兰这里有通道，要想最快时间进入南闵中都玄棣宫，水家绕不过，既然绕不过，那就正面卯上吧。"秦长歌弹弹手指，宛如谈论天气一般，轻描淡写地建议。

　　萧玦立即赞同："好，很好，我的剑托他保管着，也得拿回来。"

　　对死要面子的皇帝大人瞄一眼，秦长歌懒得拆他的台。祁繁道："水家势大，现在又在闭谷期，周围全部被封锁，咱们人手不足，如何卯上？"

　　"你不是调集中川南闵和西梁边境所有可以使用的凰盟属下了吗？"秦长歌瞟祁繁一眼，"别告诉我那些人都不是人。"

　　祁繁一脸冷汗地想着，这女人越来越可怕，怎么就知道自己调集属下的事？那厢容啸天已经皱眉道："但是，和水家相比还是不足，何况猗兰谷位置神秘，只怕咱们还在找门在哪里，对方都已经布置好陷阱等咱们撞上了。"

　　一直没开口的楚非欢突然轻轻道："老谷主的死讯。"

　　他气力不济，只说了半句，但秦长歌和萧玦都是目光一亮，秦长歌微笑道："咱们想到一起去了。"

　　"发动所有的人手，先把水老谷主的死讯传开，"秦长歌笑得很温柔，"水家争位的事一个字也不要透露，就说老家主死了，你看，上善家族，饱受天下人尊崇的水老家主去世，那些受过水家恩惠的，想对水家示好的，想拉关系的，有所求助的，等等，都该上门去慰问吊唁吧？"

　　"你真奸诈，"萧玦用一个完全没有褒义的词语表达了对秦长歌的由衷赞赏，一拊掌道："上善家族嘛，断断没有把好心前来拜祭吊唁的人拒之门外的道理，到时候，武林来人如潮涌，咱们也……啊哈哈。"

　　南闵大衍王朝承和六年，素来平静的南闵武林史上，终于发生了一件足可动摇南闵政局的大事，这个令人震惊的消息在一个毫无预兆的冬日渐渐传开，并以极其快的速度传播于天下武林——久镇南闵，对南闵政局和武林都有重要影响的上善家族老家主水应麒去世。

上位者的死亡，预示着风云翻卷，山雨欲来。死讯传开，南闵大衍王安天庆遣使吊祭，大祭司阴离也派出圣坛上三使中的天使班晏前来吊唁。

南闵政体特殊，王朝虽存却无实权，只是个花样摆设，朝政大权全部掌握在大祭司手中，这和南闵王的特殊身世有关，据说安天庆自幼寄人篱下，备受欺凌，幸得一位残疾家仆时时跟随相护，后安天庆起于草莽，这位家仆展示了越来越强的政治和军事才能，助他挣下了这一地江山，众人这才知道这位家仆出身不凡，本身就是南闵之地被前元暴政灭族的神秘大族赤螭族之后。后来南闵建国时，一手奠定南闵疆域的家仆阴采成为大祭司，阴采极具才干，悍厉跋扈，并深谙宗教信仰对民心的掌控程度，重建赤螭圣教，以圣师之名，享全国香火，政治和宗教的双重势力叠合是极其强大的。南闵明明是双尊并立的国体，后来朝政却渐渐偏斜向他一人，安天庆却一日日荒诞无道，散漫不理政事。众人一致以为，安天庆迟早要死于阴采之手，不想阴采却因为旧疾反而早早死去，继任的大祭司阴离，沉迷武功蛊术，对于朝政并无太大野心，这才和安天庆相安无事，大家都好好地活了下去。

当年秦长歌和萧玦说起安元庆不问政事，说起明明人人都以为死的是他结果却是阴采，都啧啧赞叹安元庆能忍，绝非庸碌国主，只是世人愚钝，不及政治家的明锐目光，看不清楚笼罩在南闵朝局上方的迷雾假象罢了。

朝廷来使，圣坛来使，仪仗规矩之类的事很多，来得自然不会太快。相反，武林人士几乎是立即便奔向猗兰，其中，最引人注意的，便是天下第一大帮帮主，同时也是号称天下第一人的，素玄。

"素玄也来了！"秦长歌看着凤盟的密报，惊喜，"这家伙，跑得好快。"

萧玦在一旁悻悻道："真有面子……比我有面子多了，一听说他来，猗兰谷已经派人出谷二十里迎接，大约是准备开谷了。"

"如果你摆出身份，别说猗兰谷，就是玄棣宫大衍宫也会立即出三千铁甲，万斤重锁把你给请过去的，"秦长歌斜睨他，说道，"你要不要试试？"

萧玦满不在乎地一笑："如果你摆出身份，只怕待遇不比我低，据说在各国高层心目中，你的名声比我还难听些。"

秦长歌笑赞："你口舌越发厉害了。"瞧瞧桌上猗兰谷的大概方位图，又道，"重量级的人物到了，谷不开也得开，何况水镜尘知道，素玄是去过猗兰谷的，当真要等到人家到你门前敲门？哈哈，阿玦，咱们又有一场好戏看了。"

她笑嘻嘻地望着猗兰方向，手指轻轻敲着桌面，低声道："水镜尘，做好人做得累不累？救世哪有灭世爽？我给你一个机会，咱们比一比，看谁更黑吧？"

南闵大衍王朝承和六年冬，天下英雄，人间豪杰，因为某个人的有心推动，齐聚于猗兰谷幽美神秘的谷地上空。

水老家主的逝世，使一直沉寂于世人景仰的目光背后的猗兰谷为世所瞩目，连日来无数有头有脸的武林中人奔驰而来，将猗兰谷所在的景山塞得满满，众人抓着从武林中转卖消息的二道贩子手中买来的似是而非的猗兰谷方位图到处转悠，找累了就睡在树上，早上醒来往往都是一身的鸟粪——被占了家园的愤怒的鸟们，用这种方式抢先欢迎了武林大侠们。

有头有脸的人物则支起帐篷，等待猗兰开谷。风餐露宿的日子不好过，不是没有人有怨言，并对水家连吊唁的人都拒之门外十分不解，只是上善家族名声太好、粉丝太多，大家怕犯了众怒，只得先保持沉默。

"水镜尘只怕还在和幕僚们商量怎么应对，或者正在查问谁把消息泄露出去了呢。"也搞了个帐篷混在武林人物中的秦长歌笑嘻嘻地掀帘张望着前方唯一的路，她在等素玄。

"你说谁去接素玄？"祁繁托着下巴若有所思，"该是十分重要的人物哦……"

他语气拖得很长，一脸暧昧，一直倚着枕头出神的楚非欢也淡淡笑了起来。

"来了！"

"来了来了！"

外面的人群突然喧闹起来，树下帐篷里蹿出无数条人影，满脸艳羡地向着前路望去。

道路尽头，烟尘滚滚，数十骑飞奔而来，马神骏，人彪悍，一色红衣黑带，姿态轻捷，齐刷刷地下了马，雁列两行，向着西南方位一躬身，轰然道："炽焰素玄，虔具薄奠，特至贵谷亲祭于水老家主灵前，请予通报！"

这是拜山礼节了。众人茫然回首，正想着猗兰谷连个人都没有，怎么接拜帖，忽听轰隆一声，隐约西南之侧起连绵之响，随即重重藤蔓之后，也突然行出两列少年，青衣淡素，束着白色腰带以示戴孝，姿态平静地过来，当先少年温文施礼，笑道："敝谷上下俱蒙帮主德惠，不胜感激，请。"

双手接过拜帖，又一一和在场各地武林大豪们见礼，一再致歉因为家主去世诸事纷乱以致礼节不周怠慢贵客等，风姿平和端静，言语洵洵儒雅，交接人物丝毫不乱，一派大族风范，由不得人不暗赞，果不愧"上善"之家！

一时见毕，便听前方蹄声大响，炽焰属下齐齐敛容转了个方向向着来路，众人不由肃静，许多南闵本地人物并没有见过天下第一人的风采，也不由伸长了脖子要瞧。

帐篷里秦长歌悄悄对萧玦道："素玄是有意光明正大拜山，逼得水家不得不大开谷门让这些乱七八糟的人一起进去，真得我心也。"

萧玦立即很敏感地瞟她一眼，认真推测了下秦长歌那最后几个字到底是字面意思还是别有深意，想了想觉得秦长歌不至于在这个时辰思春，便也放心地搁下了。

一片静谧中。

一骑踏风，飞驰而来，南闵之冬深翠斑斓的背景里，马上白衣人衣袂飞卷风神毓秀，肤光皎皎神采朗朗，长发黑眸漆黑如墨，一扬眉便是一场铿然江湖的风云。

众人屏息着寂静着凛然着仰望着那个当之无愧的天下第一，神采飞扬，步云而来。

却有女子声气，声如银铃，脆得像初春清晨从最新鲜花瓣上摔落地下的露珠儿，清亮地笑道："素玄，你到现在才来见我！"

第四十五章

哭 灵

众目睽睽下，一抹粉红宛如枝上新桃，活泼泼地从一色浓翠之中亮起来，细看来却不是粉衣，依旧规规矩矩着素裳，只是细得不堪一握的腰间，粉色绣花腰带着实扎眼，那身影娇小玲珑，乌发黑润而眼眸明亮，明明很温柔很淑女的颜色，偏偏给她穿成了火般的鲜明亮丽。

她一阵风地卷过来，死死牵住素玄衣袖。

众人的目光自那被抓得紧紧的衣袖，转向天下第一人的俊美的脸，看着这潇洒倜傥的男子，扬了扬眉，神情间掠过一丝尴尬。

众人又看着那女子，哦不，还是少女，水家什么时候有这么一位小姑娘了？瞧这胆大妄为的，当天下人之面也敢对男子拉拉扯扯……世风日下人心不古哟……

轻轻挥开水灵徊，素玄目光向场中一掠，突然与一双探出帐篷缝里的明眸对个正着，那目光微有笑意，却又清泠泠的若寒水笼月，看他看过来，狡黠地一眨眼。

素玄目中光芒一闪，看了看对方的手势，多了点心领神会的笑意。

水灵徊却没看见，只顾纠缠着素玄，视在场人如无物。

"哎哟，桃花，红彤彤的桃花！"秦长歌笑嘻嘻地扒着帐篷缝给楚非欢看，"非欢，有好戏看了。"

楚非欢微笑不语，最近几天他十分沉默。

萧玦看了他一眼，喃喃道："其实这两人挺配的啊……"

"嗯，陛下，"看破某人心思的秦长歌微笑，"你加紧步子把南闵吃了吧，水家成为你治下之民，你便可以下旨赐婚了。"

萧玦一笑，道："我给他赐上十七八个美妾，叫那个醋坛子整日鸡犬不宁，哈哈。"

他笑声方了，帐外忽起喧哗，再一看素玄已经下马，水灵徊也老老实实地站到一边。

前方山壁忽分，现出葳蕤长道，宽阔轩朗。道路尽头，隐约见碧湖林木，屋舍栉比，一层层沿着山脉之势，分布着筑上去，最上端巅峰之处，有白色屋舍，高旷阔大，沉默而又平静地俯瞰深翠大地，于烟霞缭绕、云飞雾起之间，竟生出了几分仙家意境。

此时初晨微雨，山势空濛，碎云间群鸟起舞，舞姿有飞天之态，隐约间梵音遥唱，恬淡深远，南闵武林人士已经齐齐神色庄严躬下身去。

秦长歌和萧玦对视一眼——不想这蛮荒山谷之地，遍野林木之间，居然别有洞天，也不知花费多少人力，方辟出这一方世外天地？

世外天地里素袍男子衣着轻简，月白色衣料质地式样都不算华贵，却令人看了觉得舒服得如同陷进了一团云中，那团云洁净素雅，卓朗从容，浅浅一揖的姿势也令人如沐春风。

他道："诸位远道而来，镜尘有失远迎，敬请恕罪。"

众人连忙纷纷回礼，秦长歌注视着那个梨花软云般的男子，脑海里诸般纷繁接踵而来，暴雨杀人夜……使诈自屋顶闪电击下的长剑……悍然破阵的猥琐中年大叔……翠叶之尖辗转腾挪手段阴险的男子……俱电光般一闪。

看着众人膜拜崇敬的目光，忍不住笑了笑，却见素玄和水镜尘正在见礼，两人揖让文雅风度非凡，任谁也想不到去年某个暴雨夜，这两人曾经千里追踪生死相斗，一个将另一个打下山崖。

水镜尘微笑一让，神秘的猗兰之谷终于对天下武林敞开，众人当然都不能乱哄哄地连随从都带进去，那也对主人太过不恭。每门每派的头脸人物，自觉依照身份依次入谷，素玄和水镜尘在最前方把臂而行言笑晏晏。水灵徊看见三哥就老实了，乖乖跟在后面。

秦长歌回身对楚非欢一笑，道："好好休息，一觉醒来，我们就回来了。"

楚非欢神色平静，只道："保重。"

不待秦长歌再说什么，他已合上双目不再理会，秦长歌自然知道他的心情，然而无论他怎生乔装，再不可能瞒过水镜尘，所以这一路，是再不可能陪伴了。

对于不求共此生，只求伴卿侧的非欢来说，现下心中自然郁郁，秦长歌吸一口气，和心中乱糟糟的情绪奋力挣扎了一番，方对萧玦轻快地一笑，道："走吧，闹他个狠的！"

世上的灵堂，都是肃穆宁静的，正如所有的孝子贤孙都宝相庄严一般。

哪怕孝子贤孙们之前已经为了遗产打架打得一塌糊涂，将死掉的那个人当作柴火扔在一边已经很久。

宽阔灵堂之内，麻衣草鞋仪容庄肃的水家上下，个个姿态端庄地接待吊唁来宾；厅内燃着气味浓厚的檀香，轻烟袅袅中一口沉香木大棺停放厅堂之中，巨大沉雄的奠字笔笔泣血，却不知道泣的是谁的血。

秦长歌满脸悲容地看着那大棺材，心中却在推算水家财力——沉香木寸木寸金，仓促之间搞出这么个标准华贵的棺材，水家果然不简单啊。

耳中隐约听到水镜尘在絮絮陈述先父如何得病，如何缠绵病榻而死，如何死前遗命简葬入土不欲惊扰天下武林，水家上下又是如何感激诸位心意，不辞劳苦远道而来，先父九泉之下亦感哀荣云云，语气沉重中不失缅怀，哀伤中不失颂扬，分寸言语拿捏得恰到好处，听得诸人频频点头，不胜唏嘘。

萧玦无声冷笑——得病？缠绵病榻？不欲惊扰天下？好一篇孝子文章。

秦长歌则在仔细观察地形，这里不是最顶端那白色宫殿般的建筑，只在半山腰，厅堂极大，布置隐约有阵势存在，却又似是而非。水家上下看来对素玄防备极深，所有人有意无意都卡在他面前，每一行动，上香拜祭都紧紧陪侍在侧。

秦长歌紧紧盯着素玄的动作，隐约看见他上香时，袖风微微一扬，而水镜尘那时却突然恰到好处地神色悲哀地去抚棺，尾指一抬。

一扬一抬间，已是无声无息的一招，素玄退下，转身时对着秦长歌微微点头。

排在最后的秦长歌目光流转，规规矩矩地上前敬香。她和萧玦现在的身份是"中川大明帮左右护法"，大明帮本就是凰盟的障眼法，水镜尘是知道这个小帮派的。好性儿的水三公子自然不会势利眼，他和对待素玄一般，率领兄弟们齐齐态度慎重地回礼。

秦长歌抓着三支香，凝望着棺木久久不语，眼眶里泪珠转啊转，看似十分悲戚，其实只是在努力酝酿情绪来着。

她颤抖的手，哆嗦的嘴唇，想要痛哭却又努力死忍的神情令堂中人都有所感动，齐齐将目光转过来。

水家亲族们却也齐齐往棺材边再挪了挪。

水镜尘有意无意地看过来。

秦长歌却已敬完香行完礼，恭恭敬敬将香插上，转身。

水家人平静眉宇间有了一丝释然。

人群之旁，素玄突然抬了抬手。

水镜尘等人目光立即转向他。

"水老家主！"

就这注意力一分散的瞬间，刚才明明已经转过身，打算退下的满面泪痕、一身哀思的武林无名小卒秦长歌，突然霍的一下大力扭身，跌跌撞撞却又极其快速，神色哀凄却又张牙舞爪地扑向水应麒的棺材！

"水老家主！当年我落魄江湖身无分文，武技未成又被豪强所欺，潦倒无依之际愤而暴起杀人，被人围殴险至于死，幸得您老路见不平拔刀相助，我才留得此残命，混到如今总算挣得一席之地……此恩此德，此身此志，皆为您老所赐……大恩未报，您却已驾鹤西归！叫我情何以堪，情何以堪啊……"

死命扒着值钱的大棺材，秦长歌用脑袋将棺材撞得砰砰响——嗯，素玄说得不错，果然不是空棺。

萧玦心疼地盯着秦长歌的脑袋，为损失的那点油皮咬牙切齿，暗中发誓将来攻打南闵，首先要踏平猗兰谷！

水家人快速起身，满面哀容地去"解劝""伤心欲绝人"，吊唁来人也都乱糟糟涌了上来，沉静肃穆的灵堂因为这个超级哭神顿时喧闹成了一锅粥。素玄抢先扑近，一伸手看似去拉秦长歌，却正巧拦在了水镜尘面前。

"水老家主啊——"

一声可比当代专业哭客的色香味俱全升降调和谐的长哭声中，"恸极失态"双手乱推双脚乱蹬的秦长歌，在蹬开一堆人后，"呼啦"一下，推开了沉重的棺盖！

一时间满室寂静。

……刚才的臭气怎么突然没了？

秦长歌趴在棺材口，瞪着棺材里的尸体，怔住了。

……按照密报，水家闹家务已有一个多月，水家家主最起码也已经死了一个月。南闵这种湿热多雨细菌极易滋生之地，再强大的尸体保存技术也不能保证尸体不腐败，按说应该臭气冲天才对，所以早已达成默契的素玄和秦长歌，在发现厅内檀香气味浓厚，连棺木也是沉香时，便已知道水老家主一定已经腐败得不成样子，而素玄敬香时那一试探，确认了棺内有尸体，以及有浓厚尸臭。

人的鼻子也是会被麻痹的，进入这香雾缭绕的厅内，时间久了自然闻不到别的东西。素玄却是有心而来。秦长歌更是比狗鼻子还灵光些，那般尸臭，名贵檀香沉香都掩不住，不是水老家主是谁？

正是因为有了这个确认，秦长歌才临时决定当众推棺。她并不是不知道，以水镜尘的心思，按说应当会有防范，然而现在非欢的状况已经让她心急如焚，每一分时间都如此宝贵，经不起再多耽搁。

秦长歌并不怕水家搞假尸体，她的哭声已经将所有人都吸引到棺边，这些人都是认识水应麒的，伪装活人，还可以通过动作神情给人的感觉来胡混，伪装死人，因为尸体肌肤僵化细胞破坏，并不是那么容易的。

只要水老家主的尸身腐败程度和死相超过水家"官方"提供的死亡时间内的应有标准，秦长歌就有办法当着武林中人面，揭开水家伪善面目！

永生为恶者，一善可挽千罪；永生为善者，一恶可毁终名！

这种多年来以厚德之名蒙骗世人的上善世家，要毁掉他们的金字招牌，反而比亦正亦邪的普通家族容易！

然而棺盖推开，惊变突生，明明尸臭浓厚，却在棺启的那一刻突然散去！

秦长歌探眼往棺材里一瞧，里面那具尸体，完好整齐，并无"暴毙"狰狞之态，面色不敢说栩栩如生，却也只是苍白僵木，符合一具"久病缠绵"尸体应当有的情状。

目光一掠，众人脸上神情并无异状，看来这是水老爷子的尸体。

心中轰然一声，秦长歌知道上了水镜尘当了。

也怪自己太过急躁，竟然有些失了方寸，水镜尘怎么可能这般简单就开放猗兰谷？没有仗侍，他敢拿上善世家百年名声来冒险？

心念急转，一切不过刹那间。

所幸秦长歌行事向来不会做绝，一计不成，暂且放弃就是。

一个"伤心欲绝之下失态推棺"的受恩者，上善世家总不好恶言相向公开动手吧？

秦长歌不死心，就势就准备往棺材里滚。水老骨头，我和你滚一滚，看看你到底哪里出了问题？

可惜有人不给她这个出墙的机会。一人静静伸手，搀起她的胳膊，温言道：

"阁下小心些，莫要失足入棺，咱们南闵风俗，生人入棺不祥。"

众人啧啧赞叹着，看着水镜尘神色祥和地扶起秦长歌——果然不愧上善家族的旗帜啊，不愧为心底慈悯的水三公子啊，这家伙闹成这样，惊动水老家主遗体，人家都一言不责，体贴宽谅，厚德之风，真是仰之弥高啊……

没有人知道，那一扶暗劲汹涌，逼向秦长歌心脉。

秦长歌手指一扣。

素玄突然出现在秦长歌另一侧，也满面哀容地去扶秦长歌，两人一个左手，一个右手。

他扶着秦长歌的手指一振。

两大高手，借着秦长歌的身体，暗劲刹那间对冲。

秦长歌脸一红，再一白。

随即恢复正常。

抬眼看看素玄，后者目光无奈，秦长歌撇撇嘴角，知道他顾及自己，出手只为保护她，无心和水镜尘用她的身体来比拼内力，否则怎么可能只和他扯平？

水镜尘自然不会顾及她这个媒介，素玄却不得不在意。

秦长歌只好退开，那两人面面相对目光一抬，半空中几乎霹雳一声撞出火花！

和刚才努力地有意无意绊住水家其他人的萧玦对视一眼，秦长歌无奈地知道，明日下葬，今晚大家都不会走，而留下来的自己，注定要面对一个月黑风高杀人夜了。

那么，好吧……

你杀我，我杀尸！

第四十六章

幻阵

月黑，风高，杀人夜。

看我，潜行，去查尸。

被安置在谷底最下层客房的秦长歌和萧玦，正在为做偷尸贼而准备。

他们知道今夜定难善了，不仅没有吃水家送来的一应食物，没有挨水家的床铺，甚至没有碰水家的任何东西。

虽说寻常毒物难不倒这两人，但这是南闵是猗兰谷，成名江湖数十年，猗兰谷怎么会是等闲之地？小心些总没有错的。

水镜尘将客人们安排得很散，几乎所有人都被隔开居住，尤其是素玄，被安排住在半山之上，离他们这谷底小喽啰距离足有好几里。

"长歌，"萧玦递过一块冷牛肉，细心地帮她一条条地撕了，道，"吃饱些，咱们好有力气做坏事。"

"嗯。"秦长歌将牛肉翻来覆去地拿在手里看，萧玦忍不住悻悻道，"看什么？怕我下迷药啊？我有你那么奸诈吗？"

秦长歌笑吟吟抬起头，凝视着他，道："别翻旧账嘛，那次算我错，现在给你赔礼好不好？"

她难得地言语温柔，带点撒娇的意味，素来有些清冷的笑意里亦生出芬芳如蜜的甜美气韵，易容过的容颜上一双眸子微透娇俏慧黠，明波荡漾。

萧玦心里一热，恍惚间当年黄衣少女花间回首，一笑粲然，当面忍不住一伸手揽住了秦长歌。

秦长歌没有挣扎，她轻轻靠上那熟悉又陌生的肩，浅浅闻着男子身上松针和柏叶混合的淡淡的清朗男子香，低低道："阿玦，感谢你摒弃帝王之尊，一直陪伴着我……"

萧玦的手抚在她背上，听见这句轻若呢喃的话，突然顿了顿。

随即缓缓道："长歌，你最不需要感谢的人就是我，因为为你，我无论做什么都应该。"

"是吗……"秦长歌双手缓缓攀上他的肩，在他耳边吐气如兰，"……包括，想点倒我？"

萧玦笑了笑，干脆抓紧机会将秦长歌重重一搂，也在她耳边轻轻道："是的，包括……长歌，咱们想的都是一样的，不是吗？"

烛光下两人紧紧拥抱，却是你按在我的肩井我按在你夭枢，以一个互相偷袭的姿势无言诉说着彼此的关怀，谁也不肯让步，谁也不肯先挪开手。

最终，抬首互视，无奈一笑。

"……一起吧，谁也别想把谁留下独自去赴险。"萧玦贪恋地埋首秦长歌的肩，近乎渴望地嗅着她独有的薄荷和水仙的清凉香气，短暂的欢乐的晕眩里，往事浮光掠影飞奔而过……江山、战马、白骨、金銮，一番红尘万般纠葛，他的皇后他的爱人，此一生彼一生里光阴如水便逝去了，翻覆间他便失了她……失了她，说不得，再从头来一次罢了，然而如今抱她在怀也成了奢侈的欢喜；然而如今抱她在怀中，依旧狠狠地想她。

那极近又似远的距离，那浸透了开国帝后跌宕血火一生烽烟气味的十载流年。

早已开在彼岸，早已弹指偷换。

"我要怎么……"他一句喃喃低语碎在她的肩窝里，那个精巧的温软的弧度，他愿死而骸骨葬于其中。

秦长歌缓缓放开按在萧玦穴位上的手，转而去抱住他的腰，有一种炽烈与深爱不容人冷漠相对，百炼冷钢何妨于这一刻化为绕指柔？

静静相拥，于敌人恶意环伺之中，于即将开始的艰险诡异冒险之前。

这一刻烛火静谧，风声温软。

不知过了多久，淡黄窗纸上映出的人影轻轻分开，"唰"的一声萧玦当先弹射了出来，却在瞬间又退了回去。

秦长歌随后掠出，萧玦手一拉，道："且慢，这雾气不对。"

黑暗之中一片浅红雾气笼罩着这个偏僻的小独院，雾气似有若无，并无异味，很容易便和月色瑶华相混淆，却似乎有目标一般，逶迤舞动着逼近来。

"未必是毒雾……"秦长歌往后退，凝视着那雾气道，"却肯定不是好东西，你看，屋前屋后都包围了，而且就咱这里有。"

萧玦衣袖一拂，劈空掌力雄浑无伦，足有裂石之力。那雾气唰地一散，却瞬间立即又聚拢来，柔绵无质，阴魂不散。

秦长歌黑丝出手，一线直刺入雾中，瞬间拖回，黑丝上附着了一层淡红的水状物，却又很快消失。

"只要屏住气息，这东西根本拦不住我们，就怕不能沾着体肤。"萧玦飞快地扯了布条将自己和秦长歌两人裹得严严实实，所有露在外面的肌肤都遮住，却对眼睛犯了难，"……眼睛怎么办？闭着走？在这个地方闭着眼睛前行等于自寻死路，水镜尘这家伙，就是想让我们缚手缚脚，他好痛快宰我们吧？"

"哪有那么好的事，"秦长歌哈哈一笑，在怀里摸啊摸，摸出两块晶片，有点惋惜地看了看，道，"早知道多偷几块了……"

"什么东西？"萧玦好奇地看着那白色透明水晶状的薄片，想起当初在炽焰总坛，素玄和金衣人那一番大战时，溶儿掏出来的那个什么"墨镜"。

"溶儿的玩具，我偷了两块备用，还真派上用场了。"秦长歌笑嘻嘻地用黑丝给晶片穿了孔，用丝线系了挡在眼睛上，又如法炮制递给萧玦一块。

"一人一块？"萧玦愕然抓着薄晶片——太没形象了吧？

摊手，秦长歌无奈地道："我随手就拿了两片，你我一人用一片，另一只眼睛遮住吧，反正这样也差不多了，记得控制好平衡。"

萧玦悻悻地用黑布将另一只眼睛挡住，戴上打磨过的水晶薄片，看看秦长歌，一只眼睛白光灼灼，一只眼睛黑布沉沉，着实滑稽。

秦长歌也在偏头笑嘻嘻打量自从跟她在一起后就越发没形象的皇帝大人。

一对独眼龙大盗面面相觑，都扑哧一笑。

萧玦牵起秦长歌的手，触手温软细腻，却不曾内心荡漾，只觉宁静温暖。

一起行走的路途，即使前方无数凶杀和冒险，依旧在心底开出温馨的花。

"走吧。"

掠出几步，秦长歌突然停住脚步，与此同时萧玦偏头向一方草丛看去。

秦长歌弹了弹手指，一缕指风激射，草丛一动，跳出来个毛茸茸的东西。

那东西非兔非狐，似獐似猫，拖着个蓬松的大尾巴，一身肥白可爱，四爪小小眼珠大大，长得有点儿像秦长歌前世养过的荷兰鼠。

萧玦目光一亮，道："像溶儿！"

秦长歌仔细一瞅那东西啃着爪子眼珠乱转的无辜目光，想起某人含着手指大眼睛乱瞟的德行，忍不住便笑，"是像，可惜没带他来认个亲戚。"

"他会直接把亲戚烤了吃进肚子里，"萧玦提起儿子更是欢欣，偏还要故意做严肃状摇头，"这家伙是吃神转世，为了吃一向六亲不认。"

说话间那东西已经一蹦一跳地过来，姿态憨拙，停在萧玦面前，冲着他偏偏头，居然有几分"抱我吧"的表情，萧玦想着儿子心情愉快，忍不住蹲下身伸手去逗弄。

秦长歌目光一转，急声道："小——"

话音未落，那东西口一张——着实一张狰狞大嘴！口内竟然有两个舌头，肥厚猩红，呼的一阵浅红浓雾直喷萧玦面门！

与此同时，它伸出利爪，小小的爪子上的指甲竟然是可以伸缩的，刚才藏起时根本看不见，现在一弹开，"啪"一声宛如十柄小匕首直划向萧玦脉门！

"唰"的一声，萧玦黑影一闪已退后数丈，面罩下的笑声有点含糊却充满得意："当我是傻子？出现在猗兰谷，出现在这片雾气里的东西，怎么会是寻常动物？"

秦长歌笑一笑，一伸手已经抓住那想逃的东西的尾巴："你和水公子一样能装！和萧溶一样腹黑！外表越好，心地越坏！"

"长歌你好像说的是你自己。"萧玦揪住那东西的大尾巴，在半空晃啊晃，那东西拼命悬空扭头，对萧玦龇起森森白牙。

萧玦晃了几圈，一伸手，将那东西远远扔了出去。

"怎么不杀？"秦长歌瞅着他，"因为长得像溶儿？"

萧玦笑道："杀得完吗？这东西这谷里一定不止一个，得罪狠了，一起蜂拥来报仇，咱们麻烦不麻烦？吓吓也就罢了。"

"这倒是，动物有时候比人更团结更有原则，人这种万灵之首，越聪明心思越复杂，杂念越多，反而不易整合在一起。"

"所以，你是想玩各个击破那一招了，"萧玦笑着看她，"今天扑棺时我看你眼睛乱瞟，在找谁？"

"找传说中争位的叔叔们。你有没有发现，今天水家都是水镜尘这一代，叔叔辈的只出来个看起来最没用的家伙，跟在水镜尘后面唯唯诺诺。争位的那几个呢？"秦长歌掰掰手指，低声笑道，"最起码有三个人，神秘失踪了。"

说话间两人已经奔出淡红雾气，却没有取下晶片，小心总不是坏事。

"你想利用水家老一辈和小一辈的矛盾，找出水老家主死亡之因？"萧玦一边仔细辨别着山谷里的雾气，小心地行在秦长歌左手边——自己右手特别灵活些，万一有陷阱什么的，想要拉住她应该也会快些。

秦长歌自然不知道他连行走方位都会仔细揣测，找出最有利于她的方向，在她记忆里的萧玦，明朗亮烈，英风悍勇，性子虽不算细致，但不知道历经那一场惨痛失去，萧玦现在心态近乎于患得患失，每一刻都在无理由地畏惧，每一刻都想将她挽在手心，却又不愿拘束了她自由凌云的凤凰之翼，只得丢开一切，陪她于风雷烈电中穿行飞翔。

"那些争位的人，大约都死了吧？"呼呼的风声里两人一路上掠，奇怪的是，明明应该步步艰险的，但是除了先前那淡红雾气，竟然什么都没有，连巡谷的人都不见。

"未必，争位之争能延续这许久，说明这些人也不是省油的灯，想必各有势力，水镜尘如果想得到完整的猗兰谷，而不是一个人心惶惶四分五裂的家族，他就不应该杀掉那些人。"秦长歌眯眼看着半山腰——先前的棺木就在那里。

"不知道素玄住哪里，这家伙大约现在正在艳福永享寿与天齐。"秦长歌笑嘻嘻地看着黑沉沉一片的建筑，"灯都不点，摸黑好办事哦。"

"你整天想些什么？"萧玦好笑地轻轻一敲她的手。

"我在想……"秦长歌眯着眼睛望着半山之上一处不起眼的屋舍，"那一点闪烁的东西，是鬼火，还是人火呢？"

半山之上，一片虚空之中，突然出现了屋舍轮廓，阴森森浮在淡薄的雾气里，屋舍中隐约闪现点点微光，一闪一灭，稍不注意就会看成鬼火萤火之类的东西，萧玦咦了一声，道："我记得那里白天看的时候，明明是空地啊。"

他欲待向前，刚刚抬腿，忽然被秦长歌大力一拉，愕然回身，看见深黑的夜色里，紧紧抓着他手的秦长歌眸子幽幽闪光，神情有些凝重怪异。

"先别动……"秦长歌站定不动，只转动身子四面观望，她目光幽黑，渐渐泛出森冷的笑意。

"原来……整个猗兰谷都是有问题的。"半晌，秦长歌向后退了几步，再次环顾一周，慢慢道："难怪水镜尘有恃无恐，难怪他连个守卫都不派，难怪他不派人来杀我，原来整个猗兰，本身就是个大阵。"

"日月轮回循环大阵，上古奇书《乾坤志》上有载，但是因为布局庞大，需要花费的人力物力太过巨大，至今没有人布过，我先前看见那绕着一座山一层层建上去的建筑就觉得有点不对，现在想来，原来如此。"

她指向山顶那座白色圆顶宫殿般的建筑，道："阿玦，你看，颜色是不是变了？"

萧玦仔细地看了看，惊诧道："好像发淡红色？"

"《乾坤志》有载，'殊缪'之地，珠镇峰巅，轮回不绝，日月经天。这个巨大圆顶建筑正为宝珠之形，日间呈白色，夜间呈红色，颠倒昼夜，是为日月轮回。据说此阵工程浩大，需挖山填海。只是《乾坤志》这书，千绝门没有，我也只是听师祖有次谈起堪舆之术时提过这个阵法，现在看来，这里四峰环绕，正是青鸟经中所指的'殊缪'之地，最合适使用这个大阵的。"

"可有解法？"

秦长歌皱眉摇摇头，不过随即一笑："这个阵法具体解法没有，不过师祖当年说了三个字。"

"嗯？"

"反着来。"

"那么……"

"我想……前方屋舍连绵灯火闪烁处，应该依旧还是空的，我们如果扑过去，后果就是栽下山崖。"秦长歌冷笑，"从半山开始，所有你现在看见的景象，都是相反的。"

她一拉萧玦，忽然向后便退！

而后方便是什么都没有的绝崖！

萧玦毫不犹豫大步向后飞奔，抢先挡在她身后——如果推测错误，他会先栽下去，那么长歌就可以避免跌落了。

"铿"的一声，两人明明应该踏空，脚却突然落在实地。

"糟了。"萧玦突然皱眉。

"怎么？"

"素玄今夜一定会出来的，万一他不知深浅中计怎么办？"

"你大约不太清楚水家那小丫头对素玄的痴迷，"秦长歌笑笑，"她也不是笨人，她一定会想办法提醒素玄的。"

她当先向一片空茫处行去，萧玦也毫不犹豫抢先一步——要知道想克服视线反射的幻觉，本身是件非常困难的事，正常人对着眼前一片绝崖空地，即使明知那不是真的，也很难有勇气迈出脚去。

然而秦长歌一向不是正常人，萧玦爱秦长歌也一向爱得不太正常。

他对她有强大信任，他和她在一起便不想在乎任何艰险——危险，陪着；暗算，陪着；死亡，也陪着！

好在，秦长歌不会拿自己和萧玦的性命开玩笑。

眼前浅雾突分，现出屋舍轮廓，灯火还在不停地闪，明灭间颇有几分诡异。

秦长歌大摇大摆上去敲窗子，山风中面罩后的声音听来模糊沉闷："兄台，你这信号不标准，SOS不是这样搞的。"

窗纸后的人影突然顿住了。

萧玦却已经仿如迈进自己的龙章殿一般仪态高贵地迈进了这间屋子。

简陋的室内，屋内男子惶然回首，看见一对形容古怪的独眼大盗。高点的那个正在问矮点的那个："你怎么不从窗子进来？"

"毛病啊？"矮点的那个嗤之以鼻，"武侠小说看多了吧？有门不走非要爬窗子？"

两人旁若无人争执几句，齐齐转头看屋内的人，屋内男子顿时觉得眼前一亮，一人目光光华厉烈，一人明明温存如水却精芒内敛，隔着那古怪的晶片，依旧能感觉到气质非凡迫人而来。

男子微微地笑起来——自己努力了这许多天，不知怎的一直没有人来，如今，是终于等到了吧？

对面，矮个子独眼大盗秦长歌，一步过来，指着他停下的手，命令道："继续，继续点了灭灭了点！"

"啊？"

"你以为水镜尘不知道你在求救？你突然停下，他一旦发现，就会知道你这里来了人。"秦长歌微笑，"水家大叔，你这么聪明的人，不需要我多说吧？"

男子恍然，急忙继续玩火石，一边问："两位何许人？是我黄堂属下吗？"

"不是，"秦长歌干干脆脆地答，"你那个什么黄堂属下，大约都葬身绝崖了吧。"

男子震惊地回首，瞪大眼睛："为什么？"

"因为你的召唤，"秦长歌盯着山崖对面，道，"你们猗兰谷，是不是有人夜不得外出的规矩？"

"你怎么知道？"

"我刚刚知道，"秦长歌冷笑，"整个猗兰谷都是一个陷阱，你召唤人来也没用，来多少死多少。"

男子怔了怔，脸上现出愤激之色，恨恨道："难怪从来不许我们……"他急切地望着秦长歌和萧玦，又问，"你们是来救我的吗？我不会让你们白救的，只要你们帮我解决掉那个弑父孽子，不让谷主大位落于奸佞之手，将来事成，我必以珠宝十箱、黄金万两相送，你们一夕之间，便可富可敌国！"

"哦？弑父？"秦长歌目光闪亮，"水镜尘吗？水老谷主到底是怎么死的？"

男子犹豫了一下，眼底闪过一丝阴霾，半晌烦躁地道："你们只管救我就成了，至于这些上善家族秘事，问那么多做什么？"

他一立掌，劈下身边式样平凡的桌子的一块桌角，断口处灼灼黑光，竟然是一块乌金。

乌金价值远超黄金，整块乌金做成的桌子，着实值钱。

男子将乌金托于手掌，冷笑道："水镜尘以为夺去我的所有宝物我便一无所有了吗？他这黄口小儿，哪有我懂得金钱的重要？"他傲慢地伸手一指房内，"我这屋子里，看似除了器物什么都没有，但是，所有器物，都是乌金的！"

"好多银子哦，谢谢哦。"秦长歌立即很捧场地鼓掌，"可惜命如果没了，要银子何用？打棺材吗？"

她拽起萧玦就走："你这里乌金我看也不算多，大约就够打你自己一套棺材的，我们就不和你抢了，那个，山高水长，后会无期啊，拜拜。"

说走就走毫不犹豫，秦长歌潇洒得令人发指，萧玦更是从头到尾懒得看那男子一眼，转身就行。

"站住！"

那两人根本没站住。

"等等！"

没人肯等。

"求求你们！"

秦长歌不为所动地背对他挥挥手，意思是：求人不如求己。

"我……我说！"

呼的一声，两个潇洒的家伙立即稳稳地坐回男子面前，姿态安详。秦长歌笑眯眯地看着他："早说嘛，浪费时辰。"

男子苦笑，这从哪里冒出来一对恶客？油盐不进八风不动，满室财物都没能令他们多看一眼，尤其那个高个子男人，眼神甚至是鄙弃的。

秦长歌嚓嚓点着火石，推算着素玄能挡住水镜尘的时辰和水家可能有的动作，有一个可能令她心里隐隐焦灼，面上却笑意晏晏地看着男子与水应麒有几分相似的脸庞。

"来，水家大叔，告诉我，水应麒的尸体，到底是怎么回事？"

第四十七章

暗　谋

"他的尸体？"男子愕然，"他尸体还能看啊？早该枯了吧？"

秦长歌和萧玦对视一眼。

枯了？不是应该烂了吗？那棺材里那个是什么？

"敢问尊姓大名？在水家何等身份？"秦长歌笑吟吟地盯着对方，看来这家伙地位不低。

"在下水应申，老家主二弟，水家副总管。"水应申皱着眉，他已由最初的急躁渐渐安静下来，沉下心来仔细打量眼前两人，在心里默默掂量。

"水总管，咱们现在也没什么时间慢慢磨蹭，"秦长歌笑得和蔼，"你且把你所知的全数告诉我吧。"

对欲待开口的水应申一摆手，她毫不客气地道："别，别问那许多，别提条件，谈判是地位平等的双方谈的，你现在，没资格和我谈。"

看着对方一阵青一阵红的脸，她淡淡道："水总管，聪明人要懂得审时度势，你现在的状况，我们看得出，你武功受了限制是不是？你只能把我们当唯一的救星，没有别的选择。好了，说吧。"

被她言语气势压得无言以对的水应申咽了口唾沫，又看了看那个负手而立，只一个背影便让人感到无限压迫的男子，想了想，道："好……我说，老家主虽说是暴毙，其实他死得很离奇，他是春天突发怪病，随即缠绵病榻渐至不起，当时镜尘不在南闵，我们对外封锁了消息，四月的时候镜尘回来了，他回来时很不好，受了伤，送他回来的是东燕国师白渊。"

秦长歌和萧玦再次对视一眼，施家村楚非欢的一番预言果然是真的，水家当时就出了事，而水镜尘果然备有后路，他被素玄追击奔向觞山，等在那里接应的，竟然是东燕国师本人！

他们为什么来西梁？水镜尘为什么要潜伏于郢都？他出手干扰凰盟，将蕴华放出赵王府，他在施家村杀掉彩蛊教余孽都是因为什么理由？而白渊，他又是为何而来？

秦长歌只觉得谜团仿佛如乌云层层压在头顶，解开一个又来一个，生灭不休。

"镜尘回来后，没有先养伤，而是去了家主的寝居，当晚……"

他突然露出了奇异的神情。

窗外风声呼呼，没有月色的遥远天际繁星明灭，远处树枝上不知什么鸟，一声声叫得凄厉。

水应申的声音听来颇遥远。

"……那时我还住在谷顶，离家主寝居不远，猗兰有入夜不得出门的规矩，除了历代家主和继承人，没人知道为什么……当晚我在房内练功，忽然听得远处隐隐传来刀刃破空的声音。"

他抿着嘴，神色森然："我扑到窗边，向声音传来的方向去看，只看见家主寝居烛影明灭，颤动不休，似是被什么风声压得欲熄，然而始终不熄，我看了一会儿，想过去看却又没敢，水家严令，夜间出门者必将受家规处罚，我不敢。

"第二日一切如常，我揣着一怀疑虑，想问问其他住得近的兄弟有无听见声音，但是又觉得难以开口。这事令我心里隐隐觉得不祥，为了慎重起见就没说，而且我屋子的朝向和距离，都是离家主最近的那个，那风声并不明显，也许就我一个人听见。"

"这声音我听了十六天，"水应中脸上露出了憎恶的神情，"到了第十八天，我躺在床上仔细听那破空之声，劈、横、折、撇……每道风声里都能感觉出动作的不同，我一遍遍地想着，忽然坐了起来！"

他说到最后几个字语气突然紧张，脸上也出现微有些激动的情绪，连手指都在微微痉挛。

"……我发现，那是个'之'字！"

"之字？"秦长歌偏头看着他，"这十六天，都是在以剑练字？"

"不是练字，是练'采苢'剑法！"水应申神情似喜悦似畏惧，瞪大了眼，仿佛自虚空中看见了某件宝物，"这是我们水家据说失传已久的无上剑法，威力无伦。但这剑法自出世后便迭生不祥，据说早在数十年前便由先祖毁去，严令水家人永生不得再练，这剑法本身自十六个字脱胎而来，'采采苢苢，薄言采之。采采苢苢，薄言有之'。据说练此剑法者，得自然之法，不畏百毒，轻盈若羽，真气流转，连绵不已。"

秦长歌立即想到密林里翠叶尖的水镜尘，三大高手不得喘息的车轮围攻下的真气圆转如意。

"你是说，水镜尘练了你们水家禁忌的剑法，是水老家主教了他的？"

"还不知道是不是自愿教的呢。"水应申脸上露出一丝冷笑，"他病得奇怪，教得也奇怪，水镜尘不顾重伤未愈，抢着学这剑法也奇怪，更奇怪的是，最后一天，最后那个之字，连我都听出来了，明明应该一笔画成的，不知道怎么回事始终僵硬滞涩，无法连贯。

"我当时坐在床上，听着那无论如何也不能突破的风声，自己都觉得隐隐焦躁起来，不知道使剑的那个人，又是如何地挫败万分？然而他还是不急不忙地练下去……真真好耐性……

"忽然风声止了，我凑到窗边一看，只看见烛火一暗，随即一明，然后，风声再起。"

他的嘴唇突然哆嗦起来。

秦长歌玩着自己手指，森然笑着，做了个插心的手势，水应申脸色又是一白，半晌才接着道："风声再起，这回再无滞碍，圆转如大江奔流，风生云涌。我当时听着这莫大的变化，只觉得心怦怦地跳起来，仿佛就是刚才那烛火明暗之间，有什么可怕的事已经发生了。

"我不敢出门，现在出门去看，谁知道会不会给刚练成采苢剑法的水镜尘拿去试剑？我想了想，爬下床，趴在地上仔细听，隐约听得走路的声音……移动桌椅的声音……寻找东西的声音……水声……液体滴落声……"

他语气透着森森寒意，窗外的风突然猛烈起来，四周的树木的狰狞的黑色阴影在墙上疯狂摇摆，仿若恶魔之手，正举爪下望，选择着待噬杀的猎物。

风声宛如鬼哭，却不知道在哭的那位，是那个死得离奇的水应麒呢，还是缔造了上善世家光辉声名的水家先祖？

"第二天，家主死了。"

水应申语气淡淡目光深深："一早我就听见梵音三十六响，这是家主逝世的丧音，我立即冲进家主寝居，镜尘盘膝坐在堂中，身后是白绸覆着的家主的尸体。

"厅堂里香气浓郁，谷中两株雪素黄金兰都被镜尘搬了来，放在家主尸身头脚之处。黄金兰的香气为无敌之香，珍贵无伦，一向供奉在山巅，等闲我们也见不着，按说家主逝世这样的大事，拿出来也无可厚非，可我总觉得，不是这么回事。"

秦长歌笑了笑，轻轻道："遮掩气味而已吧？"

惊异地盯了她一眼，水应申点头："是的，我想是这样。我当时第一个到，抚尸痛哭，镜尘不让我靠近尸体，我趁他不注意拉了一下家主的手，家主的手垂落下来。"

他不由自主地做了个五指垂落的手势，目光骇然。

"……我看见他五指已经完全枯干了，苍白得宛如一截断柴。"

他眼底有惊恐之色，低声道："……家主原先微胖，体肤丰润，身体一直很好……

"我趴在地下痛哭，突然看见前方砖缝里有样东西在骨碌碌地滚动，我伸指悄悄一碰，发现是重银。"

秦长歌挑挑眉，重银就是水银，也就是前世的汞，在内川大陆这里，被赋予了新的名字。

用上水银……做木乃伊哦。

"我又仔细地闻，终于闻见了一点烈酒和郁金香的味道。我自小五识灵敏，听力、目力和对气味的辨别力比别人强上许多，闻见这些我隐约便明白了——"

"明白你前天晚上听见的那些动静，是水镜尘在收拾尸体。"秦长歌冷冷接道，"以烈酒泡郁金香汁抹身，再挖去内脏，腹部内壁涂上汞，用别的东西塞满，所以尸身未腐——他为什么要费这么大劲儿把老子做成木乃伊？是因为怕你们发现尸体有异？"

"我不知道……"水应申摇头，"我既然知道了这事，怎么还能让那孽子继位？当即和几位兄弟商量了，在第二日家主下葬之时闹事拦棺，不想镜尘早有准备……我们两方势力都不弱，这场恶战持续了很久……我拼死想逼得他出手，只要他使出采苣剑法，我们就有理由废了他，然而他根本没有使用过那剑法，唉……"

他以一声深深的叹息结束了这段诡奇的诉说，神色间不尽愤恨。秦长歌细细想着他话里有无漏洞，半晌道："我还想问一个问题。"

"问吧。"

"上善家族声名如此，世所敬仰，为何水镜尘倒行逆施，自毁声名？他和好名声过不去吗？"

脸上微微露出一丝苦笑，水应申道："这倒不完全怪得他。你是不知道，这世上，坏人难做，好人更难做，我们水家百年积善的名声，天下善行楷模、人间道德丰碑是不假，可是行善是需要花钱的！正因为善名在外，天下穷苦武林人但凡有过不去的难处了，都来投奔我们，于谷外跪求哀哭，求助的，借钱的，告贷的，源源不断潮水般涌来，每日里花出去的银子如流水，但一个不理会，百年的名声都将全毁。水家又有不行歹事不挣不义之财的家规，许多来钱快的经商方式咱们都做不得，而上上下下，那许多人要求借，那许多人要吃饭，这都是钱……早在上任家主之时，水家就已经入不敷出，钱成了上善家族最大的难题。镜尘之所以在诸兄弟中脱颖而出，就因为他会挣钱，十二岁时出外游历，不知怎的认识了白渊，后来听说在外面很是建了些产业，水家这才支撑了下来……至于他外面到底是怎样的产业，家主后来也睁一只眼闭一只眼懒得管了，实在是难哪……白渊那个人，最是不择手段城府森严，镜尘和他在一起久了，渐渐也转了性子……水家后来就陷入一个怪圈——私下赚着不义之财，去维护仁义名声……"

"哦？"秦长歌眼珠一转，"既然水家这般为钱财所困，那么你这一屋子的乌金哪里来的？"

脸皮一红，表情讪讪，水应申讷讷道："我原先一直掌管水家财务进出收支……"

忍不住扑哧一笑，秦长歌讽刺地一笑，道："别把责任都推别人身上啦，你们自己就没有贪欲吗？上善家族，也许第一代确实是仁德良善以义为先的，然而一代代传下来，子孙良莠不齐，家风不再也是寻常，偏生又舍不得那好名声，舍不得天下景仰的崇高地位……你们这群为声名所困的可怜虫！"

"万物终将如浮云，黄金屋，白玉床，也不过三尺一卧，天下名，铁门槛，到头来一场空花。"冷然接话的是一直没开口的萧玦，神情鄙弃，"愚钝无知！"

"你懂什么！"水应申身居水家高位惯了，习惯逢迎不习惯申斥，虽说最近境遇不佳收敛了些盛气，终究还是经受不住这等言语，怒道，"你们这种身居底层的小人物，怎么知道上位者的无限荣光？怎么知道声名给人带来的巨大好处……"

他说到后来似觉得说漏嘴，僵僵地住了口。萧玦讥诮地一笑，向门上一倚，道："我是不懂，我不懂你们这些人怎么想的，世间有那许多事物值得珍惜保护，你们偏偏选了最无趣的那一种。"

秦长歌笑道："夏虫不可以语冰，和这些人说也是浪费口舌，办正事吧……喂，素玄，你听够了没有？"

有人低低朗然一笑，白影一飒，素玄已经出现在门口，也不废话，手虚虚隔空一抬，室内顿时起了回旋的风声，随即便笑道："水总管，再运气试试。"

依言运气，水应申霍然抬头，诧道："我水家独门锁穴手法，你怎么知道解法？"

素玄的脸竟然微微一红，避而不答，对似笑非笑看着他的秦长歌道："我刚才进门前已经令随我来的总护法孟铭睿去偷尸，水老家主的尸体有异，足够证明水家的问题了。"

"你怎么可能这么顺利地来这里？"萧玦皱眉看他，"水镜尘这么大意放你过来？"

"他被人绊住了。说起来我不认识那人，是个女子，武功极高。"素玄道，"那女子自称玄坛天使，她手下还有一批人，也不管水家夜间是不给人进谷的规矩，直接闯谷，挡其者死。"

"应该就是那个来吊唁的阴离手下上三使中的天使班晏了，大约还是当初被水镜尘于施家村暗杀的半面强人，"秦长歌微笑，"来得好啊来得妙，我等你们很久了，就知道你们一听说水家生乱，便一定会来搅浑水，此仇不报更待何时？果然深得我心。啊，你们先打一场吧，谢谢。"

素玄和萧玦齐齐默然，都觉得和这女人打交道的人，着实倒霉得很。

秦长歌转向水应申，正待说话，忽听一阵怪响，听来嘈乱，令人心生烦躁，直欲呕吐，脸色一变，急急道："班晏的音杀！"

众人急忙运气的运气，捂耳朵的捂耳朵。秦长歌掠出屋外，便见谷口之处一座断崖上，半面鬼魅半面绝色的班晏，正笼着袖子，向着刚刚出现的月色尖啸。

她的对面，素衣银冠的男子，席地趺坐，坐在一地银白的月色里。四周起了淡红的雾气，映得他衣袍微熏如染，他搁琴于膝，修长指尖一抹间便起鸣泉之音，袅袅迤逦开去，他一抬首，月光淡淡照上他的脸，所有人不由得呼吸一窒。

绝代风华。

班晏停下尖啸，侧首看过来，她说话语声还是那么缓慢，比正常人要慢许久："你和我斗音？你不怕大家都死？"

水镜尘一笑，笑意也如浸透月色的梨花："捣乱的人太多了，那就一起吧。"

他轻轻拨弦。

白日里安排住在各处的武林人物，渐渐从各自屋中走了出来，目光茫然，僵木前行。

他们眼中的实地，现在都是绝崖。

水镜尘是要将这些可能带来祸患的人，一起杀掉灭口。

班晏目光一凝，忽然发出几个古怪音调。

那些人抬出的腿又收了回去。

水镜尘再拨。

再迈。

班晏再啸。

再收。

一时就见半山之上，那群武林大豪，提线木偶般齐齐伸腿收腿再伸再收，着实好笑，好笑里却又生出诡异来。

有些武功较高的人，拼命地和音杀带来的控制梦魇以及水镜尘的琴音相抗，额间大汗淋漓。

月色下水镜尘一笑，微微仰首，月光勾勒出的轮廓精致至难以描述。

他手不停弦，轻声道："枉你算尽机关，不过白费力气。"

他带着笑意的眼光转过来，极其精准地落在秦长歌几人身上。

轻轻抬手，浅笑拨弦，姿势悠然宛如一个美妙的梦境，直欲将人溺死其中。

他道："我等了很久，终于等到，你们都来了。"

第四十八章

深 爱

"你们都来了。"

他神情温和语气轻柔，满是大局在握的从容与清淡，仿佛面对的不是来自各个立场和阶层的敌人，而是跋山涉水远道而来的好友，而他也不是以杀机琴音相向，而是烹茶将沸，扫榻以待。

夜风里一片树叶忽然脱离树梢，悠悠飘落琴端，却在离琴身还有一人之远的距离时，忽然消失。

是完全地消失，没有碎片没有粉末没有灰烬没有筋脉——什么都没有。

秦长歌的眼瞳一缩——水镜尘果然比当初在施家村时，功力更上层楼。

眼珠滴溜溜在他面上一转，水镜尘目光温润晶莹，皎皎如明月静朗，内家功力也已到了巅峰，而且，没有中毒的迹象。

秦长歌郁闷地叹气，这家伙怎么这么好命呢？怎么就练了那个什么采苣剑法不惧毒物了呢？原以为施家村自己施的毒，和先前密林里玩的花样，能多少对他起点作用，可现在看来，人家好得很。

哀怨地望天，秦长歌暗恨老天为何不给她一个万能无敌美少女的躯体？长得差强人意也就罢了，体质骨骼也远远不如前世，好不容易借助水三公子的蛊毒达到了突破，但终究错过了固本培元的最佳时间，始终难以达到前世的水准，她现在算是高手，但是和这些顶级高手比起来，还是不够看。

事实上，秦长歌对敌，真材实料的武功一向用得少，她喜欢用诡秘的手段，恶毒的阴招，以及神出鬼没花样百出的方法去杀人。

只是今晚……秦长歌皱着眉，总觉得哪里不对劲……水家其他人呢？为什么到现在都不见，就算有入夜不可出门的规矩，闹成这样，多少也要探个脑袋来看看吧？

水镜尘再强悍，对上素玄、班晏，再加上萧玦和自己，他能活命？

"我要杀你。"班晏说话永远都是那么语调缓慢用词干脆，形成诡异的搭配。

"真巧，我也是。"水镜尘不疾不徐地微笑着，转目一顾素玄和秦长歌三人，"还有诸位，今日日子好，一起把旧账结了吧。"

"轰！"

最干脆的萧皇帝，招呼不打二话不说，开掌！

他身影如怒龙夭矫，一闪便到了水镜尘头顶，所经之处腾起滚滚烟尘，气势逼人飞卷而来。

与此同时，班晏长发一卷，半边鬼脸在夜色中狰狞一现，十八条灵蛇般的长辫分成八个方向，天罗地网般地罩下！

水镜尘身子不动，忽地平平一移，也没见怎么花哨的姿势，随随便便就脱离了两大高手的攻势，还是原来那个姿势落在了崖上斜斜逸出的一棵树的树梢，那树梢直对深谷，摇摇欲坠，他在梢尖浅笑俯首，闲闲拨弦。

"我没说要动手，两位性子真急。"铮铮之音里水镜尘温和地道，"能轻松将各位送上黄泉路，为什么还要费力气动手呢？劝诸位也省省力气，找我报仇也好，查问家父死因也好，把偷尸昭告天下也好，对于将死的人来说，都实在太没必要了。"

萧玦一拧眉，长臂一伸，掌中一柄临时使用的普通青钢长剑也被他凛凛指出睥睨天下的名剑气概："水镜尘，不管你玩什么花样，我死的时候，一定会拖着你。"

班晏则慢吞吞地开始四顾查看。

"我却不耐烦陪着阁下。"水镜尘柔声道，"新的猗兰，还有很多事要做，我很忙。"

"新的猗兰？"

"嗯。"轻轻笑了笑，水镜尘淡淡道，"所以我说，诸位都不必忙，因为过了今夜，这个猗兰，就不存在了。"

班晏瞪大眼，急若星火的问题她依旧问得很慢："你要毁灭猗兰！"

"错，我要毁灭你们，而猗兰，永远存在。"

对上众人的目光，水镜尘展颜一笑，眉目皎然："猗兰本就是世外家族，隐形豪门，天下武林，有多少人知道猗兰到底在哪里？那么猗兰换个地方存在，自然依旧还是猗兰。上善家族，从来都不是猗兰谷，而是水氏家族，是我，只要我在，我随时都可以建造出一个新的猗兰。"

众人齐齐震惊！

他竟然要以先人百年心血造就神秘庞大拥有得天独厚上古奇阵的整个猗兰，毫不吝惜地拿来作为杀死敌人的武器！

这不是一块石头或是一柄剑，这是整个横霸南闵大地的猗兰谷！

世间竟有人疯狂若此，大胆若此，睥睨若此，漠然若此！

"你要这许多人葬身此地！南闵武林巅峰人物大多都在此处，你要如何对天下交代！"

"交代什么？"水镜尘微笑，"猗兰谷从来都没有等到前来吊唁的武林人物，镜尘派人出谷等了许多天，都未能见到一个人……听说玄坛大祭司最近在练九幽阴功，玄螭宫附近常有青壮百姓失踪……说起来玄坛和上善家族关系不算很好啊，大天使班晏这么远道而来，到底是为什么呢？……不过，既然诸位为水家而来，水家一定会负责的，诸位的仇，自有水家一身揽之。"

他微笑得纤尘不染，雍容悲悯："至于阴大祭司交不交得出已经失踪的天使班晏，就不是在下操心的范围了。"

班晏盯着他，如同在看一个疯子，世间最好风度最温文尔雅的疯子。

秦长歌抽气，喃喃道："这才叫真正的狂人……好性儿？大善人？全天下人都瞎了眼，他比希特勒还彪悍！"

素玄已经箭一般地掠了出去！

众人都是高手，到目前为止并没有发现猗兰谷有什么异状，这毕竟是偌大方圆的地盘，如何说毁就毁？然而众人更知道水镜尘绝非虚言大话之人，信他，下场会惨，不信他，下场会更惨！

素玄身如流星，人在半空已经掣出飞光似月，一道瑰丽七彩霓虹自他掌间耀现，惊鸿彩羽，直追那抹素影！

水镜尘微笑，飘身而起，眉宇间平静祥和，这个从容温和的表象下藏着酷厉疯狂的灵魂的美丽男子，以一种惋惜的姿态对场中诸人各看了一眼，随即，一纵身跃下高崖！

素玄想也不想也跳了下去！

"轰！"

仿佛地下一条沉睡的巨龙突然被惊醒，懵懂下翻了个身，又或者有巨人大力举起开天巨斧，恶狠狠劈裂了无辜的大地。山腹深处，巨大的隆隆声响不断传来，犹如蛮荒之时蚩尤敲起的惊天撼地的声声战鼓，战鼓声里地面开始抽搐颤抖，撕裂痉挛，不堪痛苦地将所有依附于其的物事，悍然抖落！

环山之上，巅峰的白色圆顶屋舍突然出现黑色裂缝，随即，那些层层叠叠依山而建的房屋都开始跳舞，地面的褶皱仿佛咧开的狞笑的大嘴，黑森森的欲待吞没所有依附于其的事物！

秦长歌弹身而起，冲向水镜尘和素玄奔下的地方，然而眼前白光一亮，衣袂一卷，素玄已经一个跟斗倒翻着冲了上来，随即一股巨大的气流轰然涌上，沛然莫御的天地巨力狰狞反卷，狠狠将两人推了出去！

那山崩海啸般的巨力，夹杂着无数碎石飞射，其劲力有如天神挽起风雷强弓，追星赶月无可避让，砰的一声，秦长歌右臂已经软垂了下去！

她嘶的一声吸了口气，努力站稳身形，却被巨力推得骨碌碌滚倒在地，连带撞翻了在逆风之中刚刚挥掌为她推开一块迎面巨石的素玄。

此时另一边的崖面已经倾斜，裂出另一条深谷，这一撞，两人顿时都被推向深谷！

地面因为雾气不断，一直都很湿滑，连个可供抓住的裂缝都没有。

"长歌！"

本来和秦长歌紧紧地站在一起，现在因为山谷崩毁拆分之力而突然站在了她对岸的萧玦，怒龙般不顾一切地扑过来！

他的声音被隆隆巨响遮没，地动山摇间他飞出几步便是一滑，山在后退而他却努力向前，与天地之力悍然对抗，"砰"的一声角力失败，萧玦栽倒在地，他霍地一个翻滚，在一地飞卷滚动的砂石间飞快地前滑，拼命伸手想去够秦长歌。

然而已是够不着。

半空中素玄大喝一声，一伸手抓住秦长歌，白色衣袖飞卷如刚刃，"唰"的一下在地面上砍出深深裂缝，他立即将秦长歌用力一扔！

落入石缝的秦长歌手一伸紧紧抓住翘起的石块，感觉到头顶有沉沉黑影即将压上，她抿紧嘴唇，看也不看长发一甩黑丝扬起，呼的一声黑光冷电，将因为大力将她上扔而自己飞快下落的素玄拉住。

素玄在接到黑丝的那一刹那，立即翻身而起，他的轻功本就举世无双，转瞬间已经上了崖面，站定后一回身，眼前景象顿时惊得他眼前一黑。

那截被砍断的崖面，前段尖削，似一柄斜插的巨剑直直曳出，不堪地面抖动得厉害，被震得向另一面倾斜；另一面极近的距离，是更为嶙峋巨大的山崖，而秦长歌正在这巨剑之尖上，就要撞上！

只要撞上，秦长歌就一定会被挤成肉泥！

素玄晃了晃——她刚才一定有看见这个状况，如果当时立即翻身而起那一定来得及，但是那一霎她选择了将他先拉上，避免了他落入深谷或者被两峰挤死，就这么一瞬间，两峰已经碰上！

她好像已经断了一臂，现在闪避不及！

素玄拼命飞掠。

210

"轰！"

黑雾腾腾而起，黑雾之中似乎还有黑影一闪。

那是萧玦。

早在他们险些落谷的那刹那就奔来的萧玦，眼看伸手去拉对面位置稍低的秦长歌已经不可能，在轰声初起的刹那，长声大喝，唰地拔出自己腰间长剑，青芒一闪，光芒迸射，霍然砍向自己所在的崖下！

"哗！"

刹那间崖上一株斜生的树连根被砍，带着大片泥土轰然坠落，崖上顿时空出一人大小的土窝！

这一砍有天地之威！

"砰！"

两崖撞上。

尘灰漫天里素玄心底突然一颤，一时竟然不敢睁开眼。

如果睁开眼，看见的是两崖相抵间血肉模糊的她……

尘灰漫天里萧玦不顾烟土扑面呛人，紧紧扒住崖边，瞪大眼在一片灰黄里努力寻找，宁可吃了一嘴土，哑着嗓子嘶声咳嗽，不断低唤，将那个名字含在齿间辗转："长……歌……咳咳……长歌……咳……长歌！"

他突然住了口，手指紧紧扣住崖面，指甲裂了也不知道。

素玄则悠悠一声长叹。

崖下，对面。

秦长歌单手扒在尖崖顶端，蜷缩在萧玦制造出的土窝里，灰头土脸的，抬首倦倦对两人一笑。

她低声道："阿玦……你真聪明……"

崩毁之际，急乱之中，萧玦却不曾乱了方寸，在确认无法自崖尖及时拉上秦长歌时，刹那间选择砍掉巨树腾出空间，使本应撞上对崖被挤死的秦长歌准确撞进了树木被砍留下的土洞里，逃脱了被挤的命运。这一举说起来简单，但那般目光敏锐、心思镇定、反应准确迅捷，已是举世难寻。

素玄的叹息声里满是喜悦和感动，目光闪亮地掠过来，小心地将秦长歌拉出，赞道："陛下真神人也，仓促之间便看出对崖土质不同，砍出可供容身的大洞，真不知是怎么想到的？"

怎么想到的？萧玦自己也不知道，那一刻灵光闪现不顾一切，那一刻雷霆一击拼尽全力，此刻手心里全是汗水，手指都在颤抖，连剑都把握不住……刚才……刚才若是没看见那树……刚才那树如果没能完全砍断……刚才若是迟了一刻……那会是什么结果？

萧玦不敢想，也来不及想，那一刻他听不见山风呼啸，看不见黑云怒滚，管不了乱石齐飞，他只看见她即将撞上山崖，他只知道无论如何不能令她死去，他只知道，救她！用尽全力，救她！

爱情让人爆发出令人震惊的无限潜能，爱情让人的智慧惊动天地万物袖手。

爱情起风雷之声，逼退世间灰暗苍茫人祸天灾，呼啦啦如闪电穿越苍穹，一闪间照见前生后世所有的不舍心动与纠缠。

一声轻微的裂响，青钢长剑突然碎裂，千百片明光闪闪坠落在地。

这柄普通长剑，终究经不得那般全力施为，在完成救人使命后，彻底崩碎。

萧玦低头看了看，笑了笑道："还好，没在那一刻碎掉，我该谢谢它。"

他始终没有从素玄手中接过秦长歌。

甚至在素玄将秦长歌轻轻放下，自己带着一脸感慨之色稍稍避开后，他依旧没有靠近秦长歌。

他的手背在背后，整个手臂一直在不断地微微颤抖——刚才不管不顾使力大，关节已经脱臼，轻轻一动刺痛感便不绝涌来，大约筋脉也受了损伤。

他只是低着头，带着庆幸和欣喜的神色，于依旧不断坍塌的山崖碎石之间，于山间淡白迤逦薄雾之间，于渐渐升起的那轮远远的轻红日色间，目光朗然地，一笑。

211

他说：

"长歌，你活着，真好。"

第四十九章
深 情

崩毁还在继续。

猗兰谷本身就是一个上古大阵，看那布局依山为阵，奇妙宏阔，绝非一朝一夕之功，想必是水氏家族百年来未曾停息的心血努力造就，然而彻底毁灭，真的也就是顷刻间的事。

那些精美的屋舍，宽阔的道路，奇异的花草，华美的殿室，因了某处中心机关的绝然一毁，在转瞬间便完成了它们的沧海桑田。

世间唯一的依托自然建成的失传大阵，世人可望而不可即的绝顶奇地，从此将永远少了一处。

这是任谁都难免扼腕叹息的事。

作为生于此长于此的水镜尘，本应有更多的不舍与留恋，偏偏就是他，微笑而毫不犹豫地选择亲手将百年猗兰毁灭。

其人心志之坚，行事之狠，令人心生寒意。

四面环山的猗兰，在缓缓下陷，那些依山而建的建筑，自巅峰圆顶殿室开始都已全毁，一层层地裂开崩塌，整个山体都在神秘崩散，四面的山因为山势的倾斜，发生碰撞、挤压、推移、变形，那些山势以各种奇异的方式在重新排列组合，没有一处地方能一直安全，没有一处地方能确定不会再变动。

巨响不绝，乱石滚滚，灰烟弥漫里的世界，仿佛要永远崩塌下去，直至将所有生灵毁灭。

巨响乱石倾斜的崖面和山体间，无数铃鸟哀鸣争飞而起，那清越悠远的梵音不再，取而代之是一片慌乱的嘈杂声响，无数兽影四处飞窜，在天地之威之前竭力选择有利的位置，寻找生的空间。

萧玦看看脚下再次抖动的裂缝，单手拽起秦长歌，一把掷给素玄，大喝："你保护好她！"

素玄也不客气，一伸手接住，秦长歌在他怀里努力扭头，大喊："你是不是受伤了，是不是受伤了？"

萧玦根本不理她，只是在震天撼地的声响里大声道："谷口已经被堵，出不去了！找到刚才水镜尘下去的地方，那里一定有路！"

三人一起抬头看那个方向——山势已改，那处位于谷中的绝崖被抬高，高高翘起，中间相隔一道数丈宽的巨大裂缝。

秦长歌却在挣扎，挣扎着从素玄怀中下来，大叫："出谷！出谷！"

两人一惊，随即素玄脸色变了。

向着四面崩毁早已被堵的谷口方向，秦长歌决然道："非欢在谷外！他知道这里的动静，一定会进来！"

楚非欢进谷——三个人都知道秦长歌一定没说错，三个人都知道楚非欢进谷的后果。

萧玦看看早已堵塞死的谷口，又看看水镜尘落下的那个唯一有生机的地方，再看看秦长歌神情，突然一笑，道："好！"

素玄看着她，怔怔道："可是你的伤……"

秦长歌一伸手，"啪"地折断了身边滑过来的一棵树的树枝，就手一撕衣襟，将衣襟撕成碎布条，向素玄一递，道："帮我绑住！"

素玄目光变幻地看着她，神情间意味难明。最终伸手，将她的断臂牢牢绑在身体上。秦长歌满意地看看，笑道："很好，高手就是高手，绑的这个位置基本准确，我大约不至于残废了。"

她脸色灰暗，神情憔悴，然神色如常谈笑自若，滚滚风烟里虽一身狼狈，气质却依旧高华雍容如水中花。素玄望着她，只觉得心潮澎湃，一浪浪一迭迭地卷过来，竟令素来潇洒无畏的自己气息为之一室，天地静朗间似有光辉四射长啸而起，如这山崩地裂，如这四海翻腾，如这云霞迸射，如这长风肆虐。

他转身，看着已经无路可闯的谷口，道："如此，一起！"

一伸手他突然抓住萧玦右臂，一托一抬，"咔嚓"一声里萧玦连眉都没皱，只是笑道："谢了！"

"陛下曾经亲身为我炽焰解围，如此小事相较之下何足道哉！"素玄朗然一笑，抓住秦长歌先好的那只手的袖口，道："起！"

三人腾身而起。

"别去！"

一声女声高呼如吼，尾音因急切竟带了几分凄厉，三人回首，便见水镜尘落下的绝崖上，突然爬出个娇小身影。

她看起来也很狼狈，一身白衣已经看不出白色，满是灰尘和血迹，原本光亮的黑发已经乱糟糟地纠结在一起，动一动，浑身的灰土就簌簌地往下掉，在漫天的黄土灰烟里她张开双臂，凄厉大呼："别去谷口，别去谷口！"

水灵徊。

在水家人齐齐失踪的此刻，在猗兰已经被放弃被毁去的此刻，在万物崩塌能逃的早已逃掉的此刻，她出现在绝崖之巅。

秦长歌看着她出现的方向，突然轻轻叹息。

这也是个情种啊……

她明明已经离开了……却在发现猗兰崩毁的那一刻选择了回身，这个古灵精怪带点自私娇气的孩子，在最危险最关键的时刻，选择奔向自己身处险地的爱人。

水灵徊在绝巅之上奔奔跳跳，用力挥舞手臂："无论如何，谷口不能去！那是龙目之地！双目已合，死路一条！"

素玄凝视着她，他这许久以来第一次这般认真地看着这女子，然而转瞬他目光一闪，决然回身，道："走！"

他头也不回牵着秦长歌飞身而起。

萧玦奔了几步，想着素玄转身那一刻，水灵徊震惊失落的表情，心底终究有些不忍，忍不住回身，对呆呆站在崖上看着那两人携手而去，连石头也忘记躲的水灵徊道："水姑娘，我们有必须去谷口的理由，你还是从原路返回，去追你的家人吧。"

水灵徊有点茫然地看着他，似是没反应过来，萧玦躲过一块飞石，又说了一遍，水灵徊眨眨眼睛，眼泪顿时如断线珍珠般扑簌簌滚落。

她双膝一软，跪倒碎石之间，突然扑地大哭！

"我回不去了！哥哥让我选择回头，从此我和水家永无关系！我转身的那一刻，最后的通道已经毁掉了！"

她哭声悲凉凄切，在碎石乱云的峰顶不住回旋，这个还是孩子的少女，世代豪门里身娇肉贵的小公主，自出生起一直过着金尊玉贵万众呵护的生活，从不知人间疾苦世事凉薄。如今，朝夕之间，她便失去了家人、身份，以及她苦苦想要跟随的男人。

过往十六年的呼风唤雨万事如意如今已全部倾覆，变成这一刻巅峰跌落一无所有的无限凄凉。

半空中素玄的身子僵了僵。

秦长歌已经轻轻叹息，道："带她走。"

素玄回首看她，他的目光中也有了难得的痛苦之色。

"我想，她更愿意和你死在一起。"

素玄眼中的光芒淡去，他默默看了秦长歌少顷，随即半空旋身，如长天之凤，身影一闪，已经扑至对面崖顶，一伸手拉起水灵徊。

水灵徊抬起头，如梨花带雨的灵秀面庞，泥尘狼狈地望向他。

素玄俯身，只是平静地看着她，问："我现在去的，是你口中的死路……你愿意和我一起吗？"

水灵徊立即毫不犹豫地点头。

秦长歌遥遥看着素玄搀起水灵徊，那少女带着泪水的眼眸明亮如星，对着白衣潇洒伸手相挽的男子破涕为笑，她的喜悦如此直接而简单，笑声如水晶坠落玉盘般清脆响亮，漫野崩落的废墟里，因此而生出绚烂的花。

"只要能和你一起，哪怕是共死。"

秦长歌微笑叹息，身侧，萧玦的语声低低响在她耳边。

秦长歌回身，看他。

她的目光亦如开在暴风中的一朵花，美得收敛而沉静的花。

"世间有情人皆是如此。"

215

将水灵徊带下崖顶的素玄一直很沉默，他一手拉着一个女子，直奔谷口。

水灵徊不再哭泣，她对着秦长歌因奔逃而披散的长发，以及破损的高领露出来的颈项看了看，确认了她的女子身，却也没有不分时机地追问她的身份，这个一直嚣张跋扈的女孩子，似乎在被弃的那一刻，突然迅速地成熟了。

猗兰占地广阔，不过以几人脚程来计，也不过须臾的距离。不多时几人在谷口前方停住脚，饶是已有心理准备，也不禁倒抽一口冷气。

原先谷口处是一截崖壁，形成天然豁口，再以藤蔓和阵法遮挡，如今崖壁断裂，直直横倒堵在谷口，那些茂密的藤蔓被巨石压碎，在碎石间蜿蜒地露出来，宛如猗兰之山流出的眼泪。

素玄看着这转瞬间便一片狼藉的废墟，皱眉道："纵然猗兰谷由机关总控，但人力所制的机关终究有限，怎么会连山体都摧毁？"

秦长歌淡淡道："这是一个连环阵，地下地势一定有异，并且不知道埋填了多少火药，以一定线路和机关连接，总机关被毁后被依次触发，所以崩塌是一段段来的，并没有同时发生。"

她仔细仰望着前方——无数碎石颤颤巍巍地以各种造型堆积在一起，隐约有缝隙可以穿过，但是那些互相关联的碎石都在摇摇欲坠，轻易一碰恐怕就会发生多米诺骨牌连锁反应，如果想从那些碎石间钻过去，那么谁也不能保证会不会无意中触及某块不起眼的小石头，而导致被小石头那个支点支撑着的某块巨石当头砸下。

在那种乱石嶙峋的环境中行走，轻易便可以再次邂逅一场山崩，还是正面迎上的那种。

这三人却仿佛没看见即将面临的险境，头也不回地向前，素玄挥开水灵徊欲加阻拦的手，一马当先，他轻功提到极致，当真轻盈如羽，一飘就飘上了石山。

刚走了两步，便听得极其轻微的"咯"一声。

秦长歌立即大叫："退！退！"

素玄早已抽身便退，刹那间哗啦啦石块倾颓，顶端一块万斤巨石轰隆隆滚压而下，直直向着素玄的头颅，同时压得无数尖锐石块四散飞迸，扑头盖脸铺天盖地如千百柄利剑般恶狠狠地扎过来，因为速度过快，有的石块已经在半空中发出鬼哭般的尖啸。素玄瞬间已被石雨笼罩，水灵徊捂着嘴，发出一声惊恐的尖叫。

尖叫声里，素玄倒退如电，一泻数丈。他没有选择向下逃窜，而是半空中扭身飞步，脚踩乱石步步登高，硬生生将自己拔高数丈，这才躲过了雷霆闪电一般下袭的乱石雨。

他落下地时，白衣也成了灰衣。石山瞬间重新排列，比刚才看来更逼仄陡峭。

秦长歌奔上前上上下下拉着他查看，水灵徊已经开始抽噎。

素玄若无其事地摇摇手，也不看秦长歌和萧玦，却突然问水灵徊："水姑娘，前方危险，你还是不要去了吧？"

水灵徊惊魂初定默默流泪，连素玄的话都没听见。

她先前从奔向谷口开始，就一直在沉思，似乎在考虑什么，又似乎在为难犹豫，刚才素玄这一番历险，吓得她魂都掉了几分。眼见石山难越，几乎是一条死路，这几个人偏发疯了般一定要过，神色间不禁浮起几分怨恨，怨恨里却又生出无奈来，盯着那碎石，拼命咬着嘴唇，直到把嘴唇咬得泛白沁出血丝。

秦长歌仔细地盯着她，突然缓缓道："水姑娘，你是不是有什么话想说？"

沉浸在自己思绪中的水灵徊被吓了一跳，睁大眼睛瞪着她，半晌才吭哧哧地道："没……没有。"

秦长歌哦了一声，却在她松了一口气的时刻，漫不经心地道："咱们为朋友赴死也没什么，水姑娘年纪轻轻，也要陪着咱们一起去死，实在过意不去。"

素玄瞟了她一眼，没有说话。

水灵徊似乎忍了忍，终于没忍住，道："我又不是陪你。"

"嗯，"秦长歌微笑，"我知道，陪素帮主嘛，说起来素帮主也完全可以不必陪我的，他睥睨天下，几为武林之主，为我们葬身此地，怪可惜的。"

素玄又瞟她一眼，他眼神清透如水晶，照见秦长歌狡黠的眼神，目光相接间心有灵犀，朗然一笑道："大丈夫死则死耳，身名都是身外之物，猗兰谷的风水，我看也不错嘛。"

水灵徊的神色立时又痛苦了几分。

秦长歌已经拉着素玄开始讨论死在哪里最合适，可以福泽子孙后代等。素玄有一声没一声地应着，一边时时分神注意着给两人挡去飞石。

水灵徊始终一副心神恍惚内心挣扎的模样。

终于在秦长歌指着前方不远塌成裂谷的谷口处笑吟吟地说龙目之地一定最好的时候，水灵徊歇斯底里大叫一声。

"别说了！"

几人齐齐转头看她。

咬着下唇，水灵徊脸上现出不正常的潮红，有点像激动有点像决然，更多的倒像是一种悲壮无奈的情绪。

素玄盯着她，心里突然升起一种不祥的预感，他觉得要开口阻拦。

水灵徊却仿佛不想让自己后悔般，又急又快地开了口。

"我知道有一处地方可以穿越谷口！"

她停也不停地道："祖爷爷很喜欢我，小时候他曾说给我听过……那条通道，通往谷外，是猗兰大阵中一处不为人所知的活地。跟我来！"

秦长歌和萧玦对视一眼，都有喜色，水灵徊已经挣脱素玄的手，当先跑向前方，消失在一处歪倒的照壁后。

那处照壁，如一般大户人家横在大门后一般横在谷口，当初秦长歌和萧玦一进谷的时候有看见，虽然觉得这占地广阔的大谷弄这么个小小照壁有些奇怪，而且位置也不在正中，有点偏，只是当时心神都集中在水镜尘身上，也没有注意，只隐约记得刻的是就着溪水掬水的女子，如今仔细看摧毁了半边的照壁，见那女子手势有点奇怪，三个人都咦了一声。

掬水，应该手指兜起向上，可女子的中指指尖，却是向下的。

下方，一处原先只是平地的地方，因为地裂，地表伪装被扫尽，露出青石板缝，青石板也裂开一个大缝。

水灵徊低低道："猗兰之毁，是四面射向中心的，四面崩塌，中心崩塌，谷口之前这块地方损毁反而好些，看样子密道还在，真是万幸……"

她说着"万幸"，不知为何语气却有些苦涩，有点落寞地笑了笑。

她回身，看着秦长歌，突然道："除了水家女人，其余女子，不可以下去。"

素玄一怔，萧玦扬了扬眉。

秦长歌笑了笑，道："好。"她转向素玄和萧玦，道，"帮我找到非欢，我另想办法出去。"

萧玦嗤声一笑，转身就走。

他向着石山的方向。

水灵徊满目希望地看着素玄。

素玄盯着她，轻轻道："水姑娘，这是你水家的规矩呢，还是你自己刚刚定的规矩？"

水灵徊目中水亮的光芒立时散去，眼底涌上层层的黑云，黑云渐渐散尽，换上新的闪亮的粼光——那是泪水。

素玄立时又有些不忍，他轻轻叹息着，道："水姑娘，你的好意，我们谢了，你自己从密道走吧。"

随即回身，他去搀秦长歌。

秦长歌无奈地苦笑着，有些不忍看怔怔望着素玄背影瞬间已经泪流满面的水灵徊。

三人毫不犹豫地背转身，与那个方便安全的密道背道而行。

水灵徊咬咬牙，突然跺了跺脚，大呼："是！是我自己胡说的！你们回来！"

她抹着眼泪，追上去拽住素玄，哀哀道："是我嫉妒她……"

素玄的背影僵了僵，水灵徊已经放开他，决然向青石下的大缝一跳。

秦长歌俯首望着脚下，轻轻道："去吧……素玄，这是她的一片心意……"

萧玦已经向下一跳——既然已经决定下去，他当然得挡在长歌前面。

素玄无可奈何地也只好拉着秦长歌下去。

一下去就是一个斜坡，众人身不由己地斜滚向下，风声呼呼里萧玦大声道："素玄你护好她的手——"

身后是素玄决然的回答："你放心——"

秦长歌在黑暗中苦笑，那个萧玦，你如果能够回头看见，不知道你会不会更不放心？素帮主大人直接把我揣他怀里呢……

素行无忌，洒然而为的帮主大人才不管她怎么想，紧紧将她护着，一路翻翻滚滚，前方突然一亮。

嘭嘭几声，几人落地。

一脚触到实在地面，秦长歌第一眼看见青砖上浮凸的铃鸟腾舞花纹，栩栩如生，不由赞道："好雕功！"

"雕功雕功雕功雕功……"

四面的回声立时迭连不断传来，轰隆隆地倒把秦长歌吓了一跳，自己觉得声音并不大，怎么回声如此空旷悠远，一抬头才发觉所处的空间，竟然大得吓人。

巨柱，穹顶，满壁浮雕，荧荧青灯。

雕刻着铃鸟飞舞的青色穹顶如一道拱桥横亘上空，连接着对面一道断壁之后幽深黑暗的空间，那里已经在断续的崩塌中被落下的山石阻断，堆满乱石，牢牢堵死。

地下童女奉盆形状的人形青铜灯足有半人高，虽然还保存完好，但是也已七倒八歪地倒了一半，失去一半光源的室内，越发阴森幽暗，鬼影烁烁，连壁上那些浮雕，都似乎在悄然扭动。

浮雕画着长须的男子，眉目清逸，隐约有几分水家人的好容貌，看来是水家先祖，一幅幅浮雕刻着他出生、学艺、行善、济世……光辉慈善的一生。

可惜那些写在史书中的光风霁月的事迹，在很多年后，连同这记载着辉煌与荣耀的猗兰谷，一同被他的某个心怀大志的"圣人"子孙无情抛弃。

水灵徊遥望着被堵死的那一面，目中不知是悲哀还是喜悦，半晌低低道："……那是先祖们的停灵之所，现在被砸毁了……还好，砸毁的不是这半边……"

她虔诚地在浮雕壁前跪下，向着先祖像磕头，嘴里喃喃的，不知道在说什么。

萧玦等三人也微微俯身——无论如何，水家先人所作所为，还是对得起上善的荣名的，当得起他们一拜。

水灵徊感激地回望他们一眼，起身，在地面上数了数，在第十三个青铜灯前停下。

"嚓！"

一阵飞快的滑动声响，接着便是双足落地的声音。

众人齐齐回望，暗道洞口处，半面美人班晏，正慢悠悠地看过来，她额上居然也被乱石砸了一个好大的包，身上拖泥带水，看起来滑稽得很。

然而天使班晏任何时候都是不疾不徐的，滑稽不影响她的心态，她四面瞟了一下，慢慢道："上面门没关，我下来看看。"

水灵徊苦笑了一下，喃喃道："反正也不多这一个……"旁若无人地将青铜灯一扳。

轧轧声响，地面突然裂开，居然又是一个地下暗道，在地下的地下。众人愕然——都以为密道定在壁画后，不想还在下一层，水家先祖的心思，着实也奇异得很。

219

水灵徊看着素玄——从刚才开始，她的目光一直都在素玄身上，目光里无尽留恋，无尽决然，却又有几分凄凉——她不是笨蛋，素玄看秦长歌的目光，她比谁都清楚，只是那一眼，她便知道，她失去他了。

哦不，不是，其实她从来没有拥有过。

那个她一见钟情的男子；那个曾经大笑着穿越层云，以天神之姿坦然降落猗兰，降落于她的视野，为她带来一片崭新明亮心情的男子；那个月圆之夜朗笑飞入那一轮巨大金黄的月，于雪素黄金兰的倾国香气里目光闪亮地对她看过来的男子；从最初那一面起，就已将自己的身影，无可替代地刻进了她心底，多少长夜她带着对他的思恋入睡，再在多少个清晨满心憧憬地醒来。那些美妙的梦里，天下第一人与猗兰谷的小姐，以最为相配，武林中人最为欣羡的姿态携手双双，绣榻闲时并吹红雨，雕栏曲处共倚斜阳……她因此时时笑醒。

再在此刻，无穷无尽地跌落黑暗深渊。

那些喜悦过后越发感觉深切的悲凉扑面而来，窒住了她的呼吸——再相逢，却已是沧海桑田，她不再有家，而他以那般复杂深切的眼神看着另一个女子。

他不要她。

他甚至不愿相信她。

原来她，什么都没有。

水灵徊无限凄凉地笑着，她目光明亮如水晶，被泪水浸泡过被绝望洗礼过清澈透明的水晶，她的笑意沉在黑暗里，散发出香灰般的淡淡沧桑气味，沧桑里隐隐生出几分无望的凄厉……素玄，如果我不能让你爱我信我，那么我是不是可以让你，永远记住我？

……黑暗中有人疑惑地将目光转过来，另一双清亮沉睿，难辨心思的眼神，另一个女人。

水灵徊不避不让迎上秦长歌的目光，她是谁？她已不想知道，这样的女子，她只是站在那里，便不断散发从容高华，不变不惊却又善解人意的气度，是那种得天独厚无论站在何处无论怎样色相都注定会是最吸引人目光的女子，她的存在，真的是所有自负女子的悲哀，尤其，是她的悲哀。

呵……我输给你，我输给你……

水灵徊自嘲地笑着，手扳在青铜机关上，她的声音听起来有点虚幻遥远。

她道："机关需要水家人一直控制，你们先走。"

她道："我最后来。"

第五十章

深 水

密道门开启得越来越大，微微传来水声，原来居然要泅水而渡，众人目光都是一闪，萧玦有些担忧地看了秦长歌一眼，担心她的断臂会受到影响。

秦长歌却在密道口回望水灵徊，她总觉得她的语气听来有些不对劲。

挑起眉，她走向水灵徊，看向她一直搁在青铜盆里的手，水灵徊目光幽幽地看着她，突然一低头，吹熄了自己掌下那盏连着机关的灯。

随即她怒道："机关只能开启一炷香时间，并且只能从这里开启一次，你磨磨蹭蹭，想害死大家吗？"

素玄立即伸手去拉秦长歌，萧玦却拦住了他，道："我来带着她。"

他目光看向水灵徊，示意素玄注意着，几个人都是智慧出众之人，水灵徊的异状如何看不出来，都怕这孩子伤心之下做出什么傻事，素玄微微颔首，示意自己明白。

水灵徊不去看他们的动作，只是淡淡道："进入水道之前，记得在道旁一个流出液体的石蛙口中接取一点血莲汁抹在额上，那个可保你们无虞。"

萧玦点点头，当先揽着秦长歌进入密道，随即班晏不急不忙进入，最后素玄站在密道口，回望着水灵徊。

水灵徊低声道："你走吧。"

她的手和脸都沉在锈迹斑驳的青铜灯背后，暗黄光线明明灭灭，素玄看不清她脸上神情，却坚决地道："水姑娘，我们一起。"

身子微微一颤，似乎这句话惊动了她内心深处某个等待了很久的渴望，水灵徊眼中泛起泪光，咬着嘴唇，迟疑半晌，终于将空着的那支手递给素玄，另一只手却没有放开机关。

对着素玄疑问的目光，她低声道："咱们必须等到最后一刻再走，不然他们会遇到危险……"

"什么危险？"

"密道里有猗兰雪兽，这是一种爱吃新鲜血肉的动物，只有我们水氏家族的后裔的血液，它们不爱碰。"

素玄在黑暗中回首看她，目光明锐如日光看进她的眼底："水姑娘……你方才好像说过，血莲汁可以保得他们无虞。"

"是的，"水灵徊惨然一笑，看了看渐渐合拢的暗门，迅速抽出手，道，"走吧！"

她不由分说，拉着素玄在暗门闭拢前那最后关头，投身而入密道。

素玄原本担心她不肯和自己一起走，如今见她当先进入密道立时舒了一口气，下了几个阶梯，便见平坦的一段麻石路，由一色的青石砌成，洁净里微微散出些年代久远的陈旧气息，脚步声响在其中，反而更衬出瘆人的寂静。

水灵徊的步声很重，在幽深空寂的密道里回声不断，素玄有些奇异地望着她，暗想女孩子毕竟是女孩子，胆子再大，在这种沉睡多年气息阴森的地方都难免心慌的。

于是将她的手更紧地握了握，心里生起淡淡的怜惜……她还是个孩子，一日之间为家族所弃，也够她受的了……

感觉到手心里细腻的小手先是微缩了缩，随即更紧地攥住了他，素玄在黑暗中微微笑了笑，包容地接受了她的靠近。

身侧有幽幽的呼吸，轻细，微微有点急促，女子莲花般的体香淡淡传来，素玄有点不安地将身子侧了侧。

行了几步，看见道侧果然有张着嘴的石蛙，素玄上去，在掌心接了几滴"血莲汁"，先要给水灵徊抹，水灵徊却避了，轻轻道："我是水家人，不需要这个的。"

素玄恍然哦了一声，自嘲似的一笑，自己抹了，却突然皱眉道："这是血莲？这气味……"

水灵徊静静道："这是猗兰独有的血莲，和别处不同，血腥气尤其浓厚些。"

她紧紧靠着素玄，在他牵携下前行，身边男子行走间散发着杜若般清远的气息，那是一种远山之上云海之间穿行的风般的味道，带着绿叶的苍翠和岩石的苍青，或是长天之雁羽翼之尖的云朵的飞絮的清凉，或是绝峰之巅青松之上生出的第一颗露珠的清透，宽广而无垠地包围过来，令她沉醉得恨不得溺身其中。

此刻……他握着她的手，他在她身侧，他说，一起……一生里最近的距离，最动心的言语，最温暖的温度。

水灵徊在笑，不住地笑，眼底却渐渐聚集起晶莹的泪花，那一滴泪颤颤悬在眼角，欲坠不坠，一个永远无法圆满的弧度。

这里是幽深的密道，散发着陈腐的气味，四壁倒映拉长的黑影，远远近近都是空而远的足音，然而此刻在她眼里，这里是早春一碧深翠的小径，四处弥漫繁花的芳香，远山之巅白衣的男子回首，身后传来悠长的鸽哨的清音。

一生里最黑暗却也最光明的道路啊……可不可以走得慢一点，再慢一点？

那短短几步丈量出的距离，写尽了谁的一生……

前方，水道在望。

水灵徊闭上眼，那滴颤颤的泪珠，终于被轻轻挤落，在雪白脸颊上留下了一道清亮的印痕。

素玄只是看着前方水道，注意着水中萧玦和秦长歌的安全，不经意地问水灵徊："水姑娘，你可会水？"

水灵徊点点头，素玄一笑道："那么小心了。"拉着她纵身跃入水道。

他依旧攥着她的手，掌中柔若无骨的手那般娇小，令他错觉那是孩童的手，于是这艰难险阻之前他不敢放开，怕一个疏失那娇小的孩子就会随水流去。

水很冷，掌中的手因此也如冰之凉，感觉到水灵徊动作有点迟缓，素玄回头看她，问："是不是有点冷？"

水灵徊只是摇头，目不转睛地看着他。

素玄被看得有些尴尬，讪讪地转过头去。

水流无声，无声的水流里，一些湿润的液体，亦滴落无声。

"痛不痛？"

"还好。"

"我以为你会说不痛，"萧玦轻轻一笑，单手划水，另一只手轻轻揽着秦长歌，抬眼看见水道两侧渐渐不是齐整的巨石，而换成了自然的嶙峋的崖壁，一些肥短的白色影子飞快地窜来窜去，时不时越过水面，冲近两人，却在接近的瞬间退去，看身形依稀是那晚遇见的"动物版萧溶"。

"原来这就是猗兰雪兽，"萧玦笑了笑，庆幸地道，"看它们那模样，对这血莲汁真的是避之唯恐不及……只是这个血莲……"

"你也发觉了。"秦长歌目中有忧色，"血莲咱们又不是没见过，无论哪个品种，也没有这么浓郁的血腥气。"

"你的意思是……"萧玦霍然扭头看她，"兽血？人血？"

"兽血的话，水姑娘就不必骗我们了，"秦长歌低声唏嘘，"我有点担心……"

"你是说那是她的血？"萧玦一惊，回身去看水灵徊跟上没有，不料正对上班晏的脸，那女子故意将遮面长发撩开，黑沉沉的幽深水道里，用半边鬼脸对着萧玦一笑。

一只扑近她的雪兽立时尖啸着逃窜开去。

班晏得意地等着看萧玦吓回头，结果，大胆萧皇帝却明亮爽快地回她一笑。

那神情，仿佛见到的就是个惊世美女。

班晏悻悻地继续游……

秦长歌好笑地看着这一幕，随即又皱眉，想了想道："我怀疑那个机关是要血祭的，她当时死活不肯抽出手，大约……不过按说咱们学武人士，流点血也不至于丢掉性命，只是那孩子的神情，总令我有些担心。"

"她那是伤心，"萧玦不看她，望着什么也看不见的壁顶，悠悠道，"为情伤心的滋味，本就是万念俱灰的……"

他的神情有些遥远，目光似乎透过深黑的岩壁，看见那些深埋了守候和绝望记忆的过往岁月。那时的他，每想着长乐宫那一抔不全的骨灰，自己便也真成了灰，飘飘洒洒扬在天地间，浮游在每个着落，看什么都是迷离的，看什么都隔着天涯之远，肉身虽还在，精神，却早已成了一个陪她一起被焚尽的游魂了……

看着他的神情，秦长歌默然良久，悠悠一叹。

身后，单调的划水之声，安静得只听见几个人的呼吸，秦长歌隐约看见跟上来的素玄和水灵徊，心下微微安定了些，低低道："但愿是我多虑……但望无事……"

水声悠悠，他在身侧。

不用去看，她也能在心中描摹出那白衣如雪，长眉飞扬。

一如当年，那夜。

……那一夜，猗兰终年笼罩着雾气的山谷难得地云开月明，云翳散尽后那一弯上弦月薄凉如玉，女子娟娟之眉般挂在树梢。

……当时自己在做什么来着？好像爬在树上看月亮，有两只雪兽围着她团团转，正在拼命争宠。

听见大笑声时，那弯月亮都似乎震了震，雪兽尖啸着转过头去——那么清朗的笑声，像雪山上吹过来的风，瞬间带着山巅上的雪沫，清凌凌地卷了来。

扑到人脸上，胸臆间都爽亮了亮。

自己愕然回首——猗兰谷，真的好多好多年没有人能进过，更别说半夜突然出现。

他是怎么越过前方饕餮之林，避开猗兰十六暗关守卫，找到猗兰隐藏在山壁间的隐蔽门户，出现在谷内的？

前方响起喝问声，对答声，然后，掌风呼啸声，兵刃相接声……

她懒懒地躺了下去，听风声，那是水家守卫出动了，水家守卫若是行走江湖，最起码也是个一流高手，水家的坎离阵，等闲人来得去不得。

这位，自然也去不得。

然而她立即听见守卫们的惊呼声，她霍然转首，看见数十柄水家独有的飞银刀似旋转着的月光，四面迸射开去，黑夜中开起了一朵灿烂的银色的花。

随即她听见叔叔水应申的叱声，一道青影流光般地掠过来。

她起了点兴趣，翻了个身，托腮等着看叔叔教训那个狂妄小子。

远处银辉下只看见青影沉雄而白影潇洒，流光般地飞旋转折，仿若天地间一道流星冷电，又或是仙山之上生出的云霓流霞，明明只是普通的招式，却浩浩然如四海之威，朗朗然若玉山之摧。

她不知不觉看入了迷，抓住一只雪兽无意识地在拔毛，每看见精彩处都揪一揪，那只倒霉的争宠成功的雪兽不住吱哇乱叫。

不出数招，自己那号称猗兰谷三大高手之一，犹以功力精深著称的二叔就跟跄退后，而那白影一个旋身，月光下他伸手一引，长笑道："打得痛快，佩服！"

那一引仿佛引出了苍穹下的全部星光，辉煌地没入他的双眸。

她心口若被雷击，手一松，雪兽哀呼着逃走。

大叔叔的掌风排山倒海袭向他时，她已经不由自主地跳下树，远处凛冽的掌风里，那个轻盈飘逸前进后退辗转如意的身影，似有魔力般吸引了她全部的目光。

她一步步，走近对敌之场。

呼啸的罡风里，背对她的男子，突然一回身。

他黑发扬起，双目如月色明朗……

她心底泛起动荡不休的涟漪，涟漪中开出清丽而芬芳四散的花，面上却漠漠然冷若霜雪，她抽出铃链，一声清叱：

"来者何人？速速受死！"

……来者何人？何人？何人？

此番一来，踏云披月而来，那般不可逃避地生生撞入她心底，泛起碧波千顷，直至此刻，此刻尚未休止。

她被撞裂了十六年琉璃般绚丽华美被珍爱被呵护的平静岁月，那些记忆里无忧无虑不知悲苦的人生从此呼啸而去，她腾身而起，努力去追，然后眼睁睁看着自己落入永恒的深水。

深水之中，她渐渐无力挣扎，也不想挣扎……十六年来，她享有过其他兄弟们不曾有过的珍惜，也许是贪婪地要得太过，命运罚她一朝失去，一朝全数相还。

……十六年前，她给出水氏家族最后一声欣喜的婴啼，却换来祖爷爷一声悠长的叹息。

……薄命之女……

……十六岁之前勿换回女装，十六岁之前勿出谷，或可保一生平安……

……她被当作男儿养大，自小吃着奇异的苦涩的药，她会时不时流血，一旦流血就汹涌可怕永无止歇，她的关节常常因充血而肿胀，她曾经大病欲死，险险被救回。

所有人都保护着她，不让她劳累、悲伤、受伤、流血，所有人都在等待那个十六岁，小心翼翼地带着黑暗的影子过去。

……然后十五岁那年，她看见他。

……她不顾一切奔出谷，以雪素黄金兰的失踪为借口，为了寻找她，三哥这个家族最重要的人物亲自远赴敌国，将她带回。

……遇见她的那一刻，看见她的女装，三哥那般平静雍容的人，终于变了脸色……他叹息，说，冤孽。

冤孽，是吗？

她不悔。

那过去的琉璃般的十五年岁月，不是她自己活的，她真正活的，是最后这一年。

能这般全心全意没有顾忌地活上这一段日子，能这般全心全意无限憧憬地去爱过一个人。

真好。

……水好重啊……

却……如此温暖。

她用最后一点儿力气，向身侧的他，轻轻靠了靠。

他没有避开，而是体贴地将她往身侧拉了拉，她满意地笑着……今生里寤寐不得的拥抱，最后一个拥抱，终于以这样的方式成全了自己……真好。

她的手，在他手中，她整个人，在他怀中。

与子携手，不能共老。

不过没关系……

她微笑着，合上双眼。

素玄……我庆幸此生遇见你。

…………

水声悠悠，在黑暗中泛着细碎的粼光，隐隐地感到上方依旧传来震动，延伸至这地底深处已经转至轻缓，水面漾了一层又一层，光怪陆离地弥散开去，看来如一场绵延不绝生生不息的梦境。

素玄觉得身边女子的手，越发地冷下去，动作也渐渐轻缓下去，她似乎有些冷，向他靠了靠。

这寒冷的水中靠得再近也不可能有温度传递，素玄还是怜惜地将她往身边拉了拉，承担了她全部的重量，女子舒舒服服地躺在他怀里，一点儿力气都不需使用了。

这个女孩子……还是很可爱的……一直以来，他像看待妹妹一样看待她，在炽焰帮里，那般纠缠的喜悦都是她的，他用淡淡的无奈，包容着这孩子的任性。

……今日，大约是伤了她的心了……好在这孩子虽然跋扈却本质不坏，当初在炽焰帮，她粘得太紧导致自己发怒，她狠狠哭上一场，转个身立即又笑了。

素玄淡淡地想着，自己也不知道自己嘴角轻轻泛起了一个笑容。

前方，水势渐浅，隐约可以看见阶梯。

素玄目中露出喜色，道："水姑娘，你看——"

他突然住口。

怀里的女孩子，为什么突然重了许多？

这点重量原本不会被他这个高手感觉得到，然而他将自己从思绪中抽离，抬首去看前方的那一刻，怀里依着他颈项的头颅，并没有随之扬起。

素玄心中轰然一声。

他近乎慌乱地去扳起她的头。

…………

眼前少女的湿漉漉的脸，眉毛头发都被水浸得乌黑，纤长的睫毛紧紧地闭着，睫毛下，双颊上显现出不祥的惨白之色。

连唇，都已是霜白的。

那唇角，却有一抹微笑，如将要飘零的残花，浅浅一缀。

素玄盯着那笑容，有生以来一直稳定如恒的双手，突然开始颤抖。

他抖着手，轻轻去探她的鼻息。

"灵徊！"

一声大喝惊住了前方已经离开水道爬上阶梯的萧玦等人，尚有半个身子在水下的秦长歌霍然回首，便见身后数丈远处，幽深水道黑暗背景里，素玄站在水中，双手抱着少女，少女黑发披散，双手以一种毫无生气的姿势软软垂下。

秦长歌只觉心里一凉，霍地腿一软磕在台阶上。

萧玦急忙去扶她，秦长歌一把推开他，霍然回身涉水奔向素玄，一边艰难地前行一边从怀里拼命摸索防水的火折子。

素玄立于水中，一动不动。

"嚓！"

班晏点着了火折子。

秦长歌停在水中，停在素玄面前。

飘摇的火光照着那水中的男女，照着那女子下垂的手，她右手的一根食指已经没有了，断指之处，被泡得发白的伤口犹自在不住地滴落淡红的鲜血，落到水里，洇开淡淡的血丝，瞬间不见。

秦长歌盯着那到现在还在流血的残手，只觉得手脚冰凉，她轻轻唤道："素玄……素玄……"

素玄缓缓抬起头来。

他脸色惨白，不似人色。

他声音响在空洞的密道里，听来远如隔在红尘之外："……我为什么没能发觉？"

228秦长歌默然……水中，感觉不到温度的下降和血液的流失，她大概一直在流血吧……混杂入水里，无声若默默流下的泪，没有人能够知道。

素玄又是那么随意的性子，她不动，他还以为她想偷懒，他将她保护在怀里，不要她费力去游，他一路前行，看着前方的身影，不知道身侧女子的生命在一点一滴随水而去。

看着水灵徊绝无生气的脸，秦长歌知道已经没有挽救的希望。这个孩子，她在死前的一刻，想着什么？

素玄还在怔怔地问："我为什么没能发觉？"

秦长歌突然觉得胃痛，五脏六腑翻搅在一起如同被巨手捏紧，她深深弯下腰去，大滴大滴的冷汗冒出来。

这是一个……永远没有答案的问题，一个永远不能回答的问题。

因为答案，太过残忍。

耳边响起萧玦担心的询问声，却又混沌得仿佛什么都听不清，四周安静诡异而又喧嚣杂乱，一幕幕景象浮光掠影而过……脆笑如银铃的少女……月光下铃铛中蹿出的奇形怪状的虫蛇……拼命抖着裤子里的毛虫的要哭的孩子……背着楚非欢在屋脊上拼命逃窜的女子……猗兰之毁……绝崖上扑地大哭……石山前的犹疑与被挤对……密室里沉重而古怪的神情……她伸手去扳机关……她的手一直在青铜盆中……她不许她靠近……石蛙口中流出的状似人血的"血莲汁"……

那许多前事蜂拥而来，变幻起伏，如波般于她脑海汹涌不休，最终只剩下言笑晏晏容颜灵动的小小公子，在绝峰之巅得意地大笑："这位姐姐你不相信我能把他裤子撕下来？"

…………

灵徊。

我曾答应你一起去看素玄被扒裤子，如今我站在水中，看素玄抱着你的尸身茫然相问。

我曾经送了女装供你相换，好让你在你的心上人面前一现娇媚，如今我却用自己的言语的机锋，挤对着送你走上绝路。

我一生杀人从不手软，害人从不皱眉；我一生悍然与敌相遇，从不惧苦困相逼；我一生不畏以暴止暴，用鲜血来淘洗鲜血，换得铁血的秩序与新生；我一生翻云覆雨，玩弄人心，使尽计谋，算尽机关。

然而这一次，我终于，算错。

第五十一章

炸 山

密道尚未开启，却不知从哪里起了一阵小小的风，旋转着贴近水面，起了一个个精致漩涡，令人想起，那个逝去的孩子，仿佛曾经也拥有过一对世间最明媚的笑窝。

风里，素玄抱着怀中女子冰凉的躯体，神色一瞬间空无所有。

风里，睥睨天下从不低头的开国皇后，生平第一次因为苦痛，深深俯下身去。

她弯身的姿态艰难而疼痛。

宛如一种，赎罪的姿势。

素玄慢慢抬眼，看了看秦长歌，他目中什么表情都没有，瞳仁黝黑如永远不见天日的深狱，他抱着水灵徊，缓缓绕过了秦长歌。

那前行的步子竟然有些踉跄，秦长歌身侧的萧玦下意识地想扶住他肩头，却在将要触到他的那一刻，收回了手。

让他……一个人安静吧……

萧玦看着他的背影，沉重而飘浮，令人觉得似乎只要不小心触着，就会立刻碎成千片，彻底崩溃。

这一刻的深水，淹没人世间一切欢乐的堤岸，要等到多久多久以后，才能挣扎得出？

萧玦悠悠叹息，他亦是痛苦的过来人，长乐妖火，曾经焚尽了他三载的欢乐，他比谁都清楚此刻素玄的感受，何况，素玄只怕还要比他更多上一份"我不杀卿卿，卿卿因我而死"的自责与内疚。

还有……长歌。

担心地扶住秦长歌，萧玦仔细注视着她的神情——长歌一生里明锐决断心狠手辣，却并无伤害无辜之事，并无亏欠人心之处，然而今日之事……

谁都没有错，却酿成大错。

世事弄人，一至于斯。

水声悠悠，不绝流淌，永不知人间悲愁。

素玄抱着水灵徊，缓缓上岸，上行几步阶梯，又是一盏做成童女托盆状的青铜灯。

盆里，果然有一处圆形的孔，先前，通道的那端，水灵徊就是将手指伸进了那样的孔，从而失去了自己的手指和生命的。

萧玦和秦长歌立即同时伸出了手，却被素玄决然拂开，他力道之大，将秦长歌挥得一个踉跄，萧玦手一伸拉住她，深深一叹，无声退了开去。

素玄将手指插进圆孔，轻轻一钩，轰隆一声，前方看起来只是山壁的地方，突然出现门户，缓缓开启。

秦长歌盯着素玄的手。

没有鲜血流出。

素玄缓缓抽出手，手指完好无缺，他似乎有些遗憾地望着自己没有伤痕的手，怔怔地出神。

秦长歌回望幽幽水道尽头，已经看不见的那处水家密室里，那个开门的机关，到底设置了什么，来惩罚擅自泄露家族祖先停灵重地的水家子弟，已经注定将成为永久的谜，伴随着这个女孩的亘古沉睡，永远沉没，无人能解。

秦长歌只大约猜出，那是血祭的机关，鲜血涌出，蓄积到一定位置，冲开机簧打开暗门，多余的鲜血便从石蛙口中流出。

而水灵徊当初的犹豫，是缘于她的不同常人的体质，别人只是残肢的伤口，于她就成了死亡的切痕，秦长歌深恨自己为什么就没有想到，有种人是不能流血的。

暗门开启，新鲜的空气与外面逼人的翠色刹那间涌入，那么鲜亮的颜色和感受，仿佛是那个孩子给人的感觉，然而这一生里她再也不能如此鲜明，然而他们这一生里再也不能看见那个总爱翠绿绯红鲜黄素白，将色彩穿得界限分明的小小少女。

她的鲜明，结束在那一段暗无天日的深水里。

是不是预见到结局的苍凉和灰暗，所以那十六年里她拼命着亮丽逼人？

素玄缓缓抬头，迎着暗门开启处那一缕日光，似乎有点疼痛地眯起了双眼。

灿烂的日光射过来。日光里，有人在盈盈冲着他笑……素玄，你赔我的铃铛儿……你赔你赔你赔……

她说起铃铛的时候总要带个儿字音，舌头微微翘起，听起来娇俏而玲珑，自己也宛如一个到处都在响的漂亮铃铛。

那么活力四射的女子，玲玲脆响着闯入他生命的女子，怎么会变成了此刻，他臂弯里那个冰凉脆弱的躯体？

素玄伸出手，轻轻挡住了那道鲜黄的日光。

他喃喃道："我赔……"

他身侧，秦长歌微微一震，她默然抿紧嘴唇，森然地望着暗门之外，已经远远越过猗兰边界的深绿的山峦。

有一种崩毁难以复苏，有一种废墟不能重建。

深吸一口气，秦长歌决然跨出了门外，并用力一拉，将一直站着不动的素玄拉出门。

萧玦很有默契地走在最后，阻拦住回去的路——他和秦长歌都很害怕，素玄会在他们走出后将暗门关闭，将自己永远留在暗道中陪伴水灵徊。

素玄立于朗日长风之下，不动，不前行。

他的身材素来挺直顾长，五陵年少乌衣子弟般风度优雅的背影，霎时也因沉重的背负而微微佝偻。

秦长歌回身看他，她神色憔悴痛苦却已恢复平静从容，她冷冷盯着素玄的眼睛，轻轻道："……素玄，我知道你很痛苦，我知道你觉得对不起她，我也一样，在她面前，我们都是罪人，而我的罪，比你更重。"

素玄抬眼看她。

他目光亦如深水，水底翻涌无尽波澜，每个起伏都是疼痛的伤痕。

"我明明看出她的为难，我明明知道她此去定有难处，我明明清楚她擅自开启祖先陵寝必将受到惩罚，但我为了大家脱险，为了一己私心，我装作不知道，我自欺欺人地以为，一点儿小小的惩罚不会要了她的命。"

秦长歌深深看着水灵徊，用唯一能动的那只手，轻轻抚过她冰冷的脸，一字字道："是我，杀了她。"

素玄的手抖了抖，萧玦目中泛起痛色，正想说话，秦长歌已经继续道："但是，素玄，我不会因为我的错误去将自己赔给她，因为她要我的命毫无用处，而她更不会愿意看见你自责伤心，将一生就此颓然虚掷。"

她扬起脸，眼底水光晶莹，在南闵之冬温暖的阳光下镀出流丽的反光："素玄，灵徊爱着的，是那个深夜闯入猗兰谷，挥手间连过三关的你；是那个筋山之巅，大笑着毁去她的铃铛，还说要打她的你；是那个立于武林庸庸众生之上，俯视天下笑看风云的你。

"你若想她含笑九泉，你若想用她最希望的方式永远怀念她。

"请，继续做回当初那个你，那个她所深爱膜拜，用尽生命去爱的你。"

素玄沉默了很久。

他长立风中，风声嘶嘶似马鸣，风声悠悠似水流。

多年以前，街角驻马的少女，勒缰之下，一声马嘶唤醒了他濒临死亡的神智，她淡淡下俯的脸，如一朵艳丽光明的花，照亮了他余生黑暗的岁月。

多年以后，猗兰密道下水流悠悠，女子的笑意绽放在青铜灯的微弱光芒下，她贴近了他，再轻轻离开，从此带走了他内心深处的某一处温暖。

世间一得一失，一饮一啄，似有天意。

森凉而轮回的天意。

良久，素玄微微仰起头，对着云端之上，那个迤逦飘近似有若无的笑靥，微微一笑。

他道："你放心，我明白。"

转过脸，看着秦长歌，他淡淡道："抱歉我不能陪你去找非欢了，我得先给她找个她喜欢的地方住下。"

深深地看着他的目光，良久，秦长歌道："好。"

素玄再不多话，抱着水灵徊决然离开，他雪色的背影很快消失在翠绿的丛林之中，在他臂弯之处，女子飘落的乌亮黑发绸缎般在风中招展，宛如生时。

秦长歌和萧玦，目送着他离去，落木萧萧长风悠悠里，心中生起离别的苍凉和悲切。

那些永生不能圆满的忧愁，终究换不得命运的怜悯回首。

班晏不知道什么时候已经离开。

秦长歌不想关心她的下落——她只要活着，那么就一定不会放过水镜尘，如果不是因为水镜尘是灵徊的三哥，秦长歌其实很想自己就先杀了他，现在有班晏，那更好。

南闵玄螭宫和猗兰谷，两大势力一直勉强维持着表面的和平，如今终于撕破脸皮，一场碰撞不可避免。

秦长歌打算趁乱取得踏香珈蓝，然后回国整军，趁两方打得两败俱伤之际，将南闵给收拾了。

此次南闵行，心伤身伤，若不要回点利息，着实会郁闷吐血。

环顾了下地形，秦长歌确定现在竟然已经到了猗兰外围山脉，换句话说，非欢现在反而应该远远在她身后。

两人当下不再犹豫，萧玦一把拉起她，奔向原先非欢等待他们的谷外。

路程挺远，地形复杂，两人不熟悉方向，居然绕了将近一天一夜才找回正确的路，好容易远远地看见熟悉的地方，以两人的目力都已看清楚谷外景象，秦长歌步子晃了晃。

那里已经没有人，谷口崩毁，紧紧挨着的谷外自然也受到波及，树木地面都被砸得支离破碎，那些支起的帐篷早已被压在滚落的碎石下不成模样，原本等在谷外的各家弟子在大难来临时早已做鸟兽散。

秦长歌悬着一颗心奔过去，在原先楚非欢他们那个帐篷的位置转了一圈，那里也没了人，帐篷在碎石之下露出破碎的一角，秦长歌缓缓揭开那些角，害怕自己会看见零落的血迹和狼藉的断肢。

还好，没有，什么都没有，走之前非欢裹身的毯子也压在帐篷里，秦长歌抽出来仔仔细细看了，没有血迹。

长长吁了口气——幸好，幸好，非欢没有像幽州暴乱那日，宁可放弃生的希望也要在原地等候她。

萧玦也松了口气，笑道："大约他们避开这里，驻扎到安全的地方去了……"

秦长歌突然面色一变。

她连招呼都来不及打，发足便奔。

萧玦不知所以，也跟着奔过去，却见她是向着谷口那个摇摇欲坠的石山的方向，想了想，脸色也变了。

疾奔中隐隐闻到一种呛人的奇异气味传来，萧玦"咦"了一声道："好像是火药？"

秦长歌奔得更快，远远地看见乱石山下，一处靠近边沿碎石较小的地段，堆积起一堆黑色的火药，火药底牵出长长的引线，依稀有几个人围着那堆火药，在计算着方位和距离，似乎还在争执着什么。

看身形正是祁繁、容啸天和楚非欢三人。

三人争执着，似乎都不肯相让，楚非欢突然动了动袖子。

随即祁繁和容啸天便倒了下去。

接着楚非欢便挥手示意旁边的帮工属下将两人远远拖开。

他昂首看着狰狞堆积的石山，这么远看不清他脸上神情，可是动作却毫无犹疑，手指一晃，指间已经多了一个火折子，一簇鲜红的火苗跳跃着燃起。

秦长歌眼前一黑——非欢要炸开通道！可这不是固定完整的石山，这里全是乱石，一处计算不好，乱石崩塌，他会被第一个压死！

成功的概率只有百分之一！

不，非欢不会这么蠢，他怎么会不知道这样做的后果？

他为什么要这样？

此时却什么也来不及想，只顾发力狂奔。秦长歌开始咳嗽，巨大的风铁板般地撞过来，心胸间一痛的同时秦长歌突然脑中一醒，明白了楚非欢的心意。

谷中崩毁，声势如排山倒海震撼天地，任何人都会觉得里面的人难逃性命。

这种摧毁程度，时间越长越没有生机，以他们几人的武功，只要活着，以猗兰的距离，早该出来了，到了现在还没有出现，谁也不敢再往好的方面想。

非欢已经等到绝望。

所以他选择了以最决然的方式援救。

石山难越，他肢体已残更不可能跨越。

那么，炸吧。

如果能炸出通道，那还能为她求得一线生机。

如果不能，那么，陪她一起死。

不愿独生。

…………

大喝一声，萧玦也已看出楚非欢的意图，两人都在拼命狂奔。可是两人此时的状态都糟糕，不仅都疲惫万分，而且萧玦早在发力砍崖的那一刻便伤了筋脉，一路不得休息，左臂越发疼痛，平衡和速度都受了影响；秦长歌现在也是个半残废，原本她因为身体轻盈，轻功一直练得高超，应当比萧玦快些，现在先奔出去，也不过就快了一步。

而猗兰内部崩山犹未完歇，隆隆之声不绝，对面说话都需要大声，两人拼命呼喊，却是除了自己谁也听不见。

楚非欢出神地看着山那边，缓缓俯下身去够引线。

秦长歌急得已经快要吐血。

她霍然回首，向着萧玦，道："我们俩的肢体都不平衡，跑起来太慢，我身子轻，你送我一程！"

萧玦心疼地看着她满身灰土伤痕，却咬了咬牙，只道："好！"

他猛力前冲，单臂挥出，一把托起秦长歌脚底，大喝："起！"

运足全力的秦长歌立即一朵轻云般地飞了出去。

楚非欢指尖火花明灭，瞬间靠上引线！

秦长歌飞身前纵！

引线瞬间点燃，火花闪烁着向后退去！

秦长歌"啪"的一声半空中抖开了黑丝！

引线很快燃了大半，只剩下手指长短短一截！

楚非欢仰首，神情决然。

"啪！"

黑影一闪，大力抽下！

火花顿弱。

"嘭！"

人体重重砸落，悍然砸上地面火线，随即狠狠一个翻身，将最后一点火星也压灭。

腾起的灰尘间，有人在不住咳嗽。

腾起的灰尘间，楚非欢慢慢睁大了两日一夜间已经满是血丝的双眼。

腾起的灰尘间，那个人体肉弹缓缓抬起头来，狼狈的脸上只剩下一双眼黑白分明，她不住地咳着，却一直在笑。

她笑着道："非欢，我们都不要死。"

南闵大衍王朝承和六年冬，一场性质单纯的吊唁，葬送了南闵武林绝大多数豪强人物，成就了百年巨族猗兰的死亡与新生，那些将故族的废墟悍然踏于脚下的人，将过去远远地抛在身后，雄心万丈地打算重新开始，猗兰新谷主水镜尘在老谷主的吊唁仪式上，对前来询问的天下武林人物坦然相告，水家从未接待到玄螭宫天使班晏以及诸位所说之武林豪雄，水家在谷外等候已久却始终没有找到任何人。

此话出自圣人水镜尘之口，谁也想不起来去怀疑，水镜尘在仪式后邀请来客参宴，淡淡品茗间几句话，立时叫人联想到天使班晏的身份和玄螭宫大祭司的诡奇行径，和光辉灿烂的猗兰比起来，阴诡深沉的玄螭宫，名声自然差上许多，一时众怒顿起，群雄汹汹。恰逢在百里之外就被水家派人接过来的王宫来使也在座，众人转而请求来使主持公道，来使一番书简上报朝廷，本就对玄螭宫颇有心结的王朝立时"派员至玄坛求问无辜人士失踪细故"。与此同时，水家昭告天下——诸位武林人士乃是为吊唁老家主而葬身奸人之手，水家责无旁贷，定当助朝廷，以绵薄之力为天下英雄求得一个公道。

于是，一场吊唁风波，南闵三足鼎立多年的局面被打破，一直势力庞大却旁观世事，不参与人间风云的水家做此表态。南闵政局一直以来维持的表面和平的面具立时被撕裂，有了底气的大衍宫的"派员询问"立即将那人员数增加到数万军马，与此同时，水家"猗兰雪甲卫"同期出动，这个只在传说中名闻天下的猗兰铁卫，终于在新任家主接任大权之后，以肃杀彪悍之姿，出现在天下武林之前。

当然，在一片喧然勃然对立向玄螭宫的呼声之中，也有一些异声出现，比如南闵幽火泽玄螭宫三十里外的赤偃城中，一个平日里总爱说大话的半疯的乞丐就曾一边捉虱子一边对隔壁一个正在搓垢泥的乞丐道："什么求公道？什么失踪？什么伸张正义？都是他妈的笑话，我看是在阴大祭司练神功闭关的紧要关头，趁火打劫来了！"

可惜小人物的声音，注定要被愤怒的正义的大潮所淹没，那些飘荡在空气中的不和谐的音调，瞬间便如尘灰般，踩在前进者的脚步下瞬间无迹。

顶多换得搓泥的那个乞丐嗤声一笑，答一句："关你屁事！"

然而事物的变化总是离奇的，就在天下武林和朝廷势力齐聚幽火泽，要求阴大祭司给出答复，交出天使班晏，愤怒的大祭司悍然相对，拒不理会的时刻，看起来有点狼狈的班晏突然阴森森地出现，半面鬼魅半面佳人的班晏，一出现就以天魔音杀镇压下喧闹的人潮，尤其针对雪甲卫和朝廷中人，幽火泽上，她长发飞舞厉啸干云，转瞬之间横尸数百，硬生生将人群窒得一静。

在短暂的安静里，班晏口齿清楚不疾不徐地将水家明修栈道暗度陈仓，毁猗兰另起炉灶，嫁祸他人心怀叵测的种种般般，俱说了个字字分明。

万众哄然。

哄然声里，风姿殊然的水镜尘神色不动，微笑如常，只温和地问："可有证据？"

班晏自然是没有证据的，猗兰建筑全毁，谁能指着那一堆废墟说那就是猗兰？谁又愿意相信水家会发了疯将百年基业全毁？何况众人刚由"猗兰"谷中过来，那亭台楼阁，建筑恢宏，明摆着建筑多年，岂是一朝一夕能成？荒谬，真是荒谬！

班晏也不动气，安静地看着觉得被愚弄了的愤怒的人群，她的神色居然也和水镜尘的招牌一般，悲悯而温柔，她只看着水镜尘，轻轻问："灵徊死了，你可知道？"

灵徊死了。

你可知道？

没有人知道当时人群之前，只面对着班晏的水镜尘是什么神情，那一刻水波般的细微变化，只有班晏看见。

这是玄螭宫和上善家族的最后对话。

之后，大战爆发。

幽火泽面对围攻，展现了它经营多年所拥有的凶悍势力，阴大祭司始终没有出现，自然是上三使主持大局，班晏是理所当然的首领。

对于汹汹围攻的人群，她只是慢慢将长发梳起，脸容全露，全然不顾万众惊呼，缓缓道："事情，终究是要有个了结的。"

自此，这位在武林中鲜少出现的神秘女子，第一次在天下人面前展示了她惊世骇俗的实力，三日三夜中，她一步未移地高踞幽火泽一处断崖之上，利用幽火泽的独特地势，以妖雾、幽火、沼泽、万螭、音杀，以重重叠叠如万物生如波涛起的绝杀手段，挡住了南闵朝廷和水家一波又一波的进攻，并派人截断道路，将南闵朝廷派来的援军阻在幽火泽之外，天地人上三使和风雷电下三使，各自领玄坛守卫镇守一方，幽火泽，成为三方势力拼命死绞在一起的修罗杀场。

三日三夜里，血流成河，尸骨如山，幽火泽终年暗红的土壤岩石转为深红之色，天空中一直被迷离的血色雾气笼罩，远远看去胜过明霞，妖艳如火。

三日三夜，喊杀上冲云霄，惊破连绵山阙，万鸟惶然齐飞，乌黑的羽翼遮没风云变色的天空。

那些喧嚣带着死亡的绝音和飘飞的血火，曳着兵器交击的长音，远远传出幽火泽。

却传不进某处安静幽然的角落。

那些临终的呐喊和得意的长笑，那些将死者在践踏的脚底的悲惨呻吟，摧折着对敌者的心魂。

却无法摧折那几双永远明亮冷静的眼神。

万骨之枯，谁家之荣？

承和六年冬，十二月末，风里有了微微的寒意。

幽火泽背后，一处凹陷的山地里，几个行商打扮的男子，眯着眼看着眼前那条蜿蜒隐秘的小道，眼底有审视的意味，半晌，一个清瘦男子转身，问身侧一个乞丐打扮的人："就是这里？"

最爱在庙中说大话捉虱子的乞丐，生平从未有人认真听过他的话，此时却也没有惊喜和受宠若惊之色，他神色复杂地看了看那条道，半晌，点了点头。

那一刻他眼底的神情，渺远苍茫，意味无穷，那一刻他看来不再是个零落赤偃城的乞丐，而像个曾经叱咤风云，拥有无数的人上之人，那曾经的繁华荣盛，风云翻卷都于他眼神中飞速掠过，倒映了红尘烟华三千。

他笑笑，指向那条道，低低道："这是阴离也不知道的秘密……从这里，直接通往玄螭宫，因为出口就是玄螭宫的玄天大阵，多年来没有人进去过，所以从无人发现，你们如果要从这里走，出来时一定会触动大阵，"他突然皱眉转头，看着眼前几个衣着普通的男子，眼光尤其在那个虚弱残疾的男子身上转了转，道，"其实这等于也是条死路，你们一定要去？不如等前方战事有个结果再……"

"谁知道要打到什么时候？谁知道会是个什么结果？从战场穿越还不如走小路。"男子满不在乎地微笑道，"放心吧。"

他抬头，看着前方血雾笼罩的天空，眼底掠过一丝森然的笑意。

"阴离，乖乖练功，你就不用费心接待我了。"

第五十二章

尊 臀

这世间有很多事，巧合得仿佛天意。

就像命运落子，从不看棋局是否稳操胜券。

破庙里捉虱子的乞丐也许曾经是个有着伤心往事的大人物，破庙里搓垢泥的乞丐却肯定是凰盟属下。

三教九流，下层人士，往往有着更灵通，更接近事实的消息，因为他们没有诸般利益攸关的顾忌，没有身在高处浮云遮眼的蒙蔽，他们较之高层人士，更坦白、直接、明朗，并不吝分享。

凰盟属下平日里各司其职，各有各的身份，以那些带着尘世烟火气息的身份混迹于十丈软红，可以是青楼里的烟花女，可以是街头的小贩，可以是出入皆华堂高马的从政人士，可以是随便哪个武林小帮派的二代弟子，没有身份高低，只有岗位、任务、角色不同而已。

比如那位在赤偃城破庙里搓泥的乞丐，就是凰盟大学毕业后分配到现实岗位的一个菜鸟，岗位不太理想，但是他这个员工很敬业。

那日，搓垢泥的乞丐没有搓出泥，却敏感地搓出了那句话里的含义，而一直在思考如何能够更加有利地进入玄螭宫的凰盟老大秦长歌，则敏锐地抓住了这个信息的源头。

"真是好脏的路啊……"秦长歌小心地跟在萧玦身后钻洞，仔细看着被落叶和淤泥覆盖的小道，延伸进一个青砖砌成的半圆通道，隐约可以看见一些颜色和形状都暧昧不明的污物，这里原先大约是玄螭宫的排水沟之类的设施，后来又废弃不用，看这年代，怕是有一些年头了，大约还是阴采在世时候建的，阴离大祭司日理万机，自然不会知道一条废弃的管道。

"脏最好，说明没有人来过。"萧玦捂住鼻子，没办法，皇帝大人虽然一向没什么架子，也不吝于为心爱的人冲锋陷阵，但是嗅惯了龙涎檀香之类气味的高贵鼻子，一时还真的没办法接受这般腐臭的气味，总是想打喷嚏，只得用袖子拼命捂住。

回身看其他人，脸上的表情也忍耐得很，唯独祁繁负着的楚非欢，依旧神色沉静，仿佛什么都没闻见。

萧玦心中突然一沉，想起丛林妖花出来时看见的楚非欢，那一身的污臭狼狈而神色不改，想起他那三年的生涯，微微出了会儿神，却将袖子放下了。

秦长歌偏头看他一眼，目光掠过楚非欢，看着他越发不济的精神，转过脸时她神色一黯。

那两日一夜的灼心的等待，耗尽了非欢最后的元气。

从猗兰崩塌那时起，十八个时辰的焦灼等候，一分一秒，每一刻时间流逝，是不是都化成了坚硬而生满棱角的沙砾，时时挫磨着非欢如贝壳般外表坚硬内在柔软疼痛的心？终至伤痕累累，血肉模糊？

秦长歌缓缓用左手，抚过自己的指骨……那日，扑身火线之上的她，就着惊喜至微微颤抖的非欢递过来的手爬起时，竟然被他突出的指骨给硌着。

那嶙峋坚硬的触感让秦长歌立时心中一凉——非欢什么时候瘦成这样了？

往日他一直穿着宽大的袍子，因为畏寒手总缩在袖中，袍子一日日宽松，不需行动也随风飘拂，可以看得出人瘦如菊，只是不亲手触及，当真难以想象到那般消瘦的程度。

令人惊心，惊心中生出悲凉。

那一处短暂相接的嶙峋，从此硬硬地梗在了秦长歌的内心深处，压迫了她的呼吸和微笑，不知道从什么时候开始，她发觉自己越来越难以做到重生之初，可以对着任何场景和人物笑意淡淡的散漫无心，重生以来这些日子，每前行一步，每将身边的人们多看一眼，每当闯过一次阴诡灼烈的铁血风险，那些不断发生的人或事，那些或悲凉或沉重或寂寥或无奈的他人的人生，那些执着的守候和等待，那些无畏的追随和牺牲，都带着鲜艳的颜色和迫人的光彩，闯入她一直宁愿静如止水的心底，一波漾起，终难止歇。

从什么时候开始，不再漠然地转过身去？

从什么时候开始，不再清淡从容地微笑？

是因那山崖上衣袖砍出的裂缝，将她抢先扔上的决然？是因那两崖相抵之前霹雳一击，身为高手却将自己使力脱臼的拼命？是因那火药山下，明知粉身碎骨下场却不避不让淡淡俯身，将火花凑向引线的无畏？

还是因为那夜静水悠悠，死在爱人怀里那个少女，明明一生遗憾却满溢愉悦的微笑？

水渠污脏，道路血腥，那些开放在漫漫旅途中的情意，却洁净无垢宛如青莲。

水渠污脏，终至尽头。

秦长歌扬起头，看着头顶那一方锈迹斑斑的生铁盖子，那东西在她眼里，不会是什么了不得的艰难，但是关键是，打开这个盖子后，自己会遇见什么？

排山倒海而来的机关大阵？

军列整齐早有准备的玄螭属下？

毒蛇小红们娇笑的热吻？

还是那些或者少个腿或者多个脑袋的玄螭怪物？

…………

既来之，则安之。

皇帝大人的无畏一向名闻各国，因此他以比秦长歌更快的速度伸手，悄然而又准确地，金刚般的手指绕着铁盖飞快地划了一圈。

他的手指，穿石裂钢，厚重的生铁盖子，立刻无声无息地掉落下来。

铁盖掉落。

仿佛有什么红色的圆形的东西"啪"地往下一顿。

险些逼到萧玦和秦长歌眼帘前。

随即那红影一闪，向上一拔，呼呼衣袂风声卷起，眼花缭乱地一阵乱飞。

接着便是吱吱吱的一阵乱叫。

声音听来甚是熟悉。

秦长歌和萧玦相视——苦笑。

哎呀，与姑娘们睽违久矣，辗转反侧求之不得，不想咱们缘分非凡，他乡处处遇故知，随便从哪个角落钻出来，都能遇见美貌与智慧并重的小红姑娘你。

真令人感动得泪奔……

而刚才那个圆圆的，隐约间轮廓熟悉的，险些掉落到秦长歌脸上的物体。

好像是……

阴大祭司的——

尊臀。

还有什么比你偷偷摸摸钻了人家狗洞，想偷人家家里东西，结果刚从狗洞里爬出就发现人家的狗和主人就在洞门口更悲摧？

世间倒霉事莫过于此。

秦长歌皱着眉，努力让自己忘却刚才阴大祭司尊贵的臀部曾经险些压上自己如花的脸庞的悲惨事实，恶狠狠想着阴离刚才怎么不直接掉下来算了，直接掉下来，把盖子一盖，几个人嘭地往上一扑，压也压死他了。

可惜人家武功太好，现在自己倒成了瓮中的鳖。

心中暗骂那个提供入口的家伙缺德，出去后一定先要把他大卸八块。

不待她发狠，洞口，阴大祭司已经阴恻恻地道："底下五位朋友，何必在地窖中受那腌臜气？不如上来，让本座好生招待你们。"

秦长歌默然——本来还想让祁繁保护着非欢留在地下想办法退出去，不想大祭司连有几个人都点出来了，再遮掩实在没有必要了。

唉……来南闵前应该算个命的，这流年不利的程度，着实令人发指。

只是……他说，地窖？

阴离不知道这地下是什么地方？

那就是说，乞丐并没有骗他们，只是他大约多年未曾回到玄螭宫，不知道内部布局更改，原先出口处的大阵，现在好像改成了阴离的练功闭关之所，而关闭水沟的铁盖子，现在成了大祭司屁股下的坐垫。

阴离目光幽幽，阴火闪烁，遥遥看着地洞并不近前，秦长歌讪讪地准备爬出来，被萧玦一拉，抢在她之前出去。

一爬出洞，便觉五色迷离，刺人眼目，地下以金丝银线刻着七星图，四壁挂满各式镜子，镜子多半式样古奇，什么颜色都有，交织着反射着勾连成纵横光网，镜子下小红们围成一圈，看见五个人出来，脑袋齐齐一动。

那一动，不知怎的光网立即一阵变幻，又是一阵令人头晕的冷光激射。

除此之外，这间阔大却丝毫没有人气的房子内，什么东西都没有，哦对了，还有个破碎的坐垫，掉到洞里去了。

容啸天上前一步，挡在楚非欢面前，避免他直接接触那光，秦长歌捂着脑袋，喃喃道："哎呀……这什么地方？"

"这什么地方？"远远高踞于一张八角赤色蝙蝠镜子下的阴离，僵硬的脸上毫无表情，"我也想问问诸位呢，你们原先以为，这是什么地方？"

穿得很土气，形容很猥琐的秦长歌搔搔腮帮，笑嘻嘻道："我以为是象姑馆。"

…………

阴离宛如木头雕成的枯黄的脸上居然还是没有表情，阴沉沉地望着秦长歌，手指在一条小红头上缓缓摩挲，道："说吧，水家的？还是大衍宫的？我会给你们不同的死法。"

第五十三章
回　首

秦长歌微笑看着他——大祭司，你底气很足，但是行动却好像不是那么回事，你抢占了这个大阵唯一的生门，你的小红们在你身边左拥右抱，你隐在那些光芒逼人的镜子身后说着废话——其实这些废话你完全可以在擒下我们之后再说，你为什么不擒呢？

眼珠转了几转，秦长歌在看清楚阴离脚下的时候，几乎想要仰天大笑了。

那个……大祭司，你又不是三岁小孩了，怎么还尿床呢？

她微笑着，弹了弹手指。

身侧，从来不会将她远离自己视线的萧玦心有灵犀地看向地下，目光在触及那摊水的时候先是微微一怔，随即目光大亮。

而秦长歌已经笑吟吟地拍拍衣服，突然腾起一股灰尘。

小红们立即开始躁动不安。

萧玦突然箭一般地射了出去。

人未到剑光已经洒满宽阔的室内，绚丽的白色光柱腾腾而起，长龙般直直穿向屋顶，将那些飘连的光网牵引得四处飘移，与此同时秦长歌一反手，啪地砸碎了身后的一个镜子。

镜碎，光散，千万碎片四溅，对面一直站在那里的阴大祭司，突然消失了。

秦长歌却根本不为所动，立即低头看地面。

西南角。

没有人。

地面上却突然多了个带着水印的足迹。

"果然如此"地一笑，秦长歌腾身而起，怒鹰般飞扑西南。

天光突然一暗。

镜子，小红，大祭司，非欢，萧玦，突然都不见了。

头顶也不再是炽光反射的镜子，忽地换了飞凤盘龙，丹顶金藻的宫殿之顶。

那殿顶看来有几分熟悉，十二金凤姿态腾舞攒拥江山之珠，睥睨下望，凌云般的神姿。

她心中轰然一响，一时竟至怔住。

这是三年前的长乐宫。

翠屏金案，锦毡玉榻，榻后重重羽绡沉落如梦，一挽便是一手的离海明珠。风过，珠子碰撞的声音细碎，旋动光华灼灼，有如流萤般闪烁不定，紫金珐琅山河鼎中龙脑香暗暗隐隐，小宫女用金拨子去拨那暗青色的香块，氤氲的香气里懒懒的一个呵欠。

……仿佛一梦。

却真实地触到那珠子明润，嗅到那香气幽沉，一色晃动的珠光里她神色怔怔，欲待开口却不知从何说起，却见殿口光线一暗，有人缓步进来。

小宫女揉着眼睛张望，视线自她身上穿过，仿佛什么都没看见般，突然有些慌张地丢下金拨子，匆匆迎上去。

"皇后娘娘！"

她霍然回身。

……殿口处，丝衣女子螺髻珠簪，背光而立，衣裙轻盈飘带欲飞，背后锦绣宫灯光彩熠熠，映得一双妙目眼波流转，姿态间明媚飘逸如天际飞鸿。

她微笑抬了抬手，道："溶儿睡了？"

小宫女低声答："是……太子已经睡了有一刻。"

丝衣女子颔首，迈步飘然进殿，厚而绵软的织锦长毡淹没她的脚步，行路无声，一切都如此安静，仿佛困于梦魇之中。

她行过秦长歌身边，没有任何异常地进入内殿。

夜明珠在抹了香料和椒泥的温暖芳香的壁上熠熠闪光，没有烟气温柔照耀着丝幔后的空间，盘凤镶翡翠的凤榻之上，小小的孩子，正在安静地香甜地沉睡。

那个世间最高贵的母亲，停在了榻前。

一切如此华美、祥和、温存、静谧。

一切如此森冷、诡异、阴沉、魔魅。

秦长歌浑身一冷，内心深处如炸开千万霹雳，震撼得几欲失声。

……这是再次穿越了吗？

……这是回到了三年前吗？

……那么，我有没有机会，救回自己，将之后那许多血泪、悲剧、伤痛、艰辛都一笔抹去？

秦长歌霍地回首，看着身后的描金妆台，那里，会有致人死地的绝杀机关，正隐藏在某个不为人所知的角落森凉地等待。

猛地扑过去，秦长歌去拉那个妆台中间的抽屉。

她的手，透明地穿过了妆台。

244

身后。

水晶帘玲玲作响，丝幔后，微笑的母亲，将要轻轻俯身。

秦长歌再次大力奔了过去。

别！

别去抱溶儿！

她大喊出声，自己觉得那声音尖厉响亮似可穿越苍穹，然而女子却恍若未闻地俯身，去抱那睡醒哭闹的娇儿。

"啪！"

金光一闪，悲剧眼睁睁在当事人身前再次发生。

她亲眼看着自己，中伏，救儿，被杀。

……那飞出妆台的长刀，穿过她透明的身体，再扎入丝衣女子的后心。

秦长歌缓缓伸出手……

鲜血艳红，红得凄丽惨烈，张扬若燃起的妖火，升腾不休……

终究……什么都不能做。

不能救自己，不能避免悲剧，不能阻止溶儿在无母的环境中长大，不能令非欢肢体不残武功不废。

什么都不能……

要你何用？

忽有巨音似于天穹响起，又或是于自己内心深处爆发出的自我否定与怀疑的呐喊。要你何用要你何用要你何用？

轰然一声，心底有什么蠕动着蹒跚欲出，有个小小的身影逼近来，问：你是谁你是谁你是谁？

那个影子扒开她的心……探头看外面的世界，她笑吟吟，给她一个单薄秀致的侧影，她说我叫明霜，云州女子，当年术士算命，说我偿恩而来，今世此身贵不可言……爹爹耗尽家财送我进宫……嘻嘻……

那我是谁？

你不就是明霜吗？

……五色迷离，天地颠倒，那些金红翠紫绯白黑蓝交织成一匹匹斑斓的锦，呼啦啦地向她当头罩下来，眼前混乱而昏暗，她突然觉得手指酸软，一身的武功和元气刹那间没有了，仿佛从来不曾存在过，那些拼命挣扎撕掳中，有什么在一遍遍蛊惑般在她耳边呻吟……你其实早就死了，早就死了早就死了……所以你救不了自己，谁也救不了……明霜明霜，为什么要把你的躯体借给别人？……明霜明霜，你其实就是一个死人……你为什么还要站在这里？……回你该回的地方去……回你该回的地方去……

回我该回的地方去。

…………

"吱呀"。

长乐殿门再次开启。

开启的门拉出日光的匹练，匹练下那长长的影子，被一线日光深黑地镀在了金砖地面，渐渐逼近。

她踩在自己狼藉的尸首血泊中，缓缓回首。

天地突然一暗。

正在飞行中的萧玦愕然回首。

"嘭"一声，腿下一软，他突然坠落。

坠落在锦被玉帐之中。

眼前一切混沌不清，香气烈得令人想要永久醉倒，不知从哪里伸来粉光致致的手臂，一兜就兜住了他的脖子。

他下意识地要挣扎，忽然发觉浑身酸软，四肢百骸的力气，都空荡荡的不知哪里去了。

他大惊——刚才中了阴离的迷香了？没觉得有什么不对啊。

这是哪里？刚才那个镜室呢？

……有红唇丰润，柔腻香艳地递过来，一段旖旎香一段风月，那么活色生香，那么柔软流丽地卷了来。

要把他卷入其中。

肌肤如月，肌肤如波，肌肤如脂如玉如梦如明珠如花瓣，如世间一切最美好的事物。

他却满身冷汗地挣扎。

忽有人轻轻叩响床前玉帐钩，浅笑吟吟。

"陛下，此番滋味可好？"

他撕扯着那黏黏缠缠滑滑腻腻的锦被，满面诧异地回首。

天地突然一暗。

眼前轰的一声起了熊熊烈火。

烈火腾地一下冲过楚非欢的身体，火龙般穿过他胸膛扑向那些楹殿玉阶，朱垩丹墀，宫阙万间，宫阙万间瞬间都做了土……

他诧然摸了摸心口——没有灼热的痛感，没有跳动的力度，什么都没有。

一转眼，看见前方地下，那个看起来背影很眼熟的男子，跪于女尸之前，轻轻自她腰间，取下一方羊脂玉佩。

男子的手指缓缓摩挲那方已经不再带有主人体温的玉佩，一点一点触摸过那光洁的凤雕，"长乐"二字浮凸于上，清晰鲜明，于这熊熊烈火中却如一个巨大的讽刺。

长乐，长乐，从此无乐。

男子将玉佩珍重地挂在自己腰间，随即轻轻站起，转身之间，容颜一闪。

立于一角的他怔住……

那不是自己吗？

哦……原来我已死去？

他怅然地看着自己的手指穿过那些火焰，并不曾惊慌恐惧，这个时刻他已预见了很久……只是有些微痛地想起……长歌呢？我死，她会不会伤心？

会不会流泪？

幽州事变那一滴珠泪，滴落在他心上，却如烈火般不绝燃起，灼得他疼痛至难以呼吸，一夜夜烙下永难愈合的深痕。

不想看见她流泪或叹息，那本不是属于永远都平静从容睥睨天下的她的神情。

记忆里她永远翩若惊鸿，一瞥间眼波流连，白鸟般飞越芦花而来的女子，凌厉而又温存地闯入他心底的寒潭。

长歌……但愿此生里你幸运永如上天钟爱。

哪怕那钟爱要将我一生好运拿来换取。

如果可以，我宁愿将我此生的所有幸福祭献，叠加于你人生命盘，换得此后一路坦途，海晏河清。

却绝不愿成为你的负担或罪孽。

熊熊烈火，焚此残躯，他在火中微笑。

无论如何，今生今世，萧玦不会再负她了吧？

这段日子冷眼旁观，内心里的不安和疑虑一点点被消磨——萧玦依旧爱她，他是那么爱她，那眼神真挚热烈，任谁也做不得假，虽然那样的爱燃烧得绚烂而华美，越发对比出他的无力和苍白，虽然那样的爱如刀似剑地横在他眼前割至他心痛，然而内心深处他是喜悦的，真好，她不寂寞，她有人那般全力爱着，那么将来即使他离开，她永不会堕入寒冷与孤独。

长歌，我将长行，不必相送。

长歌，若有来生，你可愿再与我重逢？

…………

恍惚中景物一变，一碧深水，栈渡桥下水寒如冰，鲜血温暖地融入，再瞬间消散，他意识渐渐消亡，下肢的游动变得沉重滞涩。

隐约听得碎裂声响，有白色玉片坠落纷纷，落在桥底沙砾之上，远远看去若滴滴眼泪或闪闪星光明灭。

他苦笑着摸了摸腰部——刚才容啸天那一掌，正击在玉佩之上，玉佩粉碎，自己却挣得半条性命……长歌，你死去依旧能够救我，为何我却不能救你？

水波粼粼，宛如巨大的水晶，逐渐凝固，将他包围。

"哗！"

水波突然如墙竖起，转眼间化为长寿宫墙，深红明黄，直直矗立在眼前。

……月过宫墙，花影摇曳，风里有晚香玉的清香，这人间风月，从来不看是否身处凄凉地，没有主人的长寿宫，不影响那花开得热闹，艳裙香风。

他穿过一朵半谢的花，看见宫中那个蓝衣男子，正若有所思地看着内殿的一面墙。

那时候在做什么？哦……溶儿偷跑去幽州了，长歌和自己来找他，现在长歌去了龙章宫找萧玦，自己留在长寿宫密道处等候。

……男子驱动着轮椅，慢慢地行向那面墙。

他扣紧了手指，掌心里满是冷汗……算了……别看，别看……

"轰！"

他于长寿宫妖艳繁花之间，霍然回首。

轰！

容啸天杀气腾腾地突然一剑劈裂了地面。

他并不知道发生了什么，在他眼里，他只看见秦长歌击碎镜子后突然怔在了那里，萧玦剑至半空突然"啪"地掉下来，在蛇群中挣扎，在祁繁背上的楚非欢突然满面冷汗的双手颤抖掐住了祁繁的咽喉，祁繁被猝不及防一勒，立时接不上气。

容啸天也算半个千绝门人，顿时知道他们都被阵法控制了，虽然不知道这是什么阵法，能令几大高手不知不觉间全部陷入，但是情形危险，间不容发——阴离冷恻恻地飘向秦长歌，蛇群嘶嘶吐着蛇芯纠缠不休，虽然萧玦是高手，下意识地挣扎保住了一时安全，但绝对不能长久，至于祁繁——快被神情痛苦的楚非欢给勒死了。

这一刻情形之险，不容犹豫！

容啸天死马当作活马医，万事不管，立即一剑悍然劈地！

镜子不能打，秦长歌碎镜的下场就是被困，蛇群不能动，一看就知道那东西和阵法无关，那么，剩下来的只有这七星地面了。

剑光扬起，向着北斗！

"咔嚓！"

地面碎裂，一道笔直的裂痕横亘于七星图上，直直将北斗星劈成两半。

满室光网，霍然一敛！

秦长歌霍然一醒，目光一亮，一眼看见阴离枯黄的脸已经逼到自己面门！

第五十四章

分 桃

铁板桥，大仰身，秦长歌"嘭"地向地上一倒。

肩颈触地，机关连动，立时唰唰地射出几枚闪着蓝光的飞刀。

阴离拂袖，掌中红光一闪，飞刀顿时无影无踪，秦长歌却已经一蹭墙角，

"哧"地一下倒滑一丈，到了祁繁身边，一抖手银针飞闪，正扎在楚非欢虎口，楚非欢手一软放开祁繁，脱力晕去，容啸天一把接住，秦长歌嚓地掣出腰间长剑，横在自己眼前一照，随即抬腿，旋风般将他两人一踢！

"砰"一声容啸天和楚非欢被秦长歌踢向一处只挂了一块巨镜的墙壁，那块巨镜隐藏在诸镜之后，在入口的正后方，先前几人出来时，因为方位问题一时都没有看见。

秦长歌毫不犹豫地踢出。

身后腥风袭近，阴离枯黄的手一闪，抓向半空中的容啸天！

秦长歌跳起，火箭般向阴离怀中一撞！

以头抢怀耳。

"嗖"的一声她的后领里冒出一排飞箭，这回冒的是绿光。

阴离掌间红光再一闪，飞箭粉碎，然而秦长歌已经衣袖一抖，又是一大堆梅花针。

飞针完了是如意珠，如意珠完了是金钱镖，金钱镖完了是金弹子……

最后出手的是黑丝，振臂一甩黑光迸射。

"唰"的一声劈向阴离面门。

阴离急退，身后，萧玦毫不客气狂飙而来，半空中飞身下劈，毫无花哨却杀气惊人的"力劈华山"，悍猛绝伦地劈下来，看那架势，似想将阴离一劈两半！

阴离看起来并不畏惧秦长歌满身乱七八糟没完没了的暗器，却对这样真力雄厚的真功夫颇有忌惮，拂袖一甩，再次一退数丈。

随即他仰头发出一声尖啸。

尖啸方起，"呼"的一声，容啸天和楚非欢即将撞上巨镜的那一刻，镜子突然消失，出现空洞，两人毫无阻拦地从洞中飞出。

尖啸方起，秦长歌突然奔向萧玦。

看那模样就像怀春少女奔向自己的情郎。

萧玦怔了一怔，立即受宠若惊地伸手去接。

秦长歌一抬头，对他抱歉地一笑。

黑丝再次出手！

一把缠住萧玦伸出的手，三绕两绕飞快绕了个结，就手振臂一甩，将萧玦甩出刚才容啸天带着楚非欢飞出的那个镜子！

"这个昊天阵！人多反而坏事，去找东西要紧！应该就在这附近！"

懊恼地低喝一声，萧玦回身便扑，秦长歌早已手快眼快地一脚将旁边一个镜子踢过刚才那个洞口，"哗"的一声，光芒一亮，接着便是什么东西在外面闷声撞上的声音。

秦长歌暗暗对萧皇帝的额头忏悔哀悼了一秒钟，一翻身拉着祁繁腾地跳上了一面古镜，和阴离面面相对，低声对祁繁笑道："抱歉，生门开启就那一刻，实在来不及再把你送出去了，你就陪着我吧。"

"固所愿也，不敢请耳，"祁繁也在笑，低声问，"你刚才不是被迷了吗？现在怎么又看出来生门了？"

"我智慧天纵，"秦长歌脸不红地答，"击镜是对的，只是这个阵法有所改变，而我被阴离站的位置所迷惑，计算反了击错了，这个阵法攻人内心，越是彼此间有心灵感应者越易被控制，最终摄魂夺魄而死，啸天误打误撞击碎北斗，换得这一刻生门开启，再不将他们送走，反而大家互相牵绊，都会被困死。"

"阴大祭司，武功好像不怎么样啊，只是怎么看起来好像有点愤怒？"祁繁眯着眼打量对面一直按兵不动的阴离。

"人家正练到紧要关头，被我等不识相的惊动尊臀，绝世神功即将大成之际却被打断，一番心血付诸东流，现在比个普通高手还不如，你说人家要不要恨你？"秦长歌幸灾乐祸地拍拍祁繁的肩，"你我就等着被小红们分食吧。"

祁繁满不在乎地一笑："既然要死，我想明白地死，刚才你们发生了什么事？"

秦长歌的嬉笑之态忽然一收，默然少顷道："……一点幻觉……也未必全是幻觉……大约这个阵法利用了人心最脆弱之处，将心中最隐痛最畏惧的事以暧昧朦胧的方式显现，还反射了一些深藏的秘密，尤其以互相之间有情仇纠缠的人更易堕阵……我一时也不甚清楚……"

祁繁狐疑地盯着她的神情，这人说话向来明决干脆，从无像今日这般吞吞吐吐，她刚才，到底看见了什么？

"大祭司，"秦长歌已经转向阴离，"你在调玄坛阴兵是吗？我知道你现在很想将我等碎尸万段，但是把我杀了也挽不回你的损失，这样吧，咱们来谈谈。"

怒极反笑，阴离森然道："你觉得你配和我谈？"

"配。"秦长歌不以为忤，笑吟吟答，"因为，我能杀了你，在你的阴兵从幽火泽战场赶来之前。"

长声大笑，笑声里满是轻蔑。阴离道："你当我神功未成就杀不了你？你以为我身边没有守卫？你以为我就孤身一人闭关？你当玄螭宫是你家后院，想进便进想出便出？"

"我家后院没这么多小红，也没这么销魂的怪兽。"秦长歌抬起手，做了个拨弦的手势，"外面那位趴在屋顶上的家伙，是你们幽火泽神兽穷奇吧？"

阴离目光微微一变："你知道穷奇？"

"西南海之外，大荒之隅，有泽而名不负，有两兽守之，其状如牛，猬毛，音如獋狗，嗜食人，是为穷奇。"

"你很博闻，"阴离冷笑，"可惜再博学，穷奇也没耐心听你背书，你去它肚子里背吧。"

"唉，"秦长歌叹气，"怎么就不肯听我说完呢……大祭司，我得罪了你，自然会想法子补偿你，你若一定要我死，补偿就拿不到了，这是笔不划算的生意，对不？"

阴离默然不语，眼光刀子般在她全身上下一剜，一声冷笑。

"你身上有奇异的气味……让穷奇杀了你，我会发现那是什么的。"

秦长歌懒洋洋敲敲身下的镜子："是啊，让穷奇杀了我，一样能得到，可是大祭司，你的啸声发出了这许久，为什么穷奇没有下来呢？为什么阴兵也没来呢？"

脸色木然不变，眉梢却微微动了动，阴离没有回答。

"阴兵不来，是因为无法分身，"秦长歌笑得可恶，"在我来之前，我已经派人调开了天使班晏派出阻截大衍宫的人，大衍宫援军终于赶到幽火泽，阴兵正纠缠于战斗，无法分身。"

"至于穷奇……"秦长歌弹弹手指，"我身上那个东西，它好像很不喜欢。"

她从袖子里掏啊掏，掏出那日从妖花中烧出来的内丹般的东西，托在掌心。

阴离的脸色立即变了。

"现在我告诉你，我既不是水家人，也不是大衍宫的人，我来，只为踏香珈蓝。"秦长歌晃了晃手掌，那东西在掌心骨碌碌滚动，"所谓宝物，对自己最有用的东西才算是宝物，踏香珈蓝虽然珍贵，但是珍藏在玄螭宫多年没有动用，大约对祭司你的武功没什么用处吧？这个东西却不同，这是生在你们南闵的奇物内丹，饱吸百年南闵地气精华，是土生奇宝，而大祭司你们这一脉的武功，很多时候，是要在土中修炼的吧？"

秦长歌微笑地望着微微动容的阴离，大约他这一生还没有人这般直接地点出他这门武功的奥秘所在。秦长歌原本也没想到，却是在那日平州和幽州交界处的树林里偶遇阴离，发现他将存身之地变成了一个沼泽，由此想到闻名天下的幽火泽，是不是就是阴采这一门功练练出来的？那么生于石缝地心的妖花之丹，应该比踏香珈蓝对阴离更有诱惑力，如今一试探，果然不错。

"踏香珈蓝，也是举世奇珍，我为什么要和你换？"阴离半晌后低沉开口，目光缓缓掠过屋顶，"无论如何，玄螭宫不是这么好进好出的，你闯进来，坏了我的大事，还想换了我的东西后安然退走，天下竟然还有这么好的事？你岂不是欺我玄坛无人？"

"你玄坛现在就是没人，"秦长歌很不客气地接口，"大衍和上善家族，这次本就合力而来，一力要将玄坛摧毁，阴离，你让他们看不顺眼已有很久，这本就是他们设下的，对付你们的一个局。"

"笑话！"阴离衣袖一拂，神情阴鸷，"我玄坛是南闵圣坛，座下教民数十万，一呼出而百声应，毁去玄坛，等于毁去百万子民的信仰和神祇，届时万民暴怒，揭竿而起，又将是何等局面？安天庆什么东西？水镜尘什么东西？他们敢冒这个险？"

"信仰是什么东西？"秦长歌立即反唇相讥，一指小红们和头顶的屋顶外的穷奇，"是你这些奇形怪状的妖物？是你泥巴里打滚练出的神功？你们玄坛供奉的神灵，也就是一摊烂泥，打碎了，再堆个新的，安天庆指着说那是神，昨夜刚托梦给他，大祭司阴离亵渎神灵，倒行逆施，令他代天谴之——你说，成不成？"

"愚民愚民，自然是易被愚弄的人民，"秦长歌盯着神色渐变的阴离的脸，"你多年沉迷武功，无心政务，无心经营教众，你在民众心中的神圣地位，其实并不是那么稳固，阴离，不要以为神坛高贵，永不可摧，当你从神坛栽落，就会发现原来每个代替你坐上去的人，看上去都像神。"

她微笑着上下打量阴离："大祭司，做人不要太自恋，那个神的位置，安天庆也好，水镜尘也好，他们坐上去，民众都不会有任何抗拒的，你信不信？"

阴离继续沉默，连小红的嘶嘶声都沮丧了几分。

"这是一个'破'的时代，"秦长歌拍拍一条游过来的小红的脑袋，将之拍死，温柔地道，"水家积弊已深，再继续扮演原先的角色，终有一日会出问题，水家的新一代也扮腻了，他们需要在政治舞台上换个轻松有前途的角色当当，多年来经营人脉，多年来韬光养晦，当水镜尘觉得可以开始的时候，那么前面无论挡着的是谁，他都会一脚踢开，所以，家主死，所以，猗兰毁，所以，南闵武林精英毁于一旦，所以，他的目光，落在了玄螭宫——还有谁能比他更适合做一个可以掌控政局的精神偶像？还有谁能比他更适合替代你？这许多年来，他苦心孤诣，早就将自己塑造成了神，就是为了以最光明最不损害水家声名的理由，顺理成章地坐上你的美妙玄坛，继而走向更高更辉煌的宝座。"

怜悯地看着阴离，她道："你拼命练武有什么用？你练得天下第一，也只能保住你一个人，幽火泽终将落入虎视眈眈的他人之手，阴离，你们阴家人玩起手腕来从来都不是安家的对手，阴采死因离奇，听说死后尸身不全，丢失了玄螭宫最重要的神玺，你知道那东西在谁手里吗……我看你根本不适合政治，你只适合做个一派掌门。"

"你适合政治？"阴离突然开了口，目光阴森，"你知道怎么杀掉那个虚伪的水镜尘？你如果能为我战死的幽火泽那许多儿郎报仇，如果能把上善家族就此毁灭，别说刚才的惊扰之罪，就是踏香珈蓝，本座都可以立即给你。"

"你愿意相信我了？但是我要如何相信你呢，祭司大人？你会不会过河拆桥，等我帮你解了今日之围，你就把我们给宰了呢？"

"我以先祖阴绝之名起誓，"阴离森然道，"若你今日真的助我玄螭宫解围，保存实力并反制仇人，阴离定以踏香珈蓝相赠，并礼送诸位出宫，若有反悔，阴家世代永堕赤火炼狱，不得超生。"

赤火炼狱是赤螭教义中最为恐怖的地域之渊，阴绝是阴家始祖，这样的誓言，很重了。

秦长歌微微一笑。

"其实真的很好解决啊……听过二桃杀三士的典故没？哦，我忘记了你没穿越，"秦长歌笑吟吟打了个响指，"小红们，唱起歌跳起舞来，等下你们就有新鲜人肉吃了！"

南冈大衍王朝承和七年一月初，幽火泽在被围数日，血流成河后突然退兵，随即，隔着沼泽，围攻的两家人士看见玄螭宫沉寂已久的巨大玄坛燃起熊熊烈火，噼噼啪啪的燃烧声远远传来，火光映红了人们面面相觑、疑惑不安的脸。

数日未曾离开的班晏脸色大变，厉啸一声冲了回去，再也没有出现。

幽火泽阴兵开始分批后退，将死守了数日夜的阵地坦然让给了敌人。

这般出乎意料的变化，反而令进攻的人群不敢冒进，纷纷停在了当地。

火光映照下水镜尘遥遥望着玄螭宫，低声吩咐了身边人几句话。

就在众人四顾茫然的时刻，一阵沉重的震动声传来，地面微微颤抖，隐约树叶拂动中传来咻咻的鼻息声，四面出没的各种奇形怪状的怪兽突然战栗着退了开去，齐齐伏倒在地，用两个前爪牢牢抱住头，看来甚是恐惧。

空气中有种躁动的气息，带着鲜血的微腥气味。

"嗷！"

一声非虎非狼非狮非豹的怒吼，刹那间响彻幽火全泽。

众人心底齐齐一震，随即便见火光尽头，一条巨牛状的怪兽出现，比寻常牛身大上几倍，浑身毛发却尖利直立如刺猬，闪着凛凛幽光，兽蹄豹尾，碧目獠牙，森白的牙齿每一颗看起来都好似一柄解腕尖刀，尖刀间叼着一卷红色卷轴。

众人不禁骇然后退，却见那怪兽头一扬，状似鄙视地将卷轴又向外顶了顶，众人这才注意到那红锦金字的卷轴，好像是传说中上应神示的"玄坛神卷"。

神卷一出，即为神灵宣诏，上至大王下至黎民，当人人凛遵。

大衍宫来使的脸上露出了一丝冷笑——领兵前来之前，大王特意召自己密室相谈，指出阴离迟早都会用上神诏，以神灵的力量震慑众人，使之退兵，大衍宫早就有所防备，不必理会，既然事已至此，放手做便是。

他伸手入怀，摸了摸怀中那个硬硬的物什……阴离，你终于玩这一招了，大王说了，你不动用神卷，咱们也不动神玺，毕竟那意味着在天下人面前自认杀害阴采，说起来终究不光彩，但是一旦你不肯认输死命挣扎，咱们也没什么好在乎的，成大事者不拘小节，区区声名，何足道哉？

"嗷！"怪兽等得不耐烦，又是一声震动山林群兽拜伏的嘶吼。

大衍宫来使与水镜尘对望一眼，两人迈步上前，怪兽扬头一甩，哗啦啦长卷展开，几排红底金字，灼灼亮于人前。

所有人读完，齐齐怔住。

254

"就知道你们不肯离开这里，"秦长歌无奈地看着守在门外寸步未移那几个人，低声道，"我绊住阴离的工夫，你们趁玄螭宫人少赶紧找到踏香珈蓝多好？省得我还要拿妖花内丹来换。"

"你在说梦话，"萧玦刚才见她毫发无损地出来，松了口气，立即黑下脸，也不看她，"根本不可能的事你偏要逼我们做，你下次再这样自作主张，我就……我就……"

"你就什么？"秦长歌笑吟吟地看着他。

萧皇帝想了半天，也没想得出来自己能怎么，就揍她？不舍得。就骂她？骂得过她吗？就不理她？算了吧，她会立即很高兴地送我离开在天涯之外……

半晌悻悻道："就请你当皇帝！"

秦长歌扑哧一声笑出来，眼波流动，嫣然道："你这话说得真像一个昏君……"

"自从你回来，我就昏了，"萧玦坦坦荡荡地看着她的眼睛，"我做了六年皇帝，没觉得有多快乐，尤其那后三年……如果拿帝位可以换到你，为什么不换？"

笑容一敛，秦长歌的神情严肃起来，抬眼仔细看他，半晌轻轻道："别说傻话……"

萧玦一笑，也不继续刚才的话题，只道："为什么要把我们赶出来？"

"非欢不能待在那里，"秦长歌注视着神志一直没清醒的非欢，也注视着萧玦一直给他渡气的手，"那个迷乱心神的阵法，他这虚弱体质如何经受得？"

"那为什么不让我陪你？"萧玦皱眉感受着楚非欢体内的状况，神情有点不安。

秦长歌却静默了一刻。

直到萧玦等不到她的回答愕然抬眼看她，她才恍如突然醒神地道："咱们关联太近，有……情意牵扯，一旦陷阵便如入泥浆，纠缠不清，甚至可能互相攻击，所以我把所有和我心灵相通的人都踢了出去。"

她轻轻叹道："而一旦阵法不能再制住我，阴离当时又需要时机调匀气息，更不会立即对我动手，其实以他的糟糕状态，地下冷汗都积了一摊，咱们拼命也不是不能杀了他，只是我想着留下他，制衡野心勃勃的水家和大衍宫，南冈政局才会更乱更好下手……"

有点自嘲地一笑，她道："别瞪我啊，我是习惯性思维，行事喜欢向着最有利政治的方向考虑，而不是个人利益得失，没办法，从小在师门被洗脑了。"

萧玦无奈地摇头，伸手去抚她的长发，缓缓道："长歌，你要明白，没有什么比你的安危更重要。"

话音未落，忽听得远处隐隐喧嚣，秦长歌扬眉笑道："开始了。"

红黄之色衣袍自廊角一现，阴离出现在众人面前，手中端着一个黑色晶盒，淡淡道："踏香珈蓝。"

容啸天、祁繁喜动颜色地奔过来。

人影又是一闪，这回出现的是班晏，她鬼魅般幽幽道："神卷一启，大衍宫那个家伙立时就怔住了，我看见他手伸在怀里，准备掏那东西却没掏出来，然后便要去接神卷。"

"水镜尘没动？"

"没有，"班晏瞟秦长歌一眼，"但是水家人和南冈前来助阵的一些帮派人士不满了，神卷上说玄坛新主当于今日幽火泽中人应命而生，玄坛上下六使将由赤火神重新选择，在场各位，自然人人都有希望，谁接？谁不接？这个自然要紧得很。"

"只是……"她疑惑地望着阴离，"祭司大人，你真的不做祭司了吗？一旦他们打完了，真的推选出新的祭司，咱们怎么办？"

阴离指了指燃起红色妖火的玄坛，木然道："你看，神卷还有一卷。"

班晏上前，展开金卷，匆匆一阅，先是愕然瞪大眼，随即不由缓缓展开笑意，喃喃道："妙……妙……"

"人一旦有了利欲之心，便易为人所控，"阴离道，"他们本来是抱着杀死我，不理会任何神谕的心来幽火泽的，但是如今神卷的内容出乎他们意料，将玄坛大位拱手相让，他们如何舍得不接？一旦接下，便意味着接受神谕尊奉玄坛，那么这第二卷神卷，他们有什么理由不接受？"

"不管胜出的是谁，最后进入玄坛的只能是少数首领，而这些首领一旦进入玄螭宫，进入我们的势力范围……"班晏勉强笑了笑。

她和阴离，同时对秦长歌看了一眼，秦长歌微微一笑，也不掩饰，直接道："大天使，现在你出门去演戏吧，阴大祭司走火入魔，快死了，作为他最忠心的属下，你不出去悲愤一下，实在说不过去。"

班晏诡秘地笑了笑，手一招，身后出现一批彩蛊男女，女子跟着她出去，男子留了下来守卫。

阴离注视着手中的踏香珈蓝，淡淡道："你们知道这东西的用法吗？"

秦长歌皱皱眉，当年师祖说起这个，着重于传说了，至于用法，倒确实没有提过。

面上却丝毫不露声色，坦然道："自然是知道的。"

阴离抬眼，瞅她一眼，枯黄干涩的脸上露出一丝莫名的笑意，道："那好，那么，趁着那边没打完本座还有点空，趁早把事情办了。"

秦长歌心里有点懵懂……办事？办什么事儿？这话听起来好生暧昧哦……

阴离已经指了指萧玦等人，道："他快不行了，你们浪费什么真气？随我进去吧。"

萧玦等人齐齐一怔。秦长歌心念电转，心想，莫非这东西是要现取现用的？莫非只有阴离才懂踏香珈蓝的用法，所以他顺理成章地叫他们留下来治疗？

当下试探地问："用这么多人？"

"除了你们阴人不宜靠近踏香珈蓝，男人越多越好，"阴离漠然道，"我受了伤，功力不够。"

秦长歌将袖子里的妖花内丹收了收，讪讪笑道："大祭司，内丹在我们离开时一定会给你……"

摆了摆手，阴离傲然道："不必再说。"

他衣袖一拂，身后廊角，突然出现一方八角形的门户，门上画满红色妖蛇，双目湛碧，栩栩如生，阴离看也不看众人，当先进入。

容啸天抱起一直不曾清醒的楚非欢，二话不说跟了进去——楚非欢确实已经命在顷刻，无论如何，有任何机会都不能放弃，哪怕前方有深不可测的危险与杀机。

秦长歌看着几人鱼贯而入，门户深邃，内部黑暗不见微光，什么都看不见，然而正因为全然的黑暗，越发觉得神秘幽邃，前路难测。

萧玦最后进入，即将跨入门槛时忽然回身一笑，笑意温暖，朗声道："放心，我们会给你带回健康的楚非欢。"

秦长歌对着他明朗的微笑，亦回以信心十足的笑容。

然而心跳如鼓，手心里突然生了一层薄汗。

第五十五章
死 生

门户缓缓关闭。

走在最后的萧玦恋恋一回首，看见门扉合拢前那一线光亮里，秦长歌突然露出担忧凄惶的神色，那神情在她眼底一闪即逝，却令他突然失了神。

她在担心。

她在为谁担心？

为……楚非欢吧？

自嘲地一笑，他回头，大步追上前方阴离。

阴离一拂袖，"嚓"的一声，四面忽然一亮，壁上的油灯仿佛被什么控制一般，突然燃起。

仔细一看才见壁上游过三足壁虎，舌尖鲜红，莫非刚才是那壁虎点燃了油灯？

玄螭宫怪物太多，萧玦不敢松懈，眼见四壁空荡无物，唯地面有几个蒲团，室内正中有火焰形状的祭坛，赤色石块砌成，微微高出地面。萧玦和容啸天目光一碰，两人很有默契地避开那个祭坛，容啸天连蒲团都没敢用，自己席地坐了，将楚非欢放在膝上。

当初那个误会，导致后来惨烈的后果，容啸天自觉是个罪人，午夜梦回，想起此事辗转反侧，对自己深恨在心，若不是因为记着秦长歌的话，记挂着治好楚非欢，他早无颜存活于世了。

这些日子积极寻医找药，还是一日日见着楚非欢不可挽回地衰弱下去，容啸天心里如被烈火炙了千万遍，每一遍都生不如死。

如今但有希望，自然欣喜若狂，千辛万苦得来的机会，他绝不敢让自己有一丝松懈，导致功亏一篑。

三人站成三角，有意无意形成围攻之势。阴离仿若未见，只是一伸手，掀开黑晶盒子。

彩光冲天而出，光华烂漫，成七彩之练，"唰"地在暗黑底色的穹顶上拉开斑斓虹桥。

艳色夺人。

众人被这绝世闪耀的夺目华光刺激得忍不住闭一闭眼，再睁开时才勉强看清那名动天下的踏香珈蓝，原来是一块小小的半透明的心形物体，其形宛如一颗琉璃心，隐隐还有横贯的裂痕，仿佛是一颗受伤碎裂的心。

众人一时都有些恍惚，隐约想起那个著名的贺兰氏的传说，将爱人拂下绝崖的贺兰教主，携着那个武林中人人窥视的奇宝，一步步血流成河地走下紫冥的时候，是否珈蓝便是因此感应到他的悲伤，不堪疼痛地裂成两半？

阴离手指流连地抚向踏香珈蓝，淡淡道："先祖机缘巧合得到这东西，多年来却因为和本门武功相克不能使用，不想今日便宜了你们。"

他手指一弹，珈蓝起铮然之音，仿若凤鸣，余音袅袅里他道："谁帮我将珈蓝碎裂成粉，越碎越好。"

看着三人一副"你会虚弱到连块药也粉碎不了？"的疑问神情，他讥讽地翘起嘴角："别小看了这东西，不是一流高手的纯正阳刚内力，很难将它碎成齑粉，我现在还真的不成。"

他将盒子一递，离他最近的萧玦顺手接了过来，触手一摸，觉得珈蓝竟然温润滑软，握在手心宛如软玉，不由怔了怔，随即运起两分内力，使力一握。

珈蓝毫无动静，连裂痕都没扩大一分。

萧玦又加了五成力，依然如此。

他这才相信阴离的话，运足全身真力，将珈蓝一搓。

黑晶盒子里立时落了一层淡蓝的粉末，五色迷离，宛如碎晶。

阴离瞟了萧玦一眼，赞道："很纯正的内家罡气。"

他一伸手，手掌悬浮于盒子上方，粉末被他缓缓吸至掌下三分处聚而不散，随即吩咐道："你们两个，助我一臂之力，我现在的内力尚未恢复，无法保持住粉末不落。"

萧玦和祁繁对望一眼，祁繁当先伸掌按在阴离后心，笑道："大祭司，我来就可以了吧？"

"那也行，"阴离无所谓地看他一眼，"只是珈蓝不同它物，如果粉末散去，入地立即就会消失，到时药量不够你不要后悔。"

萧玦立即将手掌按在了祁繁背上。

阴离的嘴角动了动，霍然伸手，一把撕开了楚非欢前襟衣服。

"啪"一声，他的手碰在容啸天立即伸出格挡的手臂上。

手指停在手臂上方，两人凝固着那个架臂的姿势缓缓对视一眼，阴离道："嗯？"

容啸天勉强笑了笑，道："我以为你要出手呢……抱歉。"

他放下手，手臂挡在楚非欢前心。

那里，名闻天下的离国皇族的金鳞神鱼标记灼灼耀目，若是给阴离看见，楚非欢身份立即要暴露，连带萧玦和在外间的秦长歌，只怕都有麻烦。

萧玦和祁繁都出了一身冷汗，暗骂自己怎么忘记了楚非欢这个标记。

说实在，也怪不得他们，正常治伤的程序根本不是阴离这样，他出手又突然，若不是容啸天一直保持高度警惕，刚才阴离已经撕开了衣襟。

饶是如此，容啸天也出了一身冷汗，暗暗思忖刚才阴离到底看见没。

阴离却已经不再理会，手掌一翻，掌心突然出现一对红色蛇形细长针状物，手指一掣，长针穿过那层蓝色悬浮的粉末，立时内部也呈蓝色，阴离指尖一弹，针尖呼啸着插进楚非欢心口。

三个人都屏住呼吸看着。

阴离手指按着针尖顶端，神情凝重，似在以针探脉般细细把握楚非欢体内灭神掌的瘀伤，半晌皱眉咦了一声，随即想了想，又皱眉。

三个人心立时都随着那一声"咦"而惊得一颤。

容啸天手指移向楚非欢后心，突然身子微微震了一震。

祁繁抢过来，问："怎么了？"

阴离正要说话，容啸天看了看他神情，突然道："大祭司稍等，我和两位兄弟说句话。"

阴离目光在他面上一顿，点了点头。容啸天放下楚非欢站起，祁繁和萧玦都愕然道："怎么？"

容啸天一手拉一个，将不明所以的两人拉到墙角，低声道："我刚才发现——"

他声音极低，两人都不由自主地凑过来。

"发现什么？"

容啸天手掌突然一翻！

快如流星，左右一拍！

"兄弟，对不住了！"

萧玦、祁繁应声而倒！倒下时脸上犹自带着惊骇至不敢相信的眼神。

容啸天垂头站在被暗算倒下的两人面前，默然不语。

良久缓缓蹲下，仔细地看着一起携手自刀山火海中闯过，一起在最艰难时刻将皇后留下的一切支撑起的多年同伴的脸，脸上没有悲切之色，只是目光暗潮翻涌。

那些总角交情，那些心意相通，那些流浪江湖，那些明明武功未成却敢于悍然向着奸恶无赖拔刀的烈气热血，那些追随皇后行走天下转战于沙场的艰难困苦，那些在她死后的悲痛中的互相扶持……

兄弟，这些年我们焦不离孟孟不离焦，如今，原谅我丢下你一个人前行。

很久很久以后，他轻声道："兄弟……以后……好好保护她，不要像我这样，再犯错了……"

祁繁安静地沉睡，不知道从此后身侧那个位置将永久空缺。

容啸天叹息一声，决然站起，又行至萧玦面前，看他半晌，道："无论如何……你们都对得起她……我很安慰。"

身后，阴离一直笼手在袖中，不言不动，毫无表情地看着他的动作。

半晌，问："你决定了？"

容啸天缓缓转身，坚定颔首。

阴离眯着眼睛看他："你怎么知道因为他的生机将绝，踏香珈蓝效用已经不能完全发挥，需要人心做引？"

惨然一笑，容啸天低声道："机缘巧合得知……"

怎么知道的？当年，自己寄养在他府中，两人常常在一起读书练武，有次他生病，自己去小厨房给他端药，路过王爷的书房，听见不知谁在说："踏香珈蓝传得神乎其神，但也救不了沉疴太久生机断绝之人，据说需以其同形之物做引子，方有奇效……"

当时并不知道踏香珈蓝是什么东西，那段话听完便丢进了记忆深处，这许多年从未想起，然而今日，看见心形的踏香珈蓝，看见阴离给楚非欢把脉后那一刻的神情，手指触及楚非欢将停的心跳，多年前尘封的记忆突然被重新唤醒，带着血腥和沉痛的气味，逼到面前。

至此时幡然一悟，如醍醐灌顶，彻彻然凛凛然生出无限寒凉——原来兜兜转转结果便是如此，原来万事都有命定安排，原来他是楚非欢的劫数，这劫数因他而生亦将因他而结束，而他从有记忆开始，就是因为这段劫数而存在。

仰头，轻轻一笑。

世事离奇，命运翻覆，到头来，谁才算是谁真正的劫？

不过……这样也好。

他突然痛快地笑起来。

好，真好，背负了这许久的债，一朝彻底清偿了个干净，真是痛快得每个毛孔都舒畅啊……

楚非欢，从此我不再欠着你。

我一开始就为欠你而来，再为救你而去。

这世事着实公平，着实……可笑。

他不再看祁繁，大步走回，在楚非欢身前坐下，好整以暇地整整袍子，将膝上衣袍抻平拊直，双手平平搁膝，抬头，向阴离朗然一笑，大声道："来吧！"

阴离深深地看着他，看着这个年轻刚硬宛似发出无限光辉的男子，看着他玉山孤松一般坚刚不折的神情，看着他意态从容走向死亡时不可夺志的坦然，一贯如死水的目光也终于有了微微波动，他问了句自己都觉得是废话的话。

"你……不悔？"

容啸天慢慢仰首，望向穹顶，他目光似乎穿透那层屏障，看见了童年的祁繁和他抱在一起在雪地上拼命厮打，雪塞了一嘴，冰凉而清透的寒意里，力气丧尽的两人相拥着哈哈大笑。

看见某个婴儿，在他尴尬无措的臂弯里哇哇哭泣，再一眨眼长成穿着小锦袍的小小太子，对着他咧开无辜的笑容，踮起脚，说：叔叔抱！

那些极其美好的往事。

他露出微微笑意。

道："不悔。"

这是容啸天留在世上的最后一句话。

楚非欢睁开眼睛时，第一感觉就是自己仿若刚自一场大梦中醒来。

那梦如此沉暗深痛，挣扎如魔而不得出。

以至于很长时间内，他眼前黑暗与光明交替，一片片黑影混沌飞蹿于视野，搅成乱麻，好久以后，才慢慢理清那飞闪的线条，恢复了一点目力，看清自己面前那张枯黄僵木的脸。

阴离。

突然醒来，随即这般接近地面对敌人，楚非欢却连睫毛都没眨动，只是平静清冷地迎上阴离的目光。

阴离若有所思地看着他，手指轻轻搓动，见楚非欢目光转动似在寻找什么，身子微微一移挡住了。

他盯着楚非欢的眼睛，木然道："我把你先弄醒，是要问你一句话。"

楚非欢用目光表示疑问，阴离言简意赅地道："我和你朋友有交换，答应给你踏香珈蓝，阴家人立下重誓永不反悔，你不必疑虑。"

然而楚非欢的目光立刻黯淡下来，"交换"二字令他心生不安，心里挂记着同伴，想挣扎起来看看长歌等人是否安全，然而却发现自己连一根手指都动弹不得。

鼻端隐隐闻得血腥气味，心底不祥的感觉越发浓厚，楚非欢额上，沁出一颗颗豆大的汗珠。

阴离掌中红色蛇形长针一抵，按住楚非欢道："别浪费我时辰，听我说话。"

他道："有个选择，你自己选。"

前庭喧嚣声远远传来，第二卷神卷开启，大约已如奔雷裂电般震翻了自以为得胜，玄坛大位即将在握的那些人，秦长歌却已不想关心自己一手打造的计谋最终会是谁胜谁负，她目光紧紧盯着廊角，看似神情平静，却已将一茎草叶在掌中揉得稀烂。

抬起手掌，盯着自己汗涔涔染上草绿色泽的手心，秦长歌清楚地听见自己的心跳声，一声声仿佛擂鼓，近在耳边。

她慢慢走近那处掩蔽的门户前，那点机关拦不住她，好几次她已经摸上了那机簧，却在最后一刻颓然放手——阴离不是妄言之人，万一自己贸然闯入铸下大错，那真真是用什么也挽回不来。

南闽人极重誓言，秦长歌本不怕阴离反悔对萧玦等人下毒手，何况以那三人合力，应当也无须畏惧阴离，然而心底的焦躁和不安，不住汇聚成巨大的阴影，重重压上她头顶。

再如何步步为营，终究有无能为力的时刻。

从不祈祷的秦长歌，只能一遍遍在心底念：要平安，要平安……

远处隐隐传来尖啸声，听起来是班晏的声音，廊下木然守卫的男性彩蛊教徒，突然齐齐一震，随即仰首应和。

声音尖厉若女子，远远传出，毫无男子的嘶哑低沉，却因为来自男子天生较女子宽阔些的声带，听起来越发震撼慑人。

秦长歌转首，盯着那些男子平滑的下颌，目光闪电般地一掠而过，发现所有人都不生胡须。

隐约想起楚非欢那日遇险，回来后简单和她谈起的经历，提到灰衣彩蛊妖人时那般阴狠变态的心态，仇恨疯狂的举措，当时迷惑不解，不知道那般仇视从何而来，然而此刻听见他们施展音杀时的声音，突然大悟。

这些……可怜的"男人"……

修炼音杀的历来都是女子，然而女子体质所限，于别的功夫难以进益。班晏独辟蹊径，以资质好的男子选练音杀，但男子天生声音低沉，练音杀难有所成，班晏便将他们都去了势。

彩蛊音杀，因此更上层楼，然而那些畸零男子，到底是如何进入彩蛊教的，又是如何被人以残忍的方式毁去肢体，练成音杀的，想必对于他们，都是难以回首的惨痛经历吧。

因此心态仇恨疯狂，暗昧如魔。

秦长歌一声叹息，目光黯沉。

眼前人影一闪，却是班晏出现了，她一身鲜血，形容酷厉，神情却颇兴奋。

"神卷一启，他们都傻了，谁都以为第二卷是神灵指示玄坛六使着落谁家的谕示，哪知道却是宣诏大祭司阴离闭关敬神，得神灵垂爱附身，升为无上圣主，南闵自玄坛新祭司起，俱得凛然尊奉，违者必遭天谴，哈哈……"

被两家联军围攻数日一腔愤怒的班晏，此时只觉痛快淋漓，秦长歌转目看她，淡淡地问道："水镜尘进来没？"

半边鬼脸一抽搐，班晏悻悻地道："没有！不仅自己没有，还约束水家人不得进入，说水家此来只为替武林同道求个公道，无心争权夺利，有几个利欲熏心地进来了，水镜尘立即将他们逐出了家族，现在带领水家人，已经退出了幽火泽。"

秦长歌不出所料地笑了笑，淡淡道："玄螭宫又不是被白白欺负的，等到解决了大衍宫，自然没有水镜尘的好日子。"

"那是当然，"班晏冷笑，"玄螭宫自大祭司接位后，并无争夺权位窥视王座之心，对王朝甚多退让，不想他们就以为玄螭宫好欺负。既然他们想毁去玄螭宫已有很久，那就不妨试试，谁更会杀人！"

她目光一转，看着秦长歌，道："你是个人才，要不要加入我们？下三使中的雷使司徒燕战死，你去做倒合适。"

秦长歌忍不住莞尔，这个班晏武功非凡，性子却颇随意，生死名位，荣辱利害似乎都不在她眼里，想起当日地牢一夜，自己半途胡乱一喊叫停了班晏杀手，心中一直有个疑惑未解，遂道："我是闲云野鹤之身，在哪里都拘束不了的，再说大祭司未必对我放心，我不是你，你想必从一开始就一直跟随大祭司，深得信重吧？"

班晏听得最后一句，突然怔了怔，神色一瞬间有些恍惚，下意识地摸了摸脸道："……我曾经生了一场大病，是祭司大人救回的，因此情分不同寻常，说起来祭司大人是我恩主。"

秦长歌目光在她脸上一掠，随即收回，正要再试探几句，忽听轧轧之声响起。

秦长歌霍然转首，"唰"地一下站了起来。

门开处，最先出来的是阴离。

他如幽魂般飘了出来，也不打招呼，直接飘向了前殿，班晏随后而去。

然后是萧玦。

从黑暗的门户中出来，迎面照上幽火泽淡淡的日光，萧玦的脸色看起来分外苍白。

秦长歌看他出来，先是心中大喜，一转眼看见他的神情，立时又是一惊。

难道……

她的手指扣紧了身后的廊柱，一时竟然不敢迈步上前。

萧玦身子一斜，将自己遮住的那一小片阳光微微一让。

阳光呼啦啦地奔了过去。

照上男子如缎的长发，照上男子长天之蓝的轻衣。

他似是有些不适应光线的转换，斜斜举手，挡住了自己眼眉。

秦长歌的手指，"咔"的一声剥掉了南闵乌木做成的坚硬的廊柱。

男子一抬头。

秀丽眉目，苍白容颜。

当年芦花飞扬的碧湖里，以同样一个扬手的姿势，召唤来生命里那只白鸟的少年。

秦长歌怔怔看着他，看着他——迈步而出。

时隔多年之后，那个被长乐妖火焚尽健康依旧誓死追随的男子，那个她生命里玉石般沉静坚刚风华不改的男子，历尽苦难艰辛，世事磨折，终于再次迈步向她走来。

盯着他的动作，秦长歌只觉得心里乱糟糟的一片，她曾以为非欢沉疴如此，即使踏香珈蓝有用，顶多也只能救回他性命，断无可能连毁损的经脉都恢复如初，饶是如此，她也觉得那已经是值得拿一切去换的莫大幸运，然而此刻阳光下向她行来的楚非欢，用事实见证了命运的奇迹。

有什么声音在喜悦地呼喊，有什么声音在激烈地长啸，心底生出纷繁的艳丽的巨大花朵，再在终于扫去阴霾的晴空里灿烂地炸成一片。

良久，她缓缓拔出卡在柱子里的手指，不顾那手指已经被木刺扎破，伸手捂住了自己的眼——前生里不知多少次看肥皂剧，笑话过那般矫情女主的姿势，然而今日轮到自己，终于明白，有一种奔涌的欢喜与激越，能够冲毁所有最冷静理智之人的心房堤岸，令她忘记所有语言的功能，只想痛痛快快，流泪。

遮住双眼的手指，迅速湿了一小块肌肤，被楚非欢完全康复的巨大欢喜淹没的秦长歌，错过了那一刻他眼底的幽暗神情。

伸手在萧玦递过来的手上微微借力，楚非欢有点吃力地走出——他只是刚刚勉强能够移步，还没完全恢复，只为了这一刻秦长歌的惊喜所以才勉力而行。

八角门再次光线一明又暗，最后走出来的，是祁繁。

第 五 十 六 章
归 国

他手中抱着容啸天，一步步，走出。

日光照上他的脸——如果说萧玦是苍白，楚非欢是虚弱，那么他就是，不似人色。

秦长歌缓缓放下手，指尖刚刚被喜悦的泪浸湿的痕迹未干，立即又被掌心沁出的微汗浸染。

她目光自祁繁令人不忍目睹的神色上转过，转向他手中的容啸天——他看起来并无外伤，亦如这也只是一场沉睡，秦长歌慢慢地看了看他胸前挡着的祁繁的外衣，伸手去掀。

萧玦霍地伸出手，横臂一拦。

秦长歌慢慢缩手，嘴唇抿了抿，转过身去。

既然不愿我看见，我就不看吧……只是，看或者不看，其实都一样了。

大喜之后突然的疼痛的打击，仿若从高崖坠下，那坠落引起的巨大风声，刹那间穿透人心，令人心生凉意，突然失去了所有说话的兴趣。

对面，已经从前殿赶回的阴离默然看着这几人，目光复杂难言。

他伸手一招，一个灰衣玄螭宫属下恭谨地过来，阴离木然道："带他们从边门出去。"

秦长歌掏出妖花内丹，交给阴离，看着他的眼睛，她道："大祭司，告诉我，这是不是必需的牺牲？"

阴离默然良久，答："是。"

秦长歌惨然地一笑，喃喃道："但望你没有骗我，否则我必……"

后面的话她没有说出来，扶着楚非欢，跟随引路者离开。

阴离遥遥望着一行人背影消失，面色沉冷，目光中似有妖火跃动。

玄螭宫边门出去，是幽火泽一条不起眼的小道，穿过那条斜径之后的一丛灌木林，便是一处山丘，几人在那里停了下来。

祁繁放出火箭，召唤安排的属下过来接应，自己放下容啸天，默默去寻找枯枝败叶。

秦长歌盘膝坐在萧玦身边，听他将密室里的一切说了一遍，萧玦的记忆也只到昏倒前那一刻，醒来时他只看见容啸天已剜心而死，险些以为是阴离下的手，当时祁繁已经扑过去拼命，是楚非欢及时说明了情形，两人这才怔住。

楚非欢一直盘坐调息，只在萧玦说完后淡淡道："我对不起啸天。"

秦长歌听得他语气古怪，忍不住抬眼看了他一眼，楚非欢却已再次合上双目。

火堆燃起。

一切终将化为飞灰。

始终一言不发的祁繁跪坐在火堆之前，出神地注视着火光和腾起的黑烟，眼光空茫而遥远，不知想起了什么往事，竟微微露出一丝笑意。

秦长歌负手立于山冈之上，看着那个鲁莽而鲜明的男子渐渐化为青烟和惨白的灰末，飘散入四季无冬的南闳的一碧深翠，再远远飓向遥远的东方，那里，最东方的青玛神山沉默矗立千年，而这万千无限春色，终将化作寂寥绝巅那一抔深雪。

人生无常，悲苦轮回。

……初见他，拔剑向豪强，眉目肃厉如刚，一遇再遇，终究成就了开国皇后和凰盟三杰的知己佳话，她身遭不测，他和祁繁始终不改初衷，抚养太子，支撑凰盟，以一种沉默而坚韧的姿态，一日也不曾放弃为她赎回公道……即使是今日他的赎罪之举，其根源何尝不是因为她？若不是心心念念要为她报仇，容啸天何至于对楚非欢下杀手？若不是造成了这般惨痛误会，容啸天何以这许久郁郁寡欢，沉重背负，终将性命相送？

到底错在谁？到底又是谁欠了谁？

秦长歌遥望云天之外，眼底泛起深红血丝。

祁繁却突然转过头来，仿佛看穿了她的心思，淡淡道："主子，你不必伤怀，谁欠的，谁还，这本就是我兄弟分内的事。"

他再次扭头，看着火光里渐渐化为虚无的一生的兄弟，无奈地一笑。

"我只恨他不肯让我们在一起。"

火光渐灭，有一个人从世间永远消失。

始终没有落泪的祁繁，抿紧嘴唇，亲手将容啸天的骨灰仔细收敛在一起。

秦长歌没有上前去帮忙，就让这对从来不曾分开过的生死兄弟，好好走完最后一次同行的路吧。

从此后，天上人间，碧落黄泉，他身侧再没有他。

祁繁将骨灰收拢好，直起腰，突然腿一软栽倒在地！

秦长歌一惊，连忙扶住，原以为他伤恸过度导致昏晕，不想身侧萧玦突然也晃了一晃。

他即将栽落时，被及时睁开眼睛的楚非欢一把扶住。

秦长歌一把祁繁的脉，皱了皱眉，又去伸手把萧玦的脉，楚非欢已经静静道："他中毒了。"

想了想，他又道："也不能说是毒，倒像是一种阴毒暗劲……伤人元气经脉，应该就是阴家这一门的武功。"

说完见秦长歌并无愤怒之色，有些诧异，秦长歌已经冷笑道："玩毒物的人，和那些不正常的东西混久了，怎么会没点阴诡手段？阴离不善政治，不代表他不善杀人……不过很遗憾，我擅长政治，也擅长杀人。"

楚非欢看着她，心有所悟："你在内丹上做了手脚？"

秦长歌颔首，道："玄螭宫那种地方，阴离班晏那些人，无论如何不能不防着一手。"

她闭目想了想，道："是的……先前我听阿玦说时，总觉得哪里不对，现在想来，阴离要阿玦将珈蓝碎成粉末，是想察看他的内力，他其实对我们已经生了警惕之心，不想放虎归山，随他以无力维持珈蓝粉末悬浮为由，让祁繁和阿玦输真力给他，也不知他用了什么古怪法子，在那时便催动了这门阴毒手段，潜入了他两人的经脉中……"

冷笑一声，她道："南闵重誓，他是给了踏香珈蓝，也将我们送出了宫，他没有违誓，因为他算准了，我们还会乖乖回去，我们再回去，可不算在誓言范围内了。"

她拍拍膝上的灰，阴冷地道："我偏不回去。"

楚非欢把了把两人的脉，道："陛下毕竟隔了一层，受损要轻些，而且他们两人都极审慎，当时大约都有运气防御……万幸。"

话音未落，远处一声长啸，运气调息的萧玦突然睁开眼，顺手一把将祁繁搀起。

秦长歌目光一亮，立即用脚踢过去一大堆泥土，堆在燃烧后剩下的焦炭上，做成坟头的形状。

楚非欢立即起身，将受伤较重还未醒来的祁繁往"坟头"前一放，做出长跪的姿势。

三人配合默契，瞬间伪装完毕，萧玦深深吸一口气，苍白的脸色立即恢复了几分红润，目光也亮了几分。

秦长歌担心地望着他，道："你不要紧吧？撑得住吗？"

萧玦朗然一笑，不以为然地道："死不掉，阴离那家伙诈我，怎么能不让我诈回去？"

秦长歌无奈地笑笑，道："既然如此，咱们便可不受阴离挟制，阴离只能听我们的，只是阿玦，你千万别拿身体不当回事，若是有什么不好，咱们便让阴离占点儿便宜，总之不要逞强。"

"不行，"萧玦傲然答，"没有人能耍了手段阴我之后，不付出点代价！"

话音刚落，黄影如流光曳过，黄底红色妖蛇图案长袍的阴离已经出现在山包上，僵木的脸色隐隐有铁青之色，看见萧玦好好站立当地，祁繁背对他"伤心长跪"，看起来都好得很，脸色越发难看了几分。

秦长歌笑吟吟一招手，道："大祭司是来送我们出南闵的吗？"

阴离哼了一声，目光对几人上下打量着，神色微微有些疑惑。

秦长歌打个响指，先前赶到守候在一旁的接应车队出现，当先一辆马车驶过来，正好挡住阴离能够看见祁繁的视线，秦长歌将手背在背后对赶车的凰盟属下做了个手势，示意他们悄悄从车后将祁繁弄上车，自己上了另一辆马车，坐在车辕上微笑道："大祭司，我怕你消化不好那内丹，丹上涂了七八层毒药，药性又复杂，药物又少见，我还真怕会搞错了，还得回去才能找出合适的方子来……这南闵山穷水恶，人心如兽，我胆子又小，很怕又落入陷阱，只怕要劳动大祭司亲自送我们一程了。"

萧玦一掀衣袍，一步跨上车辕，进入车内之前回身一笑，朗声道："大祭司，不要想着交换了，你玩的把戏，我们根本就没上当，你想要解药，还是老实给在下赶车罢！哈哈！"

当初从昶城起程时是十一月，然而当昶城雄伟的城池遥遥在望时，已是次年二月初。

三个月的光阴，仿佛转瞬间便逝了无痕，然而有些刻在心上的伤口，永难平复。

北地山水在携了几分春意的风中，也由冬日的肃杀莽苍平添了几分秀丽韵致，让人恍然想起，这已是乾元五年的初春。

数辆马车辘辘行过昶城之外的一处官道，在一处长桥前停下，过了这道桥，便是最新的西梁地界了。

最前面的一辆车车帘一掀，探头出来的人，面貌看来不过是个寻常男子，一双眼睛却乌亮灵动，正是秦长歌。

微笑着看了前方一眼，秦长歌转头对着身后不远处"一路护送"的阴离车驾，微笑道："大祭司，前方就是西梁地界，想来你也是不愿出国旅游的，不如在这里便把事情办了如何？"

阴离冷冷地动了动嘴角，接着便见秦长歌将车帘一掀，伸手一让："先请大祭司解了他们的锁脉暗劲吧！"

"你！"

看着阴离枯黄的面色已经气成了猪肝红，秦长歌收了笑意，森然道："我如何？只许你使张良计，不许我搭浮桥梯？骗你许久又如何？我出谋划策帮你玄螭宫解了灭绝之危，你又对我们做了什么？"

阴离无言以答，愤然一拂袖，道："解药拿来！不然杀了你！"

"解去锁脉，不然杀了你！"

"轰！"

对面，影影绰绰的晨雾里，突然出现黑甲红袍的骑兵队伍，黑压压如一道钢铁洪流般压过来，兵器的寒光在晨雾中若隐若现地闪着寒光，这边秦长歌声音一落，那边万马齐齐踏蹄，轰然一声连桥对面的地面都在嗡嗡震动。

阴离脸色大变，愕然道："你怎么会……"

秦长歌又恢复了雍容微笑，施施然道："请吧。"

她的目光怜惜地在这些日子苦苦支撑，不肯在阴离面前露出疲态被他看穿的萧玦脸上柔软扫过，让了让位置。

阴离无奈，寒着脸过来，秦长歌把玩着一个小瓶子，笑嘻嘻道："大祭司，不要再玩花招，不然咱们可以无休无止地玩下去。"

阴离深吸一口气，不再理她，专心替萧玦和祁繁拔除了锁脉的暗劲。秦长歌和楚非欢一一仔细把过脉，互相点点头，秦长歌扶下他们两人，对岸接应的军队立即过桥，拨出几匹马将几人接了过去。

秦长歌就手将手中小瓶向阴离一扔，笑嘻嘻道："我比你守信……不过大祭司……你其实要这个没有用了。"

她眼见着诸人都被接走，而桥对岸，萧玦和楚非欢都驻马回身等她，一笑翻身上马，万军簇拥下，她在马上回首，傲然望着阴离。

"阴大祭司，很不幸地告诉你，你刚才救的，是我西梁皇帝，萧玦。"

懒得看对方震惊懊悔恨不得吐血的神情，她一扬马鞭，于二月春风中微笑道："在此，我代表西梁皇朝感谢你们，感谢你们为西梁吞并天下的大统事业所做的贡献。听说最近这段日子，玄螭宫开始反攻，杀了大衍宫来使，将群龙无首的大军杀得血流成河，同时号令天下教众追杀水家，和水家也火拼了很多次——感谢你们为西梁创造了收拾你们的最佳时机，我西梁数十万儿郎，擦刀洗马，殷勤地等待这个机会已经很久了。"

她大笑，长鞭竖起，猛力向下一挥！

"进攻南闵！"

如猛虎出柙，如巨浪席卷，万千西梁铁骑，铁血大潮般控缰而来，马蹄在猎猎的风声中踏出杀气腾腾的脆响，漫天烟尘里瞬间便卷过了西梁和南闵交界的界桥。

阴离和他的队伍，瞬间便被裹挟在钢铁的洪流里。

"你是谁！"一声愤怒大喝自胸腔喷涌而出，响彻二月北地的清晨。

万军之中，秦长歌于马上悠然回首，一笑嫣然。

"西梁太师，赵莫言！"

乾元五年二月初三，刚刚攻占北魏三分之一国土不久的西梁，再次对南闵悍然举起侵略长刀，寒芒闪闪间，映射出南闵末路王朝惶恐不安的面孔。

根本未曾想到西梁这么快就再次进行其夺国大业，一心以为西梁暂时无暇对付他们的南闵大衍王朝，在这次争权扫荡行动中，为弥补玄螭宫的嗜血反攻中导致的极大伤损，将各地守军予以抽调，集中到了幽火泽附近，导致各地守卫空虚，西梁大军长驱直入。

揭开西梁南闵之战序幕的，是界桥之战。

此战后来成为西梁战史上最为神秘的一次战事，本应在南闵中心玄螭宫的大祭司阴离神奇地出现在界桥，成为西梁铁骑最先迎上的南闵之刀，大战中，阴离护卫死伤殆尽，只剩数骑逃回玄螭宫。

兵锋如火侵略如林，以西梁大将单绍为主将的三十万西梁军，一路连克南闵十八城，很快便逼到南闵都城大衍城下。

面临灭国之灾的南闵王朝，很快和上善家族联合在一起，将全国残余兵力全部积聚到京城，高墙巨门，决然死守。

三十万雄师旌旗猎猎，在大衍城下排开长达数十里的连营，绵延无际，将大衍死死包围。

战争在最后关键决胜之时，进入了僵持状态。

而此时，那几个挑动南闵纷乱的人物，已经优哉游哉地踏上回郢都的路途。

"为什么不杀阴离？"春光里萧玦神采焕然，扬眉笑问秦长歌。

"你何尝不知道，他留着就是个炸弹？"秦长歌一笑，"阴离不是水镜尘，他心地狭窄，睚眦必报，又不爱政治，家国天下的概念不重，留着他，对大衍宫和上善家族也是个牵制。"

萧玦领首，目光掠过楚非欢，欲言又止。

一路行来，楚非欢依旧如前沉默，千辛万苦才使沉疴得以治愈，但这似乎并不能让他完全展颜，然而他的武功却在一直以惊人的速度恢复着，连秦长歌都惊叹这般进展的神速，为这般奇迹庆幸不已，楚非欢却一直淡淡的，只有在看见她的明妍笑意时，才微微露出笑容。

秦长歌注视着他的笑容，可心底往往泛起浅浅心酸和迷惑，这一路走来何其艰难？没有人比她更清楚楚非欢的伤势，对于完全治愈他，她几乎从未敢抱殷切希望，如今的结果美好至自己不敢相信——真的不敢相信。

远远超出希望预期的结果，反而令人不安。

她时常细细观察楚非欢的神色，却无从寻找出疑问之处，非欢向来是沉静性子，不以物喜，不以己悲，没有欣喜若狂也是正常，自己的多疑，是不是真的没必要？

长吁一口气，秦长歌抬起头。

前方，郢都在望。

"哎哟我滴神啊，他们还知道回来？"

御书房里萧监国横眉怒目，高高站在尊贵的龙案上，以圆规般的经典姿势，叉腰怒视底下前来通报陛下回銮消息的侍卫。

可怜的侍卫头也不敢抬……妈妈咪啊，太子爷最近那个火气听说那个大啊，每天早晨起床都要愤怒呐喊，喊什么假萝莉同人女，森林小屋的巫婆白雪公主她后妈……总之没人听得懂，但杀气腾腾却是听得出的。

害得早上从来没人敢去向太子通报事务。

太子爷最近已经将奏章上的勒红改成了画叉叉，每个奏章上都好大一个鲜红的叉，太子爷画叉叉姿势也极其彪悍，站在凳子上膀子左右开弓，一对漂亮双胞胎负责给他捧着墨砚随着他的膀子同步移动，慢上一步太子爷眼睛里就嗖嗖飞出飞刀。

可怜的如玉似雪的一对双胞胎，换哪宫里不是宠妃的料啊，偏偏遇上这么一个不开窍的。

那些画上叉叉的奏章，到了老贾端等一堆辅政之臣手里，也只能叹着气再给涂掉，导致最后各地督抚将领上奏章，都一式两份，一份给太子爷画叉叉，一份给老贾端批复。

随着时间推移，太子爷脾气越发古怪，比如早上一定要奔到宫门前绕三圈，去的时候满面期盼，回来时候眉毛下垂，去的时候遇见他，准有赏赐，回来时候遇见他，准被踢屁股。

以至于宫中太监最后都摸清了这个古怪的规律，专拣他奔向宫门的时候守着，据说冠棠宫小太监小海子就因为最先发现这个秘密而发了财，在正阳门外买了宅子。

比如晚上他一定要搭梯子爬上龙章宫顶，对着宫城之外搭檐瞭望，美其名曰健身，一堆太监唉呀妈呀地在底下抹着冷汗守着，第二天还得上殿顶修补被太子殿下踩坏的琉璃瓦，导致有部分太监得了心脏病，有部分太监练成了轻功。

全宫上下，便这么抽风着、摇摆着、痛并快乐着度过萧监国在位的非凡岁月。

侍卫趴在地下，抹一把冷汗，今天这个消息明明是好消息，太子爷居然看起来更愤怒，龙案上全是脚印，陛下最爱的那盆雪兰也被他恶狠狠踢翻了……太子爷眼睛里的飞刀，已经插得御书房满壁都是了。

救命啊……

包子阴恻恻地蹲在龙案上，慢条斯理地磨着牙……回来？还知道回来？丫的把我丢到这漫天遍地的国务里，自己公费出国旅游，泡妞泡马子，保不准还玩了几个人妖，现在拍拍屁股回来了，指望我娇呼着泪奔着奔入他们怀抱？我呸！

萧太子愤怒啊，积蓄已久的哀怨让他的小宇宙噌噌爆发。

嚓嚓嚓嚓嚓嚓嚓，还在几十里之外的几个假想敌身上，被他再次于想象中插上了满身的飞刀。

萧玦突然打了个寒战，有点愕然地抬起头，道："太阳很好，怎么忽然有点冷？"

随即欢欣地道："真想溶儿，他一定等我等得急了，一定在宫门前候着呢。"

秦长歌似笑非笑地挽着手中的缰绳，悠悠道："是吗？"

…………

御书房里萧太子依旧以严肃的姿势蹲着，思考着西梁皇室有史以来最彪悍的命题。

"你，过来，"他对着侍卫钩钩手指，笑得非常像秦长歌。

"去，给我关宫门。"

第五十七章
天伦

这世上有没有在自己皇宫前吃了闭门羹的皇帝？

大抵是没有的。

所以萧玦觉得自己大抵也算最倒霉的皇帝之一了。

瞪着关得严严实实的宫门，以及宫门口居然一个守卫都没有的怪异现象——包子知道侍卫看见萧玦那是一定会开门的，所以很干脆地给他们放假，当日宫门值成侍卫头领磕头如捣蒜不肯领命，被萧监国咧着又白又亮的牙齿，阴恻恻地威胁："你放假，也许会死，你不放假，那一定会死，自个儿选罢！"

侍卫头领只好含泪掩面，带着当班侍卫翘班了。

高阔宽大的宫门上，居然还贴着一张五颜六色花哨得让人看了想死的纸，纸上画着状如烤猪的"裸女"，旁边一行大字：陛下啊，太师啊，干爹啊，人妖好玩吗？还回来干啥啊？再继续去玩嘛，去嘛去嘛去嘛——

秦长歌笑眯眯地看着那个"裸女"，点头评价："这回画功进步了点儿，看起来是头比较瘦的猪了。"

萧玦无奈地一把撕下那有伤风化的太子墨宝，皱眉道："你还笑得出来，儿子不让咱们进家门了！"

"不让进就不让进，咱们又不是没有外室。"秦长歌无所谓地耸耸肩，"与其到宫里去看一张弃妇脸，我还不如回我新建的太师府喝茶呢。"

她优哉游哉地甩甩袖子，道："非欢，去看看我的新房子去。"

"喂！"萧玦急了，一把拉住她，"你这女人，儿子你都不想？当真不进去？你有太师府，我却是以宫城为家啊。"

"谁说我不想？只是我从来不惯他脾气罢了，"秦长歌摇头，"陛下啊，你儿子这次被我们得罪狠了，跑掉一个两个，留几个陪他兴许还好些，偏偏全部跑光，丢下他一个人孤零零在宫中，自然越想越悲摧，越想越阴毒，我跟你说，怨妇是很可怕的，心理不健康，攒那这么久的劲就等着虐咱们了，现在正是他生理高潮期，我可不打算正面迎上，要去你自己去好了。"

她胡乱抓出张纸，随便写了几个字，封好，递给萧玦："阿玦啊，麻烦你把这信带给太子爷。另外……"

她深情地抓住萧玦的手，盯着他的眼睛："你保重。"

……………

世上有没有在自己宫城前爬墙的皇帝？

大抵是没有的。

所以萧玦今天已经创造了第二个皇帝之最了。

宫门很高很宽，但是还是拦不住他这等高手的，只是在自己家门前踹门实在有伤国体，萧玦只好捏捏鼻子爬墙，好在宫门前那一大片广场今日清场清得特别干净，没有一个闲人能够有幸远远看见西梁大帝爬墙的英姿。

萧玦怀疑这一定是萧太子给安排的，他存心要他爬墙来着。

梯云纵上了墙，角楼里嗖地便是一排弩箭，来势劲疾，萧玦也不敢硬接，倒翻而起一个跟斗避到角楼之顶，遥遥立于宫城之巅，喝道："是我！"

侍卫大统领夏侯绝探出头来，仔细看了萧玦一眼，愕然道："陛下！"

立在角楼顶上的萧玦，黑着脸瞪他："你昏了！连我也敢射！"

夏侯绝扑通一声跪下磕头："陛下恕罪……臣是刚刚接到太子谕旨，说有人会在这个时辰闯宫门，叫臣弓弩侍候着，但有犯我西梁国威者，狠狠射之，臣赶过来看见有人影进来就下令发射了……不知道是陛下……"

是犯你太子龙威吧？真威风！萧玦站在高处不胜寒的冷风中，嘶嘶地从牙缝里冒火……儿子，你狠！逼你老爹爬墙也就罢了，还逼你老爹翻跟斗！

悻悻地从角楼处下来，萧玦在夏侯绝一路诚惶诚恐地引导下坐上太监们赶着抬来的御辇回龙章宫，一路上太监宫女遇见龙辇都叉手躬身退立道旁，萧玦仔细地盯着他们神情——一个个看起来怎么都那么奇怪？似喜似忧，神情古怪。

"喂，人到了没？"萧太子蹲在龙章宫宝座上，一脸阴笑地问几个扒着门缝的小太监。

"快了快了，看见御辇了！"油条儿忠于主子，如实报告敌方动向，一边拉开一个趴得太近的小太监，"笨蛋，叫你别碰着门！"

"刀拿来！"包子手一伸，向着老于海。

可怜的老于海扎煞着手，老泪纵横地不住摇头："太子爷，别玩了别玩了……"

"玩什么玩？"包子大眼一瞪，越发圆如珍珠，"我是来真的！"

"啊！"

一步跨上宝座扶手，包子横刀立马披襟当风，"我记得某人的教导呢，要想让人记忆深刻，就要来狠的，丫的每次都是我被来狠的，现在风水轮流转，也该轮到他们了。"

他嘎嘎笑了几声，忽然想起什么，问油条儿："一个御辇？"

"是。"

沮丧地往宝座上一瘫，包子颓然道："又整不到她……"

"到了！到了！"

"啊哈！"包子一声怪叫，一跃而起，一把从老于海怀里抢走他死死抱着的那个鲨鱼皮小腰刀，霍霍在半空中挥舞了个四不像的刀花，喝道："哭！哭！都给我死命哭！谁哭得漂亮，等会狠狠赏！"

"咕咚"一声，最近刚给太子操心得了心脏病的老于海，终于再次发病了。

"龙章宫门也关着？老玩这等把戏很有意思？"萧玦下了御辇，哭笑不得地注视着大门虚掩的龙章宫。

夏侯绝担心地看着龙章宫，正想提醒下陛下太子爷的恶劣，还没来得及开口，雌雄莫辨的惊慌尖喊，已经惊破沉寂的内宫皇城。

"太子爷自杀啦！"

"太子爷！太子爷！别！别啊！"

"救命啊！"

还夹杂着孩子清亮的童音："让开，都给我让开！我这爹爹不亲老娘不爱干爹抛弃叔叔不理的倒霉孩子！还活着干吗？"

夏侯绝脑中轰然一响，玩大了！

正待飞奔，身侧黑影一闪，奔雷惊电般一个飞身，以从未达到的彪悍速度，如一道黑色飓风般转瞬便卷入了龙章宫。

"哐当！"

龙章宫门被撞开的那一刹那，沉重宫门上方立即翻倒下一桶泔水！

"哗啦！"

西梁国伟大英明仁厚刚毅俊朗高贵风华卓绝的乾元皇帝陛下，立即成了一个浑身散发着馊味的落汤鸡。

落汤鸡皇帝理都不理，带着泔水的馊味一阵风地卷过来，卷向宝座上那个抓着鲨鱼皮小腰刀正杀鸡般拼命在自己脖子上比画的小小身影。

包子瞪大眼，啊？一个动作还没做完，老爹已经卷了进来？虽说计谋得逞，但他飞过来的速度好像也太快了点吧？老爹轻功什么时候这么彪悍了？眼瞅着那个泔水四散飞溅的影子将到身前，包子才后知后觉地想起一旦被老爹抓住，自己也就同时壮烈地成为泔水太子，立时将刀一扔，怪叫一声，往宝座后便翻。

可惜已经迟了。

萧玦手一伸，已经一把抓住浑蛋儿子，大笑着将他狠狠一抱，道："儿子，爹想你！"

将小小软软的身体一把揉入自己怀里。

包子立即成了阴沟里的泔水包子。

包子大怒，一把掐住老爹龙颈，拼命摇晃："你好意思说！你丢下我！你们都丢下我！你们这群没良心的！"

萧玦任儿子那点小力气不疼不痒地掐，只笑着轻轻拍他的背："是，是，没良心，没良心……"一边仔细地扳着包子的脸细细端详，"我看看，瘦了没？"

他浑身臭气的，一脸笑容地看着掐住自己脖子的浑蛋孩子，眼光里满满都是心疼。

包子杀气腾腾的目光和老爹的目光对上。

老爹眼光，好烫，老爹的笑，好烫，老爹的话，好烫！

突然崩溃。

手一撒，也忘记了自己身上的泔水，因为被抛弃积蓄了半年想要好好闹场的怒气突然散尽，将近半年日思夜想的委屈立时如泄洪决堤般而出，包子大力往萧玦身上一扑，号啕大哭。

"呜呜！我恨起来就拼命吃，又胖了！"

萧玦喷笑出来，随即却觉得鼻子酸酸，他轻轻拍着儿子，仰首向天，将眼底泛起的泪花逼了回去。

听得那头小猪在他身上哼哼唧唧，拼命地拱啊蹭啊，将眼泪糊了他一肩，犹自断断续续抽噎："你丫……能不能……不要……这么煽情？"

…………

无语望天的萧玦，很忧愁地思考着自己这个民间长大，被秦长歌另类教导方式培养出的彪悍儿子，将来坐上大仪殿金銮宝座时，该是个什么德行？

想了很久，没有答案。萧玦也不再想了，轻笑一声——无论是什么德行，他相信溶儿都是最好的，如果他能早早成人，如果将来长歌接受了自己，那么早点将皇位交给他，自己陪着长歌畅游天下，饱览四海风物，该有多好。

到那时他不会再哭鼻子吧？

萧玦轻轻笑着……儿子，盼你长大，却又怕你长大，做皇帝哪有现在这个彪悍太子潇洒呢？

偏头看看，怀里的小小身体已经安静下来，萧玦爱怜地望着肩头的小脸，长长的睫毛安静地垂着，呼吸平稳——闹了一场闹得很累，心情终于平静下来的包子安心地睡着了。

小心地将儿子放到榻上，嗅了嗅他和自己身上的泔水味道，有心唤醒儿子去洗澡，一时又舍不得惊醒他好梦沉酣，当下无声挥了挥手，示意太监们退下，准备给自己沐浴。

洗完澡神清气爽地出来，却见包子已经醒了，换了一身衣服，坐在榻上满面郁卒地思考，萧玦过去捏捏他的脸，晓得此时绝不能提刚才的事，因为萧太子一定会因为觉得很糗而恼羞成怒，干脆什么都不说，吩咐传膳。

用膳时，包子神魂不属，一副想问什么却又发狠不想问的样子，萧玦心如明镜，却忍住笑故作不知，只顾给儿子亲自布菜："来，吃，吃。"

包子便目光茫然地将源源不断送来的堆成山高的食物，食不知味地一口口塞下去，动作机械，表情呆滞。

萧玦瞟着他，心里也在暗骂某个没良心的娘，不知道你儿子想你吗？居然就能忍心不见，你这比男人还心狠的臭女人！

吃到一半，吃到肚子已经高高鼓起，包子终于撑不住了。

大力将银筷往玉碗上一搁，清脆丁零声里包子大声道："我娘呢！我干爹呢！祁叔叔容叔叔呢！"

听到最后一个名字，本来露出笑意的萧玦脸色微微一暗，随即笑道："在太师府吧。"

"他们为什么不来？"包子转头看他，大眼睛水汪汪的。

"因为你娘脸皮薄，"萧玦霎时突然想通了秦长歌的心态，很无奈地觉得自己果然不是个挑拨离间的料，老老实实地给儿子分析他娘，"你娘知道你一定要闹的，她自己心里也有愧，不知道怎么对你交代，所以，溜了。"

只怕还有怕自己栽倒在包子的泪水之下，也跟着出糗的原因在吧？萧玦不怀好意地揣摩着秦长歌。

"溜得了一时，溜不了一世，"包子恶狠狠撕下一个鸡腿，"梆梆"地敲在玉碗上，"我代表正义的小宇宙，迟早要消灭你！"

萧玦无奈地从怀里掏出纸条："你娘给你的。"

刚才还满面幽怨愤怒要将某人消灭的包子，立即目光闪闪地转头："我的？给我的？"

不理老爹瞬间黑脸，包子一把抢过纸条，展开一读。

"啊哈！"

嗖地一下，太子爷就射出了门，老爹的一口汤愣是被他卷出的风给掀掉了。

"你去哪里！"

"太师府！不用等我回来吃饭！"某人胡乱地一挥小胖手，转瞬消失在殿门前。

萧玦郁闷地瞪着被撞开的殿门——这世道真不公平啊，我又爬墙又翻跟斗又淋泔水又哄又劝，才把混世魔王好不容易安抚住了，你连门都不进，一张小纸条，就能让他捐弃前嫌自己颠颠奔向你，你你你你，你才是最彪悍！

萧玦越想越悲摧，干脆自己也不吃了，一起身向外就走，算了，去找那个女人，叫她赔我损失。

迎面碰上正喜颠颠捧着山高的待批的奏章颤巍巍往龙章宫奔来的老贾端，从奏章缝里勉强瞅见萧玦身影，惊险万分地要施礼，萧玦停也不停，说着"免礼"，大步绕过他就要走。

278

老贾端悲呼："陛下……国事……"

"你们都代批了这许多天，还在乎多一天？"最近越发倦政的皇帝大人手一挥，再次出门泡妞去也。

留下空欢喜一场，指望着今晚放假的老贾端，无语问苍天。

"额滴神啊！太幸福了！"

包子绕着楚非欢左左右右地转，眉开眼笑，也忘记了要找谁算账的事，"呼"地一下蹿到楚非欢背上，抱着他脖子大笑："我喜欢这个高度！"

楚非欢浅笑着托起他，道："你又胖了，偷偷告诉我，你偷吃了多少零食？"

"我需要偷吃吗？"包子得意地笑，"你们都不在，我最大，我要吃多少就吃多少，冠棠宫我的床上，褥子底下都是松子糖，我每天都睡在糖堆里，真幸福啊……"

"你小心给你娘发现，把你以后三十年的糖都给克扣掉。"

"怕她什么，我监国都当过了，她当过没有？按级别，她现在见我要拜的……"

"你娘来了。"

"啊！"

正在牛皮哄哄的包子"嗖"地一下蹿下来，慌忙甜甜脆脆地喊："娘，我想死你了——"

没有动静。

咦……

看着依旧紧紧关着的门，包子满面哀怨地慢慢回头，阴毒地瞪着楚非欢——这世道不能活了，干爹这么清澈的人也会骗人了……呜呜。

疑惑地又看一眼门，皱眉问楚非欢："干爹，娘为什么还不出来？祁叔叔和容叔叔呢？"

"她和你祁叔叔在谈话，至于你容叔叔，"楚非欢顿了一顿，目光里浮现出一层痛苦，面上却平静如昔，"他还有些事，过段日子才回来。"

包子哦了一声，没有多想地玩着他的手指，道："干爹，你好了，我真开心。"

却没有听见楚非欢回答，他疑惑地仰首，却只看见干爹飞快地掉开头。

听见干爹淡淡答："是，我也开心。"

双手温柔地抱紧了他的腰，将他搁到自己膝上，楚非欢下巴抵在包子的大脑袋上，轻轻道："溶儿。"

"嗯。"

包子安静乖巧地应声，直觉干爹的心绪好像有点不同往日，一种淡淡的轻郁的氛围笼罩下来，他突然有些茫然。

楚非欢环抱着怀里的小小孩子，感受着他孩童的甜蜜和温暖。

"但望你一生都愉悦如初，你，你们。"

他顿了顿。

半晌，道："任何时候。"

一扇紧紧关闭的门，将门外的父子天伦和带着深意的对话隔绝在外，门内，有更重要的事要做，因此无暇顾及半年不见的宝贝儿子的秦长歌，和祁繁正平静对坐。

室内香茶将沸，烟气袅袅，一整套紫檀茶道器具陈放几上，烹茶四宝：风炉、玉书碨、孟臣罐、若琛瓯一样不缺。

祁繁正微笑着道："碧连香茶身骨重实，条索紧结，芽叶细嫩，宜用'上投法'冲泡。"

他用茶匙小心地拨茶入盏，拦腰金线青花盏色泽明润，冲泡入的玉山泉水向以轻浮清软出名，被优质乌木炭煮沸后品质更上层楼，茶叶在晶莹水面上绽开碧绿花朵，再姿态静雅地缓缓沉落水底，直而不倒，如根根含苞欲放的翠芽。

祁繁手指灵巧，动作轻盈，烫壶置茶温杯高冲低泡分茶，一整套手法熟练而极具美感，满室里芬芳浓烈，入口处回味犹甘，沁得人胸臆间爽朗明澈，若有灵机。

"……擅瓯闽之秀气，钟山川之灵禀，祛襟涤滞，致清导和，中澹闲洁，韵高致静……"秦长歌举盏就口，淡淡而吟。

她从茶盏上方斜挑起一双蛾眉，望着祁繁道："内川大陆，非巨户豪族不能有此高贵手法，尤以中川茶道自成一派，更有其出众处，祁兄，你这一手，这许多年我竟未曾有幸见识。"

"世间绝品人难识，闲对茶经忆故人……"祁繁一笑，并未直接回答她的话，倒似陷入回忆般语气悠悠，"当年家父教导我茶艺时，啸天总是最不耐烦的是：我一遍遍地沏，他看着总生气，闹着要走却又不走，每次沏过了的茶水要倒，他不给，自己喝，喝得肚子饱圆，我笑他，他说不忍心我那么辛苦弄来的东西被扔掉，可惜了的……"

他微喟一声，不再说了。

秦长歌笑容一敛，默然无语。

祁繁笑了笑，吸了口气，道："我又昏了，和主子说这个做什么？主子既然问起，祁繁也没有再隐瞒的必要，其实主子一定已经知道了，我是中川人。"

"我也是知道不久，"秦长歌慢慢转动茶盏，"当日你出现在南闳，我就怀疑了你的速度，你如果没有从中川借道，断无可能那么快过来，你对铃鸟的态度更加深了我的想法，还有那日那一堆火药，这东西是禁品，仓促之间你从哪里搞来的？我向来用人不疑疑人不用，并无疑心过你，但既然你是中川人，你的身世，我也隐约猜出个大概。"

她放下茶盏，看着祁繁的眼睛："你是中川后族一脉是不是？北堂啸前面的那个王后，那位据说因为和北堂啸的兄长，早夭的川王北堂鸣有私情而被废的冷王后，是你的什么人？"

祁繁脸上慢慢露出痛苦沉黯的神色，半晌未答。

秦长歌却已了然地向后一倚。

当年，传说冷雪润和北堂鸣有一子，生下来就死了，按时间推算，那个孩子，应该便是祁繁吧？

非欢给过自己一个资料，大抵是说北堂啸的堂弟北堂吟多年来韬光养晦，不问政事，广收姬妾，膝下儿子无数，当时当笑话看了便撂开了手，虽有些疑惑非欢怎么突然搜集起这种无用王爷的资料，却因事务繁多也没放在心上，如今想来，却是非欢在提醒她了。

北堂吟收养了这个父母双亡的皇族之子，混入自己那一堆儿子中，祁繁自己却不愿留在令他深恨的中川，所以早早地出来流浪江湖。

"啸天是我义父的朋友的儿子，和我同日所生，也是个父母双亡的可怜人，早早寄养我家，我和他算总角之交。"祁繁微微苦笑，"都以为这一生必将同生共死，谁知道他浑蛋地抛下我先走了……"

秦长歌黯然道："终究是我对他不起。"

"主子不必说这般话，"祁繁一笑道，"我们当初在主子面前立过誓的，没有主子，我们俩早就在豪强追杀下骨化飞灰，这一条命，主子给的，我们还，天经地义。"

秦长歌苦笑着摇摇头，拨着盏盖："你是什么时候知道我的身份的？"

"很早。不过一直不敢相信，"祁繁庆幸地道，"还好……啸天没有发觉……"

他默然半晌，偏头看身侧一个小盒子，那里装着容啸天的骨灰，他用一如往常看老友的目光看着那冰冷的盒子，良久歉然道："只是主子，我怕是不能继续跟随你了，我要将啸天归葬中川，至于还回不回来……"他停了一瞬，又低喟道，"我也不知道了……"

他仰起头，望向落日尽头云霞深处，眼神缥缈："……我要先把这些年我们一起踏过的地方，那些山川风物，城埠江海……都走一遍……"

他目光空寂，纵然偶有火星冒起，也是燃尽的寂寥灰堆了。

"祁繁，"秦长歌闭了闭眼，良久道，"你走吧。"

她自失地一笑，淡淡道："来也去也，都是一场缘分，咱们缘尽了，也不必勉强再续。"

祁繁肃然，直腰而起，在榻上向她深深叩首。

三叩首。

秦长歌面色平静目光清冷，向祁繁缓缓俯身答礼，以庄严的倾斜的弧度，来表达她对这位跟随自己两世，从来都忠贞不贰的得力手下的由衷感谢和尊敬。

室内幽暗，无人燃灯，风从窗棂吹入，却因这一刻的静谧凝重而轻缓下来，风掠起开国皇后和她的知己护卫的发，挡住了彼此注视而沉痛不舍的目光。

秦长歌默默注视着祁繁抱起那个小小盒子，起身。

起身的那一刻，她突然道：

"祁繁，没有你们，便没有溶儿的安全成长，你们对我本人的扶助，我不还了，但是护持溶儿这番恩德，我要还给你。"

她看着愕然抬首的祁繁，缓缓道："其实当初中川之主，原本应该是那个少时便有才名的北堂鸣，然而在中川定国之前他便莫名暴毙，若非如此，中川之国，本应该是你的。"

"我帮你，拿回中川。"

…………

很久很久以后，人去室空的屋内，黑暗中长久沉寂的秦长歌终于轻轻转首，看着窗外不知何时突然浮现的一个高顾的身影。

"阿玦，天下在一步步被我们收纳于掌中，那些我们看重的人，却在一个个离去，我们的一生里，还要经历多少离别？"

身影淡去，珠帘一阵闪烁晃动，下一步她已经被重重揽入一个温暖的怀抱。

"无论有多少人离去，长歌，"他灼热的呼吸腻在她细致的耳侧，那热度，似要将世间一切深入骨髓的苍凉怆然狠狠捂热，"……请相信我永远在你身边。"

第五十八章
宫 怨

乾元五年三月末，在围城长达一个半月后，一直对南闵围而不战的西梁使反间计，命人散布水镜尘与西梁早有勾结，将要里应外合杀大王献都城的消息，使因为身世背景，疑心病极重的南闵王安天庆对上善家族心生疑忌，一应军国重务都避开水镜尘，又不顾水镜尘劝说阻挠，起用自己的姻亲大司马聂子遐作为主将。聂子遐在南闵朝中号称"儒将"，文人出身，最出名的是曾将一部《兵论》背得滚瓜烂熟，可惜的是纸上谈兵是高手，实战对阵却是白痴，第一次对战便将步兵齐齐拉出，方阵推进，被西梁铁骑以狂飙之势冲散，阵脚大乱之际西梁以步兵掩进，杀了个大浪淘沙。

聂子遐经此惨败却不认为自己的战法有问题，拒绝了水镜尘连续三次的飞马传书，将他的书简拆都没拆就扔进了篝火，还将水家来使棒打一顿逐出营门，继续厉兵秣马雄心勃勃地要和西梁对阵。

据说水镜尘闻知，不过平静一笑，在城内最高的君山山顶弹了一天琴，末了推琴而去，笑道："竖子不足与谋，天下将再无南闵矣。"当日率上善家族退出大衍城。

聂子遐对此则嗤之以鼻："危言耸听！"三次上表劝说打算换将继续守城的安天庆，称最初那一败不过是偶有失误，再给他一次机会定可大败西梁，指天誓日得恨不得洒狗血，光是"精妙阵法"就推演了四种，每种都"足以将西梁鼠辈毁灭"，安天庆被他的信誓旦旦所动，令他戴罪立功。聂子遐这次"吸取教训"了，特意命钦天监推算了休咎吉日，确定三月二十九日晦日为当月最为不吉之日，此时擅动刀兵万事不祥，三月三十日却是个黄道吉日，好得不能再好，遂决定三月三十日出兵。

不想三月二十九，在那个他所认为的最倒霉，无论谁都不会出兵的日子，西梁悄无声息地攻城，当时软枕高卧，还给将领们轮休好明日备战的聂子遐毫无准备，援军抽调不及、城头守卫也比往日薄弱、而攻上南闽大衍城城头的西梁士兵，不仅带来了染血的刀剑，强悍的投石车，巨木礌石等杀人利器，居然还在每人的衣服上画上了南闽赤螭神教的图腾，当那狰狞三足火色巨蛇扑入眼帘时，很多同样身为赤螭教徒的士兵立刻诚惶诚恐地跪下，满怀虔诚地信仰礼拜大神，然后被西梁毫不客气地俘虏。

兵败如山倒。

当城楼被占，城门被破，西梁铁甲洪流源源不绝地冲入南闽都城，并迅速包围南闽王宫时，大势已去的安天庆怒杀聂子遐，欲待号召全宫侍卫太监拼命死守，却被单绍悍然下令烧宫，火光熊熊而起，满宫惊惶逃窜，陷入疯狂绝望状态的安天庆爬上高台挥舞腰刀，勒令大家抗御来敌，却被大太监鹿成一把推下高台，摔成肉泥，随即首级被割去请赏，尸身在乱军中不知去向。

南闽，灭亡。

"一个国家，从内川舆图上永久消失了。"秦长歌面色无波地看着掌中最新军报，现出一抹毫不意外的笑意，"恭喜陛下。"

"这非我一人之功，对南闽的计策，本就是咱们三人一起商定，"萧玦朗声一笑，"你大可不必谦虚。"

"让安天庆起用聂子遐，倒也不是我的本事，多亏了非欢灵通地掌握了消息，并早早未雨绸缪，在南闽国主身边和朝中聂家都伏有内线，再加上这次机缘巧合，玄螭宫也元气大损，不然那些奇怪玩意用出来，咱们的军队难免要吃亏。"

"不知道水镜尘现在在哪里？"萧玦皱眉愤恨地道："我的明霞剑还在他那里呢。"

"要么去了东燕，要么就和玄螭宫一样，转入山林……"秦长歌慢慢浮现冷笑，道，"阿玦，你相不相信，现在想杀我的人，一定很多。"

萧玦嗤笑："来一个杀一个，来两个杀一双。"

秦长歌笑着摇头："阿玦你像个土匪更甚于像个皇帝。"

萧玦抚了抚她滑亮的长发，轻声道："你觉得谁会杀你？各国王者？"

"那是自然，不过原因未必相同，"秦长歌笑笑，"我已发令凰盟注意近期京城动向，京城善督营加强京城防务，并调派京西驻军进京，与九门提督麾下十六营换防，无论是谁，我要他来得去不得。"

她突然有点好笑地看着萧玦，道："京中大约各国密探都有，有几国走的是高官路线，我已经制定了制度，朝中诸般公务，但有泄露者，必有重惩，枢密副使何安先，你知道的，罢职的真正缘由就是这个……说到这里，当初恶少姜川允身边那个使计撺掇他给你灌药的师爷，我们查出来了，你猜是谁？"

萧玦脸红了红，想了想道："水镜尘？"

"是！"秦长歌冷笑，"黑查山泼风寨剪径毛贼出身的胡师爷，在吏部尚书府中投身报效，做个被人低看的小小清客，多么滑稽的身份，和那个绝世圣人，神山之雪般高贵圣洁的水家公子，真是天上地下般不着调啊。"

"居然真是他……他到底为什么不惜亲自执此贱役，潜伏西梁？"

"我还在寻找原因，"秦长歌沉思，"彩蛊教原先是玄螭宫派出的密探，后来大约是因为蕴华反而爱上了……萧琛，以及后来的我叩阍事件，彩蛊势力撤回，却被黄雀在后的水镜尘趁其孤身在外，杀了个七零八落，但是水镜尘到底是因为看见作为玄螭宫的一支重要实力的彩蛊教落单，趁机下手，然后推到西梁身上，想引起玄螭宫和西梁的矛盾呢，还是另有深意，一时还没查出。"

她大约想到了那晚萧玦的狼狈样子，微微露出笑意，萧玦满脸通红，一伸手抓住她的手，轻轻道："长歌，我可从未对不起你过……你可知我寂寞了多久？"

龙章宫烛影摇红，映着他俊朗的眉宇，目光里满漾情意，*丝丝摇荡*。

秦长歌心中一跳，不防这大胆家伙光天化日的就提出这样暧昧的问题，这个……要怎么回答？

"我不知道你寂寞多久了。"

不成，万一他说"现在让你知道下可不可以？"岂不完蛋？

"我知道你寂寞多久了。"

还是不成，万一他说"既然你知道，成全我吧……"那更糟糕。

"你寂寞多久不关我事。"

那个……太生硬了吧？

一旦碰上情事就开始智商为零的秦长歌，龟毛而抓狂地思考这句话该怎么回答，最后决定，顾左右而言他。

"那个……我要下班了。"

萧玦却已轻笑着揽住她，道："就知道你会说这个……长歌，你还会因为我而脸红，我已觉得很开心。"

秦长歌捱着嘴，手抵着他胸膛，抗拒着他的狼爪，笑道："为什么不会？我是正常女人，看见帅哥都会脸红的，这是生理反应。"

"不懂你在说什么。"萧玦摇头笑，"我不管，你别想逃，别拿什么你现在男儿装扮来搪塞我，你穿什么，你长什么样儿，我都不在意，我只记得你是长歌。"

他叹息着抱紧她，低低道："每一步都如此艰难……大约我曾经欠了你几辈子，所以要这辈子反反复复地还。"

"我倒觉得是我欠你的，死死生生兜兜转转总没个清静。"秦长歌呜呜噜噜地答。

萧玦微笑轻轻道："谁欠谁的，也不必计较了，都是命……"

"让我进去！"

尖厉的女声，穿透龙章宫内外沉静温暖的空气，带着勃然的怒气，传入两人耳中。

秦长歌抬头一笑，挑挑眉："看，我说没个清静吧。"

萧玦已经怒道："龙章宫守卫干什么吃的？不是说任何人不许打扰吗！"

"你要人家怎么拦呢？"秦长歌瞟他一眼，"你的宠妃，你的尊贵的老婆要来见她的丈夫，不管不顾要向里冲，侍卫们都是男人，怎么好伸手去拦？触及你的美人们的玉体？用兵器自然更不可能，如若你的宠妃粉面稍恖，他们便吃不了兜着走了。"

萧玦眉开眼笑地转首看她："长歌你在吃醋吗？"

无奈地望天，秦长歌只好装没听见自恋皇帝的问话，道："陛下，你还是想好怎么安抚人家吧，瑶妃的父亲昨日因为贪贿被罢职，她一定要来求情的，你们夫妻闺房之淑，我怕看见长针眼，告退先。"

她也不待萧玦应允，起身便走，身后萧玦气愤地道："我废了她们。"

秦长歌无所谓地挥挥手，施施然向殿外走。出了龙章宫殿门，前方哄闹处突然红影一闪，啪啪几声脆响，瑶妃何静瑶已经甩了几个侍卫各自一耳光，柳眉倒竖地向里奔来。

秦长歌姿态谦恭地避到一旁。

瑶妃神色愤怒匆忙，看也不看秦长歌一眼，匆匆擦肩而过，娇呼着便要奔向萧玦。

忽然想起了什么似的，狐疑地回首，看了正待溜走的秦长歌一眼，怔了怔，又看了一眼。

随即眉宇间涌起怒色，娇喝道："站住！"

秦长歌背对着她站住，皱了皱眉，想了想，对守卫们使了个眼色，示意他们退下。

龙章宫守卫是知道太师大人在陛下心目中的地位的，都沉默施礼退去，秦长歌叹气转身，瑶妃已经冷笑着走了过来，上下打量秦长歌，傲然道："赵莫言？"

秦长歌弯了弯腰："是，参见瑶妃娘娘。"

水红双鸾衣，宫髻金步摇，一身华贵的瑶妃双眉带煞，盯着秦长歌，目光若利刃般射过来，厉声道："好个不知礼教的野人，这是你参见本宫的礼数？给我跪下！"

秦长歌挑眉，一言不发退后一步，乖乖做出要跪的姿势。

有些惊异，不想她竟然真肯跪，瑶妃生出几分得意之色。

秦长歌双膝一弯，突然摇摇头，自动站直，笑吟吟道："娘娘，我刚想给你跪来着，想想，又怕你消受不起，你不过一个二品宫妃，我却是超品太师，我跪你无妨，但我好怕你折寿。"

286

"你！"

瑶妃气得身子都在微微颤抖，垂珊瑚珠金步摇在精致的灵蛇髻上不住与双凤海水纹青玉长簪碰撞，发出细碎丁零声响，她银牙咬紧，话从齿缝里一字字迸出："赵莫言，你果然狂妄，我父亲被罢职，是你的首尾吧？你这媚上欺下，卑鄙无耻的佞臣！"

不待秦长歌回答，她上前一步，指上珐琅镶碎金七彩护甲划出一道斑斓的弧线，恶狠狠往秦长歌脸上抓来！

"我今日毁了你这以色媚君的龙阳君！"

"住手！"

萧玦快步自殿中奔出，扬眉怒喝。

原本他知道瑶妃不认识秦长歌，以为秦长歌已经安然离开，在龙章宫中批奏章，等那女人来发作，不想等等也不来，心知不好赶紧出来，便看见了泼妇打架的经典一幕。

"你这个迷惑君王的弄臣！"

瑶妃却十分聪明，只管自己拼命尖叫，装作没听见身后萧玦怒喝，恶狠狠继续抓向秦长歌的脸。

她心中怨毒积蓄已久——早就听说陛下最近迷上了那个小白脸太师，整日和他同进同出，下朝后还要在龙章宫单独召见，后宫以前偶尔还能看到他影子，如今却是半年一年地不得见君王面，诸家妃子愁云惨雾，少人照应，连自己父亲被罢免，家族失势，还是千辛万苦花了多少体己才打听得来的消息，听说这事也是这个小白脸太师的手脚，此怨此仇，当真恨海难平。

事到如今，她也算死了心，陛下是不可能回心的，想依靠他实现家族荣盛，实现自己凤仪天下的梦想，都真的只能是梦，既然梦都破了，还在乎什么？

顶多打入冷宫，可现在整个后宫，不就是一个超大的冷宫？

还怕什么？

她目光里燃着怒火，誓要将这张她已经诅咒了无数次的脸抓裂！

长长的护甲宛如十柄小剑，风声呼呼地抓来！

秦长歌皱眉。

笑话，人皮面具要是被你抓下来，我还混什么？

单手一推，手一伸便抓住瑶妃，秦长歌温柔地笑着，手指用力，"咔嚓"一声。

瑶妃尖叫立止。

以一种古怪的姿势张嘴僵在那里。

她的下巴被秦长歌给卸了。

嫌恶地看了看手指瞬间染上的脂粉，秦长歌温和地笑着，反手在瑶妃织锦精绣的华裳上慢慢拭干净，轻声道："娘娘，你好吵。"

她笑得温柔："你吵得连陛下旨意都听不见了，我只好帮你安静点。"

瑶妃目中闪过恨绝之色，忽地抬腿便踢！

直直踢向秦长歌在南闵断掉，还未完全痊愈的左臂！

"咚！"

"啊！"

秦长歌愕然看着几颗雪白的门牙飞上半空，看着瑶妃捂着鲜血淋漓的嘴惨呼着倒下去。

大怒正待出手将瑶妃踢开的萧玦，也怔在当地。

两人齐齐回头，只觉眼前花里胡哨影子一闪，隐约还有金光闪烁，肥肥短短的小影子一阵风般的突然出现，大骂着冲了过来。

"我＃￥％……＆＊＊＆……％＃＃＠＠￥,……＆＊＆,￥……"

…………

西梁大帝和太师面面相觑，再各自扭头无语望天。

儿子骂人的本事，实在太牛叉了……

不忍卒听啊……

萧玦想了想，瞪向秦长歌，用目光控诉，仿佛在说："一定都是你教的！"

秦长歌恶狠狠瞪回去："我都骂不出这么词汇饱满、层次丰富、色彩多样、花样翻新的词儿来！"

包子却不管老爹和臭娘正在为自己的教育状况互相推卸责任，只管抓着自己的小弹弓，拼命地踹捂着嘴痛得珠泪滚滚的瑶妃。

"这里你也敢打人？太子爷我罩着的地方你也敢动手？你们这些女人活得太好了是不是？还叫？还叫？叫一次敲一颗牙齿！"

他嘿嘿阴笑着，将手中金弹弓在瑶妃嘴前移来移去，不住比画。

瑶妃立刻呜呜着闭嘴，嘴却迅速地肿了起来，望去一张如花娇容又是血又是泪又是肿如山包的上唇，实在惨不忍睹。

却也只敢流泪，再不敢出一声惨叫。

这叫什么？恶人自有恶人磨？

秦长歌对萧玦看了看，这里可不是她教育儿子的地方，萧玦会意，一伸手将儿子逮住，怒道："你也够了！"

包子霍地一下跳起，大怒："你帮你小老婆打抱不平！"

他瞟了秦长歌一眼，大叫："赵太师，你今天受委屈了，请回去先，太师府有人在等你喝茶喝酒谈心赏月，记得好好玩，玩开心点。"

萧玦的脸立时黑了。

这个臭小子，什么叫有人等你喝茶谈心？你这是在报复，血淋淋的报复！

秦长歌笑眯眯地看着包子，用嘴型轻声道："牛人，惹是生非本领超群，我好崇拜你。"

包子打了个抖，委屈地瘪瘪嘴，老娘，你骂人都不带脏字的。

人家不是为你出气嘛，你笑得这么阴，好打击我脆弱的小心肝。

甩甩袖子，秦长歌已经懒得理无聊皇帝彪悍太子泼妇后妃了，一个礼施下去："陛下，微臣谨遵太子谕旨，回府喝茶喝酒谈心赏月去了，陛下万几宸函，诸务操劳，还请务必保重。"

操劳两字，尤其咬得重些。

萧玦悲愤地看着她的身影离去，衣袖一挥，道："来人，把瑶妃送回燕台宫，禁足三月！"看也不看地下翻滚哭泣的妃子，一伸手搂住拔腿想溜的宝贝太子。

"溶儿，咱们爷俩进去谈谈心，讨论下，什么叫胳膊肘儿向外拐！"

出了宫城，坐轿回位于东安大街的太师府——秦长歌又搬家了。这回搬到东安，这里本就是西梁超品以上王公贵族的集居地，很不幸，新建的太师府，和尊贵的静安王爷对门。

秦长歌对玉妖孽向来很有提防之心，要是依她自己，那是绝对不想和玉妖孽这样的极品对门住的，但是西梁规矩在那里，而且建造太师府的时候她和萧玦都不在西梁，玉大王爷自己跑到负责王公大臣赐宅建造的内务府那里，自说自话地表明，新任太师很愿意和他做邻居，托他带话交代，房子一定要建在静安王府附近，以促进两家和平友好交流，达到敦亲睦邻的美好效果。

内务府哪敢不听玉霸王的话，点头如捣蒜，碍于隔壁实在没有位置了，便在静安王府对面为太师建造了府邸。

秦长歌回来看见，十分悲摧，但也回天无力，甚至还小小庆幸了下，幸亏静安王府隔壁没位置了，不然每夜保不准都会遇见红灯美男妖艳爬墙，或者一觉睡醒看见美男裸卧身侧——美则美矣，只是于心脏功能只怕大大有损。

为了避免麻烦，秦长歌十分低调地早出早归，尽量不和晚出晚归的玉王爷碰上，并命令门房家政，时刻竖着耳朵听着，但凡听见对面宰相们兴奋咆哮了，或者红灯飘摇了，咱们就关门。

玉王爷已经上门拜访过很多次了，没一次见着秦长歌，为了更好地拒客，秦长歌特意给门房列了张表，列出七种理由，每天一换，每七天为一个轮回。

星期一，"太师上朝"。

星期二，"太师晨跑"。

星期三，"太师拉肚子"。

星期四，"太师郊游"。

星期五，"太师逛街"。

…………

唔……今天算起来是星期几？西梁历自然是没有现代历法的，但不妨碍秦长歌按自己的来，今天的理由，好像是拉肚子？

因为经常"拉肚子"，静安王府送来的治疗痢疾和腹泻的名贵中草药已经堆满了一屋子，秦长歌在考虑办个药房，或者高价卖给风满楼萧老板做药膳。

大轿在府门前停下，正在将近期凤盟的一些信息消化思考的秦长歌，心不在焉地伸手去掀帘子。

手突然顿住。

现在给自己掀帘的手指，看起来好像不是那些下人们粗糙手掌啊……

秦长歌偏偏头，隐约看见如玉肌肤后红色衣袖一闪。

某人如此执着，令人无比悲伤。

…………

天光一亮，轿帘掀开，某个衣服穿得有伤风化的妖孽，一身艳红里雪肌隐约，斜斜倚着轿身，似笑非笑目光如水地瞟着秦长歌，昵声道："太师大人，小的来侍候您下轿了。"

第五十九章
布 局

笑吟吟地看着他，秦长歌好谦虚地答："岂敢岂敢。"

"没事没事。"玉自熙好温柔地伸手，居然想来牵她。

"不成不成。"秦长歌袖子一缩。

"无妨无妨。"玉自熙笑得更加甜蜜，够不上袖子就去够她脖子。

"这个这个……"

"挺香挺香！"

…………

在玉自熙的滑腻肌肤即将腻上秦长歌脖子那一刻，秦长歌唰地一个侧身，从他身侧一步跨出了轿，顺手反推，将倾了半个身子入轿的玉自熙推入轿中，随即唰地放下轿帘，喝："起轿！"

轿夫立即将轿抬起。

秦长歌快速挥手，表达依依惜别之意，自己脚一滑已经进了太师府门。

关门的那一刻，想着这狐狸今日怎么这么好说话，推他进去就乖乖地听话了？忍不住回头，却见轿窗帘子被掀起，玉自熙亦喜亦嗔的绝艳面孔笑吟吟地看着她，很欢喜地吩咐："既然太师借轿子给我，那自然要好好坐一阵子，只抬到对门太可惜了，来啊，送我去风满楼。"

秦长歌默然。

好像溶儿今天有说要去店里？

让溶儿和这个狐狸单独对上，她可没把握不穿帮。

微笑着下阶，秦长歌慢吞吞拢起袖子，做出随时要回府的样子，漫不经心地道："风满楼最近倒是推出了些好菜品，吃起来很有风致，吃法也特别，王爷可别忘记品尝了。"

"吃法特别？"玉自熙立即双目放光，喜滋滋道，"那倒一定要去尝尝，走，我请客。"

"不好吧，"秦长歌假惺惺退让，"怎好意思要王爷破费？"

"来嘛来嘛，"玉自熙出轿来拽她，"你得教教我吃法，万一吃错，岂不丢咱们西梁王族的面子？"

秦长歌半推半就地上前，嘴中犹自谦虚，无意中一转身却见楚非欢自后廊匆匆而来，看见她和玉自熙，面色一变，做了个手势。

秦长歌眉毛一挑，用眼光示意自己知道了，一转身砰地撞上一个高挺的鼻子。

玉自熙不知什么时辰已经突然到了她的身后。

他越过她肩头，探头探脑地向府门内张望，道："喂，你看谁这么深情的？妍头？"

府门却突然"砰"的一声关上。

秦长歌微笑着挽住玉自熙："王爷，我只对愿意花钱请客的冤大头深情，来，咱们去吃海鲜。"

"冤大头？"

"就是指那些最喜欢倒贴的人种，比如现在王爷你的动作……啊，王爷，你手感真不好，要不要去隆胸？"

"这就是海鲜？这是茹毛饮血！"风满楼陈设精致，每间只要坐一坐就得花上五百两银子的雅阁内，玉自熙难得地睁大从来都半眯半睁无限风情的媚眼，愕然盯着盘子里的花蛤，用特制的小夹子拨了拨，壳里立刻流出血水。

玉自熙夹起花蛤，仔细地嗅了嗅那滴出来的红色液体，看样子很怀疑那是花椒水，然而海鲜独有的淡淡腥味令他挑高了眉毛，斜眼看着对面秦长歌手法熟练地撬壳取肉，大快朵颐，嗑着血淋淋的花蛤肉，姿态优雅神情平静，嘴角优美地流下一点狰狞的鲜血。

玉自熙嘶地倒吸一口气，夹子上的花蛤"当"的一声掉在盘子里。

秦长歌温雅微笑，甜蜜地提醒："王爷，小心些，盘子十两银子一个，夹子五十两银子一个，加起来够普通百姓一年的生活费。"

玉自熙立刻掏出一沓银票，最上面一张面值一千，一张张摊开垫在盘子上，斜眼笑觑秦长歌："这下还用不用小心？"

秦长歌肃然，将盘子一起推了过去："请，请砸。"

玉自熙再次对着那堆盘子里的东西抽气，转目四顾，外间大堂十张桌子有八张桌子的吃客在对着形貌狰狞古怪的海鲜无从下手，还有两桌则和秦长歌一般若无其事操刀霍霍向花蛤，看来这就是新客和老客的区别了。

"吃，吃啊，王爷，怎么不吃啊？"秦长歌微笑布菜，将血水淋淋的花蛤叮叮当当往玉自熙盘子里扔，溅得血花四散，"快船从离国海运，用巨型冰块保鲜，三千斤运到了西梁，能吃的只有三百斤，现今在风满楼独一份，三千两银子一桌，限量供应，你不吃，首先三千两银子就白费了，再者外面那许多等着翻桌的人一定会揍你——听说有人已经等了很久了，我还是走后门才搞到这一桌的。"

玉自熙趴在桌子上，下巴搁在盘子前，气色惨淡，奄奄一息地道："生的啊……"

"生的才爽啊，何况，这菜名字还美，这个，"她一摆手，指着一碟蛏子，"这个叫惊艳一枪。"

"……哪里惊艳了？"

"咱们要看实质不看修饰，蛏子长长的，勉强算个枪嘛。"

玉自熙咕哝道："枪要长这个样子，咱们一定打一场输一场。"

秦长歌当没听见，又指着花蛤，道："这叫沧海血月明。"

"别侮辱我最爱的血月。"

"抱歉，那叫沧海红月好了，"秦长歌继续指向生鱼片，"这叫小雪初晴。"

玉自熙翻了翻眼皮，有气无力地道："好冷啊……"

抬眼看她鲜血滴滴地介绍这些拥有优美名字的变态的菜肴，再对着自己盘子里血水里的花蛤愁眉苦脸了半响，从齿缝里嘶嘶道："我宁愿吃烧熟的人肉！"

秦长歌立刻一摆手："上人肉！"

"来啰，"包子掌柜亲自端盘，端着一盘热气腾腾的肉奔上来，脚一跺，手一挥，一个极其拉风的姿势，大声道，"此菜名叫'龙生九种，种种不同'。"

玉自熙俯身看了看那没什么异常，香气还尤其浓郁些的肉，一时不能确定是什么肉，问包子："为什么叫这个名字？人肉？"

"您别听她吓唬，这肉是东燕奇宝'地龙'肉和中川名菜'竹香'混合烧制而成，重金购得，稀世难求！"包子眼珠一转，笑嘻嘻地做广告，"王爷，这可是熟的，今天刚运来的，全郢都头一份，您这么尊贵的身份，最适合给这肉开苞了，请，请！"

秦长歌咔地捏碎了一个花蛤的壳——你这小流氓！跟谁学的这话？等下收拾你！

玉自熙却已经被包子捧得眉开眼笑，眼见那肉确实是熟的，放心夹了一块。

"嗯，好！"

"细腻香滑，鲜美醇厚！"刚咀嚼了一口的玉自熙忍不住大赞，一边频频下筷，一边神采飞扬地问包子掌柜，"地龙？竹香？都是什么东西？"

包子笑嘻嘻地看着他，目光纯善，表情温良。

"地龙，就是蚯蚓，竹香，就是竹鼠，简单地说，就是蚯蚓和老鼠。"

…………

郢都最亮丽的风景线，郢都最鲜艳的妖魅旗帜，郢都最嚣张最邪肆，向来都是他赶着人家跑自己从来都优雅淡定笑看他人狼狈的玉自熙玉王爷，突然如被狗咬着了屁股或被人烧掉了裤子一般，"唰"地一下蹿了出去。

大堂里的人只感觉到一道火焰呼地一下卷了过去，下一眼，人已经消失无踪了。

"哇，静安王今天轻功发挥超常！"包子鼓掌。

秦长歌怜悯地放下筷子，叹气道："估计找哪疙瘩去吐了……真是暴殄天物。"顺手抓了几个蒜头吃了，狠狠瞪包子一眼："叫你上海鲜，你居然上全生的，我要得了痢疾你这风满楼我就没收！"

她匆匆起身，想起先前楚非欢赶过来的手势——有危险，心里有些微的不安，勒令包子："你回宫去，这里不要待了。"

包子哀怨，磨磨蹭蹭不肯走，秦长歌对他咧嘴一笑，道："你不回去，明天油条儿就会彻底失踪，那句开苞，是他教你的吧？"

包子立即鼠窜而逃，速度几可比拟狂奔的玉王爷。

一边跑一边回头喊；"衡叔叔今天没来店里，说是病了，他最近在西府大街那里新买了宅子，据说还……嘻嘻，你要是路过那里，给看下吧？"

祁繁离开西梁后，祁衡并没有跟着离开，他已习惯了西梁的生活，北堂吟儿子那么多，不差他一个，何必回去做不受重视的王府公子之一，所以仍旧留在郢都，除了凤盟的生意，有时也顺带帮包子打理下风满楼。

祁家兄弟都精明内敛，秦长歌对他们一向看重，听说祁繁生病，当下便决定要去看看。

身后有帘子掀动的声音，是一直在大堂默然守候的楚非欢进了雅阁，他细细打量秦长歌，轻声道："要去哪里？"

听秦长歌说祁衡生病要去探望，遂道："我陪你一起去看。"

"不用了吧，"秦长歌微笑，"我知道你大约有点儿不祥预感，可是你看，玉自熙已经走了，而溶儿提起祁衡完全是偶然，没有人能事先预计到，祁衡又不会武功，又是咱们熟悉了已久的绝对信得过的老人，能有什么问题？要出事，也不在那里。"

她看了看包子消失的方向，看见一群便装打扮的侍卫很快地跟了过去，想了想道："非欢，你的感觉准确吗？你只是有些不安是不是？那会不会是溶儿？"

楚非欢怔了怔，仔细想了想道："你也知道的，我的预感并不十分准确，而且很模糊，是不能确定到底是谁有危险的。"

"那么我觉得，也许是溶儿，"秦长歌道，"这样吧，非欢，劳烦你跟着溶儿护他回宫，我担心那些护卫不济事，我去看了祁衡就回头找你，还有些事想和你商量。"

楚非欢皱皱眉，犹豫半晌道："看完祁衡就回来，哪里也不要再去，我送溶儿回宫后就立即来找你。"

"放心吧，"秦长歌对他展开笑靥，"我身边一直有凰盟护卫跟着呢。"

她嫣然的笑意绽放在楚非欢眼底，看得他微微一个怔神，恍惚里那年秋水芦苇里白鸟般的女子飞近，惊动了他平静的心湖，引起不断涟漪，再一次次飞掠出他的生命。

如同此刻，她步伐轻捷地，步出他的视野。

西府大街八角巷，好巧不巧就住了八户人家。

祁衡买的新宅子，就在最里面一户，也是房子最为精致的一户。

隔着院墙看过去，一枝桃花斜斜地曳出来，在青黑屋瓦上探出一个精美的弧度，一直垂到黑漆大门边，枝上桃花繁茂，红瓣粉蕊，明霞般鲜艳灿烂，衬着门上明亮黑漆，金黄铜环，艳丽喜庆，逼人眼目。

秦长歌顺手采了一朵垂到自己颊边的桃花，笑道："看不出祁衡这小子，这么会侍弄花朵，人家的桃花都谢了，他这里居然还开得这么热闹。"

她身后，几个凰盟护卫互望一眼，露出了一丝会心的微笑。

秦长歌却没看见，轻轻敲响门环，不多时响起脚步声，声音听来却甚轻盈。

挑了挑眉，秦长歌向后一退，"吱呀"一声门扉开启，一张娇嫩的小脸探出来，垂双鬟着彩衣，有点害羞地看着门外来人，却是个看起来不过及笄年纪的小婢。

她不认得秦长歌，却仿佛熟悉她身后的护卫，连忙一一微笑招呼让客。秦长歌看了看她，又望了望齐整轩敞的院子，啧啧摇头："满苑桃花动春色，一袖彩妆喜客心……祁衡这小子，会享受，好福气。"

一挥手道："你们几个看样子也是常来常往了？那就前院里先歇着吧，等我召唤。"

众人笑应了，秦长歌抬腿就向里走，那小婢上前想拦，被一个护卫悄悄扯住，也就罢了，咻咻地笑着，给众人奉上茶果。

一个护卫笑道："老爷子呢？他不是喜欢在前院晒太阳？若是有闲，请出来给咱们说说古记儿，嘿！他老人家真不愧当初名满郓都的说书先儿，如今他跟着女儿享清福歇业了，四季春的生意我看都淡上了许多。"

厨房里伙夫笑嘻嘻地出来，用抹布擦着手，道："司马大哥，不来上一局？今天难得有闲过来，听书有什么意思？"

那个姓司马的护卫笑了笑，他还算是谨慎，没有回答什么，只是对秦长歌进去的背影指了指，道："咱兄弟职责在身呢。"

厨子偏头对秦长歌看了看，笑道："祁大爷的朋友啊？倒年轻得很，对了，上次有托你帮我在衡记里直接拿点东燕出产的红参，可有货？"

那护卫歉然道："货是拿了，只是今日临时过来，未曾带得，这样吧，下次叫人给你送过来。"

"那就谢了！"厨子眉开眼笑，奔进伙房端出几碟点心，"来，吃，大家吃。"

一边将颤巍巍过来的一个白须老者小心地扶过来，坐到众人之前。

"老爷子，司马大哥们难得过来，想着您的书儿，您给说段好听的？"

"好嘞！"老头子慢悠悠地点着自己的铜烟锅儿，那东西擦得锃亮，在阳光下闪着黄澄澄的光。

一缕青烟，从烟管里悠悠散出，与桌上点心冒出的热气，腾腾交织在一起，逸入空气中。

"你这厮什么时候搞了这么个舒服的窝？竟然我都不知道！"秦长歌轻笑着敲门，尚未看见祁衡的脸，便开口笑谑。

开门的人一抬头，明媚鲜亮的一张脸。

秦长歌倒怔了怔，仔细一打量，忍不住扑哧一笑道："我道是谁，我道那小子神神秘秘的，原来是金屋藏娇了，四季春听书听了这许久，终于把佳人芳心打动了？"

祁衡从床上半坐起来，微红着脸道："您过来怎么也不说一声？我好出门去迎啊，这样子……真失礼，宛翠，过来见过赵公子。"

那女孩子羞赧不胜地上前施礼。秦长歌看她穿锦着绣，身姿娉婷，鸦鬓青青桃腮宛宛，行动举止间天生一段风流态度，想起当初四季春卖唱时她还有些黄瘦，远未及此刻风光娇艳，不由啧啧赞叹，笑道："果然好花也需呵护扶持，不过祁衡，你眼光确实不错，不枉了当初对着宛翠姑娘流下的鼻血。"

祁衡的脸轰地一下爆红，却又不敢发作，只得讪讪地错开话题，吩咐宛翠去敬茶，秦长歌一眼看见桌边一碗刚刚煲好的药，皱眉道："你这是怎么了？我看看。"上前去取了药碗，轻轻一嗅道，"风寒？"

祁衡佩服地点了点头，道："公子您可真是神人，既然您屈驾过来了，在下也就僭越了，想请公子给个脉案。"

秦长歌笑道："你讨了宛翠，果然出息，说话越发人模人样。"正待伸手去搭脉，却见宛翠奉了茶过来，秦长歌欠身接了，目光一瞟她的手，指甲莹润，掌背肌肤细腻，掌心处隐约可见些茧子，只是中指指节尤其白些，总的来说是一个出身贫苦后期注重保养的女子应有的双手，秦长歌宽心地接过茶，却也没有喝，随手往几上一搁，便去把祁衡的脉。

一边把脉一边问些日常起居，祁衡一一应着，几句问下来，忍不住笑道："公子心也忒细了……"

他突然一顿。

目光里浮现惊恐之色。

那睁大的瞳孔深处，突然泛出一个窈窕纤细的影子，影子正无声无息将一柄闪亮的匕首，向背对她的秦长歌后心扎下！

随即四面都见黑影鬼魅般出现！

惊呼一声祁衡霍地坐起。

秦长歌盯着他的眼睛，冷笑一声，看也不看，反手一抓已经抓住了身后女子的手，就手大力一甩，呼的一声将宛翠整个娇小的身子都甩了起来，重重砸向地面！

宛翠的黑发"唰"地一下散开，半空中摇曳成一面黑色的旗帜，她咬紧牙，伸手一带，"唰"地一下单手展开一个黑色巨网，顺着秦长歌的手势铺天盖地地罩过来，秦长歌抢起她的姿势，倒成了自己罩下自己。

秦长歌立即放开她的手，脚一蹬床榻飞身而退，一闪间已经穿越黑网的范围，一仰头她低声尖啸，啸声远远传遍三进庭院。

然而整个院子全无动静。

秦长歌身势如电，即将倒射出门！

吱呀一声门突然关上，在秦长歌触及门槛前那一刻，非常精准地合拢。

"砰"一下秦长歌后背重重撞上门板，只觉后背撞上的物体全然不像木门，厚重沉实，重若千钧，那般狠狠一撞，五脏六腑都似要移位。

秦长歌拔出腰间软剑横剑一劈，火花四溅里大门簌簌掉漆，露出里面乌黑的本色，竟是极厚的生铁！

秦长歌一怔间便要扑窗，耳中突然听见轧轧声响，正从背后发出，心知不好，立即不管气息未匀，猛地往地下一扑。

"噗噗噗噗"，四枚练羽飞箭从她身前飞过，杀气凛凛地狠狠扎入地下三分，左右两胁各两支——刚才如果她慢上一步，现在她身上就要多四个血洞了。

秦长歌嘘出一口气，一个翻滚正待跃起，四面八方突起细碎绞动之声，嘈嘈切切，带着森冷寒意和铁腥气息，不祥地逼近来。

头顶，身前身后，地下，同时都在微微晃动，却又不像地震，只限于这间看起来很普通的屋子。

怪声里，宛翠尖声大笑。

"死心吧！整个这间屋子，就是个大机关，你四面左右的内壁都是精铁！大罗金仙也逃不出进不来！你就等着被挤死吧！"

她得意地大笑，手抓住了床边的一个矮几。

"赵莫言，我们等着杀你，已经很久了！"

第六十章

铁 壁

秦长歌一个大旋身，旋风般已经扑过来！

"咔"的一声，地面突然翻起，地表那一层青砖齐齐掉落，露出生铁栅栏，每根栅栏足有手臂粗，森然立起，顶天立地地竖在屋子中间，立时将秦长歌和宛翠祁衡隔开。

一个跟斗倒翻出去，秦长歌立即大喝："祁衡，挡住那个凸起！"

矮几之侧，有四面蝙蝠雕，每个蝙蝠都展开双翼，头凸出在几上，宛翠的手，正要落在西侧角上的蝙蝠的头上。

那个角，就在祁衡手侧。

祁衡早已因这惊变呆在当地，听见这句恍如梦醒，伸手一挡，死死按住了那个凸起，怒道："你出卖我！"

宛翠却没有躲避，注视着他的眼睛，轻声道："祁郎……"

祁衡的手僵住。

她唤：祁郎。

一如昔日情深。

得了她的这些日子，那些良辰燕好，那些床榻缠绵，那些将琴代语聊诉衷肠，那些簪花画眉两情深长，都闻得她一声声——祁郎，祁郎……

徘徊回旋，不尽柔肠。

然而只是怔了那么一刹那，他立即伸手又去挡那个机关，咬牙道："你……你害我，成为无义之人！"

宛翠甩袖而出，伸手架住祁衡手臂，凄然一笑道："祁郎，放手，你别管这事，我们还是恩爱夫妻，别逼我伤你。"

"伤我？"祁衡被她甩得一个踉跄，抬头上下看了看她，点了点头道，"我忘记你会武功，可是宛翠，你已经伤了我了！"

"如果你忍心，你便继续吧！"

他掉转眼，不再看宛翠。

那女子雪肤花颜风姿楚楚，剪水双瞳碧波盈盈，正是自己多年来倾心爱恋的模样。四季春初见，便将一颗心都系了她身上，这些年苦心经营，好容易抱得佳人归，佳人温柔婉娈诸般体贴，他开心得连心花都似片片绽了开去……

正如此刻心也片片被她割裂了去……

那些温存缱绻情思绵邈……

却原来，不过一场利用——

祁衡惨笑着抓着那个冰凉的蝙蝠头，用力去扭——

"嚓！"

刀光一亮！

雪光展开，半空中扑啦啦一道白绸般飞落，悍然砍向祁衡手腕！

"唰！"

黑丝灵蛇一现，穿越生铁栅栏，精准而灵活地趁着宛翠扬臂落刀的一刹那腋下露出的空隙，穿过她一直挡住机关的身侧，"啪"的一声搭上那柄刀。

随即恶狠狠一拉！

"当啷"一声长刀落地，秦长歌却在无奈叹息——刚才要是不管那柄刀，直接搭上蝙蝠头把机关毁掉多好？可惜看见刀锋下脸如死灰的祁衡，霎时，祁繁和容啸天的脸突然闪过。

离国前祁繁言语殷切："主子，祁衡不懂事，请您多包容。"

南闵容啸天安静地躺在祁繁臂弯，胸腔里永无热血涌动。

这是，他们的，兄弟……

只是不经意地手一抖，黑丝便仿佛自己长了意志般，根本不听理智使唤，直接迎向了长刀。

良机一失，再难挽回。

被卷飞长刀的宛翠立即半空飞跃，一脚踢在了蝙蝠头上！

隆隆声起！

秦长歌苦笑着看见整个屋子四面墙都若有生命般一步步移近来。

"秦氏肉饼"，不知道风味是不是会分外好些？

"咔！"

正门和栅栏的铁壁之上，突然现出黑色空洞，洞中黑光连闪，数十支短箭对面射出！

秦长歌正位于两墙之间。

短箭厉飞如铁雨，带着腾腾的杀气扑飞而至，交织成密集的黑色杀戮之网，存心要将被挤在这方寸距离之间的秦长歌彻底射穿。

"嘭！"

秦长歌平平睡倒下去，后背紧紧贴上地面。

短箭呼啸着从她的面门前擦过。

那些机关碍于人的习惯位置，安排得不会太低，秦长歌躺倒避过这一轮箭雨，却也不敢大意，立即一个滚翻，一脚钩起一个盆架，死死抵在不住移动逼近的墙上。

坚实的鸡翅木做成的三脚盆架抵在不断缓缓靠近的两墙之间，渐渐经受不住那般的压力，发出吱吱的断裂之声。

"咔嚓。"

盆架断成两截。

秦长歌立即又钩过一个椅子。

少顷。

"咔嚓。"椅子断。

桌子断。

门闩断。

凳子断。

当最后一点可以拿来抵墙的东西在秦长歌掌中彻底粉碎时，秦长歌的身子已经快贴到了铁门，森冷里带点铁腥气息的墙壁已经逼到她的眼前，她的手已经无法伸直。

千钧之力，退无可退。

"啪"的一声秦长歌黑丝穿出栅栏，拖过那半边的一只装饰性的铜琵琶，卡在了两墙间。

宛翠摇头一笑，道："屋里就这么几件东西，你已经拖完了，还能拖什么？"她微笑着欣赏秦长歌的窘境，一手掐住祁衡腕脉，全身酸软动弹不得的祁衡目中全是怒火，死死盯着宛翠，那女子却全然仿佛未见。

秦长歌深吸一口气，贴紧栅栏，目光瞄向祁衡，闪电般向那矮几一掠，示意他别忙着愤怒，注意机关。

祁衡目光一抖，仔细一看宛翠的手，发现她的手始终停留在右侧一个蝙蝠附近，不让他靠近。

铜琵琶亦在巨大压力下不断呻吟，嘣嘣之声里丝弦一根根断裂，声声宛如催命，祁衡听着那声音心急如焚，可惜全身却毫无力气，只得愤恨地听着眼前女子咯咯娇笑，声音清脆，看着她微微晃动的乌鬓下皓颈如霜雪，耳后那一侧肌肤洁白若明月。

若明月般的细腻的耳后肌肤……

祁衡忽然心中一动。

他低下头，轻轻在宛翠耳后一吹。

细微的发丝扬起，女子的笑声突然小了些。

祁衡带着一丝冷笑，亲昵而旖旎地凑近宛翠颈后，气息低微，轻轻唤："翠……翠……"

宛翠的身子，渐渐软了下去。

两人多日狎昵，床笫之欢，耳鬓厮磨间彼此都最熟悉对方的身体和情趣喜好，没有人比祁衡更清楚宛翠身体的每一寸，耳后向来是她的死穴，但有撩拨，一定眼炀情饴，瞬间化为一汪春水。

祁衡的冷笑更阴冷了几分，俯向宛翠耳后的姿态却更为亲昵，伸舌轻咬宛翠耳垂，昵声道："翠……"

"咔嚓！"铜琵琶断裂，秦长歌一把抓起断成两截的琵琶，再次反身一抵，背对祁衡——这种活色生香的现场表演，有人看着总是影响发挥的，要给人家施展的空间。

身后传来低低轻吟，秦长歌却已无心欣赏——最后半个铜琵琶戛然断裂，两面墙即将合拢，面前那面墙已经逼在了她鼻尖！

秦长歌被卡住！

再多一眨眼的工夫，她就要被活活挤死！

…………

祁衡在努力调情。

心急如焚面色焦急、口舌繁忙言语温柔地调情。

宛翠已经红晕上脸，身子微微颤抖，身后男子熟悉气息腾腾袭来，令她不断想起那些被翻红浪两情欢愉，耳后的酥痒似乎已经传遍全身，她的手劲，渐渐松了。

祁衡立即不失时机地轻舔她耳后……

宛翠轻轻啊了一声，手一松。

"啪！"

恢复自由的祁衡立即伸手将那个看中的蝙蝠头一扳！

轧轧一声，似乎是齿轮和链条相互摩擦的声音，发出了令人齿酸的尖锐声响。

隆隆之声立止。

移动的墙停住，停在秦长歌鼻子前，将她还算高直的鼻子，挤得微扁。

秦长歌想舒一口气，却发现被挤得太紧，已经不能痛快呼吸。

身后传来惊呼声碰撞声，两个人的声音都有，秦长歌已经无法转身去看，干脆听着风声，手越过栅栏，黑丝再次甩出。

呼的一声缠上某个肢体，那人一声低呼，正是宛翠，秦长歌暗劲一涌，"啪"的一声摔了宛翠一个跟头，大喝："祁衡，逼问她移墙之法！"

祁衡立即扑了过去，一把拔出宛翠用来想砍他的长刀，架在了宛翠脖子上。

宛翠不断咳嗽，刚才被秦长歌那一掼，已经受了点内伤，眼见祁衡无限愤怒地扑过来，眼中闪过绝望的神色。

她神情一狠，突然张嘴。

秦长歌却已背对这边再次大叫："祁衡不要让她自杀！"

祁衡原先以为她要呼救，此时才想起她是想咬破齿内毒药自杀，眼见她牙齿落下，自己也不会卸人下巴，慌急之下将自己的手指塞进宛翠口中。

随即"哎哟"一声大叫，手指鲜血淋漓。

却也不敢将手撤出，死死地堵住宛翠，宛翠哀哀地看着他，神情间突然多了几分凄楚之色。

秦长歌听声辨位，知道祁衡已经制住宛翠，当下吩咐："祁衡，掏出她齿缝里的蜡丸，问她怎么将墙移开。"

祁衡应命行事，当他将药丸掏出，将刀死死架在宛翠颈上时，宛翠的眼泪突然流了下来。

祁衡的手抖了抖，刚才的满腔怒火因了她这一刻的凄然婉转，瞬间变得茫然无措。

她……还是爱自己的吧？

否则那般挑逗，也难以让她动情。女人和男人不同，对于自己厌恶的男子，是不可能那般容易被撩拨的。

先前那一刀……也未必是真的要杀自己吧？

她有很多机会可以一刀杀了他，就再不会有后面自己被反制的事，然而她没有。

谁心软，谁就输。

祁衡知道自己不能心软，他心软会害死秦长歌，然而对着自己心爱的女子，想起那些眼波暗递两情相悦的岁月，想起这段日子的幸福欣喜，恍惚间直如一梦，梦境未毕，心却已被眼泪泡软。

这世事怎能奇突如此？

明明昨日还言笑晏晏你弹琴来我唱曲，相携殷殷看桃花，今朝便天地翻覆，成了拔刀相向尔虞我诈的死敌。

三年四季春，千碗翠玉粥，他喝粥喝到一生再不愿碰任何粥，才换得她芳心轻系相与归。

到头来她掐住他腕脉，他架刀她脖颈。

祁衡心底突然生出了莫名的火气，却又不知为何愤怒，对谁愤怒，满腔郁愤烦躁里只欲仰天大骂，却也不知道该骂谁。

他怔怔地架着刀，看着自己爱人在自己刀下无声流泪。

"逼问"二字，实不知如何做起。

身后一片寂静，令秦长歌一声叹息。

尔有情我有意的一对男女，却因为分属敌对阵营而不得不拔刀相向，多么俗烂的戏码，俗到一百集的韩国肥皂剧都懒得再用的情节，然而当真遇上，才知那痛鲜明殷切，难以逃脱。

祁衡这个未曾经历宫阙江湖诸般艰险，从来被兄长保护得很好的孩子，学不会冷酷狠心，也是正常。

只是自己……不能不狠。

墙壁挤压太紧，心脏受到压迫，她呼吸困难眼冒金星，仿佛时时都被人扼住喉咙般难受，再拖延下去，迟早窒息而死。

这也是宛翠采取哀兵之策的原因，只要祁衡不忍对她下手，拖过了一定的时间，秦长歌也死定了。

秦长歌手一抖，黑丝拉直。黑丝那头的宛翠，被她悍然一拉飞起，"嘭"的一声落在栅栏前。

速度太快，祁衡来不及撒开长刀，雪亮刀锋刺啦在她颈上拉开一道口子，鲜血若珊瑚珠子般一路滴溜溜滚了过去。

秦长歌反手一抓，一把掐住宛翠咽喉，冷笑道："我快闷死了，你也来感受下。"

宛翠双眼微闭，挣扎着喘息，犹自冷笑："……你一定比我先死……"

她十分不甘心地恨恨道："……你居然……没中毒……"

"那碗药吗？"秦长歌冷然道，"你以为我真的会去闻？"她一伸手，咔的一声折断了宛翠一根小指，低喝，"说！哪个枢纽是移开墙壁的！"

"啊！"宛翠一声惨呼，却随即冷笑，嘶嘶地抽着气，冷笑，"……没有！根本……没有！"

"咔！"又是一根。

秦长歌拗断手指的手法极为残酷，骨断的那一刻将断骨反插，那种疼痛非人可以忍受，宛翠一声惨叫后身子迅速瘫软下去，满头的冷汗瞬间滴落，落在精铁地面啪嗒有声。

祁衡下意识地冲前几步，又站住。

秦长歌毫不动容地折着宛翠手指，听着她不断惨呼却什么也不说，心一点点沉落下去。

自己猜得没错，果然只有启动和逼近两个机关，这两面墙竟然是不能分开的。

身后的精铁栅栏，质地也非普通钢铁，对方处心积虑，自然不会留下可以轻易对付的漏洞。

萧玦的明霞剑如果不失就好了，再加上他的雄浑内力，也许可以一试……

秦长歌深吸一口气，只觉胸腔似乎下一刻就会炸裂，已经无力去思考对策。

其实不是不知道最有危险的也许是自己，只是终究不放心，怕应在溶儿身上……臭小子，你娘我要死在这里，那真亏大发了……

这般精巧妙绝的机械之术，这帮人，应该来自中川吧。

秦长歌惋惜地叹了口气——她听见了衣袂带风声，那步法却不是非欢的，从风满楼到皇宫再到这里，是颇为周折的一段路，非欢不可能现在赶过来。

来的不是友朋，自然是敌人。

秦长歌不再拗宛翠手指，手一滑落于她肩井，毫不动容地暗劲一吐。

宛翠立时喷出一口鲜血，软软晕在地上。

秦长歌已经彻底毁了她的武功和全身筋脉。

祁衡面色惨白地冲过来，抱起宛翠，只觉得她全身软如泥浆，沉甸甸地压在自己臂上，根本不像个正常的人体，祁衡霍然抬头，望着秦长歌。

秦长歌淡淡道："今日落入人手终不可免，难道你觉得我应该留着她健全的肢体和武功，等下来报复我？还是你觉得，你可以保护我不被她报复？"

祁衡顿了顿，嘶声道："你可以杀了她，你可以杀了她……这样子你要她怎么活？"

秦长歌转眼看了看他，默然不语，祁衡不懂武功，不知道自己为了他放弃了唯一的脱逃机会，他只知道为情人的悲惨遭遇悲愤，秦长歌不打算和他计较，也懒得解释自己的心思。

毁人比杀人威慑力更大，秦长歌那一手阴毒无比的毁脉之力，敌人见了多少也要有几分顾忌，这本就是无奈情形之下的自保手段。

不再理会祁衡，秦长歌摸了摸面前的墙壁，想了想，伸直手臂运起真力，掌力一层层催吐出去，对面铁壁上那些伪装用的木板泥浆之类立即簌簌掉落，每掉一块，秦长歌便将那些垃圾从栅栏里踢出去。那些木板本身都有厚度，大约有半根手指厚，不多时身边的铁壁的空间便宽阔了些，秦长歌慢慢地挪过去，胸腔被压迫的爆炸感立时减轻了许多。

304最起码，现在不会被憋死了。

忽然感觉身侧黑影一闪，有人从栅栏前掠过，单手一挥，一线银光闪现，随即便看见身前身后上下左右的铁壁上，各自飞出铁条，搭建成马车大小的四方形，然后铁壁慢慢向后移开，移出也约莫马车大小的空间。

转眼间，铁板的重新排列组合已经完成，秦长歌现在待在一个三面铁板身后是铁栅栏的一个四方形的空间里，看起来有点像铁制的马车车厢。

秦长歌扒着栅栏，赞叹道："巧夺天工啊，这叫什么？有点像死囚上刑场的牢车，就是栏杆方向摆错了。"

对面宛翠"父亲"捋了捋山羊胡，笑道："咱们的东西，不会错的。"

秦长歌身下铁板忽起轧轧之声，地下突然翻起一面薄铁板，大小正和栅栏等同，牢牢将栅栏裹住。

秦长歌立即落入完全的黑暗里。

"哗啦"一声，身侧四根铁条突然后缩，缩进铁壁之中，空出小小一面窗子。

从窗子中看出去，隐约外面有人影晃动，身下也有震动。秦长歌盘膝而坐，闭上眼睛，仔细感受着震动，在心中缓缓地数："……左、右、左、右。"

愕然睁眼，秦长歌自言自语："不会给组合成一辆马车了吧？"

那老者得意地用烟斗敲敲铁壁，笑道："果然不愧是赵太师，是的，铁屋已经成了铁马车，即将载阁下去敌国做客了！"

第六十一章
两 心

八角巷最末的一间院子，桃花依旧开得热闹，那枝垂在门边的桃枝，不曾因院里的惊变而摧折一分。

青石板巷子平滑洁净，连一根草节都不见；阳光照在淡青石面上，远远看去恍如晃动的波影。

远处高楼有人吹笛，笛声悠远，曲折幽微，如绿波淡淡，自天际倾泻而来。

一片安静祥和幽谧的气氛。

如同这千古江山，从不因主事者更替而换颜，长天厚土，永恒不老。

沉静的巷子里，却有人飞快掠来。

那飞掠的姿态，如一朵蓝色的云，一抹清逸的流光，一捧长天飞落的仙泉之水。

楚非欢。

长长的巷子，在最后一间院子之前有一个转折，如同一个精巧的角，横在来客的眼前。

楚非欢流水般的身姿，突然在这个转折前停下。

他目光极其精准地在转角处一个不起眼的角落一掠，随即蹲下身，轻轻捡起一个小小的物件。

那是一只耳环，上好的翡翠，琢成别致的海棠形状，质地华贵雕工精美，等闲店铺是做不来的。

只有衡记的店铺能有。

楚非欢目光上移，看见转角墙体上，有被重物和硬物摩擦的痕迹，青砖从上到下都有破损。

霍然抬首，将耳环攥在掌心，楚非欢比刚才更快地跃了出去。

黑色木门前他停也不停，风一般掠进，那一枝垂落的桃花被他快速行进带起的风声惊动，纷纷碎落如红雨。

院门启处，楚非欢停住。

忽然觉得不能前进，不能呼吸。

那许久伤残期间时时而生的无力感和绝望感再次重来，疼痛地研磨着他的记忆……明明已经付出了一切，只为好好站在她身侧保护她，为什么事到临头，还是发现自己完全无能为力？

院子里，横七竖八躺倒的，全是长歌带去的凰盟护卫。

而原本该是正屋的地方，只剩下一片狼藉，屋子倾毁，墙皮掉落，满地乱糟糟毁损的家具物什，这个院子外表看来一片寂静，里面却十分凌乱。

楚非欢掠到废墟之上，在地面一寸寸查找，他的手指不顾污脏地一一摸过那些乱七八糟的杂物，在一处碎成几块的铜琵琶上，发现了他害怕的血迹。

手指轻轻一拈那血迹，血色淤紫——谁受了内伤？谁？谁？

一想起某个可怕的可能，楚非欢便觉得自己五脏六腑都似乎在绞紧，尚自温热的鲜血突然也变得冰冷，却不知到底是血冷，还是自己指尖寒冷。

眼光一瞥地下，隐隐露出铁器的尖端，楚非欢伸手去扳，却扳不动，以他的真力却无法撼动的东西，那一定是深埋地底的。

楚非欢仔细看了一眼那碎得不堪的铜琵琶，裂口在中间，边缘不规则，是被来自两端的重力挤压断裂的。

重力……

楚非欢手指一抖，铜琵琶的残躯在他手上再次粉碎。

长吸一口气，楚非欢再不停留，飞快掠出院子，先去凰盟总部，再去皇宫。

不多时，八角巷外震响隆隆，无数飞马疾驰而来，来势凶猛迅捷如雷，整个地面都在微微震动，漫天烟尘里隐约听见训练有素的军队按照各级命令分散包围并驱散围观百姓的脚步声，更有一骑抢在众人之先，穿云蹑电，长驱而来，尚未赶至便已悍然厉喝："善督营，给朕将这地面，全部掀了！"

三千人齐齐掘地，蔚为壮观。

包子从马上骨碌碌滚下来，扑向那堆废墟，大呼："哎呀我的妈呀，你和奥特曼干架了？怎么连屋子都掀了？"

萧玦黑着脸，将他往旁边一拎。萧包子一看老子脸色，知道自己最好闭嘴，围着地面转了三圈，趴到地上，用鼻子拼命嗅。

萧玦原本不想理他，只想找找有没有长歌留下的蛛丝马迹，一转眼看见儿子德行，怒气又不打一处来，喝道："做什么？"

"不干什么，"包子爬起来，悻悻道，"我好希望我是警犬。"

他想了想，趴在地上，屁股撅起老高，抓着个玩具似的小金锄头，吭哧吭哧地挖地，挖了半天，地上才掘出个浅浅的小坑。

萧玦纵是满腔焦灼，也不能不管儿子，大步快速过来，手一伸拎起某只球，怒道："这里是连着铁板的浮土，你挖什么挖？你是来挖坑还是来捣乱的？"

包子半空中很有气势地瞪回去："我来目莲救母，愚公移山的！"

他低头对半米下的地面望了望，想起当初被玉自熙掼到地下的悲惨往事，立刻威胁自己看起来心情不太好的老爹："不许扔，不许扔哦，你扔我就跟你急哦——"

"呼——"

很没面子的萧太子被萧玦毫不客气地扔了出去——扔到再次赶到的楚非欢的怀里。

楚非欢接住包子，一把再把他传送到马背上，将自己掌中的耳环递过去，道："我已经命令凰盟属下全员出动打听消息，陛下，请看这个。"

"我也已经令下九门关闭，从现在起只进不出，所有出城者要有九门提督的亲笔通关路引，一只鸟，也不许飞过郓都城墙！"萧玦面色沉重地接过那个耳环，问，"谁的？长歌不戴耳环的。"

"宛翠。"迎上萧玦疑问的目光，楚非欢冷静解释，"刚才我已经问过，就在我们去南冈的时候，祁衡将四季春卖唱姑娘宛翠和她的父亲接了回来，并置了这座宅子，盟里很多兄弟去喝过喜酒。这女子据说三年前就在郓都四季春卖唱，祁衡一早就看上了，这女子却一直不为所动，近期才应了他。"

萧玦有点不可思议地打量着楚非欢——从出事到现在，楚非欢到小院，去皇宫，去凰盟布置命令探听消息，再几乎紧跟着就赶回这里，这般周折奔忙，才花了半个时辰，怎么做到的？

神情有点黯然，他道："换句话说，对方很早就潜伏西梁，甚至在长歌重生之前，那么最初难道并不是为了对付长歌，所以不肯接近祁衡？而最近他们的目标突然转向了长歌，她才嫁给了祁衡。"

"陛下说得是，"楚非欢颔首，"我怀疑这是一批他国潜伏在郓都，长期执行密探任务的间谍，平日里以三教九流的身份搜集消息传递回国，遇到需要便执行一些秘密行动，比如，俘虏长歌。"

"看来他们想对付长歌也有一段日子了。"萧玦转头看士兵挖地的成果，人力无穷大，不过一个时辰，整个小院地面已经全部被翻开，正屋周围的地面更是被掘地丈许，露出整间屋子下设计精巧、占地足有半间屋子大的巨型机簧。

机簧看起来像是一个巨大的齿轮，连着无数错综复杂的链条，齿轮中间还有些繁复设计，精密而又有序地各自排列，如一只幽深的巨眼，森然地望着天空。

真的很难想象这个普通小院的地下竟然会有如此精妙强大的巨物，令人望之生畏，天知道设计机关的人，又是何等的能人。

军士们齐齐用眼神表示了惊叹，然后悄无声息地退开。

萧玦和楚非欢上前，看了看那东西，对视一眼，齐声道："中川。"

萧玦森然一笑，语气幽寒地道："单绍打下南闶后，我让他回师时顺带把中川给解决了，大军已经逼临中川，北堂啸这是狗急跳墙，想挟持长歌逼我撤兵，难得他也算消息灵通，居然隐约猜出了长歌的重要性。"

"吞并诸国，是在长歌任太师之后，陛下向来又爱重太师。"楚非欢语气听不出别的意味，淡淡道，"中川国小力微，不敢和我西梁雄师对战，只能用点下作伎俩了。"

萧玦脸色僵了僵，道："你是在责怪我将长歌置于风口浪尖了是吗？"

"陛下，事已至此，再去争执谁是谁非毫无意义，现在咱们的当务之急是找到长歌，"楚非欢目光清锐地转过来，直直地和萧玦对上。

"是我的错，我没能保护好她，前世如此，这辈子也如此。"萧玦神色痛苦，牙齿深深陷进下唇，"可是她一直拒绝，我要派大内侍卫轮班守卫，我要安排内廷高手随身跟随，她都不肯，说自己有凰盟护卫……楚先生，我有时甚至觉得，长歌好像有点故意以自己为饵的意思，想引出一直潜伏在背后的一些人和事。她始终没有放弃寻查真相，可是她为什么不能相信我？不能让我去努力？非要拿自己来冒险？有多少运气能够一直垂青一个人？如果，如果再来一次长乐事变——"

他突然说不下去，猛地掉转身，背对着众人咬牙注视前方不语，从楚非欢的角度，只能看见他黑龙袍宽袖下突然攥紧的双拳。

夕阳的金光镀在那个背影上，那一直挺直如松的身躯，此刻竟然有些微微颤抖。

楚非欢一声叹息，逸散在黄昏霞光明灭的云岚里。

"我们不是长歌，我们不能真正知道长歌的心思。"半晌，他又道，"但就我来说，无论她是怎样的想法，无论她怎么做，无论她做了结果如何，都不是我要管的事，我只管陪着她去做，做错了，我去补；做坏了，我去赔；弄丢她了，我去找。"

他平静地仰起头，看向云天深处，他所爱的女子，前世今生，都于他如云天之外般遥远，她蹑云而来踏风而去，从未有一刻真正属于他，然而他亦从未有一刻想过要弃她于不顾。

她是他无声的誓言，写在生命里，血液里，无数个辗转难眠的梦里，不需出口，却时刻等待时光和磨难的考验。

他语气清淡，字字却重如千钧：

"去找，哪怕穷尽我一生。"

第六十二章

如 花

铁马车上那个小洞，在老者说完话后便啪地关上，完全的黑暗寂静里，秦长歌突然趴了下来。

她伏耳于地，仔细听着车轮的震动，感觉到地面先是平整，随即渐渐颠簸，那种颠簸是有规律的，不停地一顿一顿，像是走在砌得不平整的麻石地上的感觉。

郢都只有通往城南的窄巷，才有这样的麻石地。

城南宁安门，是九门中最为偏僻的一个门，也是地位最低的一个门，全城的粪桶，秽物车，棺材，都从这个门进出。城门之外不远处便是乱葬岗，一般百姓是很少去这个门的。

相比之下，宁安门也是驻兵把守最为薄弱的一个门。

但是，从现在开始，就未必是了。

秦长歌微微露出一丝冷笑——非欢会很快发现她失踪，萧玦会立即封闭九门，想出去？门都没有，一旦搜起城来，以萧玦的性子，只怕城里每寸地他都能挖上三尺，每块石头他都会翻开看看底下有没人，到时候，到哪儿去躲？

车子的行进渐渐慢了下来，显见得是到了人流车流密集之处。

然后突然停下。

停了约莫有一刻，突然开始掉头。

想必城门搜查严格，对方发现根本没有出城的可能，只好回转。

秦长歌立即脱下鞋子，从鞋跟里取出一柄薄铁匕首，当当当在铁壁上敲了起来。

声音尖锐，有如钟鸣磬响，远远传了出去。

她真力未失，对方忌惮她的手段，一直不敢接近，自然也不敢搜身，而秦长歌这个人，哪怕只穿比基尼，也一定会找到地方揣着她那些令人防不胜防的武器的。

车厢里传出铁器敲击的巨响，怎么着也要吸引守门士兵前来查看吧？

秦长歌讥讽地笑了笑——小国就是小国，而且主要精力都放在了奇技淫巧之术上，能人有限，能够把自己困上这么一阵子，已经算是穷尽手段，很了不起了。

果然，车子突然开始加速，颠颠簸簸想逃，她敲得越发起劲。

大约后面有追兵，车子赶得飞快，真难得这内部全是厚铁的马车，居然也能有如此惊人的速度，大约有机械推动装置，秦长歌摇摇晃晃地赞叹：中川的技术水准确实领先内川大陆的总体水平，将来收拾到自己口袋里，一定要好好利用。

感觉车子似乎在往偏僻宽阔的地方走，越走越急，忽然不知撞到什么东西，砰的一声大震，车身剧烈晃动，秦长歌在四面不靠的铁马车中哧溜一下滑了开去，赶紧伸手撑紧了一根铁栏杆。

晃动之后，车身摇摆了半天，好几次险险要倒，秦长歌半跪在车厢内，全身真气流转，做好马车车门开启随时冲出的准备。

预知车厢一阵乱晃之后，突然如被千斤之力一坠，刹那之间稳稳落地，随即马车继续前行，比先前更为快速平稳，而且左一折右一拐，将偌大的铁马车驱使得如同胯下之马，灵活轻捷，快若飘风。

秦长歌皱了皱眉，缓缓盘膝坐下……看样子，好像换了车夫？

马车越行越远，越行越快，最初的慌乱无措已经全然不见，大约，摆脱追兵了吧。

眼见事态有变，一时脱逃无望，秦长歌干脆躺倒睡觉——养好精神，谁知道等下车厢开启，会看见谁呢？

不多时听得咔嚓一响，先前关上的小窗突然被打开，露进一线明媚的天光。

小窗中突然露出了一双眼睛。

不是先前宛翠"父亲"那细长眯缝如狐的双眼。这双眼睛，有着极漂亮的弧度，眼瞳不是纯黑的，微微泛出茶褐色琉璃般的明莹色彩，却光华蕴藉神采迥异，看人时金光灿然，仿佛全天地的光彩都集中于他的瞳底。

而一双眉既工整又飞扬，如仙家帝子于云端之上飒然挥毫，一笔间画下这十万里江山郁郁青青。

这双出众的眉眼一眨不眨地看着秦长歌，带着几分散漫的笑意。

秦长歌懒洋洋地躺在地上，双臂枕着头，跷着二郎腿，一晃一晃地唱着小曲，见他看来，笑嘻嘻地挥了挥手，道："给床毯子吧？太硬了。"

那双眼睛笑意更浓，随即从窗口消失，隐约听见咔嗒声响，不知触动了哪里的机簧，头顶铁板缓缓开启。

铁板上方有人笑道："毯子是没有的，我的衣服可不可以？"

秦长歌抬起头，头顶，闲闲倚着淡水色长袍的男子，宽袍大袖，衣服穿得极有林下之士的闲散风度，漫不经心地把玩着一支紫箫，箫上垂下深碧丝绦，于他臂弯处悠悠晃动，满天云霞下他微微偏首看过来的姿势，令人惊艳得心神一室，像是迎上扑面而来一场来势和缓后劲却无穷凶猛的风。

秦长歌觉得，如果自己不是已经阅遍人间美男色，身边俊朗优雅潇洒妖媚什么类型的都有，多少养成了点定力，而只是一个初初思春的豆蔻女子的话，一定会在他刚才的那一回首间兴奋欢喜得晕倒。

不过现在，自己不想倒也得倒了。

男子一回首，给了她一个惊艳的剪影，并用自己一个随意的站姿，便堵死了她所有的退路后，掌中紫影便破空而来，连点了她三处大穴。

秦长歌苦笑，随即认命，好吧，和那个中川老头比起来，落在这般出众男子手里，最起码可以赏心悦目，不算亏。

仔细看那男子，却发觉他容貌却不如何出色，和那惊世眉目无双姿态并不相配，大约也有易容，只是易得着实马虎，稍微细心点的人都会发觉不对劲的地方，也不知道是这人不善易容呢，还是根本个性疏狂得懒得用心去掩饰自己。

男子伸手，一把将她拉出车厢——秦长歌真气在他刚才那紫箫一挥间已经被锁，但是肢体还是可以动的，看样子这人也很懒，特意保留了她的行路动手能力，省得还要照顾她。

偏头看看他，秦长歌无奈地道："这位兄台，我很想知道，你救了我，为什么不肯放我？"

"我没有救你。"男子微笑看她，"我只是在街上吃面，无意中看见这辆马车看起来有点特别，便端着面碗上了车顶继续吃，车子被宁安门守军追得厉害，撞上石头，我不想洒了我的面汤，便把那几个赶车的笨蛋给踢了下去自己来，这车里面装的是人是鬼，我还真不知道。"

"我非常感谢阁下的面汤，使我荣幸地被转手。"秦长歌肃然道，"实话和您说，我是人，还是个女人。"

男子挑起眉毛，那一刻的姿态如同长天之雁在优雅剔羽，他的目光很随意地在秦长歌全身上下扫了一遍，淡笑道："哦？"

秦长歌正色道："是的，女人。他们掳了我，说是有个国家的国主最喜欢武林中有点武艺的女子，转卖过去就是厚赏，所以我倒了大霉。"

"我看你并没有倒霉，"男子轻笑，"你武功还在，全身上下，连一点伤都没有。如果他们要掳你，怎么会你一点儿伤损都无？"

"因为我全身是毒，"秦长歌每句话都半真半假，"靠近我，很容易死。"

男子唔了一声，突然抬手一引，秦长歌头发中的黑丝立刻飞到了他手里。

"这是什么？"男子饶有兴致地把玩黑丝。

"编织、杀人、胳膊断了可以系起，万念俱灰之下还可以用之上吊。"

男子哈地一声轻笑，转目看她："你很有意思，西梁武林居然有你这般奇妙的女子，我真后悔我来得太晚了。"

"阁下不是西梁人？"秦长歌明知故问。

"我是来找人的，顺带办点事。"男子又是顺手一抽，这回飞出的是她腰间的腰带，明明很柔软的东西，摸起来却疙疙瘩瘩，男子手指一捋，腰带一端噼噼啪啪掉出一堆零件，他手指虚虚一拈，拈起一只铁蝴蝶，微笑看着秦长歌。

"您怎能这般轻薄？"秦长歌根本不看那铁蝴蝶，娇羞万分地嗔怪，"那是我的腰带啦。"

男子一笑，将铁蝴蝶一扔，眯着眼睛看她，半晌道："你叫什么名字？"

"如花，颜如花。"

"好名字，"男子赞，"想来你一定眉目如画，容颜胜花。"

秦长歌娇笑俯首，做羞怯不胜状。

手心里，却沁出一层层的薄汗，凉凉地攥在那里，握着自己手指便似握着一块沁凉入心底的冷玉。

刚刚看见那一双光芒波耀，沧海月明清筱飞雪般惊心明灿的眼睛时，她便知道了他是谁。

那样的目光，任谁也不能轻易忘记。

对着这个传奇般的男子，这个遥远国度的神秘人物，以秦长歌睥睨天下的万丈野心，也不敢轻忽以待。

她不能让他知道自己是赵莫言。

更不能让他知道赵莫言是睿懿。

所以她宁可先揭露自己的女子身份，以进为退，先推翻掉"赵太师"这个身份可能，毕竟赵莫言在诸国之间，至今是以男子面目呼风唤雨，至于自己真面目，有几个外国人见过明霜？

反正，自己的女子身，迟早瞒不过他，莫如以一份假惺惺的"坦诚"，以一份截然不同传言中的赵莫言或睿懿的面貌，先混沌下这个男子明亮如镜的双目。

至于能够混多久，秦长歌不敢抱太大希望，不住地叹着气……那两个，求求你们，快点找到我吧，和这个家伙在一起，我会很累的……

男子牵着秦长歌的手，优哉游哉在闹市中穿行。

是的，闹市。

郢都主干道，闻名六国的最繁华都城的最繁华街道，天衢大街。

天衢大街今日人尤其多，许多衣着普通，但目中精光闪耀，看来十分精悍的人物混杂在人群中，将一条街从东走到西再从西走到东，目光不住在武林人物装扮的人身上睃巡，时不时互相擦肩，目光一触即收。

毋庸置疑，他们在找郢都灵魂人物，彪悍杀头太师赵莫言。

这样的情形，在郢都全城各地同样上演，但是没有人知道，在他们刚刚背转身的地方，在他们刚刚擦肩的一刹那，他们苦苦寻找的那位，正被某位男子随意地牵着，以恩爱夫妻的姿态相偕而行。

秦长歌已经恢复了女装，那位先前温柔地捧着她脸，很客气地说要将她如花容貌恢复，结果在去掉她的面具后，他对着她容貌啧啧摇头，然后从袖子里掏出一堆乱七八糟的易容之物，在她脸上一阵胡乱涂抹。

她去临波照影的时候，差点儿一口血喷到了水里——如花！如花再世啊啊啊啊啊。

然后男子说那家面条确实不错，带她去尝尝，然后和他一起回国——他看上她了，准备收了她做妾。

于是迎着满街兵丁，两人漫步而来，一起去天衢大街一家面店吃面。他偏着头，和她讨论喜欢哪家绣娘的手艺，洞房花烛夜的新娘礼服该缀珍珠还是水晶。

秦长歌微笑而听，心里却在盘算打下他的国家后用他的黄金权杖去撵狗，用他的漂亮眼珠去擦鞋。

在面店不急不忙坐下，男子叫了两碗面，点了些小菜，并温柔殷勤地给她夹菜，秦长歌面不改色地吃——反正他要杀她，也不会用这种累人的方式。

她的哑穴也被点了，所以她只好用含情脉脉的眼光来表示对他的膜拜。

对方悠然而笑，对眼前如花的代表了另类美的笑容十分欣赏，对自己易容的化神奇为腐朽的绝顶手艺十分欣赏。

如花含情脉脉的眼光无意中掠过街对面，突然一顿。

对面。

一骑正自城门方向长驰而来，黑衣黑马，身姿在马上亦笔直如剑。

虽然只是一个远远奔来的身影，已可感觉到那男子容华气度蔚然高贵，只是他频频扬鞭，催马甚急，一身质地名贵的黑色金线锦袍也微微染了尘灰，他一路长驱而来，快若急电，街上百姓为他狂飙的气势所惊，纷纷避让。

正是萧玦。

秦长歌一瞬间心跳如鼓，手心里立时又起了一层冰冷的汗，她盯着看起来神情焦灼的萧玦，只恨不得立时大喊出声，唤得他飞奔而来，却又知道，别说现在喊不出来，就算喊了，男子也能在一霎间先杀了她或拿她要挟萧玦。

一时间心焦如焚，思绪纷乱，却又无能为力。

男子瞟她一眼，轻轻转首，笑看着那飞骑，道："这谁啊？这么威风！"

秦长歌立即将目光收回，若无其事地继续吃面。

马上萧玦却若有所感般，突然于万人之中，即将从秦长歌身边飞骑而过时，回首。

图书在版编目（CIP）数据

帝凰.3/天下归元著.— 南昌：百花洲文艺出版
社，2018.11
ISBN 978-7-5500-3049-7

Ⅰ.①帝… Ⅱ.①天… Ⅲ.①长篇小说—中国—当代
Ⅳ.①I247.5

中国版本图书馆 CIP 数据核字（2018）第 234266 号

帝凰 3
DI HUANG 3

天下归元 著

出 版 人	姚雪雪	
责任编辑	杨 旭	
出版发行	百花洲文艺出版社	
社 址	南昌市红谷滩世贸路 898 号博能中心Ⅰ期 A 座 20 楼	
邮 编	330038	
经 销	全国新华书店	
印 刷	北京嘉业印刷厂	
开 本	700mm×980mm 1/16	
印 张	20	
版 次	2018 年 11 月第 1 版	
印 次	2018 年 11 月第 1 次印刷	
字 数	335 千字	
书 号	ISBN 978-7-5500-3049-7	
定 价	42.00 元	

发行电话 0791-86895108
网 址 http://www.bhzwy.com
如发现图书质量问题，可联系调换。质量投诉电话：010-82069336